더 이상 아름다운 방황은 없다

더 이상
아름다운
방황은
없다

공지영 장편소설

해냄

차례

제1부

1983년 여름의 기록

잘 오셨습니다.
여기서부터 우리의 서울입니다

"좋으시겠습니다."

제대증을 되돌려주며 헌병이 웃었다. 지섭은 그의 웃음 속에서 군인 특유의 씁쓸한 허무를 읽을 수 있었다. 그는 짜식 잘도 버티다 가는구나, 라고 말하고 싶었는지도 모른다. 설사 그렇게 말했다 해도 농담은 아닐 것이다. 지섭은 헌병이 내미는 제대증을 받아 쥐면서 씁쓸하게 마주 웃어 보였다. 헌병은 버스의 긴 통로를 철커덕철커덕 걸어간 뒤 기계적인 경례를 붙이고는 버스에서 내렸다. 단잠에서 깨어났던 사람들이 다시 눈을 감고 무의식중에 제가 가진 보따리들을 끌어안으며 버스 좌석에 길게 몸을 기댔다. 지섭은 제대증을 예비군복 주머니 속에 구겨 넣으며 담배를 하나 꺼내 물었다. 까맣게 타버린 성냥의 머리를 툭 꺾어 마른 먼지가 이는 창밖으로 던지고 나서 지섭은 담배를 깊이 빨아들였다.

길가에 서 있던 해바라기가 먼지를 뿌옇게 뒤집어쓰고 누런 얼굴을 흔들고 있다. 지섭은 시트에 등을 기대면서 빡빡한 눈을 감는다.

―좋겠군요, 형은 도망갈 데가 있어서.

입대 전날 술집을 비틀거리며 빠져나오던 지섭을 부축하며 인경이 말했다.

―모두들 얼마나 황당해하고 화가 나 있는 줄 알아요?

비난하는 표정이 역력한 인경의 입술을 제 입술로 덮쳐 막으며 지섭은 인경의 긴 머리칼을 자꾸 쓰다듬었고, 그제서야 인경이 울고 있다는 것을 알았다.

―기다릴게요.

한참 뒤 눈물에 젖은 볼을 제 손으로 훔쳐내며 인경이 말했다. 지섭을 올려다보는 인경의 눈동자가 흔들리고 있었다. 지섭은 인경의 턱을 한 손으로 가만히 들어 올렸다.

―무얼 기다리지? 우리에게도 아직 기다릴 게 남아 있던가?

그는 정말 도망치는 사람처럼 술집 뒷골목을 빠져나와 논산으로 떠났다. 다시 5월이었고 먼 산에서 피어나는 연초록빛 이파리 사이로 수많은 사랑하는 사람들의 얼굴이 아른거렸지만 그는 쉽게 그것을 떨쳐버릴 수 있었다. 푸른 옷, 연병장 시궁창 속을 구르면서 발견했던 연보랏빛 제비꽃.

도망칠 수 없다는 것을 깨닫는 데는 많은 시간이 걸리지 않았다. 그곳에서도 시간은 흐르고, 그 시간 속에서 사람들이 살고 있었으며, 그리고 지섭이 도망쳐 나온 세상처럼 죽음은 아주 가까이 있었다. 자신을 향해서인지 타인을 향해서인지 솟구쳐 올라 가끔 지섭을 미칠 것같이 만드는 끝없는 살의를 억누르며, 지섭은 자신이 택한 길을 형벌의 세월로 담담히 받아들이는 방법을 익혔다.

─형이 자살했을까 봐 많이 걱정했어요.

첫 번째 면회를 왔을 때 인경이 안기기라도 할 듯 와락 지섭에게 달려들어놓고는 얼굴을 붉히며 말했다.

─건강해 봬요. 사실 형이 예전에 했던 말을 기억하면서 조바심 나는 마음을 달래려 애썼어요. 형이 그랬죠? 우리 인생에 공백기는 없다고.

─인생 전체가 공백이니까.

어느새 못이 박이고 상처투성이가 되어버린 손으로 인경의 희고 가느다란 손가락을 만지며 지섭이 말했다.

─제발 그런 식으로 말하지 말아요. 형은 이런 사람이 아니었잖아요.

손가락 사이로 까맣게 타들어간 꽁초의 열기가 아프게 전해왔다. 제대, 그것은 이제 더 이상 도망칠 곳이 없음을 의미한다. 이미 많은 것들이 사라지고 깨어지고 뒤틀려버린 세상 속으로 돌아가야 한다. 짙푸른 빛깔의 옥수수 이파리들이 여름 바람에 나부끼고 있다. 버스가 지나갈 때마다 먼지를 뒤집어쓰며, 아이들이 길가에 서 있다.

지섭은 그 창밖으로 꽁초를 던졌다.

잘 오셨습니다. 여기서부터 우리의 서울입니다.

멀리 대형 아치가 보였다.
지섭은 그것을 한참 노려보다가 배낭을 챙겨 들었다.

길을 찾아서

깊게 잠들지 못했던 탓이었는지 잠에서 깨어났을 때 머리가 몹시 무거웠다. 민수는 창문으로 들어오는 아침 바람을 맞으며 잠시 그대로 누워 있었다. 어젯밤 방에 있는 물건들을 하나하나 정리하느라 거의 밤을 지새우고 새벽녘, 이른 여름 아침 해가 동쪽에서 뿌옇게 밝아오는 것을 보면서 잠이 들었던 것이었다. 민수는 누운 자세 그대로 방 안의 물건들을 다시 한 번 쭉 훑어 본다. 책상, 책상 위에 걸린 르누아르의 소녀상이 담긴 액자, 책장, 오디오 세트, 작은 안락의자, 스위스 민속 의상을 입은 한 쌍의 인형. 돌아보는 민수의 입으로 한숨이 길게 흘러나온다. 그랬다. 어젯밤, 일기책과 편지들을 모아 태우면서 민수는 다시 흔들리고 있는 자신을 발견했었다. 책갈피에서 우연히 발견되는 알 수 없는 고뇌의 언어로 가득 찬 편지들, 우리의 우정을 영원히, 따위의 문구가 쓰여 있는 빛바랜 낙엽들. 그 하나하나마다 깃든 사연을 기억해내려고 애쓰면서 또 그것들이 불꽃과 만나 피우는 작고 매콤한 연기의 향내를 맡으면서 민수는 말할 수 없는 쓸쓸함을 느꼈다. 그것은 아주 먼 여행을 떠나기 전, 제가 그토록 버리고 떠나고 싶어 했던 것들이 새삼스런 아름다움을 가지고 다시금 달려드는 느낌과 비슷했다.

책상 위에는 4절지 크기의 가방이 놓여 있다. 꼭 필요한 것만 챙겼는데도 가방의 배는 몹시 불렀다. 민수는 그 가방의 불룩한 배를 바라보면서 버린다는 것의 어려움을 새삼 느낀다. 얻을 때는 얼마나 손쉬운 것들이었던가.

"아직 안 일어났니?"

노크 소리에 이어 방문이 살며시 열렸다. 약간 젖은 머리를 어깨까지 늘어뜨리고 언니 민진이 들어서고 있었다. 민진은 민수가 깨어 있는 것을 보자 안고 있던 털북숭이 개를 놓아주고는 민수가 누운 침대 곁에 와서 앉았다. 민진의 몸에서는 향긋한 냄새가 났다. 방금 샤워를 마친 모양이었다.

"잠꾸러기. 일어나, 이 냄새 안 나니? 아줌마가 끓인 것을 잠깐 맛보고 오는 길인데 오늘 된장찌개는 천하일품이야."

민수는 시장기 때문에 입맛을 다시고 있는 민진의 눈동자를 물끄러미 바라본다. 맑은 눈동자다. 빛난다거나 초롱초롱하다기보다 그저 커다란 눈동자다. 민수는 문득 저리도 평화로운 언니의 눈동자를 오래 바라보고 있고 싶었다. 그렇게 하면 고통스럽지 않아도 될 것만 같았다.

"어쨌든 일어나."

민진은 사랑스러운 동생의 볼을 가볍게 꼬집어주고는 방을 나가려다가 문득 멈추어 섰다.

"너…… 오늘 어디 가니?"

가방을 가리키며 묻는 민진의 목소리가 불안스레 울렸다. 민수는 차라리 언니가 먼저 알아버렸으면 하는 생각과, 여행을 가겠다는 핑계를 댈 수 있다는 것을 동시에 느낀다. 후자 쪽이 훨씬 편할 것이다. 그러나 언니를 속여야 한다는 것, 언니의 그 아무것도 모르는 듯한 눈동자를 바라보며 거짓말을 해야 한다는 것은 괴로운 일이었다. 민수는 무어라 대답해야 할지 잠시 망설였다. 민진의 눈초리가 빠르게 민수를 훑었다. 연년생이었지만 쌍둥이처럼 자라온 자매였다. 무엇을 하든 어디에 있든, 얼굴 표정 하나만 보아도 서로 무엇을 생각하고 있는지 알아차릴 수 있었다.

3년 전, 민진은 음악 공부를 하기 위해 미국으로 떠났다. 이듬해 여름방학에 민진이 귀국했을 때, 자신이 대학 첫해 동안 겪은 이야기들을 민진에게 한껏 풀어놓을 때까지만 해도 민수는 추호도 언니와 자신의 사이가 벌어졌으리라는 생각은 하지 않았었다. 그러나 민수가 털어놓는 진지한 고민에 대해 민진이 묘하게 당혹스러운 표정을 지었을 때, 민수는 어디선가 아득한 곳에서 낮고 둔중하게 울리는 소리를 들었다. 그것은 이른 봄날 얼어붙은 강가에서 들려오던 보이지 않는 얼음들이 깨지는 소리 같은 것이었다. 그리고 민진이 그곳에 있는 독일인 교수의 괴팍한 버릇이라든가 자동차를 타고 다섯 시간을 달려 도착한 바다에서 벌인 바비큐 파티, 그리고 무도회에서 하찮은 실수로 손가락을 다쳐 다시는 피아노를 칠 수 없게 되었다는 필리핀 유학생의 이야기를 들려주었을 때, 민수는 자신의 얼굴에서도 아까 언니의 얼굴에 어리던 것과 똑같은 당혹감이 스치고 있는 것을 느껴야 했다. 그리고 그 아득하고 둔중한 소리가 좀 더 가깝고 분명하게 한 번 더 울려왔다.

민수는 그 후 민진에게 그런 고민들을 더 이야기하지 않았다. 대신 어머니가 다이어트 때문에 아침밥 대신 채소 주스만을 먹는다거나 남동생 민철이가 어머니를 졸라 기어이 스키 장비를 샀다거나 하는 것들만을 이야기했다. 그것이 언니에 대한 배려라고 굳게 믿었기 때문이었다. 그런데 오늘 이 시간 민수는 이미 끝없이 벌어져나가 어디서부터 메워야 할지 종잡을 수 없는 거대한 간격을 느낀다.

민수가 대답을 하지 않는 것을 보고 민진은 다시 민수 쪽으로 다가왔다. 그녀의 얼굴에는 알 수 없는 불안감이 어려 있었다. 본능적이고 혈연적인 불안에의 탐지. 어쩌면 두 자매에게 남아 있는 끈은 이것뿐이었는지도 모른다.

"떠날까 했는데 아직 미정이야. 일어나서 생각하니 조금 귀찮아지기도 하고…… 이따가 봐서 마음이 내키면……."

자신을 향해 뻗쳐오는 촉각을 확 떼밀어버리듯, 민수는 자리에서 일어나면서 재빠르게 말했다. 거짓말은 아니었다. 사실 아침이 되자 흔들리고 있는 것도 사실이었다. 그러나 왠지 민진의 눈을 똑바로 쳐다볼 수는 없었다.

"샤워하고 내려갈 테니까 먼저 가 있어. 어젯밤에 무얼 먹고 자려다가 그만두었더니 배가 고픈걸."

민수는 짐짓 태평스레 기지개를 켜며 샤워실로 갔다. 민진은 민수의 그런 행동을 지켜보면서 반쯤은 안심하는 마음이 들었고 또 반쯤은 자신이 요즘 동생의 행동 하나하나에 너무 과민한 반응을 보이고 있는 것은 아닐까 생각했다. 그러나 계단을 두어 칸 내려섰을 때 정체 모를 불안감이 민진을 휩쌌다. 그것은 짧은 순간이지만 아주 강렬한 것이었다. 순간 다시 되돌아가서 민수의 가방을 뒤져보고 싶은 충동을 억누르며 민진은 한 계단을 더 내려섰다. 그러자 거짓말처럼 다시 마음이 가벼워지기 시작했다.

민진은 자신이 동생에게 이렇듯 과민 반응을 보이고 있는 것은 아버지 때문이라고 생각한다. 일주일 전쯤 아버지의 행동은 지금 생각해도 이해할 수 없는 것이었다. 군대 시절 자신의 부하이자 지금은 아버지의 비서로 있는 사람을 데려다가 민수의 방을 뒤진 것이었다. 아버지가 내키지 않는다는 민수와 식구들을 부추겨 외식을 하고 돌아온 저녁이었다. 민수의 얼굴이 파랗게 질리던 것을 민진은 기억한다. 무슨 무슨 나쁜 책들과 유인물들이 민수의 침대 밑에서 쏟아져 나왔다고 했다. 지난겨울 미국에 오셨을 때 친구들 앞에서 그토록이나 자랑스럽던 아버지가 그날은 자신에게 모욕스러울 정도로 싫었다. 민수가 더 이상 대들지 않고 아버지의 금족령을 받아들인 것도 민진은 이해할 수가 없었다. 민수는 이제 어린애가 아니었다. 책 몇 권과 종이 몇 장으로 현혹될 만큼 어린아이가 아니지 않은가.

아버지는 그것이 사랑이라고 했다. 오염된 환경 속에서 민수를 잠시 격리시켜놓는 것이라고. 그런 책들은 신흥종교의 교리처럼 순수한 젊은이들을 잘못된 이상으로 금세 물들게 한다는 것이었다. 민수는 외출은 물론 전화도 받지 못했다. 언젠가 배달되어온 편지마저도 아버지의 손에서 차단당해야 했다. 그러나 식사를 하는 둥 마는 둥 하는 아버지의 얼굴에는 민수를 바라볼 때마다 커다란 슬픔이 어리고 있었다. 그래서 민진은 더 이상 아버지를 탓할 수만도 없었다.

"밤에는 뭐하고 아침에 그리 늦잠을 자니? 민수 너 요즘 아버지 나가시는데 얼굴 한번 내비친 적 있니? 아버지가 요즘 너 때문에 밤잠을 못 주무시는데 그런 거 알기나 하고 그러는 거야? 쯧쯧, 그저 자식이란 게······."

민수가 내려오는 것을 보고 있던 어머니가 식탁에 놓인 굴비를 먹기 좋게 찢으며 말했다.

평소 같으면 그런 어머니에게 무어라 신경질적인 반응을 보였을 민수였다. 그러나 오늘은 이상하게 마음이 차분히 가라앉는다. 떠난다는 생각 때문인지도 모른다. 마치 어머니를 마주 대하는 것이 자신이 아니라 자신의 역을 맡고 있는 배우인 것 같았다. 민수는 민진과 식탁에 마주 앉으면서 숟가락을 들었다.

"민수야. 오늘 엄마하고, 내가 떠날 때 가져갈 것들을 사러 나가려고 하는데 같이 안 갈래?"

민진이 김이 나는 된장찌개를 밥에 비벼 넣으며 말했다.

"그래, 같이 가자. 민진이도 곧 떠나고…… 네 옷도 한 벌 사자. 기집애가 하고 다니는 꼴이 그게 뭐야. 아버지도 그러라고 하셨어."

민수의 떨떠름한 표정이 아버지의 금족령 때문이라고 생각한 어머니가 조심스레 거들었다. 그런 어머니의 얼굴에는 어느덧 안쓰러움이 가득 차 있다. 말처럼 뛰어다니던 딸이 근 일주일째 꼼짝없이 집에 붙어 있는 것을 보니 이번에는 민수가 너무 충격을 받아 의기소침해진 것이 아닐까 걱정이 되었던 것이다. 철없는 아이들이 동무들과 어울려 잠시 데모를 할 수도 있다고 그녀는 생각했다. 민수를 그런 일에 이골이 난 불량한 아이들과 동등하게 취급하려는 남편의 태도가 그녀는 못마땅했다. 민수는 어릴 때부터 벌레 한 마리도 해코지할 줄 모르는 아이였다. 자식 셋 가운데 가장 정이 많고 올바른 아이가 아니었던가.

"가는 거지?"

민진이 다시 물었다. 그때 민진의 얼굴이 일그러지면서 입속에서 작은 돌을 하나 끄집어낸다. 민진이 그 돌을 끄집어내고도 아직 상을 펴지 못하는 것으로 봐서 이가 몹시 아픈 모양이었다. 민진은 냅킨을 뽑아 그 돌을 처리하고 나서 물을 한 모금 마셨다. 밥맛이 싹 달아난 얼굴이었다.

"아니, 이 안 다쳤니? 요즘 저 아줌마가 왜 이러는지 모르겠다. 종일 넋이 나간 얼굴을 하고…… 내가 재수 없다고 그러지 말라고 일렀는데. 지난봄에 월급도 올려줬는데 이러니 참……."

어머니는 뒷마당에서 빨래를 삶고 있는 아주머니를 향해 분통을 터뜨렸다.

"엄마, 너무 그러지 말아요. 집에 남편이 아프대잖아."

민진이 애써 웃으며 말머리를 돌린다.

"민수야, 가는 거지?"

"아니, 언니."

민수는 짧게 거절했다. 민진은 갑자기 어두워지는 민수의 얼굴을 바라보며 민수가 여행 가방을 챙겨놓았다는 이야기를 어머니에게 꺼내야 하는지를 망설였다. 민수는 건성으로 밥숟가락을 뜨고 있었다.

'분명히 무슨 일인가가 일어나고 있어. 단지 금족령 때문일까.'

민진은 한없는 무력감과 서글픔을 느낀다. 민수가 고민하는 것, 민수가 아파하는 것, 자신은 그곳에 발을 들여놓을 수가 없는 것이다. 단지 사랑만으로는 아무것도 해결되지 않았다.

민수는 숟가락을 놓고 거실로 나갔다. 딸들이 식사를 마치는 것을 본 어머니가 뒤뜰로 나가 아주머니에게 싫은 소리를 늘어놓고 있는 것이 보였다.

민수는 늦여름의 뜰을 바라보고 있었다. 커다란 후박나무 사이로 바람이 지나가고 있다. 여름이 가려고 하는 것이다. 가려고 한다, 나도 또⋯⋯.

어머니와 언니가 외출을 한 후 민수는 아주머니가 빨래를 삶고 있는 뒤뜰로 나갔다. 뒷마당 한구석에 곰국을 끓이거나 빨래를 삶기 위해 만들어놓은 재래식 화덕에서 더운 열기가 훅훅 밀려왔다. 민수는 아주머니가 긴 막대로 빨래들을 꾹꾹 누르는 것을 바라보고 있다.

"아줌마, 덥죠?"

"덥지."

딱히 할 말이 없어 망설이는 민수의 눈길을 피하며 그녀는 대답했다. 그녀의 말에는 한숨처럼 긴 꼬리가 달려 있다. 그녀는 앞치마로 쏟아지는 땀을 쓰윽 문지른다. 아침부터 싫은 소리를 들었으니 기분이 좋을 리 없을 것이다. 민수는 떠나기 전에 그녀에게 무어라 위로의 말이라도 건네고 싶었다. 아프다는 그녀의 남편, 그녀가 밤마다 끌어안고 눈물을 흘리던 그녀의 아이들의 사진. 민수는 그러나 점점 더 어색해지는 분위기를 느끼며 뒷걸음치듯 거실로 돌아왔다. 그러고는 천천히 제 방으로 올라왔다. 단단히 입을 다문 가방이 그녀에게 말했다. 떠나야 한다.

그날 오후 민수는 챙겨놓은 가방을 들고 집을 나섰다. 골목길에는 아무도 없었다. 오후의 햇살이 시멘트 위에 부딪혀 날카롭게 튀어 오르고 있었다. 누군가가 제 이름을 불러준다면, 가지 말라고 머리채라도 잡아당긴다면 참으로 씩씩하게 이곳을 떠날 수 있을 것 같았다. 그러나 민수가 걸어가는 길에는 아무도 없었다.

민수는 모퉁이를 돌면서 다시 한 번 집을 돌아다보았다. 잎만 무성한 울타리 장미가 담장 가득 늘어져 있다. 다시 돌아오지 못할 곳은 아니었다. 그러나 민수는 적어도 그 정도의 각오는 해야 한다고 생각했고, 그렇게 생각하자 정말 다시는 돌아오지 못할 길을 떠나는 것처럼 서러워지기 시작했다.

옛 동산에 올라

아랫동네 양옥집마다 목련의 무성한 이파리들이 여름 햇살에 반짝이고 있다. 8월이 가고 있는 산동네 골목, 그래도 가을은 오지 않고 끈끈한 시궁창 냄새에 젖어 여름은 끈덕지게 도사리고 있었다. 지섭은 벗은 팔뚝 위로 끝끝내 다시 몰려오는 파리들을 쫓으며 발밑으로 꽁초를 던진다.

지섭의 팔뚝에서 쫓겨난 파리들은 툇마루 위에 잠들어 있는 재민의 어린 팔다리로 몰려간다. 모기에 물린 상처, 넘어진 흉터, 아이는 잠결에도 파리가 귀찮은지 파리들이 몰려드는 곳으로 손을 자꾸 가져간다. 지섭은 재민의 작은 몸뚱이로 몰려드는 파리들을 쫓으며 아이의 머리를 쓸어준다. 축축한 땀이 배인 머리. 처음 태어났을 때는 누나의 얼굴을 더 많이 닮았었는데 오랜만에 보니 재민의 얼굴에는 진규의 모습이 점점 뚜렷하게 살아온다. 지섭은 재민의 뚜렷한 눈썹과 동그란 눈매를 바라보다가 고개를 돌린다. 역시, 하고 생각하는데 가슴속으로 뜨거운 것이 솨아 내려간다. 그렇다면 나는 아직까지 재민이가 진규 형의 아들이라는 걸 의심하고 있었단 말인가? 지섭은 무의식적으로 바지 호주머니에 손을 넣었다. 빈 담뱃갑이 그의 손에서 와르르 구겨진다. 지섭은 주머니에서 손을 빼고 먼 하늘을 바라본다. 뭉게구름이 피어오르는 하늘. 땅에서 올라오는 열기가 가슴을 콱콱 막아오는 기분이다.

"어머니가 걱정하시던디, 이번에 학교 다시 댕길 겐가?"

옆방 문이 열리고 신발을 신으며 신 씨가 물었다. 지섭은 엉덩이를 엉거주춤 들고 고개를 숙인다. 신 씨는 인사는 무슨 인사냐는 표정으로 잠시 손을 젓더니, 지섭의 옆자리에 걸터앉으며 와이셔츠의 단추를 마저 잠근다.

"아저씬 요즘 어떠세요?"

말머리를 돌리며 지섭이 물었다.

"뭐 맨날 그 타령이제."

신 씨는 주머니에서 담배를 꺼내더니 지섭에게 한 대 권하고 자기도 한 대 피워 문다. 신 씨는 담배를 물면서, 그가 즐겨하는 그 '잡아 죽여야 할 인간'들에 대한 성토를 자제하고 있는 눈치이다. 아니, 그는 이미, 그러한 성토에 대해 지쳐버렸는지도 모른다. 지섭은 하얀 담배 연기 속에서 가늘게 모아지는 그의 눈이 서글픈 빛을 띠고 있다는 생각을 한다.

"여름이라 힘드시죠?"

"언제나 젤로 힘든 게 여름이여. 차 안은 좁고 요즘은 손님도 뜸허니……. 날씨라구 참…… 이젠 찬바람이 불 때도 되았는디."

신 씨는 한숨처럼 긴 담배 연기를 내뿜었다.

"언제 술 한잔 하더라고. 내가 제대 기념으로 한잔 살팅께."

신 씨는 몇 모금 빨다 만 담배를 하수구를 향해 던지더니 나일론 와이셔츠의 깃을 흔들며 일어섰다. 그를 안 지 일 년 남짓 되건만, 돌아서서 허름한 대문을 나서는 그의 뒷모습에는 많은 변화가 엿보였다. 그의 어깨가 삶의 고달픈 무게에 짓눌려 있다는 걸 새삼 느낀 것이다.

지섭은 먼 하늘을 바라다본다. 싱그러운 풀내음도 맑은 시냇물 소리도 없다. 여기 파리 떼와 구정물과 살기 위한 악다구니가 있는 집으로 돌아온 것이다.

"엄마 아직 안 왔어?"

신 씨가 가기를 기다렸는지 동생 혜주가 머리만 방문 밖으로 빼꼼히 내밀며 물었다.

"아니……."

머뭇거리는 혜주의 얼굴에서 진한 향수내가 풍겨온다.

"어서 학교 가. 재민인 엄마 오실 때까지 내가 볼 테니까."

혜주의 머리가 빈 방으로 다시 들어간다. 방 안에서 한참 부스럭거리더니 이번에는 책가방을 들고 방에서 나온다. 그새 머리 모양을 바꾸었는지 땋은 머리가 등으로 내려와 있다.

"엄만 아마 네 시 반까지는 올 거야."

혜주는 책가방을 두 손으로 그러쥐고 잠시 망설이는 듯이 서 있더니, 지섭이 앉은 툇마루에 앉는다. 혜주는 책가방을 올려 놓은 무릎을 까닥이며 멀리서 반짝이는 푸른 나무 이파리들을 바라본다.

"차비 줄까?"

성큼 커버린 혜주의 모습을 바라보며 지섭이 물었다.

"오빠가 무슨 돈이 있겠어. 차비는 있어."

혜주는 지섭의 해어진 바짓단을 바라보며 대답한다. 지섭은 얼결에 바지 주머니에 손을 찌른다. 구겨진 담뱃갑이 만져졌다.

"……오빠."

혜주의 눈빛은 우울했다. 그러면서도 그 우울을 치받치며 올라오는 어떤 광기 같은 것을 스스로도 자제하기 어렵다는 듯 혼란스러워 보였다.

"왜?"

"……왜 매일 집에만 있어? 이제 인경이 언니 안 만나?"

혜주는 조심스레 물었다. 그것이 지섭의 상처를 건드리는 것이 될까 봐.

"짜식……."

지섭은 설핏 웃었지만 혜주를 피하며 재민의 머리칼을 쓰다듬는다. 재민이, 나의 조카, 진규 형의 아들…….

"이제 인경 언니랑은 끝난 거야?"

"늦겠다. 어서 가."

지섭은 혜주를 향해 엄한 얼굴을 지어 보였다. 혜주는 고개를 숙이고 하얀 카바가 접힌 발을 끄적이더니, 갑자기 벌떡 일어서서 뛰듯 대문을 나간다.

―혜주야, 아버진 매일 어디 나가시는 거니?

언젠가 지섭이 물은 적이 있었다. 혜주의 눈에 가득 고이던 그 우울함.

―집에는 통 어디 다녀오신단 말씀도 없이 아침 일찍 나가셨다가 밤에 돌아오시곤 하니 말이야.

―아버지는 여덟 시쯤 집을 나가셔서 한없이 걸으시지. 그러곤 다방에 들어가서. 수첩을 뒤적이다가 엽차 몇 잔 마시다가 어떤 건물의 사무실이든 들어가시지. 옛날 아버지가 다니던 곳처럼 건물도 그럴듯하고 엘리베이터도 있는 곳에 말야. 그러곤 점심때쯤엔 친구 분과 함께 나오셔. 점심을 얻어먹고 아버진 다시 거리를 쏘다니시지. 백화점이나 레코드 가게 앞, 그리고 여자옷 가게 앞이나 장난감 가게 앞…… 퇴근 시간쯤 되어서 아버지는 다른 사무실로 들어가셔…… 나오실 땐 또 친구분과 함께 나오셔서 술을 마시지. 아니면 혼자 포장마차에 들어가셔서 오뎅 국물만 시켜놓고 술을 마셔…… 아버진…….

혜주는 눈물이 그렁그렁 매달린 커다란 눈으로 지섭을 쳐다보았다.

―아버진…… 거지가 된 거야.

혜주의 눈에서 눈물이 굴러떨어졌다. 지섭은 다가가 혜주의 등을 토닥여주었다.

―아니야. 아버진 일자리를 알아보고 계신 거야. 네가 그렇게 생각할 필요가…….

— 누가 아버지한테 일자리를 주겠어. 벌써 환갑이 다 되신 노인네한테, 으흐흑…….

아버지를 따라가보았구나. 지섭은 혜주의 눈물을 닦아주었다. 어린애인 줄만 알았던 혜주는 어른이 되어가고 있었던 것이다.

"혜주 학교에 갔니?"

커다란 열무 단을 들고 와 마당에 내려놓은 어머니가 땀을 닦으며 물었다. 지섭은 일어나 어머니가 열무 단을 옮기는 것을 도우며 고개를 끄덕였다.

"지가 무슨 수로 대학엘 간다고 떼를 써, 떼를 쓰긴."

어머니는 혼잣말처럼 중얼거리며 커다란 대야를 가져와 열무를 다듬기 시작한다. 지섭은 어머니의 모습을 물끄러미 바라보고 있다. 작은 칼을 쥔 어머니는 익숙한 솜씨로 가느다란 열무 이파리를 자르고 있다. 극한 상황에서 여자의 생명력이란 저렇게 모진 것일까? 식모를 두고 살면서 손에 더러운 것 한번 묻히지 않았던 어머니는 이 산동네로 옮겨와서도 조금도 기죽지 않았다. 제 딸만 한 여자가 안락의자에 앉아 있는 아파트에 파출부로 나가면서도 어머니는 놀랍게도 아직 꿈을 버리지 않고 있었다. 다시 옛집으로 돌아갈 수 있다는 불가능한 신화를 어머니는 꿈꾸고 있는 것이다. 그것이 어머니의 하루의 양식인지도 몰랐다. 그렇다면 자신과 혜섭은 아버지를 닮았는지도 모른다고 지섭은 생각한다.

자신이 30년간 몸담았던 직장에서 어느 날 느닷없이 쫓겨났고, 퇴직금에다 빚까지 얻어 벌인 사업에 실패하고, 사기당하고,

집과 가장 자랑스러워하던 딸을 잃고, 그리고 다시 일어설 수 없는 폐인이 되어버린 아버지. 시간이 짓밟고 간 깊은 수렁 속에 아버지와 혜섭, 그리고 지섭이 빠져 있다.

"오늘 나가거든 학교 가서 등록금 알아보고 오너라."

열무를 자르는 어머니의 작은 칼이 햇빛에 반짝였다. 어머니의 욕망과 기대처럼 그것은 아주 날카롭고 강렬하게 반짝이는 것이었다.

"복학은 천천히 생각해보겠어요."

어머니의 눈이 작은 칼처럼 반짝 빛났다.

"어미의 한을 풀어줄 수 있는 게 무언지 너는 알고 있잖니?"

어머니는 다시 잠자코 열무의 시퍼런 줄기를 끊는다.

"나가보겠습니다."

지섭은 시계를 들여다보며 일어섰다. 어머니는 지섭이 일어서는 것을 보더니 주머니에서 주섬주섬 오천 원짜리 한 장을 꺼낸다. 마디가 굵어진 어머니의 손에서 그 지폐를 받아들며 지섭은 제 등에 얹힌 돌의 무게를 가늠하듯 먼 하늘을 바라본다.

아버지의 뒷모습

민진이 학교로 민수를 찾아온 것은 민수가 집을 나간 지 일주일쯤 되었을 때였다. 벌써 떠난 줄만 알았던 언니가 인문관 앞에서 자신을 기다리고 있는 것을 보았을 때 민수는 놀랐다. 그러나 곧 태연하게 민진에게 다가갔다. 낯선 학교로 철없는 동생을 찾으러 온 민진은 민수의 얼굴을 보자 미움보다 우선 반가움이 앞서는 것을 느꼈다. 생각보다 민수의 얼굴이 많이 수척해진 것 같았다.

"웬일이야?"

무슨 말부터 꺼내야 할지 몰라서 민수가 짐짓 심드렁하게 물었다.

"몰라서 묻는 거니?"

민수는 쑥스럽게 웃었다. 민진은 그제서야 동생이 집안에 일으킨 파문과 자신에게 쓰라린 배신감을 주었다는 것을 갑자기 알아버린 것처럼 새삼 화가 치밀어 올랐다. 그러나 이곳으로 올 때 민수의 머리채라도 끌고—이것은 어머니의 표현이었다—집으로 데려오려던 생각은 민수의 야윈 얼굴을 보자 갑자기 가여운 생각으로 변한다. 민진의 눈에는 어느새 핑하니 눈물이 돌고 있었다.

내가 먼저 이렇게 약해지면 안 되는데 싶어서 민진은 민수의 팔을 잡아끌었다.

"어디로 좀 가자."

학교 앞의 찻집에 들어섰을 때 민진은 무너지듯 자리에 앉았다. 민수는 이제부터 닥칠 괴로움을 예견하면서 손수건을 꺼내 땀을 닦았다.

"어떻게…… 떠날 날짜를 미룬 거야?"

민진이 잠시 제 감정을 정리하느라 어쩔 줄 모르고 있는 것을 보자, 오히려 침착해지면서 민수가 물었다. 민진은 대답 대신 날라온 콜라를 몇 모금 마시고 민수를 바라보았다. 민진의 눈에는 치받친 감정들이 물결치고 있었다.

"어쩌자고 너 이런 짓을 하니, 민수야?"

말을 꺼내면서 다잡아두었던 감정들이 자신도 주체할 수 없게 불쑥 고개를 내밀었다. 민진은 얼굴을 찌그러뜨리며 이미 반쯤은 울고 있었다. 그러고는 손수건을 얼굴에 대고 하염없이 눈물을 흘리는 것이었다. 민진을 만나게 되는 것이 민수에게 다시한 번 과거와의 결별을 확인시켜주는 괴로움을 가져오리라는 걸 민수는 알고 있었다. 그러나 막상 민진이 울음부터 터뜨리는 것을 보자 민수는 갑자기 막막해지기 시작했다. 민수는 울음을 그치려고 애쓰는 민진을 그저 멍한 눈길로 바라본다. 민진은 잠시 후 진정하려는 듯이 콜라를 한 모금 마시더니 민수를 향해 고개를 들었다.

"민수야, 솔직히 말해줘. 집을 나간 진짜 이유가 뭐니? 네 편지에 쓰인 대로라면 이건 설명이 안 돼. 상식적으로 생각해보자."

민진은 핸드백 속에서 휴지를 꺼내 코를 한번 풀었다. 잠시 흘린 눈물이 그녀의 마음을 꽤 안정시킨 모양이었다.

"……민수야, 난 너를 얼마든지 이해할 수 있어. 만일 네가 무슨 협박 같은 걸 받고 있다면 내가 도와줄 수도 있어."

민진은 민수가 정말 감시와 협박을 받고 있는 것처럼 주위를 한번 돌아보았다. 벽돌색 소파들이 몇 개 놓인 찻집엔 손님이 없었다. 주인인 듯한 여자가 계산대에 앉아 신문을 펼쳐 들고 있을 뿐이었다.

"언니, 그런 말도 안 되는 소리를……."

민수가 신경질적으로 말했다. 민진은 과장된 감정에서 깨어난 듯 다시 민수를 바라본다.

"그럼 민수야, 너 혹시……."

민진은 말을 꺼내려다 잠시 망설인다. 어머니는 남자 때문일 거라고 강력하게 우겼었다. 민수가 시위 도중 경찰에 연행되면 연락을 하던 남학생이 있다는 것이었다. 민진은 민수가 난데없이 남자 때문에 집을 나갔다는 사실을 믿고 싶지 않았지만 혹시나 하는 마음이 영 들지 않는 것도 아니었다.

"……너 혹시 남자 문제가 있니?"

대답 대신 민수가 웃음을 터뜨리는 것을 보고 민진은 갑자기 어머니의 직감이 맞을지도 모른다는 생각이 들기 시작했다.

웃음 뒤에 민수의 얼굴이 금방 침울하게 변했다. 민진에게 어떻게 설명을 해야 하는지 민수는 몹시 곤혹스러웠다. 시위 중에 연행되어 경찰서에 갈 때마다 전화 한 통화로 동료들보다 먼저 집으로 돌아올 수 있었던 것, 난생처음 겪은 아버지의 손찌검, 자신이 아버지에게 했던 항의들, 고함 소리, 제발이라고 민수에게 애원하던 어머니……. 그러나 그보다 더 가슴 아팠던 것은 그토록 사랑하던 아버지가, 나라를 지키는 정직한 군인이었고 멀리 월남에까지 가서 자유를 위해 목숨 걸고 싸우신 용감하고 자랑스러운 아버지가, 이 시대와 민족에게 어떤 사람인가를 알아가는 일이었고, 부녀 관계로서가 아니라 생각과 가치 기준이 다른 두 사람의 성인으로 마주 대했을 때, 아버지가 민수에게 보였던 파렴치 같은 것들이었다. 그것은 때로는 민수와 그 친구들에 대한 미행으로, 때로는 민진도 목격한 것처럼 난데없는 수색 같은 것으로 나타났다. 민수는 아버지가 지키고 있는 재산과 지위에 자신이 기생하고 있는 것 같은 느낌에 괴로워하곤 했다. 자신이 아버지를 그토록 격렬하게 비난한다면, 그 아버지가 지키고 있는 재산과 지위의 편리함을 누리는 것 역시 죄악이 아닌가. 금족령 같은 것은 하나의 주어진 계기에 불과하다.

민수는 언니의 얼굴을 물끄러미 바라본다. 민진은 민수를 이해하기 위해 자신이 생각할 수 있는 모든 상식을 동원해 애쓰고 있었다. 민수는 적어도 자신이 언니만큼, 아니 언니보다 더 애써야 한다고 생각했다. 그러나 이미 벽은 주어져 있을지도 모른다는 생각이 민수를 자꾸 곤혹스럽게 했다. 민진은 모든 사람이 모두 다 그야말로 알고 보면 착한 사람이므로, 무엇이든 대립이나 갈등 없이 해결될 수 있다고 믿는 사람이었다. 세상 누구도 함부로 미워할 줄 모르는 언니에게 민수가 생각하는 이 사랑이라는 것을 설명하기가 불가능하게까지 느껴지는 것은 무슨 이유인가? 착한 언니의 마음이 지금 자신에게는 이렇듯 막막하고 답답하게 느껴지게 된 것은 무슨 까닭인가?

"언니…… 미안해. 편지에 쓴 그대로야. 난 어렴풋하게나마 내 인생의 길을 정했고, 그 길을 가기 위해서는 집을 나오는 것이 더 도움이 된다고 생각했어……. 그건 언니가 피아노 공부를 하기 위해 미국으로 떠난 것과 비슷할 수도 있어."

"그래? 그렇다면 도대체 너의 길은 무엇이지? 이해할 수가 없어. 네가 떳떳하다면 왜 도망치듯…… 옷도 다 남겨놓고…… 돈도 몇 푼 없이 나가야 했느냔 말이야. 그건 네가 무언가 어쩌면 떳떳하지 않은 걸……."

민진은 다시 울먹이기 시작했다. 민수는 소파 옆자리에 놓인 플라스틱 나무 이파리를 만지작거린다. 빳빳한 나무 이파리의 감촉이 손 안에서 미끈거렸다.

"언니, 내가 대학 들어가던 첫해에 언니에게 털어놓았던 고민 생각나?"

옛이야기를 하듯 민수가 부드러운 목소리로 물었다. 민진이 문득 고개를 들어 눈가에 남은 눈물방울을 손수건으로 훔쳐냈다. 물론 민진은 기억하고 있었다. 무언가 틈이 벌어지기 시작한 걸 느낀 것은 민수뿐만은 아니었을 테니까.

"그때 내가 말했었지? 끌려가는 동료들, 선배들, 아무것도 알 수 없으면서 더구나 그들이 범법자임에도 불구하고 우리 모두는 그들이 옳다는 것을 인정하지 않을 수 없었다는 것……. 언니, 나는 몹시 당당하고 떳떳할 수 있어. 내가 정말 택한 이 길을 열심히 간다면 말이야."

민수는 애써 미소를 지었다. 민진의 입에서 길게 한숨이 흘러나왔다. 그녀는 어딘가 알 수 없는 곳으로 이미 떠나버린 동생의 모습과 마주 앉아 있는 것이었다. 그것이 그녀를 슬프게 했다. 그해 여름 민수를 이해하지 못한 채, 미국 생활 이야기만을 떠들어댔던 자신에게 모든 잘못이 있는 것 같은 기분도 들었다. 그러나 이 자랑스러운 동생을, 어린 시절 샘이 날 정도로 예쁘고 똑똑했던 이 동생을 저 멀리 데려간 것이 무엇인지 민진은 헤아릴 수가 없었다.

"아버지가 이번에 나보고 민철이를 미국으로 데리고 가라고 하셔서……. 그래서 조금 일정을 늦추었어."

민진은 이제 좀 침착해져서 말했다.

"걘 이제 겨우 고등학교 1학년이잖아."

"너 때문이야. 여기 두면 너처럼 된다면서…… 아버지 고집 너도 알잖아. 엄마만 불쌍하지 뭐…… 엄마가 그러시더라. 너랑 아버지랑 똑같다고."

마지막 말을 하면서 민진은 희미하게 웃었다.

"아버지……."

민수는 민진이 들을 수 없는 낮은 소리로 중얼거렸다.

아버지가 학교로 찾아온 것은 며칠 전이었다. 수강 신청을 마치고 교문을 나서는데 낯익은 차에서 아버지가 내리는 것이었다. 민수는 그때 아버지와의 이런 마주침이 어떤 의미를 갖는 것인지 언뜻 생각해낼 수 없었다. 얼어붙은 듯 그 자리에 서 있는 민수에게 아버지가 천천히 다가왔다. 기우는 오후의 햇살을 받은 아버지의 흰 머리칼과 눈가의 주름이 민수 시야에 가득 찼다. 부녀는 잠시 선 채로 말이 없었다. 민수는 아버지가 얼마나 힘들어하는지 알 수 있을 것 같았다. 그리고 자신이 자식으로서 부모에게 얼마만 한 아픔을 주고 있는지도 알 수 있었다. 아버지는 주머니에서 손수건을 꺼내 땀을 닦았다.

— 아버지…….

아버지는 민수를 뚫어지게 바라보고 있었다. 아버지의 얼굴에 희미한 경련이 일었다.

— ……가자.

아버지는 겨우 이렇게 말했다. 민수는 대답 없이 고개를 숙였다. 말해야 한다. 아버지 저는 이미 결심했어요. 그러나 말라붙어오는 입술이 떨어지지 않았다. 오랜 시간이 지난 것 같았다. 민수가 고개를 들었다. 아버지의 주름진 눈은 분노하기보다는 애원하고 있었다. 민수는 순간 아버지에게 안겨 엉엉 울어버리고 싶은 충동을 느꼈다. 그리고 화해를 하고, 그리고 착한 딸이 되고, 그리고…….

—아빠, 전 가지 않겠어요…….

아버지의 눈에서 푸른 불꽃이 번쩍 튀었다. 그것은 벼락처럼 민수의 몸을 내리 덮치는 것 같았다. 민수는 그것이 제 몸으로 와서 부딪치는 아픔을 느꼈다. 잠시 후 아버지는 그대로 돌아서서 침착하게 자신의 차로 돌아갔다. 더 묻지도 돌아보지도 않았다. 12·12사태, 광주 ××공사 대표이사, 화려한 만큼 죄스러웠던 경력을 가진 아버지의 어깨는 아주 작고 초라해 보였다. 그때 아버지의 뒷모습이 왜 그리 가여워 보였는지 알 수 없었다. 기우는 해 때문인지도 몰랐다. 그러나 민수는 가장 미워해야 할 순간에 그 어느 때보다도 아버지를 사랑하고 있는 자신을 느꼈다. 그러면서 집을 나온다는 것이 어쩌면 아버지를 사랑하는 방법일지도 모른다는 생각을 했던 것이다.

민진은 민수가 아버지의 말을 꺼내자 우울해하는 것을 깨달았다. 어머니 말대로 민수와 아버지는 이상한 공통점을 가지고 있었다. 그것은 스스로에게 몹시 단호하다는 것이었다. 아버지는 집 안에서 일절 민수의 이야기를 꺼내지 않았다. 그런 아버지의 태도를 보고 있노라면 마치 민수는 처음부터 이 집 안에 없던 사람 같은 착각이 들 정도였다. 그러나 민진은 집 안에서 가장 상처를 입은 사람은 바로 아버지라는 것을 알고 있었다. 그런 아버지를 생각하면 민수가 더욱 야속해지는 것이었다.

민진은 핸드백 속에서 종이쪽지를 하나 내밀었다.

"뭐야?"

민수는 민진이 내민 것을 폈다. 등록금 영수증이었다.

"엄마의 심정도 이해해줘, 민수야. 엄만 네가 행여 삐뚤어진 마음먹고 학교마저 그만둘까 걱정하고 계셔."

민수는 엄마의 얼굴을 떠올리며 영수증을 받아 넣었다. 민진은 창밖을 보며 기다랗게 한숨을 쉬었다.

"민수야, 우리 어릴 때 군인 아저씨가 태워주던 그 무개지프차 생각나니? 아빠가 오시는 날 언제나 그 차 타고 시내를 돌곤 했었잖아……. 그때 그 젊고 잘생긴 운전병 아저씨 이름이 뭐였더라?"

민수는 창밖을 바라보며 이야기하는 민진의 얼굴에서 이미 민진이 자신에 대해 체념하고 있는 것을 느꼈다.

"그때 왜 우리 집에 월남에서 온 깡통들이 잔뜩 있었지? 닭고기랑, 초콜릿이랑, 우리 둘이서 코코넛이 든 초콜릿을 찾으려고 이 깡통 저 깡통 다 따놓는 바람에 엄마한테 혼나곤 했었잖아."

두 자매는 노인들처럼 서로 마주 보며 힘없이 웃었다. 그러고는 대화가 툭 끊겼다. 민수는 탁자 위를 손톱으로 문지르다가 민진과 눈이 마주치자 고개를 돌렸다. 그러고 나서 한참 만에 민수가 말했다.

"언니, 나 밉지?"

웃고 있었지만 민수의 얼굴은 아주 쓸쓸해 보였다. 민진은 동생을 와락 안아주고 싶은 충동을 느꼈다. 어떻게 미워할 수가 있을까. 어찌 됐든 민진은 민수를 신뢰하고 있었다. 그것만은 민수조차도 자신에게서 빼앗아갈 수 없는 부분이 아니었던가. 무엇인가. 동생과 나를 이토록 철저히 갈라놓는 그것은. 민진은 서글퍼진다.

"알긴 아는구나."

민진은 고이는 눈물을 감추려 애쓰며 서둘러 핸드백을 뒤지더니 민수에게 지폐 몇 장을 내밀었다. 민수는 잠시 망설이더니 그것을 받아 넣었다.

"언니, 난 아무것도 줄 게 없는데."

민수가 다시 쑥스럽게 웃었다. 민진은 창밖으로 얼른 고개를 돌렸다. 건너편 건물 옥상에 우르르 몰려 앉아 있던 비둘기 몇 마리가 날아가기 시작하는 것이 언뜻, 다시 고이는 눈물 속으로 보였다.

상류

석양이 타고 있었다. 지는 석양빛에 섬세한 실루엣을 드러내며 미루나무가 기다란 허리를 뒤척이고 있다. 언덕에 앉아 인경의 손을 꼭 붙들고 지는 해를 바라본 일이 있었다.

─저건 신비야. 푸른 하늘에 불을 놓은 듯이 세상을 아름답게 하는, 저건 신비야. 그치, 형?

긴 머리를 홱 돌리며 웃던 인경의 옆모습이 떠오른다. 그러면 그는 대답 대신 인경의 희고 날카로운 코를 잡아당겼다. 웃음소리…… 맑고 높던 웃음소리. 왜 참지 못하고 다이얼을 돌렸는지 알 수 없었다. 분명 술에 취해 있던 것도 아니었다.

"언제 나왔어요?"

카페의 문을 밀고 들어온 인경이 무심히 말했다. 눈가에 칠해진 보랏빛 아이섀도 탓일까. 그녀의 눈은 잘 익은 포도송이 같았다. 화장 지워. 예전 같으면 그렇게 말했을지도 모른다. 인경은 붉은 핸드백 속에서 깨끗한 손수건을 꺼내 땀을 닦았다. 무더운 날씨였지만 냉방 장치가 된 카페는 아주 시원했다. 인경은 복숭아꽃빛 루즈가 칠해진 입술을 작은 혀를 내밀어 살짝 닦았다. '아르바이트 여대생'이란 명찰을 단 여자가 높은 굽의 슬리퍼를 끌며 다가왔다. 둘은 찬 음료를 시켰다. 마주 앉은 작은 공간에 긴 세월 같은 어색함이 가득 차 있다. 인경은 담배를 꺼내 물고 깊게 빨았다. 매니큐어가 칠해진 가는 손가락 사이에서 희고 긴 담배가 파르르 떨렸다.

지섭은 인경이 꺼내놓은 담배를 가져다 입에 물고 성냥불을 그었다. 붉은빛이 일시에 타올랐다가 사라졌다. 이젠 끝이야, 라고 속삭이는 것 같았다. 끝이라니, 이제 겨우 스물네 살인걸. 인경이 기다란 재를 재떨이에 톡톡 털었다.

"형이 내게 연락할 줄 몰랐어요."

날라온 아이스커피를 한 모금 빨아올리고 나서 인경이 말했다.

"글쎄…… 이렇게 마주 앉아보는 것이 얼마 만이지?"

"오랜만이지."

인경이 까르르 웃었다. 웃음소리가 부우, 하고 쉴 사이 없이 뿜어 나오는 찬 공기에 흩어졌다.

지섭이 입대하던 첫해 겨울, 지긋지긋하게 눈이 내렸던 그곳을 인경이 마지막으로 찾아온 것은 언제였던가. 빨갛게 언 볼을 장갑으로 감싸면서 인경은 면회실에 앉아 지섭을 기다리곤 했었다.

―추운데 뭐하러 왔어.

외박이 허락되면 그들은 서둘러 부대를 나섰고, 부대 근처의 해장국집에서 요기를 하고는, 연탄난로가 피워진 허름한 극장의 뒷자리에서 낮게 이야기를 나누곤 했었다.

―할 이야기가 있어요.

―뭔데?

―난, 이제 정말 더 면회 안 올 테야. 군인들만 득실거리구…….형이 편지를 써요.

지섭은 말없이 인경의 어깨를 안았다. 인경에게는 자주 편지가 왔지만 지섭은 답장을 쓸 수 없었다. 인경은 그에 대해 항의하고 있는 것이었다.

―이렇게 보면 되잖아…….

그러고는 인경의 긴 코트 위로 목도리를 거듭 둘러주고, 지섭은 막차로 인경을 보내곤 했다.

―꼭 이 밤에 날 보내야만 해요?

글썽이는 눈물을 보이지 않으려고 손님이 듬성듬성 탄 흙투성이 버스를 보며 인경이 말했다. 고개를 끄덕이고 인경의 등을 버스 안으로 밀면, 인경은 성에 낀 버스 창문을 닦아 작은 구멍에 커다란 눈을 대고 지섭을 지켜보았다. 일찍 어두워진 저 먼 길로 버스는 떠났다.

얼마나 더 견뎌야 할 것인가. 버스가 떠난 길을 돌아 나와 혼자서 술집 문을 밀면 까마득한 세월의 무게가 지섭을 엄습해오곤 했다.

지섭은 길게 담배를 뿜었다. 카페의 커다란 유리창으로 넓은 팔을 벌린 플라타너스가 저녁 햇빛에 반짝이고 있다. 불어오는 바람의 작은 결도 놓치지 않고 무수히 작은 종을 울리고 있는 것 같았다. 종이 울리니 막을 내려야지. 자조적인 웃음이 지섭의 입가를 뱅뱅 돈다.

"나 요번 토요일 날 약혼해요."

들이대듯 인경이 불쑥 말했다. 집요하게 인경의 시선을 피하며 지섭은 재떨이에 담배를 비벼 껐다.

"……이 말이 듣고 싶어서 날 만나자고 한 게 아니었나요?"

인경은 갑자기 차분해져서 말했다. 지섭이 끈 담배를 무심히 바라보던 인경의 입가에 일그러진 미소가 번졌다.

"성구 형이 그러더군요. 지난번 휴가 때, 형에게 이 말을 전했다가 자기가 코피 터지게 맞았다고."

"널 때릴 수는 없었으니까."

"왜죠?"

인경의 굳어진 턱이 조금 치켜졌다.

"……눈에 보이지 않는 사람을 때릴 재주는 없으니까……."

지섭은 다시 담뱃불을 붙였다. 아른거리는 담배 연기에 그의 눈이 피로한 듯 가늘어졌다.

"연락하지 않았던 건 형이에요. 난 얼마나……."

인경의 고개가 푹 수그러졌다. 인경은 아랫입술을 자근자근 깨물고 있었다. 얼마나……. 지섭은 담배 연기를 내뿜었다. 무슨 말이 이어져도 상관없다. 그것은 과거형일 테니까. 그리고 과거

형의 말은 흰 담배 연기처럼 이렇게 흩어져버려도 좋을 것이다.

"잘 생각했어."

아이스커피 잔을 뱅글뱅글 돌리는 인경의 손가락을 보며 지섭이 툭 뱉었다. 인경의 눈이 지섭을 똑바로 바라본다. 지섭은 그런 인경의 눈을 바라보다가 얼핏 웃었다.

"그렇게 말할 줄 알았어요. 언제나처럼…… 그래요, 언제나처럼."

"그게 사실이니까."

인경은 탁자 위에 놓아둔 손수건을 다시 집어 얼굴을 닦았다. 지섭은 저녁 바람이 일기 시작하는 거리를 바라다보았다. 먼 곳에서 하나둘 불빛이 반짝이기 시작했다. 우리는 저렇게 먼 곳에 떨어져 있는 불빛이다. 네가 네온사인이라면 나는 리어카 위의 카바이드 불빛, 네가 샹들리에라면 나는 발가숭이 전구.

"우리 나가서 술 마실까요?"

불쑥 인경이 물었다.

"좋지." `

지섭은 인경의 흰 스커트가 헐렁하게 늘어진 것을 바라본다.

"가라."

버스 정류장에서 혼자 서 있는 인경을 남겨두고 지섭은 버스에 올라탔다. 지섭은 뒤쪽 자리에 가서 자리를 잡으면서 바람이 몰아쳐 들어오는 창문을 쾅 하고 닫았다. 시간이 꽤 늦어서인지 사람이 없는 차 안을 바라보다가 지섭은 손바닥으로 얼굴을 쓸어내렸다.

"이거…… 지섭이 아냐? 맞지?"

누군가 다가와서 지섭의 어깨를 툭 쳤다.

"야, 이거 얼마 만이냐? 그래, 제대한 거냐?"

연한 체크의 양복 상의를 한 팔에 걸친 채 지섭이 앉은 자리로 다가와 큰 입을 벌리고 해죽 웃는 것은 대학 동기였다.

"언제 제대한 거냐?"

"한 일주일쯤 됐다."

그가 내미는 손을 마주 잡으며 지섭은 늘 도서관에 앉아서 공부를 하던 그의 얼굴을 떠올렸다. 고시 합격을 고생만 하신 어머니의 환갑 선물로 드리겠다고 했던가. 동기는 여전히 큰 입에 사람 좋은 얼굴을 하고 있었지만 몸이 좀 불어 있었다.

"이거 축하해야겠구나. 난 6개월 방위 마치고 취직했다."

술이 좀 오른 듯 그는 짧게 딸꾹질을 하더니, 들고 있던 양복 호주머니에서 명함을 꺼내 지섭에게 내밀었다.

"……오늘 회사 사람들하고 한잔하느라고 말야."

지섭은 그의 명함을 받아 주머니에 넣으며 여러 해 전의 아득한 봄날을 떠올렸다. 함성 소리, 탱크, 철쭉꽃잎, 버스를 타고 지나칠 때마다 눈물이 핑 돌던 그 텅 비고 어두운 캠퍼스.

동기는 버스가 흔들릴 때마다 균형을 잡으려 애를 쓰면서 다른 동기들의 근황을 이야기했다.

"참 여러 곳으로 흩어졌지."

동기는 쓰게 웃으며 입맛을 다셨다. 잠시 침묵이 흘렀다.

"근데 지섭아……."

그는 넥타이를 더 느슨히 풀면서 지섭의 얼굴 가까이 고개를 숙였다. 시큼한 술 냄새, 들큰한 갈비 냄새, 기름 냄새, 땀 냄새, 가까이서 속삭이는 동기의 관자놀이 근육으로 땀이 한 방울 흘러내렸다.

"저어기 저 여자 좀 봐라. 내가 아까부터 보고 있었는데 어찌나 우습던지, 으흐흐."

그는 지섭과 대각선이 되는 곳에 앉아 있는 한 여자를 가리켰다. 한 스물예닐곱 되었을까. 푸르데데한 얼굴을 한 여자가 창가에 앉아 열심히 쥐포를 씹고 있었다. 낡은 블라우스의 레이스가 너덜너덜 목 아래로 늘어져 있다. 여자는 기미가 낀 눈을 찡그리며 이 사이에 쥐포를 놓고 있는 힘을 다해 그것을 찢었다. 여자의 머리끝에서 목까지 팽팽하던 긴장은 쥐포가 찢겨져 나갈 때마다 와해되면서 여자의 머리를 목각 인형처럼 흔들었다. 뭐 별것 아니군. 고개를 돌리던 지섭의 시선이 문득 멎었다. 여자는 눈물을 흘리고 있었다. 버스가 달려가는 서울 거리의 먼 어둠을 응시하는 그녀의 눈에서 눈물이 줄줄 쏟아지고 있는 것이었다.

"으흐흐, 말야. 저 여자 아까 내가 버스에 탔을 때부터 저러고 있었다니까."

친구는 고개를 젖히고 커다란 소리로 웃더니, 별안간 정색을 하고 다시 낮은 음성으로 속삭였다.

"저 여자가 무언가 싸움을 하고 있다는 생각이 안 드니?"

고개를 숙인 친구의 관자놀이에서 작은 맥박이 파닥이고 있는 게 보였다. 둘은 잠시 말이 없었다. 지섭의 시선이 쥐포를 씹는 여자에게로 자주 쏠렸다. 여자는 무릎에 놓은 손수건으로 코를 풀었다.

"내리실 분 안 계세요?"

안내양이 졸다가 흘러내린 모자를 바로 고치며 습관처럼 말했다.

"또 보자. 이번 학기에 복학할 거지?"

두터운 손을 내밀며 악수를 청한 동기는 지섭의 대답을 다 듣지 않고 차에서 내렸다. 지섭은 어두운 창에 이마를 대고 그의 모습을 쫓는다. 그는 눅눅한 바람이 부는 보도에서 지섭을 향해 깃발처럼 벗어 들고 있던 양복 상의를 커다랗게 흔들었다.

버스에서 내렸을 때 밤은 아주 깊어 있었다. 술 취한 남자 하나가 넥타이를 느슨하게 푼 채 걸어가고, 거리의 상점에서 셔터를 내리는 소리가 요란하게 들려왔다. 지섭은 천천히 발을 옮겨 집으로 향한다. 제기랄, 그는 허공을 향해 팔을 휘두르며 개천을 따라 걸어간다.

"흥, 흘러가라, 흘러가라지……. 똥개천도 흐르고 너도 흐르고 나도 흐르고."

그의 낡은 청바지가 운동화 위에서 터덜거린다. 먼저 술을 마시자던 인경은 한 시간 남짓 그와 술을 마시다가 술집 밖으로 뛰쳐나갔다. 술잔을 더 기울이다가 홀로 술집을 나섰을 때 뜻밖에도 인경이 술집 옆 담에 기대어 서 있었다.

—안 간 거였니?

그냥 지나치려던 지섭이 발길을 멈추고 그녀에게 몇 걸음 다
가섰다. 인경은 어둠 속에서 고개를 떨구었다. 지섭은 주머니에
두 손을 찌르고 서 있었다.

　　─가려고 했는데…… 그냥, 가려고 했었는데…….

　　인경의 눈에서 눈물이 뚝 떨어졌다. 다가가 닦아줄 수도, 그
녀를 다시 안을 수도 없었다.

　　"어떻게 하란 말이냐…… 그래 나보고, 응?"

　　달을 향해 주먹질을 하다가 지섭은 개천을 향해 머리를 처박
고 구역질을 했다. 보이는 건 까마득한 어둠뿐. 잡탕에 얹힌 두
부며 김치가 피자파이처럼 둥글둥글하게 개천을 따라 흘러갈
것이다. 입가를 대충 닦고 침을 뱉은 지섭은 문득 고개를 들었
다. 그 어두운 개천 상류에 누군가 앉아 있다. 아른아른한 하얀
옷. 지섭은 풀어지려는 눈동자를 몇 번 깜박이며 초점을 모아본
다. 순간 인경의 흰 스커트 자락이 눈에 스쳤다. 인경이가? 지섭
은 달려가 여인을 붙들었다. 누나였다. 그녀는 개천가에 쭈그리
고 앉아 있었다. 술이 확 깨는 듯한 기분이 들었다. 지섭은 이럴
때마다 공포를 느낀다. 저기 저렇게 조용히 앉아 있는 누나는
미친 누나가 아니다. 그럴 때 누나는 말짱한 정상인이었다. 개천
가 전봇대 위의 전구가 희미하게 개천을 비추고 있었다. 지섭은
그 자리에 우뚝 서 있었다. 머리를 짧게 단발로 자른 누나는 재
민의 엄마도 스물일곱 여자도 아니었다. 마치 서너 살 먹은 어린
아이가 흘러가는 시냇물을 보고 앉아 있듯 누나는 열중하고 있
는 것이다. 우리가 쫓겨 온 산동네를 흐르는 저 구정물에.

"누나, 왜 여기 있어. 밤이 늦었는데……."

"지섭이니?"

혜섭은 초점이 맞지 않는 눈동자로 지섭을 바라보았다.

"가자. 집에 가."

"진규 씨가 돌아올 거야……."

"그래, 집에 가서 기다려도 돼."

"아니야, 곧 온다고 했단 말야."

혜섭은 고집 피우는 아이처럼 완강했다.

"내가…… 집으로 오라고 할게, 응?"

"아니야. 집에 가보았는데도 없었어. 이층까지 다 뒤져봤는걸."

지섭의 악문 이 사이로 바람이 새어 나왔다. 이층집 시절, 그
곳에서 혜섭과 지섭은 이층을 썼고, 자주 들르던 진규와 함께
그들은 그 이층에서 함께 어울리곤 했었다.

지섭은 혜섭의 겨드랑이 사이에 팔을 넣고 그녀를 일으켜 세
웠다. 혜섭은 더 반항하지 않았다. 둘은 의좋은 오누이처럼 좁
은 골목길을 올라갔다. 혜섭은 자주 골목을 두리번거렸다.

"지섭아."

"응?"

"진규 씨한테 무슨 일이 생긴 건 아니겠지?"

지섭의 머리끝이 쭈뼛 일어섰다. 누나는 한 걸음도 벗어나고
있지 못했다. 누나는 그날 속에 갇혀버린 것이다.

"응?"

혜섭이 걸음을 멈추고 다그친다.

"아무 일 없어……."

"밤새 총소리가 들렸어. 밤새도록……."

지섭은 누이의 손을 잡아끌었다. 지섭은 하늘을 바라다본다. 수많은 별들 사이로 진규가 웃는 것이 보인다. 별들이 반짝일 때마다 웃음소리가 들려오는 것만 같다. 누나가 정신을 차려도 나는 괴로울까. 가물거리며 별빛이 멀어진다.

"거, 지섭이냐?"

오누이가 집을 향해 거의 다 올라왔을 무렵 아버지의 목소리가 들렸다. 아버지는 방범등 불빛 아래 뒷짐을 지고 서 있었다. 하루살이들이 전등불빛 주위를 어지럽게 맴돌고 있었다.

"왜 나와 계세요?"

"오늘따라 늦게까지 아무도 안 돌아오길래……."

혜섭의 모습에 잠시 눈길을 주다가 다시 되돌아서 계단을 오르며 아버지가 말했다. 아버지의 뒷모습을 바라보며 지섭은 고개를 숙였다. 예전에도 이런 일이 있었다. 지섭이 중학교 1학년 때이던가. 5년을 키우던 개가 어느 날 홀연 사라진 것이었다. 저녁을 먹고 지섭은 정원으로 나갔다. 아버지가 만들어준 바둑이의 집 앞에 밥그릇만 덩그렁 놓여 있었다. 지섭은 그날 저녁 개를 찾아 동네를 헤매었다. 개는 죽을 때면 제자리에 찾아가는 거란다. 어머니의 말이 떠오르자 지섭은 이번에는 개가 어디선가 죽어가고 있을 거란 생각에 개가 죽고 싶어 할 만한 장소를 찾기 시작했다. 우리 바둑이는 깨끗하니까 산에다 마른 풀을 깔고 죽으려고 할 거야. 지섭은 미친 듯이 뒷산으로 올라갔다.

바둑이를 혼자 죽게 내버려둘 수는 없어. 늦가을 찬바람이 볼을 때렸다. 가랑잎이 바스락거리면 지섭은 멈추어 서서 귀를 기울였다.

—바둑아.

우우 나뭇잎을 스치는 바람 소리뿐 메아리도 돌아오지 않았다. 지섭은 집 뒤의 야산을 한 시간 이상 헤매다가 바둑이가 집으로 돌아와 있을 거라는 생각을 불현듯 했고 이번에는 집을 향해 달음질쳤다.

—거, 지섭이냐?

그때 아버지는 가로등 밑에 서 계셨다. 훨씬 더 젊고 여유 있는 얼굴이었지만.

—아버지, 바둑이 돌아왔죠?

아버지는 고개를 저었다.

—너희들 같이 나간 거냐?

—네?

—혜섭이도 혜주도 모두 슬그머니 나가버렸어.

"아이구, 이느므 계집애가 요즘 왜 이리 늦어. 혼쭐을 내든지 해야지……."

혜주 없이 세 식구가 들어오는 것을 보자 어머니가 중얼거렸다.

"분수를 알아야지……. 밥 먹어야지?"

"전 됐어요. 누나는 밥 안 먹었을 텐데."

"그 등신이 배고픈 걸 알기나 하믄."

어머니는 허리를 두드리며 부엌으로 들어간다. 지섭은 혜섭의 손을 이끌고 수돗가로 가서 혜섭의 손이며 발을 씻겼다. 혜섭의 팔다리는 상처투성이였고 지섭의 손이 갈 때마다 얼굴을 찡그렸다.

툇마루에 앉아 우두커니 오누이를 보고 있던 아버지는 슬그머니 방으로 들어갔다. 어느 방에선가 부부 싸움을 하는 소리가 들리고, 그 옆방에는 신혼부부가 잠들어 있고, 또 어디선가 아기가 악을 쓰고 울어댄다.

지섭은 수건으로 혜섭의 얼굴을 닦아준다. 아버지가 길게 드러눕는 모습이 보였다.

— 흑백 TV라도 한 대 사드리면 좋을 텐데…….

언젠가 혜주가 지나치듯 말했었다. 지섭은 방구석에 흑백 TV를 놓고 그것을 멍청히 바라보고 있는 아버지의 모습을 상상한다. 흑백 TV에는 인경이같이 발랄한 여자들이 무채색으로 등장하고, 아버지는 그 무채색의 세계 속으로 들어가버릴 것이다.

"너도 한술 떠라."

어머니가 작은 밥상을 들고 부엌에서 나오며 말했다.

"전 생각 없어요."

지섭은 먼 곳을 바라보고 있는 혜섭을 툇마루에 앉힌다. 그날 밤 혜주는 돌아오지 않았다.

지옥에서의 한철

사막이었다. 아니, 초록색 풀들이 향기를 내뿜는 평원이었는지도 모른다. 지섭은 지평선이 둥그렇게 펼쳐진 넓은 평원을 걸어가고 있었다. 뜨거운 태양이 지섭의 머리 위를 비춘다. 지섭은 등에 지고 있던 물통을 내려놓고 거기서 물을 따라 마셨다. 태양 열기 때문인지 물은 미지근했다. 한 사발을 마셨을까? 지섭은 물통을 지려다가 다시 그것을 내려 물을 따른다. 마셔도 갈증은 채워지지 않는다. 지섭은 물통을 졌다가 다시 내려놓고 또 물을 마신다. 그래도 목은 여전히 탄다. 물통은 이윽고 비어버렸다. 지섭은 마지막 남은 물까지 다 마셔버리고 다시 물통을 졌다. 물을 다 마셔버렸는데도 물통의 무게는 줄지 않았다. 그는 묵묵히 걸었다. 언덕을 넘어서자 이번에는 시장이 나온다. 사람들이 모두 물을 팔고 있다. 지섭은 주머니를 뒤져 지폐를 꺼냈다.

—물 좀 파시겠습니까?

상인들은 고개를 숙이고 있었다. 지섭은 계속 외쳤다.

—목이 말라서 그렇습니다. 제게 물을 좀 파시지요.

상인은 여전히 고개를 들지 않았다. 지섭은 주위를 두리번거렸다. 모두들 고개를 숙이고 있다. 지섭은 갈증 때문에 마음이 다급해졌다.

—이보세요. 이 물을 좀 파시라니까요!

상인이 천천히 얼굴을 들었다. 맨얼굴이다. 눈도 코도 귀도 입술도 없다. 이상하다. 하지만 두렵다는 생각은 들지 않았다. 저쪽 편에서 누군가가 달려오고 있다.

—누구 없어요? 저희에게 물을 주실 분이 없나요?

혜주는 계속 달려오며 소리를 쳤다.

—제발 물을 좀 주세요. 언니가 죽어가고 있어요.

지섭은 혜주에게 뛰어가려 애썼다. 그러나 발은 말을 듣지 않았다.

—누구 없어요? 언니가 병원에서 애를 낳았대요. 누구 없어요?

"누구 없어요?"

지섭은 눈을 떴다. 방 안이었다. 한낮은 되었는지 밝다. 지섭은 제가 들은 목소리가 꿈속의 연장인지 현실이었는지를 잠시 가려내지 못한다.

"아무도 없나……"

소리는 명확하게 밖에서 들려왔다. 지섭은 벌떡 일어나 방문을 열었다. 못 보던 소년이 서 있었다. 열다섯이나 되었을까.

"어, 사람이 있었네."

소년은 지섭의 모습을 보고 히죽 웃는다.

"왜 그러니?"

"재민이 삼촌 맞지요? 재민이 할머니가 빨리 좀 오시라고 하던데……."

"어디 계신데?"

"파출소에요."

"파출소?"

지섭은 서둘러 남방셔츠를 걸치고 신을 신었다.

"빨리 오시래요."

아이는 다급하면서도 무언가 신이 나 있는 표정이다. 지섭은 단추를 천천히 채우면서 생각해본다. 자신을 찾을 리는 없었다. 지섭은 수도꼭지를 틀고 물을 마신다. 꿈속에서처럼 갈증은 쉽게 사그러들지 않았다.

"왜 그러시는 줄 아니?"

"히히, 가보시면 알 텐데요. 전 전해드렸으니 가겠어요."

아이는 이마의 땀을 닦으며 뛰어나갔다.

"저어……."

파출소 안을 둘러보며 지섭이 말을 꺼냈다.

"어떻게 오셨죠?"

젊은 순경이 일지를 덮으며 지섭을 바라본다.

"저어, 어떤 아이가 와서 저희 어머니가 여기 계신다고 해서……."

"언제 들어오신 분인데요?"

"아니 저 방금……."

"아, 알겠습니다. 반명순인가 그분 말입니까?"

"예."

순간 지섭은 파출소 안의 눈동자들이 일시에 자신에게 모이는 것을 느꼈다. 손을 씻고 있던 의경이 고개를 돌리며 지섭을 바라본다.

"어머니가 무슨 사고라도……."

저지르신 건가요, 하는 말은 나오지 않는다.

"요 앞 식당에 가보십시오."

순경은 일지를 다시 편다. 눈은 그대로 지섭에게 머무른 채다. 모멸과 희롱이 섞인 눈동자다.

"저어, 무슨 안 좋은 일이……."

"아, 아닙니다. 별일 아니에요. 가보시면 압니다."

순경은 묘한 미소를 짓는다. 아니, 미소가 아니라 터져 나오는 웃음을 억누르는 표정이다.

지섭은 파출소 문을 밀었다.

"몸매는 좋은걸, 좀 말라서 그렇지."

"왜, 밤이었으면 골목으로 끌고 가려고?"

지섭이 닫은 파출소 문 안에서 웃음이 터져 나왔다. 지섭은 이를 악문다. 누나다.

혜섭은 아직 영업이 시작 안 된 술집 한구석에서 담요를 쓰고 앉아 있었다.

"아이구, 이제야 오는구만."

낯이 익은 식당 여자가 지섭이 들어서는 것을 보고 말했다. 혜섭의 곁에서 넋이 나간 듯 앉아 있던 어머니가 지섭을 보자 그제서야 눈물을 흘리며 한탄하기 시작했다.

"이게 무슨 망신이란 말이냐, 이럴 수도 있구나…… 으이구 이것아, 니가 어쩌다 이 꼴이 되어가지구 이 어미 속을 이리두 뒤집어놓는 게야."

어머니는 담요를 쓰고 있는 혜섭을 치며 운다. 지섭은 호주머니에서 담배를 꺼내 물었다.

혜섭은 쓰고 있던 담요를 자꾸 벗으려 한다. 담요 한쪽이 쭈르르 미끄러져 내려가자 벗은 어깨가 드러나고 무방비 상태의 한쪽 가슴이 드러난다. 나신이다.

지섭은 다가가 혜섭이 쓰고 있는 담요를 여며주었다.

"글쎄, 내가 아침에 가게 문을 열려고 나가는데, 요 앞에 사람들이 쭈르르 모여 있지 않겠어? 아 무슨 구경이 났나 싶어 가보니깐드루, 글쎄 재민이 엄마가 알몸으루다……."

가겟집 주인은 이야기를 하다 말고 담배를 붙여 문다.

"에이그, 원 세상에. 그래 내가 망연자실해서 서 있는데 마침 재민 할머니가 버스 정류장 쪽으루 내려오는 게 보이더라구. 내가 달려가서 재민이 할머니를 데리구 오니깐드루 벌써 순경이 파출소로 데리고 갔다고 하잖아. 그래 내가 파출소로 가면서 구두닦이 아이를 쫓아 보냈지. 재민이 삼촌을 데리구 오라구."

어머니의 울음소리가 높아졌다. 식당집 여자는 담뱃재를 털면서 혀를 끌끌 찬다.

혜섭은 쓰고 있던 담요를 자꾸 내리려만 한다. 그녀의 흰 이마에 땀이 송글송글 맺혀 있다.

"아주머니, 헌 옷 한 벌 있으면 좀 빌려주시겠어요?"

"아이구머니나, 내 정신 좀 봐라."

어머니가 혜섭에게 옷을 입히고 지섭은 혜섭을 데리고 식당을 나섰다. 뚱뚱한 식당 주인의 옷을 입은 혜섭이 허적거리며 걷는다.

"늦으셨는데 어서 일 가세요."

어머니는 헤어져야 할 길에서 멈추어 섰다.

"지섭아. 너 오늘 일을 잊으면 안 된다. 알지?"

어머니는 눈물을 닦았다. 산동네 아낙으로는 보이지 않을 만큼 고운 어머니의 얼굴이 많이 상했다는 생각이 든다. 눈가에 낀 기미가 눈물 자국 속에서 더욱 짙어 보였다.

"누나는 염려 말고 어여 가세요."

지섭은 혜섭을 데리고 돌아섰다.

리어카 위의 과일들을 매만지고 있던 노점상 아낙들이 혀를 끌끌 찬다.

"얼굴은 규수감인데 어쩌다 저리 됐누?"

"그러길래 말이야. 애까지 딸렸다는데."

"남편은 있구?"

"없나 봐."

"애아버지가 도망을 쳐서 그리된 건가?"

"모르지……. 멀쩡한 여편네도 두고 도망치는 세상인데 미친 여편네 두고 볼 남자가 있을까?"

지섭은 혜섭의 손을 이끈다.

"봤지, 응? 형도 봤지?"

"짜식 대가리에 피도 안 마른 게 무슨."

"굉장히 시커멓든데 히히…… 아야, 왜 때려, 난 본 대로 말한 것뿐인데."

구두닦음이란 차양 속에 있던 소년 둘이 서로 다투면서도 얼굴을 내밀고 혜섭을 구경한다. 중국집 종업원이 양파 꾸러미를 내려놓다 말고 혜섭을 보고 있다.

지섭은 담배를 문다. 어서 가을이 왔으면.

— 지섭아, 너 오늘 일을 잊으면 안 된다. 안 된다…….

어머니의 목소리가 동굴 속에서 울리는 메아리처럼 들려온다. 집으로 들어선 지섭은 윗도리를 벗어 툇마루에 걸쳐놓고 세수를 한다. 그건 무슨 뜻인가. 아버지가 느닷없이 쫓겨나지만 않았어도, 아버지가 그토록 철저하게 사기를 당하지만 않았어도, 아니, 누나가 그토록 똑똑하고 아름다운 처녀만 아니었더라도. 할퀴어대듯 달려드는 생각을 잊으려고 지섭은 얼굴을 북북 닦는다. 대야에 담은 물을 비우자 물은 여기저기 깨어진 시멘트 마당 위로 흘러간다.

"누나."

혜섭은 방 안에 멍청히 앉아 있다. 지섭이 거듭 부르니 천천히 고개를 돌렸다.

"다시는 밖에 혼자 나가지 마, 알았어?"

혜섭은 지섭의 눈치를 살핀다. 지섭의 눈빛은 완강하다. 혜섭은 겁먹은 아이처럼 고개를 끄덕이더니 무릎에 얼굴을 묻는다.

지섭은 부엌으로 나가 아침에 어머니가 봐두고 나간 아침을 들고 들어왔다. 지섭은 혜섭의 손에 숟가락을 쥐어주었다. 혜섭은 조용히 밥을 먹는다. 지섭은 자신의 밥그릇에 가득 담긴 푸석한 밥알들을 바라보았다. 먹자. 짐승처럼 먹자. 지섭은 미어지게 밥을 퍼 넣고 우적우적 씹는다. 우리 가족의 가슴속에 겹겹이 박힌 이 못을 누가 뽑아줄 수 있을까?

그러고 보니 어젯밤 혜주가 돌아오지 않은 것이 문득 떠오른다. 어젯밤 늦게까지 혜주가 돌아오나 하고 신경을 곤두세우다가 새벽녘에야 잠이 들었던 것이다.

"아이구, 재민이 삼촌!"

신 씨의 아낙이 부업으로 하고 있다는 인형 옷들을 잔뜩 들고 지섭을 다급히 불렀다. 그녀는 숨을 헉헉거리고 있었다. 급하게 뛰어올라온 모양이었다.

"빨리 가보더라고. 재민이가 개천가에 떨어진 걸 내가 지금 병원에다 데려놓고 오는 길인께."

지섭은 숟가락을 놓고 일어섰다. 오늘 아침부터 재민이를 생각하지 않고 있었다. 혜주가 없으니 재민이를 자신이 돌보아야 했던 것이었다.

"많이 다쳤나요?"

"머리가 터졌네. 내 우선 병원 응급실에다 맡겨놓고 달려오는 길인께 어서 가봐."

"머리가요? 어느 병원이지요?"

"요 아래…… 있잖여 왜, 그 큰 병원."

아낙은 생각이 떠오르지 않는지 제 머리를 친다.

"박애병원이요?"

"거기가 박애병원인가? 맞을 거여. 큰 데라곤 거기 한 곳뿐인께."

다행히 재민은 머리를 두 바늘 꿰맬 정도의 상처만을 입었을 뿐이었다. 재민은 마취한 이마가 서서히 아파오는지 울음을 터뜨리고 있었다.

"보호자 되세요?"

재민의 앞이마에 반창고를 붙여주던 간호사가 들어서는 지섭에게 물었다.

"네. 저, 아이는 괜찮을까요?"

"괜찮아요. 우선 수납에 가서 수속을 하고 오세요."

지섭은 머뭇거린다. 돈이라면 백 원짜리 몇 개뿐이었다. 간호사는 머뭇거리는 지섭을 힐끗 보더니 문을 열고 나가버린다. 지섭은 그녀를 따라갔다.

"저…… 지금은 돈이 없는데요.'"

"전 모르겠어요. 수납에 가서 말씀해보세요."

상냥하게 대꾸해도 좋으련만 간호사의 말투는 몹시 쌀쌀했다.

지섭은 그녀의 뒷모습을 바라보다가 재민을 데리고 다시 나온다.

"삼촌, 아파. 재민이 꽝 했어."

"그래, 그래. 이젠 안 아플 거야."

"아니다. 아파."

"삼촌이 재민이가 안 울면 나가서 껌 사줄게. 그러니 울지 말아야 한다."

재민은 여전히 울면서 그래도 고개를 끄덕였다.

수납이라고 쓰여 있는 창구 앞 벤치에 재민을 앉혀놓고 지섭은 반원으로 뚫린 조그만 구멍에 머리를 숙였다.

"저어, 여기 책임자 되시는 분이 어느 분이십니까?"

"왜 그러시죠?"

깡마른 체구에 검은 테 안경을 쓴 사내가 계산기를 두드리다 말고 지섭을 올려다본다.

"제 조카가 머리를 두 바늘 꿰맸는데 지금은 돈이 없습니다."

사내는 말을 하는 지섭을 외면하고는 신경질적으로 다시 계산기를 두드렸다.

"죄송합니다. 어머니가 돌아오시는 대로 곧……."

사내는 대답이 없다. 뚱뚱한 아낙이 다가와서 사내를 불렀다.

"얼마예유? 성준식이……."

"예, 약은 받으셨지요?"

"예."

"11만 원입니다."

아낙은 한숨을 쉬더니 몸뻬 앞에 차고 있던 전대에서 돈을 꺼낸다. 만 원짜리 오천 원짜리 천 원짜리에 동전까지 털어놓는다. 사내는 돈을 세어보고 나서 얼마 후에 다시 와서 약을 타가라고 말한다. 아낙은 열 살 남짓한 아이를 업는다. 아이는 하얀 깁스를 다리에 대고 있다. 엄마가 꾸중을 할까 봐 잔뜩 겁먹은 표정을 짓고 있다가 아낙이 등을 내밀자, 얼른 제 어미 등에 업혀 아기처럼 고개를 묻는다.

"죄송합니다."

지섭은 아낙이 사라지는 것을 보며 다시 창구로 다가가 거듭 말했다.

"의료보험증은 있나?"

지섭은 없다고 대답한다.

"……그럼 학생인가?"

"아닙니다."

"나도 그렇게 해주고는 싶지만……."

사내는 안경테를 올리고 잠시 망설이는 표정을 지었다.

"그럼 오늘 여섯 시까지 오게. 자네 얼굴 보고 결정하는 거야. 만일 자네가 오지 않으면 내 월급에서 깎이는 거구."

"고맙습니다."

지섭은 재민을 안아 올렸다.

"삼촌, 껌."

"그래 사줄게, 우리 재민이 껌 사줄게."

아이는 앙상한 팔다리를 흔들며 지섭에게 안긴 채 병원 문을 나선다.

사진 속에서 웃는 행복

약속 시간은 아직 15분 정도 남아 있었다. 민수는 레스토랑의 문을 밀면서 왜 인경이 이런 곳에서 자신을 만나자고 했을까를 잠깐 생각했다. 인경이나 민수가 늘 드나들던 학교 앞의 다방이나 레스토랑과는 비교가 안 되는 곳이었다. 검정 넥타이를 맨 남자가 들어서는 민수에게 다가와 공손히 절을 했다. 그는 민수의 파마기 없는 단발과 청바지 차림을 보더니 약간 의외라는 표정을 잠깐 짓고 나서, 그러나 몸에 밴 듯한 친절한 어투로 물었다.

"채민수 씨 되십니까?"

민수는 꽃자주색 카펫이 깔린 넓은 홀을 힐끗 보면서 남자에게 고개를 끄덕여 보였다. 갑자기 이 화려한 풍경 앞에서 자신이 구질구질하게 느껴진다. 민수는 침을 꿀꺽 삼키고는 남자를 따라갔다. 남자는 민수를 흰 칠을 한 문이 달린 방으로 안내해 갔다. 그는 민수에게 문을 열어주고 나서 무표정하게 제 팔뚝의 시계를 들여다보더니, 잠시 기다리라는 말을 남기고 룸의 문을 조용히 닫고 나갔다. 민수는 연분홍 우단 소파에 앉으면서 룸을 한 바퀴 돌아보았다. 은빛 벽지를 바른 호사스러운 벽과 푸른 정원이 보이는 통유리창, 그리고 천장에 달린 투명한 샹들리에. 민수의 눈이 창가에 있는 흰 그랜드 피아노에 가서 잠시 멎었다. 아까 방을 나갔던 남자가 화려한 장식이 달린 은쟁반에 얼음물 한 잔을 얹어가지고 들어와서 민수가 앉은 탁자에 올려놓고 나갔다.

민수는 차가운 얼음물을 마시고 나서 흰 그랜드 피아노를 물끄러미 바라보았다. 어린 시절 자신이 치던 피아노 소리가 민수의 가슴속으로 천천히 울려오기 시작했다. 가끔씩 집에 들르던 아버지는 민수가 치는 피아노 소리를 무척 좋아했다. 이층에서 피아노를 치고 있으면 계단을 올라오는 아버지의 실내화 소리가 들려왔고, 민수는 발걸음을 따라 올라오는 파이프 담배 냄새로 아버지가 가까이 오신다는 걸 느끼곤 했다. 오랜만에 뵙는 아버지를 기쁘게 해드린다는 것은 얼마나 즐거운 일이었던가. 언제나 괴로움과 함께 밀려드는 그 피아노 소리가 오늘따라 잔잔하게 민수의 가슴으로 울려왔다.

민수는 생각을 떨쳐버리려는 듯 시계를 들여다보며 얼음물을 마셨다.

"벌써 와 있었구나."

높고 쾌활한 목소리가 들리면서 인경이 룸의 문을 미는 것이 보였다. 뒤이어 연한 하늘색 양복을 입은 남자가 들어서는 것을 보면서 민수는 엉거주춤 일어섰다. 민수의 머릿속으로 그때 지섭의 얼굴이 얼핏 스쳐간 것은 아마 그가 인경의 약혼자라는 것을 직감했기 때문이었으리라.

"말씀 많이 들었습니다. 저 황경식이라고 합니다."

인경의 약혼자는 일어서 있는 민수를 향해 활짝 웃으며 말했다.

"안녕하세요. 채민수예요."

세 사람은 널찍한 룸의 한구석에 자리를 잡았다.

"비가 그치고 나니까 또 덥네. 여름이 다 간 줄 알았는데……."

인경이 향수 냄새가 짙게 풍기는 부채를 꺼내 약한 바람을 일으키며 말했다.

"경식 씨, 우리 우선 시원한 것부터 해요. 민수 너 뭐 마실래?"

"글쎄…… 아무거나."

아까 민수를 이곳으로 안내했던 검정 나비넥타이의 남자가 다시 룸으로 들어왔다. 황경식은 그에게 낮은 소리로 무언가 주문을 하고 있었다.

"민수야, 맛있는 것 마음껏 먹어. 여기 경식 씨네 집안에서 하는 레스토랑이야."

주문을 하는 황경식을 살짝 보면서 인경이 민수의 귀에 대고 소근거렸다.

"저…… 송아지 스테이크하고 적포도주 괜찮으십니까?"

황경식이 주문을 하다 말고 민수를 향해 물었다.

"어떠니 민수야?"

인경이 활짝 웃으며 다시 물었다. 민수는 아무거나 괜찮다는 표정을 지으며 웃었다. 그러나 웃음 뒤의 얼굴이 쉽게 펴지지는 않았다.

―민수야…… 지섭이 형 제대했다. 어제 만났어…….

일주일 전쯤 민수를 만나 차를 마시다가 인경은 곧장 울기 시작했다.

―내가 언니였다면 그런 식으로 사랑하지는 않았을 거야.

민수도 곧바로 대답했다. 지섭과 헤어지겠다고 울던 인경, 주정하던 인경의 모습. 오랜 시간 계속되는 인경의 그러한 혼란스러운 모습에 민수는 짜증을 느꼈다. 자기 자신의 한 가지 행위의 부당함에 끈질기게 집착함으로써 그 이외 자신이 저지른 잘못에 대한 괴로움을 대치하고 있는지도 모른다고 생각했기 때문이었다.

―넌 몰라. 졸업은 다가오고, 사랑하는 사람은 아주 멀리 있을 때, 멀리 있는 그가 정말로 멀리 있는 사람처럼 날 무심히 대할 때…….

―그렇다면 다가가든가 달아나든가 둘 중에 하나겠지. 왜 언니가 움직인다는 생각은 하지 않는 거지?

곧 식사가 차려졌다. 민수는 송아지 스테이크의 여린 살을 천천히 씹는다. 인경은, 음식에는 거의 손을 대지 않은 채 포도주만을 마시고 있다. 인경의 얼굴에는 이상스럽게도 과장된 쾌활

함이 엿보였다. 그건 그녀의 얼굴에 덮인 화장기와도 같은 것이
었다. 민수는 짜증스럽고 울고불고하던 인경의 모습이 차라리
조금은 더 아름다웠다고 생각한다.

"영문과이신가요?"

황경식이 넥타이를 느긋이 풀며 말했다. 샹들리에의 불빛이
그의 흰 와이셔츠 위로 희번덕이며 흘러내렸다.

"네."

"그럼 영어 잘하시겠네요."

그저 처음 만난 사람에게 건네는 의례적인 대화들이 오고 갔
다. 불편해하는 민수와 어색해하는 황경식과는 상관없이 인경
은 가끔씩 황경식과 민수의 대화에 끼어들어 깔깔거리곤 했다.

"경식 씨, 민수 말예요. 누구라고 말하면 다 알 만한 고관집
따님이에요. 그런데 그런 것 다 뿌리치고 집 나와서 고생하면서
살아요. 왜 그런지 알아요? 우리 같은 사람은 이해할 수 없는
경지죠."

포도주 잔을 든 인경이 풀어진 눈으로 웃었다. 민수는 입속
에 든 찬 포도주를 어렵게 삼켰다. 민중, 역사, 시대, 이런 말들
을 거부감 없이 민수에게 가르쳐주었던 인경은 참으로 아름다
운 사람이었다. 스스로에게 철저했고 후배들에게 성실했던 선배
였다. 그러나 지난봄 어느 날 인경은 느닷없이 서클을 나갔고,
민수와는 늘 무너진 얼굴로 마주쳤다.

무엇이 그녀를 그렇게 만들었는지 민수는 알 수 없었다. 단순
한 계층 상승 욕구라든가 연애에의 실패 때문이라는 것은 납득

이 가지 않았다. 민수는 은빛 벽지로 도배한 벽에 걸려 있는 의미 없는 추상화를 의미 없이 바라보고 있다.

"아, 그러십니까…… 여자 분이 집을 나오시면……."

황경식이 애매하게 미소를 지었다. 그의 얼굴에는 고관집 딸에 대한 호기심과, 여자가 가출을 했다는 것에 대한 봉건적인 불쾌감과, 자기도 결코 이 사회를 좋게 생각하고 있지만은 않다는 소시민적 열등감이 복잡하게 어려 있었다.

"경식 씨, 여자라는 말을 쓰면 안 돼요. 민수는 투사라고요."

인경의 말투에는 자기 자신을 향하는 것인지 타인을 향한 것인지 모르는 빈정거리는 분위기가 배어 있었다. 민수의 얼굴이 천천히 굳어져갔다.

인경이 왜 자신에게 이런 식의 모습을 보이는지 이해할 수 없었다. 그러나 민수는 이해하려고 애쓰기보다 울컥 분노가 솟아오르는 것을 느꼈다. 민수의 그런 표정을 바라보던 인경이 고개를 숙이고 손톱에 칠해진 매니큐어를 매만졌다.

"경식 씨, 나 담배 한 대 피워도 될까요?"

불쑥 물으면서 인경은 이미 담배 한 개비를 뽑아 들고 있었다. 순간 황경식의 얼굴에 당황한 표정이 스쳤다. 그 표정은 이내 구겨졌고 잠시 후에는 다시 풀어졌다.

"담배는 몸에 해로워. 이건 닥터로서의 충고야."

그러나 황경식은 인경의 담배에 불을 붙여주는 여유도 가지고 있었다. 인경이 담배 연기를 내뿜었다. 인경의 피곤한 눈매 위로 지섭의 얼굴이 겹쳐진다.

"경식 씨, 피아노 쳐봐요."

"피아노?"

"그래요."

인경은 황경식을 향해 살짝 웃었다. 그러나 황경식은 자신의 만류에도 불구하고 담배를 피우는 인경에게 아직 마음이 다 풀리지 않은 모양이었다.

"아이, 쳐봐요 얼른."

인경은 담배를 비벼 끄고 황경식의 팔을 당겼다.

"어이, 이거 참."

황경식이 흰 그랜드 피아노를 쳐다보며 소년처럼 쑥스러운 표정을 지었다.

"그래요, 제가 사랑하는 후배 앞에서 한 곡조 뽑아보세요."

황경식은 잠시 망설이는 듯하더니 양복 윗도리를 벗고 피아노를 치기 시작했다. 꽤 수준급 솜씨였다. 아름다운 피아노 소리가 호사스러운 방 안을 울리고 있었다. 소파에 등을 기대고 담배를 맛나게 피우던 인경이 갑자기 민수의 곁으로 다가와 낮게 속삭였다.

"어떠니?"

"잘 치는데."

민수는 짧게 대답했다.

"아니, 경식 씨 말야."

민수는 풀어진 인경의 눈을 잠시 바라보았다. 인경이 민수의 눈을 마주 받았다. 민수가 먼저 시선을 돌리며 중얼거렸다.

"언니와 잘 어울리는군."

"좋은 뜻으로 받아들일게."

입술을 씹으며 다시 고개를 드는 민수에게 인경이 천한 여자처럼 한쪽 눈으로 윙크를 하며 웃었다.

민수는 울리는 피아노 소리를 들으며 아름다움이란 도대체 무엇일까 생각했다. 인경의 흰 마직 원피스, 나무랄 데 없이 꾸며진 룸, 황경식이 치고 있는 제비 같은 그랜드 피아노, 교정에 피어난 코스모스와 붉은 샐비어, 동료들의 찢겨진 옷, 기도하는 것 같은 표정으로 등사물을 밀던 선배들, 그리고 밧줄에 매달린 선배들…….

"경식 씬 시인이기도 하단다. ××지로 올봄에 데뷔했어."

민수는 가방과 책을 챙겼다.

"나 약속이 있어서 가봐야겠어."

"너 화났니?"

인경과 민수의 눈이 다시 날카롭게 마주쳤다.

"너 화났니?"

가로등이 비치는 어두운 길로 자동차들이 달려갔다. 민수는 목구멍으로 꾸역꾸역 밀려오는 슬픔을 참으려고 이를 악물고 앞만 똑바로 보고 걷는다. 황경식의 만류에도 불구하고 굳이 민수를 따라 나온 인경이 성큼성큼 걸어가는 민수의 팔을 붙들었다.

"왜 화가 났다고 생각하지?"

민수가 걸음을 멈춘다. 인경도 걸음을 멈추었다. 민수는 가로등 불빛에 흔들리는 창백한 인경의 얼굴을 외면하고 서 있다.

"……우리 어디 가서 차 한잔 할까?"

"아직 더 확인시켜줄 게 있는 거야?"

민수가 가시 돋친 목소리로 물었다. 인경의 커다란 눈에서 갈색 눈동자가 이리저리 흔들렸다.

"그래. 한 가지 더 확인시켜줄 게 있어."

들어선 카페는 몹시 어두컴컴했다. 배가 나온 중년의 사내들이 여자들과 술을 마시다가 민수와 인경이 들어서는 것을 의아한 표정으로 바라본다. 둘은 구석진 자리에 앉았다. 인경이 술을 시켰다. 민수는 도사리듯 팔짱을 끼고 인경의 얼굴을 바라보고 있다. 민수와 마주 앉은 인경의 머리 위에서 붉고 어두운 등이 흔들리고 있었다.

"약혼식 사진이 오늘 나왔어."

인경이 핸드백 속에서 사진 한 장을 내밀었다. 분홍색 한복을 입은 인경이 꽃같이 웃고 있었다. 민수는 사진을 보지도 않고 인경 쪽으로 거칠게 밀어버렸다.

"니가 날 이해하리라고는 생각하지 않았어."

인경이 날라온 진토닉을 단숨에 반 컵쯤 마시고 나서 말했다.

"알면 됐어."

인경이 물끄러미 민수의 얼굴을 바라보았다. 그녀의 얼굴에는 이상한 슬픔이 어려 있었다. 민수는 그런 인경의 표정조차 별로 용서하고 싶지 않았다. 이상했다. 인경과 이런 식으로 마주 앉아 있으면 감정이 자꾸 한편으로 몰렸다. 울컥울컥 치밀어 오르는 짜증과 분노와 배신감. 너무 믿었던 선배였기 때문이었는지도 몰랐다. 그러나 민수는 인경을 향해 치받쳐 오르는 노여움이 아직은 사랑이라고 믿고 싶었다. 그것은 인경을 아직 포기하지 않는다는 이야기도 된다. 그러므로 아직은 쉽게 노하거나 실망해서도 안 된다. 하지만 인경의 풀어진 눈동자를 보고 있으면 다시 스스로도 어쩔 수 없을 만큼 인경을 향한 노여움이 솟아오르는 것이다.

"생각나니? 너 일학년 때, 서클에 더 이상 나오지 않겠다고 우기던 거."

불쑥 인경이 물었다. 옛이야기를 하는 사람처럼 인경의 얼굴엔 아련한 분위기마저 감돌았다. 민수는 당황한 듯 진토닉 한 잔을 단숨에 비운다.

"그래서 그때 언니가 내게 그랬던 것처럼 나보고 언니를 설득해달란 말이야?"

"아니…… 아니야. 그런 건 아니야……"

이번에는 인경이 당황한 듯 손을 커다랗게 저었다. 그러고는 잠시 후 맥 빠진 웃음을 지었다.

"하지만 이상해…… 가끔 널 보고 있으면 설득받고 싶다는 생각이……"

"설득은 내가 하는 게 아니잖아. 그때도 언니는 날 설득하지 못했어. 하지만 언니가 이런 말 했던 것은 기억나. 운동이 널 버릴 수는 있어도 네가 운동을 버릴 수는 없을 거라고……. 원한다면 그 말을 되돌려주지."

인경의 얼굴이 서서히 굳어갔다. 자신이 후배에게 한 충고가 이렇듯 아프게 자신에게 되돌아올 수도 있다는 사실을 몰랐던 것처럼. 인경이 남은 진토닉을 천천히 들이켰다. 얼굴이 굳어지기는 민수도 마찬가지였다. 일학년 초 딱딱한 경제학 공부라든가, 내용도 확실히 들어오지 않던 일어 서적들, 후줄근한 동료들의 입에서 풍기던 역한 막걸리 냄새, 이런 것들이 민수가 그리던 대학은 아니었었다. 오히려 커다란 애드벌룬이 떠 있는 축제의 날, 라일락 그늘 아래서 말쑥한 남학생이 천천히 치는 통기타 소리, 술에 취해 부른 아릿한 감상의 노래, 뒷골목의 울음소리들……. 이런 것들이 민수의 마음을 끌었었다. 인경은 민수의 이런 심정을 듣고 이해해주었지만 인정하지는 않았다.

—그래 언니, 솔직히 말할게. 내가 고민하는 것은 어쩌면 다 위선이라는 생각이 들었어. 학교에서 노동자니 농민이니 이런 말들 하면 뭘 해? 학교를 나서는 순간, 아니, 서클실을 나서는 순간, 아니아니, 아이들과의 토론 중에서 나는 가끔 다른 것들을 생각해. 그것들은 내 생활의 거의 대부분을 차지해왔고 지금도 그럴 뿐 아니라 앞으로도 그럴 거라 여겨지는 그러한 것들이야. 더욱 집에 돌아가면…… 언니도 알잖아?

—아버지 때문이니?

—……그럴 수도 있겠지. 하지만 꼭 그런 건 아냐. 문득 우리 모두가 잘못 생각하고 있을지도 모른다는 생각이 들어. 노동자들 부당한 대우받는 것, 나도 알아. 그러나 우리가 그 사람들을

불행하다고 생각하는 것이 단지 우리 기준에 의해서인 것은 아닐까 하는 생각이 들어. 그들은 한 달에 한 번 적금 붓는 재미에 살 수도 있잖아? 그런 사람들에게 꼭, 이보세요, 당신이 지금 얼마나 비참한지 알기나 하는 거예요, 하고 물을 필요가 있을까?

그런 민수를 바라보는 인경의 얼굴에는 서글픔 같은 것이 어려 있었다.

―민수야, 불행한 현실을 감당하지 못하고 자기 최면을 걸어, 혹은 누군가가 그에게 불행한 현실을 똑바로 보지 못하도록 최면을 걸어, 비참한 삶과는 아무 관계없는 환각 속에서 늘 웃고 지내는 사람이 있다고 하자. 그러나 우리는 그를 행복하다고 말하지 않아. 그것은 단지 환각을 필요로 하고 있기 때문이야. 한 번뿐인 평생을 미친 채로 살아가기로 결심하지 않는 한, 환각은 깨어질 수밖에 없는 것이고, 그 환각에서 깨어났을 때, 자신이 팽개쳐놓은 현실이 얼마나 더 나빠져 있는지 알게 될 거야.

―그래, 좋아. 언니가 말한 것이 틀리다고 주장하고 싶지는 않아. 내 도움이 필요하다면 내가 도와줄 일도 있으리라 생각해. 하지만 더 이상 강요하진 말아줘. 일단 성적에 신경을 써야 해. 유학 갈 예정이거든.

그리고 민수는 서클을 탈퇴했다. 시간들은 그런대로 흘러갔다. 미팅도 하고 고고장에도 가고, 술을 마시고 길바닥에 퍼질러 앉아 산전수전 다 겪은 듯한 목소리로 유행가도 불러보았다. 그것은 다채로운 즐거움이었고 민수는 자신이 무채색의 세계에서 유채색의 멋진 세상으로 솟구쳐 오른 기분을 느꼈다. 꽃잎의 여린 속살 하나하나, 푸른색으로 내리던 장마 빗줄기, 여름 바다 파도의 희고 싱그런 이빨, 가을을 알리던 건조한 바람 소리…… 새들이 그 하늘 위로 날아올랐다. 그러나 민수의 가슴 속에는 조금씩 공허 같은 것이 쓰러져 쌓이기 시작했다. 그것은 거대한 둑에 뚫린 작은 구멍과 같은 것이었는지도 몰랐다. 불빛이 휘황한 한길에서 친구와 손을 흔들며 헤어져 돌아설 때, 그리하여 집으로 나 있는 어두운 골목길을 혼자 걸을 때 내쉬던 한숨 같은 것이었다. 그러면서 민수는 가끔 알지 못하는 고통에 시달리곤 했다. 먼지 나는 길가에 앉아 누런 단무지와 고추장으로 점심을 먹는 청소부들, 집안 식구들과 멋진 저녁을 먹으러 가거나 아버지의 커다란 승용차를 타고 길을 지나갈 때, 민수는 자주 고개를 돌렸다. 그러면 색유리가 끼워진 자동차 안이 뿌옇게 흐려지면서 다채롭던 유채색의 세상이 무채색으로 변해가곤 했다.

둘 다 잠시 말이 없었다. 모두 옛일을 생각했으리라. 인경이 빈 진토닉 잔을 뱅글뱅글 돌리며 먼저 말을 꺼냈다.

"무섭구나 민수야……. 하긴, 난 널 이해할 수 있어. 한때 내게 운동이 전부인 것 같은 시기가 있었으니까."

옆 테이블에 앉은 중년들과 여자들이 요란하게 웃어댄다.

"그런 식으로 말하지 마. 단지 한때일 뿐이라고? 상황은 그대로일 뿐인데…… 아니, 날마다 조금씩 조금씩 올가미를 죄어오고 있는데, 언닌 느끼지 못해? 숨이 막혀오고 있어. 목을 조르

듯 조금씩…… 그걸 느끼지 못한다면 그건 아마 언니가 환각 속에서 살고 있기 때문이겠지."

"그래…… 그래, 그건 인정한다, 인정해."

인경은 커다랗게 고개를 끄덕였다. 자꾸 고개를 끄덕이면서 인경은 어깨까지 흘러내린 제 머리를 쥐어뜯기 시작했다.

"모르겠어 민수야, 정말 모르겠어. 하지만 돌아갈 수 없어. 너무 깊숙이 들어서버렸어. 혼자 힘으로는 빠져나갈 수 없을 것 같아…… 너무 거대해…… 너무……."

"빠져나올 수 없으면…… 깊숙이 빠져버려."

민수가 차갑게 뱉었다. 머리를 쥐어뜯던 인경의 동작이 순간 멎으면서 그녀의 턱이 민수를 향해 천천히 치켜졌다. 인경의 눈에 서글픈 광기 같은 것이 어렸다. 민수는 갑자기 울음이 터져 나올 것 같아 풍선처럼 부풀어 오르는 볼을 악다문 이로 버티고 있었다. 인경의 입가에 희미한 미소가 어렸다. 인경은 천천히 아까 제가 내놓았던 약혼 사진을 챙겼다.

"확인시켜줄 게 하나 더 있다고 했지?"

민수는 자리에서 벌떡 일어섰다. 놓치지 않겠다는 듯 인경도 재빨리 말했다.

"그게 바로 이거야."

인경은 악마 같은 표정을 지으며 민수에게 사진을 들어 보였다.

"어때? 행복해 보이지 않니? 난 이 순간에도 죽고 싶다는 생각을 계속하고 있었거든. 하지만 이 사진 속의 나는 아주 행복해보여…… 행복이라는 것, 산다는 것, 고통, 아픔…… 그건 모두 과거형일 뿐이야. 우리가 인식했을 때는 이미 그것은 박제되어 있을 뿐이라는 거지. 그걸 확인시켜주고 싶었어."

민수는 인경의 말을 다 듣지 않고 카페를 뛰쳐나와 어두운 밤거리를 달렸다.

마음이 가난한 자에게

밤새 바람은 문밖에서 울었다. 어디선가 아득한 곳에서 낮은 천둥소리가 들려오고 마당에 널린 빨래들이 숨 가쁘게 펄럭이더니, 아침이 되자 바람이 좀 멎은 대신 굵은 비가 쏟아져 내리기 시작했다.

"아침부터 웬 담배를 그리 피워대. 비가 와서 재민이도 방에 있는데……."

늦은 아침상을 들고 방문을 열며 혜주가 말했다.

"난 생각이 없는데."

"엄마가 오빠 밥 챙겨주라고 열 번도 더 말하고 나갔어."

혜주는 작은 상을 지섭의 앞으로 밀어놓고는 방구석에서 놀고 있는 재민을 밥상 앞에 끌어다 앉힌다. 지섭은 빗물이 떨어지는 마당으로 담배를 획 던지고 머뭇머뭇 숟가락을 든다. 방구

석에 쪼그리고 앉아 제 무릎에 머리를 박고 있는 혜섭의 모습
이 보인다.

"누나, 밥 좀 먹을래?"

혜섭은 움직이지 않았다.

"놔둬. 오늘은 웬일인지 아침부터 밥도 안 먹고 저러고만 있
는걸."

재민의 작은 밥숟가락 위에 구운 갈치를 발라 올려주며 혜주
가 시큰둥하게 말했다.

―오빠, 무서워죽겠어. 언니가 말이 없는 날은 왠지 하루 종
일 머리카락이 쭈뼛쭈뼛 서는 기분이야.

지섭이 첫 휴가를 나왔을 때 혜주는 지섭에게 와락 뛰어들며
눈물을 흘렸었다.

―괜찮아. 누난 지금 싸움을 벌이고 있는 거야. 누날…… 편
안히 내버려두자.

지섭은 혜주의 작은 어깨를 두드리며 말했다.

지섭은 멀건 콩나물국을 숟가락으로 휘휘 젓는다.

"이젠 여름이 다 갔나 봐……. 비 오고 나면 찬바람이 불겠지."

혜주가 방문 밖으로 떨어지는 빗소리에 잠시 귀를 기울이다가
말했다. 지섭은 혜주의 시선을 따라 내리는 비를 바라보다가 밥
을 커다랗게 몇 번 입속으로 밀어 넣고는 콩나물국을 들이켠다.

"참 오빠, 다시 학교 나가는 기분이 어때?"

재민의 턱에 흘러내린 밥알을 떼어주며 혜주가 스치듯 물었
다. 지섭은 밥상에서 물러나 담배를 하나 물었다. 비를 피해 들

어온 파리가 밥상 가를 맴돌다가 천장에 가서 앉는다.

"자아, 우리 재민이 밥 많이 먹었다. 삼촌이랑 밥 먹으니까 좋지? 할머니가 이런 갈치 같은 건 삼촌 상에만 올려준단다."

재민에게 숭늉을 한 모금 먹이고 혜주는 재민의 입가를 알뜰하게 닦아준다.

혜주가 돌아오지 않은 게 그제였던가.

"이모, 재민이 나갈래, 나갈래."

재민은 방구석에 사물처럼 굳어 있는 혜섭을 두려운 시선으로 바라보며 혜주의 치맛자락을 붙든다.

"안 돼. 오늘은 비가 와서 이모랑 같이 방에 있어야 돼. 자, 저쪽으로 가서 자동차 갖고 놀아, 착하지?"

재민은 손가락을 입으로 집어넣으며 잠시 제 엄마와 혜주를 살피더니, 혜주의 곁에서 바퀴 빠진 자동차를 굴리며 붕붕 입소리를 냈다.

"혜주야…… 오빠가 대학 보내줄게. 공부만 열심히 해."

그릇을 챙기던 혜주의 동작이 잠깐 멎었다. 그러나 혜주는 다시 그릇들을 챙기면서 피식 웃었다.

"정말이야. 오빠가 돈 벌어서……."

지섭의 목소리에는 자신이 없다. 지섭은 담배의 필터를 질근질근 씹었다.

"그만둬…… 괜찮아. 그럴 돈이 있으면……."

혜주의 눈길이 혜섭의 앉은 자세에 가서 멎었다. 지섭과 혜주가 모두 입을 다물었다. 재민의 바퀴 빠진 자동차가 부릉부릉

시동을 걸고 있다.

"오빠 걱정이나 해. 엄만 아마 날 팔아서라도 오빨 졸업시키려고 할걸."

혜주는 밥상을 반짝 들고 부엌으로 갔다. 지섭은 혜주가 다시 들어오기를 기다리며 길게 담배를 뿜었다.

"아, 이거 차비, 엄마가 주랬어."

혜주는 제 바지 주머니에서 꼬깃꼬깃한 천 원짜리 지폐 두 장을 내밀었다. 지섭은 그 돈을 방바닥에 그냥 놓아둔 채 담배를 재떨이에 톡톡 턴다.

"뭐 오빠한테 이야기하고 싶은 것 없니? 고민이라든가……."

혜주의 외박을 생각하며 지섭은 어조를 생각보다 누그러뜨렸다.

"아니."

방어 자세를 취하듯 혜주가 짧게 끊었다.

"그래."

훌쩍하니 성숙해진 혜주의 모습을 훑으며 지섭은 담배를 다시 길게 내뿜는다.

"오빤 내가 그저께 어디서 잤냐고 묻고 싶은 거 아냐?"

혜주의 눈초리에서 불꽃이 반짝 튀었다.

"오빠가 그 정도 걱정하면 안 되는 거니?"

당돌한 혜주의 말투에 이번에는 지섭이 약간 언성을 높였다.

"닦달이라면 엄마한테 충분히 들었어."

혜주의 목소리는 가라앉아 있었지만 가시가 돋쳐 있었다. 지섭은 방바닥에 깔린 비닐 장판 위에 혜주가 손으로 만들어내는 동그라미를 물끄러미 바라보다가 고개를 돌렸다.

욕심이 좀 많았지만 착하고 어리광쟁이였던 혜주. 어린 나이에 닥친 그 모든 변화는 혜주 자신도 주체할 수 없을 만큼 빠른 속도로 혜주를 변화시켰고, 어느 사이엔가 자기 표현을 하지 않는 어두운 아이로 만들어버렸다.

"……솔직히 말하면 고민이 있어. 빠른 시간 내에 돈을 아주 아주 많이 버는 방법에 대해 생각 중이야."

낡은 한옥의 낙수통으로 빗물이 돌돌돌 떨어져 내리는 소리가 들려왔다.

"……그런 방법은 없다, 혜주야."

티셔츠 위로 볼록하니 솟은 혜주의 가슴을 보며 지섭이 천천히 말했다.

"오빠는 뭐 옳고 정직하고 이런 것들에 대해 나한테 설교하고 싶은 거야?"

비웃듯 파란 그림자가 혜주의 얼굴을 스쳐갔다. 지섭의 목구멍으로 뜨거운 것이 꿀꺽 하고 내려간다.

"넌 아직 어려……."

지섭은 잘근잘근 입술을 씹는다. 아직 어리니까 재민이나 봐주고 착하고 바르고 정직하게 살면, 오빠가 운이 좋아서, 그래 아주 아주 재수가 좋아서 몇 달 내에 큰돈을 벌고, 또 널 대학에 보내주고…… 어디서 많이 듣던 이야기였다. 입술을 일그러뜨린 채로 지섭이 책을 들고 일어섰다. 그러고는 부엌으로 나가 찬장 옆에서 살이 두어 개 빠진 우산을 집어 들었다.

"오빠, 차비 가지고 가야지."

부엌으로 난 문으로 반쯤 몸을 내민 혜주가 말했다. 지섭은 머뭇거리며 혜주가 내민 돈을 받아 주머니에 집어넣으려다가 다시 그것을 혜주에게 내밀었다.

"왜?"

"받아."

두 남매의 눈이 잠시 마주쳤다. 지섭이 얼른 고개를 돌렸다.

"너도 용돈 필요하잖아."

혜주의 얼굴에 망설이는 듯한 표정이 어린다.

"아니, 난 필요 없어. 정말이야. 오빠 돈이 필요하잖아. 담배도 떨어져서 꽁초 피우면서……."

다시 돈을 내미는 혜주의 눈가에 잠시였지만 물기가 아른거렸다. 지섭은 머뭇머뭇 손을 내밀어 다시 지폐를 받아 들며 혜주의 시선을 피한다. 마음이 가난한 자에게 복 있으라. 어떤 철없는 작자가 그런 말을 내뱉었던가. 마음이 가난한 자에게 황폐함 있으라. 지섭은 우산을 펴지도 않은 채 대문을 열고 뛰듯 골목길을 내려간다. 쓰레기통에서 먹이를 뒤지던 누렁개 한 마리가 뛰어 내려가는 지섭을 우두커니 바라본다.

정말 가을이 오려는지 내리는 비를 타고 찬바람이 몰아쳤다. 건물 처마마다 짧게 머리를 깎은 사복 경찰들이 비를 피하려고 일렬로 죽 늘어서 있다. 복학. 인경과의 어설픈 마주침들. 다시 돌아온 캠퍼스 잔디 위엔 쓸쓸한 가을과 낯선 사내들이 들어차 있었다. 지섭은 잠시 걸음을 멈추고 담배를 피워 물었다.

지섭의 앞을 스쳐 한 떼의 여학생들이 꽃 같은 우산을 들고 나란히 걸어간다. 그녀들의 스타킹에 거머리 같은 흙탕물 자국이 묻어 있다.

—젠장, 난 또 웬 술집 여자들이 외상값 받으러 학교로 몰려왔나 했지.

화려해진 여학생들의 모습을 바라보며 복학생 하나가 중얼거렸었다.

지섭은 앞서가는 여학생들의 우산을 물끄러미 바라보며 담배를 빨아들였다. 인경의 화장한 얼굴이 떠올랐다.

"형! 지섭이 형 맞죠?"

여학생 하나가 쓰고 있던 감색 우산을 갸웃이 기울이며 지섭을 불렀다. 지섭은 걸음을 멈추었다. 잠시 딴 세계에라도 가 있었던 사람처럼 무표정한 얼굴이다. 그런 지섭을 바라보던 여학생의 얼굴이 갑자기 확 붉어지며 묘한 당혹감이 얼굴을 스쳐간다.

"모르시겠어요? 저 민수예요."

—형, 소개할게요. 이쪽은 채민수. 제가 제일 아끼는 고등학교 후배예요. 이번에 영문과에 입학했어요. 제가 특별히 아끼는 후배니까 잘 봐줘야 돼요.

쌀쌀한 봄날의 바람이 불던 무렵 두리번거리는 한 신입생을 서클실로 데리고 온 인경이 말했었다.

"……알지."

투명하게 살아오는 그 시절이 눈부신 듯 잠시 눈을 깜박이다가 지섭이 말했다.

민수는 들고 있던 책을 고쳐 안으며 씨익 웃었다. 민수의 머리칼이 습기 찬 바람에 나부꼈다.

"제대하셨다는 이야기는 들었어요. 이제 저랑 똑같이 삼학년이시겠네요."

둘은 천천히 학교 길을 내려갔다. 지섭은 담배꽁초를 던지고 민수와 보조를 맞추어 걸었다. 군대 가기 전의 새 학기에 한 열흘쯤 지섭은 민수와 또 몇몇 신입생들의 학습을 지도한 일이 있었다. 고생이라곤 통 모르고 자란 것 같던 민수의 얼굴은, 갑자기 주어진 자유를 감당하지 못하겠다는 듯 불안해 보였다. 여학생들이 별로 없는 세미나 시간에 툭하면 쿡쿡거리고 웃거나 남학생들과 장난을 치거나 했다.

— 쓸데없이 잘 웃는군.

세미나를 마치고 나오면서 지섭은 지나치듯 민수에게 주의를 주었다. 민수는 순간 당황해하더니, 길가의 돌멩이를 발로 툭 차고는 지섭의 얼굴을 올려다보았다. 당돌한 시선이었다.

— 왜 웃으면 안 된다는 거죠? 하긴 고등학교 때도 선생님들한테 쓸데없이 웃는다고 혼도 많이 났어요. 내가 자기네들을 비웃고 있는 것 같다나요. 대학에 오면 그런 지적은 받지 않을 줄 알았는데…… 실망이에요.

지섭은 민수의 옆모습을 힐끗 바라본다. 얼굴이 자꾸 굳어오려고 한다. 직감적으로 민수가 변했다는 생각이 들었다. 아까

자기가 민수를 얼른 알아보지 못한 것은 아마 민수에게 있던 어떤 변화를 생각하지 못했기 때문이었을 것이다.

"어때요, 학교 많이 변했지요?"

민수가 묻는다.

"응."

"하루하루가 달라요. 짭새들도 더 늘고, 더 눈을 희번덕이고 있어요. 비가 오지 않는 날이면 남학생들은 잔디밭에서 포커를 치고 짭새들은 그걸 구경하지요. 그리고 어떤 날에는 선배들과 새로 인사를 나누는 신입생들에게 짭새들이 다가오곤 하지요. 모여 있으면 안 된대요. 우리들은 그저 학원에 나온 학생들처럼 서둘러 집으로 돌아가야 해요……."

민수는 천천히 말을 한다. 지섭은 문득 도망치고 싶어 하는 자신을 느낀다. 복학이라는 것은 어쩌면 지섭에게 이런 변화와 마주치는 것을 의미하는지도 몰랐다. 묵묵히 앞만 보고 있는 지섭을 바라보며 민수가 맑고 가지런한 이를 내보이며 웃는다.

민수. 그게 벌써 몇 년 전 일이었던가. 짧고 부드러운 머리칼을 나풀거리며 지섭에게 뛰어와서는 형, 점심 먹었나요? 강의 많이 남았어요? 문과대 애들 탈춤 연습하는 거 보러 가지 않을래요? 조그만 입으로 숨을 꼴딱거리며 쉬다가 형, 저, 사실은 지금 수업 시간이에요. 들어가긴 들어가 봐야돼요, 하면서 박하사탕 두 알을 내민 적도 있었다.

지섭은 그때 박하사탕의 싸한 향기를 입에 밀어 넣으면서 민수의 머리칼이 쌀쌀한 봄바람에 날리는 것을 보고 있었다. 그러면 민수는 햇살이 부신 듯 고개를 숙이고 잔디를 손으로 뜯다가 지섭을 향해 씨익 웃고는 강의실로 달음질쳐 가기도 했다. 그러나 지나치게 들떠 있어서 바라보는 상대방을 당혹스럽게까지 하던 민수의 눈망울엔 차분한 빛이 가라앉아 있었다.

"형, 생각나요? 자주 웃지 말라고 저한테 주의 주신 거……."

"그랬던가?"

민수의 표정을 똑바로 바라보지 못하고 지섭이 애매하게 웃는다.

"하긴 형은 기억하지 못하겠지요……. 그땐 얼마나 무안하고 부당하다는 생각이 들었는지. 하지만 후배들을 지도하면서 내가 얼마나 철부지였었는지 알았어요. 세미나 시간에 몇 안 되는 여학생들이 쓸데없이 웃는 게 얼마나 분위기를 풀어놓는 것인지."

"벌써 후배들을 맡나?"

"지난 학기까지요……. 이번 봄부터는 야학에 나가고 있어요."

"그래……."

신호등 앞에 와서 둘은 발을 멈춘다. 민수는 제 우산에 떨어지는 빗소리에 귀를 기울이는 듯 입을 다문다. 지섭은 눈을 들어 학교 앞 풍경들을 바라본다. 가로수 너머로 먼 하늘이 회색빛으로 차분히 가라앉는다.

파란 불이 들어왔을 때 둘은 길을 건넜다.

"어디서 버스 타세요?"

"여기서. 넌?"

"전 로터리까지 걸어가요. 안녕히 가세요."

둘은 학교 앞의 길거리에서 헤어진다.

문밖에서

 역시 출석률이 낮았다. 벌써 이 주일째였다. 물론 결강을 한 학강들에게는 나름대로의 이유가 있다. 맞교대를 하는 공장에 다니는 학강들의 경우 이번 주에 야간으로 편성된 노동자들도 있었고, 석 달째 밀린 체불 임금으로 인해 사장실에서 농성을 하고 있다는 대신섬유 노동자들이며 대목인 추석을 앞두고 공장 밖으로 빠져나오지도 못하는 시다들. 그러나 그런 학강들을 고려한다 해도 오늘 결석률은 아주 높았고, 급기야 오늘 민수의 수업 시간에는 거의 수업이 불가능할 지경이었다. 민수는 작문 시험지가 들어 있는 누런 봉투를 가슴에 안고 교무실의 얇은 베니어 문을 연다. 가슴속 어딘가가 이 빠진 그릇처럼 성긴 것 같고, 그 성긴 곳으로 바람이 지나갈 때마다 아픔을 느끼는 신경이 한 올 한 올 섬모 운동을 하고 있는 것 같다. 민수는 요 며칠째 그 아픔의 정체를 찾지 못하고 있었다.

"오늘도 많이 빠졌지?"

빈 교무실에서 물을 뿌리고 비질을 하던 동윤이 물었다. 곱슬곱슬한 머리에 약간 작은 키. 동윤은 민수와 동기였지만 야학의 경험은 훨씬 오래되었고 학강들을 이끄는 인물이었다.

그는 오늘 학강들의 출석률 때문에 민수가 의기소침해 있다는 걸 눈치챈 모양이었다.

"잘 나가다가 막판에 왜 이 모양인지 모르겠어."

민수는 누런 봉투를 테이블에 던지듯 내려놓으며 의자에 털썩 주저앉는다.

동윤은 비질을 끝내고 민수와 맞은편 자리에 앉아 담배를 붙여 문다. 문득 민수는 동윤의 표정이 예전 같지 않다는 생각을 하면서 목구멍으로 나오려던 말을 멈춘다. 뭐랄까, 짙은 그늘 같은 것이 그의 마른 뺨으로 흘러내리는 것 같다. 민수는 습기가 차서 누렇게 얼룩이 져 있는 천장에 매달린 형광등을 바라다본다. 나방 한 마리가 그 불빛에 제 날개를 부딪치며 맴돌고 있다.

"힘들어. 아무리 동등한 만남을 원칙으로 설정한다 해도 우린 그저 선생과 학생으로 만날 뿐이야. 처음엔 참으로 쉽게 가까워지나 싶었는데……."

민수는 날개를 부딪치고 있는 나방에서 눈길을 떼지 않으며 말했다. 동윤은 창밖의 먼 어둠을 응시할 뿐 말이 없다. 동윤이 뿜어대는 흰 담배 연기가 그 어둠 속으로 빨려 들어간다.

민수는 지난봄, 처음 야학에 대한 제의를 받았을 때의 그 두

렵고 설레던 기분을 생각한다. 그토록 신비하고 신성하지만 한 없는 비참의 껍데기에 쌓여 있으리라 생각했던 그들을 만나다니, 내가 감히 그들을 가르칠 수 있을까…… 그러나 민수는 정말 잘 해내고 싶었다. 자신이 아는 것, 고민해온 것, 그리고 어느 날엔가 제가 키워온 껍질을 도려내는 듯한 아픔을 넘어서 받아들였던 그 명쾌한 환희들. 그것들을 다 나누고 싶었다. 그러나 민수가 처음 학강들과 마주쳤을 때 민수는 긴장과 기대감이 한꺼번에 풀리는 듯한 기분을 느꼈다. 생각보다 훨씬 적극적이고 밝은 아이들, 교복만 입었더라면 어느 고등학교 교실로 착각했을지도 몰랐다.

─왜? 노동자들에게 뿔이 없어서 실망했니?

이 이야기를 털어놓았을 때 동윤이 웃으며 말했다.

그리고 시간이 흘렀다. 석 달쯤 지났을 때 민수는 이제 노동자에 대해 다 안다고 생각했다. 그리고 야학의 강학 생활이 조금 시들해지기도 했다. 그러나 민수의 그런 시들함은 여름 캠프─비가 쏟아지는 바람에 제대로 진행되지 못했지만─때 다시 무너졌다.

비가 그치고 밤별들이 총총히 떠오르던 그 강가에서 그들이 살아온 이야기를 들었을 때, 쏟아져 내리는 눈물. 슬픔을 나눈다는 것, 함께 울어준다는 것은 사람과 사람 사이를 이어주는 단단한 끈 같은 것이었는지도 몰랐다.

그리고 그날, 돌아오는 기차 안에서 곯아떨어진 학강들의 머리를 쓸어 올려주며 민수는 스스로에게 맹세했다. 결코 이들을 떠나지 않겠노라고.

그러나 더 다가설 수가 없었다. 아니라는 걸 어렴풋이 인정하려 하면서도 그들은 학강들이 자신들과 다른 세계에 사는 사람들이라는 선입견을 떨쳐버리기가 힘든 모양이었다.

"있지…… 물렁물렁한 벽 같은 기분이야. 밀고 들어갈 수는 있지만 결코 넘어설 수 없는."

먼 어둠을 응시하고 있는 동윤의 눈매가 잠시 가늘게 떨렸다. 아니, 떨린 것은 요즘 들어 수명이 다한 형광등 빛이었는지도 몰랐다. 민수는 눈을 한번 깜박여본다.

"민수, 너 이번이 처음이지."

동윤이 담배를 비벼 끄며 민수에게 고개를 돌렸다.

"초보자의 푸념일 뿐일까?"

민수는 걱정스럽게 물었다. 동윤의 얼굴이 다시 창밖의 어둠을 향한다. 어디선가 개가 짖어대는 소리가 들려온다.

─동윤아, 어쩜 이렇게 개떡 같은 현실이 있을 수 있니?

열려진 창으로 들어오는 소슬한 바람 탓이었을까, 민수는 허름한 감잣국집 한 모퉁이를 떠올렸다. 그 집의 시큼한 막걸리, 푹푹 찌던 밤바람. 노동자들의 삶을 조금씩 느껴가기 시작하던 무렵이었다. 누구에겐지 모를 배신감과 울분에 시달리던 밤들.

─동윤아, 난 말이야. 그래 거창한 건 몰라. 그러나 한 가지 확실한 건…… 내가 그 애들처럼 태어났다면, 학교도 못 가고 열두어 살부터 무슨 약인지도 모르고 사장이 주는 대로 타이밍 받아먹으면서 일해야 했다면…… 난 견딜 수 없었을 거

야······. 너무 분해서······ 너무 분하고 억울해서······.

꼬부라지는 혀를 곧게 펴려고 애쓰다가 민수는 동윤을 붙들고 엉엉 울었다. 동윤은 오빠처럼 침착하게 민수를 달래주었다.

—한 가지 확실한 게 있어······ 이제 난 더 이상 행복할 수 없다는 것······ 무슨 이야긴 줄 알아? 너무 많이 알아버렸어······ 철부지 계집아이였더라면 더 좋았을 텐데······. 지금쯤 미국 기숙사에서 유럽으로 바캉스를 떠났을 거야. 아니면 담쟁이가 무성한 동부 어느 대학의 고풍스러운 교정을 거닐면서 지독한 향수병에 시달리고 있었을지도 모르지······. 동윤아, 그랬다면 이 허름한 감잣국집의 이 더위가 고통이 아니라, 상큼한 레몬주스같이 느껴졌을 테지······. 자, 내 행복을 앗아간 사람들을 위해서 건배!

민수의 눈에서 다시 눈물이 흘러내렸었다.

그때 동윤은 천천히 민수의 손에서 잔을 빼앗았다. 그러고는 눈물이 얼룩져 있는 민수의 취한 눈을 바라보며 엄하게, 그러나 천천히 말했다.

—민수야, 아이들은 변해가고 있어. 곧 우리가 변해야 할 차례가 올 거야.

민수의 가슴속에서 매운 바람이 지나간다. 바람이 지나가는 자리마다 상처가 느껴지는 것 같다. 동윤은 생각에 잠겨 있는 민수를 바라보다가 머뭇머뭇 주머니를 뒤진다. 민수는 동윤의 움직이는 모습을 바라본다.

동윤의 얼굴에서 어둠이 더 짙어지는 것 같다. 동윤은 안주머니 속에서 편지 봉투를 하나 꺼낸다. 봉투는 이미 동윤의 가슴 속에서 오래 머물러 있었는지 귀퉁이가 너덜너덜하다.

"이게 뭐지?"

동윤이 내미는 봉투를 얼결에 받아 들면서 민수가 물었다. 동윤은 우선 담배를 꺼내 다시 하나를 물더니 천천히 대답한다.

"읽어봐."

장식이 없는 흰 봉투에 쓰인 검은 글씨는 쓰는 사람이 얼마나 정성을 들인 것인가를 한눈에 알 수 있을 만큼 정갈했다. 민수는 봉투 뒤의 이름을 확인하고 나서 편지를 폈다.

선생님, 펜을 잡고 백지를 펴봅니다. 창밖에는 비가 내리고 있습니다. 이제 비가 그치고 나면 가을이 오게 되겠지요. 그리고 우리 등불야학에서는 제 동료들이 졸업을 하게 될 것이고요.

선생님, 저는 오늘, 그곳을 떠나올 때가 아니라, 제가 난생처음 용기를 내어 스스로 그곳에 찾아갔던 그날을 생각하고 싶습니다. 아주 화창한 봄날이었죠. 선생님께서는 수줍어서 머뭇거리던 제게 참으로 친절하게 대해주셨습니다. 저는 선생님을 뵙는 순간부터 참으로 신뢰감이 가는 분이라고 생각했고, 그렇듯 좋으신 선생님들 밑에서 배움의 기회를 가지게 된 것이 꿈인 것만 같았습니다. 그리고 어느 날 밤하늘의 별은 반짝이는데 저는 급기야 선생님 앞에서 울고 말았습니다. 선생님은 몇 마디 하지 않으셨지만 너무도 좋은 말씀이었다고 생각했습니다. 어쩌면 그때 선생님을 깨끗이 잊어야 했을지도 모릅니다. 그러나 바보 같은 저는 그렇게 하지 못하였습니다.

선생님, 그곳을 그렇듯 말없이 떠나온 저를 미워하고 계시지는 않으신지요. 하지만 아무 생각 없이 야학을 나온 것은 아니랍니다. 선생님, 절 믿으시죠?

선생님, 전 선생님을 만남으로 해서 어둠에 묻힌 세상 속에서 푸른 낙원의 동산을 만난 듯한 기쁨을 느낀 적도 있었습니다. 차가운 사회의 눈초리 속에서 병자와 바보가 되어가던 제 자신의 모습. 그러나 지금은 이렇듯 성숙한 마음가짐으로 펜을 잡은 것이 행복하다는 생각이 듭니다.

선생님, 제가 끝까지 선생님을 사랑했더라면, 선생님의 일대기에 큰 오점을 남겨놓았겠지요.

선생님, 창밖에 내리는 차가운 빗소리가 들리지만 저는 선생님의 가르침을 받던 그 교실, 그 삐그덕거리던 정든 책상에 앉아 있는 듯 따사로운 기분이 듭니다. 선생님, 앞으로도 언제나 그렇듯 훌륭한 분이시기를 기도합니다. 언제나 건강하시길…….

1983년 8월 ×일
명자 올림

편지를 읽고 있는 것은 민수인데 동윤의 얼굴은 편지의 내용에 따라 심하게 일그러져갔다. 민수는 편지를 놓으면서 동윤의 일그러진 얼굴을 날카롭게 바라본다. 명자가 나오지 않은 지 벌써 열흘째였다.

그런데 동윤은 강학들에게 상의도 하지 않은 것이다. 심심찮게 발생하는 이런 문제는 언제나 공동 대처가 원칙이었다. 그런데 가장 모범적이라 믿었던 동윤이 이번에 스스로 그 원칙을 파기한 것이었다.

민수는 담배를 무는 동윤의 떨리는 손을 바라보다가 무겁게 입을 열었다.

"왜 이제야 이걸 꺼내는 거지?"

동윤의 미간이 잔뜩 좁혀져 있다. 마른 그의 얼굴 위로 형광등 그림자가 창백하게 흘러내렸다. 실수하지 않고 매사에 신중하던 동윤이었다. 무슨 일이든 완벽에 가까울 때까지 열중하던 동윤의 성실함에 대해 민수는 늘 신뢰를 가지고 있었다. 그러나 이번 경우는 달랐다. 스스로의 야학 생활에 오점을 남기고 싶지 않았던 결벽증적인 성격이 한 학강을 이 정도의 상처를 입도록 몰고 간 거라면……. 민수는 동윤의 일그러진 입술조차 갑자기 미워지기 시작한다.

"설득해보려고 했어……. 그 애가…… 생각보다 훨씬 심각하더군……. 뜻밖이었어."

평소의 동윤과는 달리 그의 입술은 천천히 더듬거리듯 움직였다. 붙여 문 담배가 한 줄기 연기를 피워 올리며 소리 없이 타들어간다.

"……민수야 난……."

동윤의 마른 손가락에서 타들어가던 재가 힘없이 푹 고꾸라졌다. 동윤의 얼굴에는 어두운 절망의 그림자가 아른거리고 있었다. 그리고 그것은 심한 자책감으로 인해 쥐어짜는 듯한 고통을 그에게 가져다주는 것 같았다.

민수는 마음을 좀 풀었다. 사람이란 늘 상대방의 잘못에 대해 지나치게 엄격한지도 모른다. 언제나 자신을 끌어주던 동윤의 손을 이제 민수가 잡아줄 때도 되지 않았는가. 민수는 동윤의 얼굴을 바라보면서 조용히 다음 말을 기다렸다.

"……처음엔 강학과 학강으로서 도저히 말도 안 된다는 생각이 들었지……. 하지만 설득해보려고 명자의 자취방으로 찾아가 그녀를 만났을 때, 나는 한 학강이 아니라 한 여성 노동자를 거부하고 있는 자신을 발견했어……. 무슨 말인지 알겠니?"

동윤의 시선이 집요하게 민수에게 쏟아져 내렸다. 동윤은 손끝까지 타들어간 담배를 한 모금 빨고는 재떨이에 비벼 껐다.

"무슨 말인지 알겠니? ……그녀를 설득하지 못하고 돌아서면서 나는 문득 너와 또 우리 강학들을 떠올렸어. 만일 그들이 내게 이런 고백을 해왔더라면 어땠을까. 강학과 강학으로서 물론 이런 식으로밖에 처리하지 못했을 거야. 그러나…… 여지는 남겨두었을 거야. 잊을 때가 더 많을지도 모르지만 언젠가 다시 새로운 관계로 시작될 수 있다는 여지…… 명자의 집을 나서면서 나는 내 마음속에 그 여지가 없음을 알았어. 최소한 명자가 내게 그런 마음을 품었다는 것은 그 애가 나를 동등한 사람으로 봤다는 것의 반증이야. 그러나 나는 그렇지 못했어. 나는 그 아이를 한 학강으로만 보아야 한다고 생각했고 그렇게 했지. 그러나 명자는 달랐던 거야. 그 애는 날 인간으로서 사랑했고, 그러나 내가 강학이었기에 떠났어."

"일리가 없는 건 아니지만 그런 식으로 네 자신을 괴롭히는 건 아무런 도움도 되지 못할 텐데……. 그런 일에는 늘 환상이나 계층 상승 욕구 같은 것이 작용한다는 건 너도 알잖아?"

"환상? 계층 상승 욕구? ……아니야, 민수야. 명자는 적어도 내게 환상을 갖지는 않았어. 그 애의 편지 구절 생각나니? 제가 끝까지 선생님을 사랑했더라면 선생님의 일대기에 오점을 남겨놓을 뻔했다고……. 그 애는 날 정확하게 바라본 것인지도 몰라. 내가 무엇을 두려워하고 있는지 말이야."

"그럼 명자가 계속 남아서 널 사랑했으면 넌 정말 그걸 네 인생의 오점으로 생각했을 거란 말이니?"

"아니, 그런 거하고는 달라."

동윤은 일어나 다시 담배에 불을 붙이고는 창가로 다가갔다. 그렇듯 불안하고 괴로워하는 동윤의 모습을 민수는 처음 보았다. 알 듯 모를 듯 동윤이 가지고 있는 저 소용돌이치는 어둠의 깊이를 민수는 헤아릴 수가 없다.

"민수야, 넌 기꺼이 민중이 될 수 있겠니? 기꺼이 노동자가 될 자신이 있니? 민중과 선뜻 결혼할 수 있겠니?"

민수를 돌아보며 동윤이 낮은 목소리로 물었다. 민수는 갑작스런 동윤의 질문에 대답 대신 입술을 앙다문다.

"민수야. 민중과 함께하기 위해, 그들과 만나기 위해 우리는 이곳에 모였다……. 아까 네가 물렁한 벽이라고 표현했던가? 그걸 만들어가고 있는 것은 우리 자신이 아닐까?"

둘은 잠시 말이 없었다. 동윤은 고해성사를 끝낸 사람처럼 민수의 앞자리에 와서 다시 앉았다. 격정의 물결이 지나간 듯한 그의 얼굴 위로 다시 평온의 그림자가 덮고 있었다. 그의 관자놀이로 흘러내리는 땀방울이 잔해처럼 그의 모난 턱 끝에서 스러진다. 민수 역시 무언가 격렬한 싸움을 끝낸 사람처럼 온몸의 힘이 쭉 빠져나간다. 동윤의 그 일렁이던 얼굴이, 슬픔과 분노로 자신에게 다가온 생각들이 방금 전의 일이라는 게 믿어지지 않았다. 대신, 기꺼이, 라는 물음만이 이명처럼 귀에 울려온다.

민수는 잠시 책상 위에 놓인 것들을 물끄러미 바라보다가 자리에서 일어섰다. 역시 탈진한 듯한 얼굴로 동윤이 민수의 움직이는 모습을 바라본다.

"갈래?"

동윤의 목소리는 어색하게 울린다. 갑자기 민수는 교무실의 풍경이 낯설어졌다. 동윤은 고개를 돌려 민수를 외면한다. 민수는 가방을 들고 몇 걸음 걷다가 돌아섰다.

"동윤아, 네가 이런 말 했던 것 기억나. 이 아이들은 변해가고 있어. 이젠 우리가 변해야 할 차례라고."

동윤이 민수를 향해 겸연쩍게 웃었다. 이 말을 다시 되돌려주는 것이 네게 도움이 될 수 있다면. 민수는 동윤을 향해 마주 웃어주면서 물었다.

"안 갈래?"

"응, 조금만……. 혹시 대신섬유 노동자들이 농성을 끝내고 이리로 올지도 모르잖아."

그렇게 말하는 동윤의 얼굴에는 다시 예전의 그 성실함이 배어 있었다. 민수는 왠지 안도감을 느낀다. 자신이 그토록 방황했을 때 손을 잡아주던 동윤. 그 동윤이 방황하는 것은 민수에게 불안을 의미하는지도 몰랐고, 동윤만이 늘 흔들림 없이 거기 그대로 있어주기를 바라는 것은 아마 민수의 이기심은 아닐는지. 민수는 주머니를 뒤적여 천 원짜리 지폐 한 장을 꺼낸다.

"동윤아, 갈 때 이걸루 라면 사 먹구 가."

동윤이 민수를 물끄러미 바라다본다.

"많이 먹어야지. 너 자꾸 비쩍비쩍 마르면 괜히 모성애 일으켜서, 명자 같은 애들 자꾸 나온다."

덧붙인 말은 왠지 모를 미안함 때문이었고 또 애정의 표시가 겸연쩍기 때문이리라.

"짜식……."

"나 갈게. 근데 대신섬유 아이들 무사히 농성 마칠 수 있을까?"

둘의 얼굴은 다시 어두워진다.

야학에 나오는 대신섬유 학강들은 세 명이었다. 벌써 닷새째 사장실에서 농성 중이라고 했다. 석 달째 임금이 밀려 있는데, 사장이 추석 대목을 앞두고 일주일 동안이나 연일 철야를 시킨 것이 그 발단이었다. 평소에도 노동 조건이 형편없이 나쁘기로 이름난 곳이었는데 이번에 기어이 싸움이 붙은 것이다. 민수는 아까 야학에 나오기 전에 그 공장 근처를 서성였었다. 주위에 늘어서 있는 다른 공장에 미칠 여파를 생각해서인지, 정·사복 경찰들이 빽빽이 늘어서 있었다. 민수는 대신섬유가 있는 건물 주위를 먼발치에서 빙빙 돌면서 아이들을 생각했다. 그 아이들을 돕고 싶었지만 속수무책이었다.

민수는 야학의 베니어합판 문을 밀고 나왔다. 문을 밀자 한결 서늘해진 바람이 밀려왔다. 민수는 몇 걸음 걷다가 교무실 창에서 흘러나오는 환한 불빛을 돌아본다. 대신섬유 아이들이 오늘 농성을 끝내려는지 알 수 없었고, 더구나 농성이 끝났다 해도 이곳을 찾아온다는 보장은 전혀 없었다. 그렇다면 동윤은 행여 하는 마음으로 이곳을 지키겠다는 것이었다. 새벽빛을.

야학을 나와 판잣집들로 잇대어진 골목길을 내려가려는데 누군가가 민수를 불렀다. 어둠 속에서 가슴을 쓸어내리고 민수는 고개를 돌렸다.

뜻밖에도 연순이가 거기 서 있었다. 연순이 역시 오늘 결석이었다. 야간 근무니 당연히 그러리라 생각했는데, 막상 이렇게 나타나자 반가움과 걱정이 동시에 스쳐간다.

"웬일이야, 너 이번 주 야간 아니니?"

연순은 대답 대신 두 손으로 잡고 있던 가제 손수건을 비비 꼬았다. 대답 없이 서 있는 걸 보니 할 말이 있어 민수를 기다린 눈치였다. 민수는 우선 연순을 데리고 구불구불한 골목길을 내려간다.

열여덟 살의 연순은 늘 나이보다 의젓했고 성숙했다. 술만 먹고 엄마와 아이들을 때리는 아버지가 미워서 열네 살 때 가출을 한 아이였다. 지난여름 캠프 때 이제 아버지를 미워하지 않을 수 있다며 엉엉 울던 연순이. 골목 사이사이로 달린 방범등이 연순의 껑충한 키를 긴 그림자로 늘어뜨린다.

"저녁은 먹었니?"

연순은 대답이 없다. 민수는 연순을 데리고 근처 만둣집으로 들어가 라면 하나와 만두 한 접시를 시켰다. 텔레비전을 보고 있던 주인 남자가 맹물에 검은 색소를 타서 보리차 맛을 낸 싱거운 엽차를 가져다놓고 주방으로 들어간다.

"오늘 회사 안 갔나 보구나?"

나무젓가락을 꺼내 연순에게 들려주면서 민수가 말했다. 연순은 나무젓가락을 받아 쥐면서 힘없이 고개를 끄덕였다. 껑충한 그 애의 블라우스 소매로 드러난 팔이 썰렁해 보인다.

"어디 아팠니?"

민수가 연순의 해쓱한 얼굴을 살피며 물었다. 연순은 여전히 고개를 저을 뿐 말이 없다. 할 말이 많을 것 같았지만 민수는 일단 서두르지 않기로 결심한다.

주인 사내가 만두를 먼저 날라오자 민수는 연순 앞으로 만두를 밀어준다. 오늘 점심과 저녁을 먹었던가…… 기억에 없다. 아까 수업에 들어가기 전에 배가 조금 고프다는 생각을 했었던 것 같다. 그러나 입 안이 깔깔하다. 민수는 맹물을 들어 훌쩍 마신다.

"……명성그룹 비리 사건을 수사해온 대검 중앙수사부는 이 그룹의 인허가와 관련, 윤자중 전 교통부 장관과 박창권 전 건설부 국토계획 국장 등 16명을 구속했습니다……."

옆자리에서 라면을 먹고 있던 남자가 들여다보던 신문을 와르르 구겨버린다.

"……선생님, 저 회사 그만두었어요."

한참 뒤에 연순이 아주 조그만 목소리로 말했다. 소리가 너무 작았기 때문에, 그리고 주인집 남자가 사람들이 구속되는 장면에서 텔레비전 볼륨을 더 크게 했기 때문에 민수는 되묻지 않을 수 없었다.

"야학이 얼마 안 남았다고 야간 근무를 한 달만 빼달라니까, 야학 같은 데 다니려거든 나가라는 거예요. 그래서 나왔어요……."

만두를 뒤적이던 민수의 손이 문득 멈췄다.

"억울하고 분해요! 제가 서울 올라와서 이제까지 그렇게 열심히 일해주었는데……."

낮았던 연순의 목소리가 차츰 높아지면서 울먹이기 시작했다. 민수는 갑자기 암담한 기분이 든다. 동윤이었다면 무어라고 말했을까?

"연순아…… 꼭 그렇게 할 필요가 있었을까?"

연순의 고개가 민수를 향해 치켜졌다. 이해받지 못하는 자의 원망이 연순의 눈에 그득하다. 물렁한 벽, 민수는 젓가락을 탁자 위에 놓고 두 팔을 그러모았다.

"내 말은 야학에 나올 수 있는 조건을 그곳에서 얻어야 했지 않을까 하는 거야. 문제라는 것은 늘 문제가 있는 그곳에서 풀어야 하는 거잖아."

스스로에게도 고리타분하게 느껴지는 지당한 말씀이었다. 잔업 한 번 빼기 위해서 반장과 싸워야 하는 노동자들, 수업이 끝나면 작고 지친 어깨를 늘어뜨리고 다시 철야하러 가는 학강들. 그만한 것조차 피눈물 나는 싸움의 획득물이라는 것을 민수는 처음에는 도저히 이해할 수가 없었다.

"그건 저도 그렇다고 생각해요. 하지만 이제 졸업도 얼마 남지 않았고…… 전 정말 오고 싶었어요……."

연순은 입술을 깨문다. 노랗게 탈색된 그녀의 머리카락이 얼굴 위로 힘없이 스러진다.

"그러면 오늘은 왜 안 나왔지?"

"……왔었어요."

망설이는 듯 잠시 입을 다물고 있던 연순이 말했다.

"왔다구?"

"문밖에 서 있다가……."

"아니, 왜 그런 바보 같은 짓을……."

바로 울음이라도 터뜨릴 듯 일그러진 연순의 얼굴이 푹 숙여진다. 민수는 탁자 위에 놓인 엽차 잔을 뱅글뱅글 돌린다. 고등학교 시절, 시들했던 학교생활, 엄마 몰래 아침 시간을 극장에서 때우고 교실로 들어선 적이 있었다. 벌써 3교시째. 수업을 하던 담임선생이 민수에게 부드럽게 물었다.

— 어디 아픈 모양이구나.

— 아니요.

— 그럼 밤새우고 공부하다가 피곤해서 늦잠 잤구나?

— 아니요. 학교 오기 싫어서 영화 보고 왔어요.

푸르죽죽해지던 늙은 담임선생의 얼굴. 어머니, 아버지에게도 모자라 민수 앞에서조차 아부의 표정을 지우지 못하는 그를 한껏 경멸해주고 싶어서 몸살이 날 지경이었던 그 시절의 자신을 생각한다. 아이들은 킥킥대며 웃었고 민수는 알고 있었다. 제가 어떤 행동을 한다 해도 담임선생은 민수를 건드리지 않을 거라는 것을.

그 시절의 민수와 지금의 연순과는 분명히 달랐다. 그래 분명히. 그렇다면 얼마만한 시간과 고통이 지나야 나는 그들과 하나가 될 수 있는 것일까? 민수는 아까 야학에 오기 전 대신섬유 주변을 맴돌던 자신의 모습을 생각한다. 나는 영원히 그 문밖에서 서성여야 하는가.

"연순아, 말해주겠니? 왜 문밖에서 교실로 들어오지 않았는지……."

"어떻게 말씀드려야 할지 모르겠어요……. 매일 지각하고 또 자주 빠져야만 하고, 모처럼 왔지만 또 늦어버렸을 때…… 제게는 마치 닫힌 문이 영영 열리지 않을 것처럼 보여져요……."

"넌 야학이 그토록 소중한 거라고 했잖아. 회사를 그만둘 정도로."

"그래요, 선생님. 그렇지만…… 선생님은 잘 모르실 거예요."

안타까워하던 연순의 표정은 뒷말을 이을 때는 한숨처럼 변했다. 선생님은 몰라요. 죽었다 깨어나도 우리를 이해하시지 못할 거예요. 그래서 우리는 바보가 되어가는 거죠. 그래요, 우린 바보예요. 연순은 그렇게 말하고 싶었는지도 몰랐다. 민수는 갑자기 명치끝이 꽉 조여오는 듯한 통증을 느낀다. 엽차 잔을 들어

물을 마셔보지만 여전히 통증은 계속된다. 연순은 굵은 손가락으로 푸석한 제 머리칼을 쓸어 올린다. 신나를 만지는 회사에 오래 근무했기 때문에 머리색이 변했다고 했다. 내가 변한다…….

—민수야, 아이들은 변해가고 있다. 이젠 우리가 변해야 할 차례인지도 몰라.

동윤이 던진 말의 의미를 구체적으로 생각하려고 애써본다. 그러나 생각은 맴돌 뿐 아무것도 구체적으로 떠오르지 않는다. 안개처럼 뿌연 시야가 그저 펼쳐져 있을 뿐. 민수는 무의식적으로 명치께에 손을 갖다 댄다.

가을이 와버린 것처럼 밤바람은 서늘했다. 연순은 민수가 버스를 타는 곳까지 말없이 따라온다. 밤늦은 시간 민수를 기다리고 있던 연순에게 민수는 선생님은 모른다는 결론밖에 주지 못했다. 민수는 버스 정류장 아래 멈추어 서면서 쓰르라미 소리를 듣는다. 곧 가을이 오겠지. 9월이 오고, 9월이 지나면 또 무엇이 오는지.

민수는 주머니에서 '대학생'이라는 글씨가 박힌 버스표를 꺼내 찢으면서 하루를 끝낸 사람들이 지친 어깨를 늘어뜨리고 버스에서 내리는 것을 물끄러미 바라본다.

"선생님."

내내 말이 없던 연순이 고개를 들고 조용한 목소리로 민수를 불렀다.

"응?"

"물어보고 싶은 게 있었어요."

"뭔데?"

"왜 강학들은 우리에게 공부를 가르쳐줄까요? 돈도 못 버는 일인데…… 또 고생까지 해가면서…… 제가 본 대학생들은 옷도 화려하게 입고 다니던데…… 이상해요."

"그건…… 그렇게 해야만이 스스로 또 함께 행복해질 수 있기 때문이야."

연순이 의아한 눈초리로 민수를 올려다본다.

"우린 서로 모르는 게 참 많다, 그치?"

미소를 지으려 애썼지만 민수의 목소리는 서글프게 울렸다.

"행, 복, 해, 진, 다구요?"

낱말의 의미를 이해할 수 없다는 듯이 연순은 한 자 한 자 힘주며 되물었다.

"그래, 행복해지기 위해서지……."

민수의 목소리는 약간 떨리고 있었기 때문에 작았다. 언젠가 민수는 동윤에게 이미 행복해질 수 없다고 선언한 적이 있었다. 따뜻한 집 안에서 잘 먹고 잘산다는 것은 스스로 생각하는 바와 행하는 바의 괴리 때문에 심한 괴로움을 동반한 것이었다. 그래서 집을 나왔을 때, 그리고 산꼭대기에 방을 얻어 자취를 시작했을 때 민수는 이제 행복할 수 있으리라 믿었다. 적어도 예전의 그 미칠 것 같은 자기 분열은 없었다. 그러나 대신 가난과 추위와 궁핍감이 몰려들었다. 그것들은 민수의 머리채를 휘어잡기도 하고 민수를 어두운 방구석에 내팽개치면서 그녀에게 속삭여대곤 했다. 자, 이제 이런 철부지 방랑은 그만두는 것이 어때? 집에 가서도 얼마든지 할 수 있잖아. 부모님을 일단 안심시키고 나서, 졸업이라도 한 뒤에…….

연순은 보도블록들을 비집고 나온 민들레를 바라본다. 가로등 아래 민들레의 노란 얼굴이 창백하게 떨고 있다. 왜 하필 저런 곳에서 피어나야 했을까. 민수는 문득 가슴이 아프다.

"선생님, 요즘은 모순이라든가 사회의 나쁜 점들이 제게 아주 뚜렷하게 느껴져요. 예전엔 아무렇지도 않았던 것들, 제 탓이라고 생각했던 것들…… 저는 세상이 변해가고 있는 것이 두려워요."

연순의 얼굴은 우울해 보였다. 우울한 것이 아니라, 이미 격류 속으로 뛰어들어 그것과의 싸움을 시작한 자의 비장함마저 어리고 있었다.

"변한 건 세상이 아니잖아?"

"알아요……. 제가 변해가는 거죠. 하지만 저는 그런 것들이 두렵고 괴로워요. 차라리 아무것도 모르고 지냈더라면…… 그렇지만 만일 그랬다면 참으로 억울했을 거예요. 내가 불행한 건 아버지 때문이라고 생각했을 거고, 아마 더 시간이 흐른 다음에는 제가 보아왔던 다른 언니들처럼 팔자였다 생각했겠지요. 전 바보가 되고 싶지는 않아요."

명치끝이 다시 아파오면서 뜨거운 것 하나가 목구멍을 타고 내려간다. 차라리 몰랐었다면 하고 괴로워하던 지난 시간들. 지난날의 제 모습이 연순의 모습과 겹쳐지면서 민수는 연순에게 연민과 우정을 느낀다. 민수는 다가가 연순의 손을 잡았다. 연순의 눈 속에는 반짝반짝 보석 같은 것이 빛나고 있었다. 맑은 눈물이었다.

"연순아, 우린 앞으로 서로에게 많은 것을 배우고 또 함께 힘을 모아 헤쳐나가게 될 거야."

"선생님이 또 배운다구요?"

"그럼. 네 말대로 난 아직 모르는 게 너무나 많은걸."

민수가 먼저 웃었다. 연순이 눈물이 어글어글한 눈을 찌푸리며, 그러나 밝게 따라 웃었다.

"저도 뭐든지 배우고 싶어요. 그리고 알고 싶어요. 선생님에 대해서도……"

"알게 될 거야. 곧."

민수는 서둘러 버스에 올랐다. 연순은 버스를 향해 따라오면서 민수에게 손을 흔들었다. 연순의 모습이 어둠 저만치서 작아지고 이윽고 보이지 않았을 때, 민수는 다시 명치끝에서 통증을 느낀다. 아까 먹은 만두가 체한 모양이었다. 민수는 무거운 가방을 멘 채로 버스 손잡이에 매달리듯 선다. 버스에는 언제나 사람 수보다 좌석이 적었다. 갑자기 피곤함이 전신을 뒤덮는다. 혈관을 타고 무거운 피들이 둔중하게 움직여간다. 민수는 온몸이 저 깊은 땅속으로 꺼지는 듯한 피곤을 느낀다. 더구나 머리까지 지끈지끈 아파오기 시작한다. 가방을 고쳐 들면서 민수는 어두운 서울의 밤풍경을 내다본다. 지쳐가고 있는 자신을 느낀다. 언제나 돌아서서 혼자 되면 약해지는 자신을.

―선생님에 대해 알고 싶어요.

연순의 물음. 아버지의 부정한 재산을 더 이상 누릴 수 없었음을. 이 땅에서 가진 것이 많다는 것이 얼마만한 죄악인지 안 날부터 아버지에게 머리채를 잡혀 질질 끌려 다니면서도 포기할 수 없었던 그것. 조금씩 쌓여왔던 삶에의 피곤함이 그것을 무너뜨려가고 있는 것만 같다. 천천히 자신을 갉아먹으면서.

─아버지, 생각해보세요. 하루아침에 무너질 수밖에 없는 이 헛된 것들을, 제가 이십 년씩이나 배워왔다는 이 어처구니없는 현실을…….

─넌 이제 내 딸이 아니다!

어머니의 긴 울음소리. 민수는 눈을 감는다. 참아왔던 아픔들, 씽씽하게 견디면서 살고 싶었던 시간들. 참는다는 것과 견딘다는 것, 그것이 다만 참는다는 것과 견딘다는 의미만을 가진 거라면…… 무엇을 위해서 또 누구를 위해서…….

─네가 그런다고 역사가 손톱만큼이나 바뀔 줄 아니?

화가 난 언니의 목소리.

─그건 그렇게 해야만이 스스로 또 함께 행복해질 수 있기 때문이야…….

연순의 맑은 눈망울 앞에서 그렇게 말한 사람은 누구였던가. 그것은 얼마나 먼 옛날의 이야기였던가. 목소리는 낯선 사람의 것처럼 울린다. 민수는 어둠을 바라보는 자신의 눈 속에 무언가가 고이는 것을 느낀다. 그러고는 그것이 아까 연순의 눈 속에서 빛나던 것처럼 맑은 것일 수 없음을 알았다.

먼 곳에 빛나는 별

왠지 아침부터 기분이 썩 좋지 않은 날이 있다. 길을 걸어갈 때도, 버스를 탈 때도, 그저 누구 하나 걸리기라도 하면 피가 터지도록 싸울 수 있을 것 같은 날이.

지섭은 오전 수업을 마치고 학교 뒷산에 누워 미칠 듯이 푸른 하늘을 보고 있다. 잘 참아왔다기보다는 그저 견디어온 시간들을, 그럴 수 있다면 한 번에 와르르 무너뜨리고 싶은 기분이었다.

복학을 한 지섭에게는 정신없는 나날들이 계속되었다. 엄청나게 불어난 학생들, 마이크로 강의하는 무표정한 얼굴의 교수, 다시 시작하려는 학과 공부에 적응하기도 힘이 들었다. 그리고 늘 욕설과 통곡으로 끝나버리는 늦은 술자리. 차가운 밤바람을 맞으며 술집 골목을 돌아서 나오면, 늘 가슴속에선 무너져 내리는 소리가 들려왔다. 무너져 내리는 가슴 한구석으로 매운바람이 지나가고, 때로는 꺼지지 않는 불씨 같은 것들이 파르르 피어올랐다. 그 불씨 속에 피어오르는 얼굴들. 떠나간 친구와 스스로 배반했던 그날들과, 그리고 식구들. 일수놀이로 하루를 마감하던 어머니, 언제나 헐렁한 뒷모습뿐이던 아버지, 그리고 꿈속에서 몸부림치며 울던 혜주, 혜섭의 얼굴은 그 모든 것들의 시작과 끝자리에 있었다.

지섭은 근처 풀밭에서 토끼풀을 하나 뽑아 질겅질겅 씹는다. 쌉싸름한 풋내가 입속으로 퍼져갔다. 지섭은 누운 채로 그 향기를 맡으며 하늘을 본다. 따가운 햇빛, 지섭이 누워 있는 곳에서 별로 떨어져 있지 않은 길에서 식사를 하러 가는 기숙사생들의 이야기 소리가 두런두런 들려온다. 지섭은 나뭇잎 사이로 반짝이는 햇빛을 피하듯 눈을 감는다. 눈을 감으면 어둠은 쉽게 찾아왔다. 그 어둠 속에서 바람이 나무 이파리를 뒤흔들고 있다. 깊은 상처도 수술 자국도 없는데 모든 피부가 헐어버린 것처럼 지섭은 그 바람을 아프게 느낀다. 죽음이 가까이 있는 것 같고, 삶의 그 커다란 당위를 무작정 거부해버리고 싶고…… 그리고 날마다 꿈속에서 지섭의 목을 짓누르던 그 커다랗고 살찐 손.

—절망만큼 치열한 자기와의 싸움이 있을까?

기억 속에서 친구는 그렇게 말하고 있었다. 돌아온 집. 혜섭은 아아, 아름다웠던 누나는 제 아름다움을 버리고 백치가 되어 있었는데.

지섭은 물고 있던 토끼풀을 질근거리며 씹다가 길가로 홱 하니 던져버린다.

 가까운 길에서 낯익은 웃음소리가 들려왔다. 지섭은 눈을 뜨다가 청명한 가을 햇살이 부신지 눈가를 잔뜩 찌푸린다. 덩치가 큰 남학생들과 민수가 지섭 쪽을 향해 걸어오고 있었다. 민수는 들고 있던 낡은 가방을 들어 올리다가 지섭의 시선에 끌리듯 눈길을 돌렸다. 지섭은 누워 있던 자리에서 일어나 무릎을 세우고 풀을 하나 뽑아 든다. 강아지풀의 부드러운 털이 입술을 간질인다.

 "요즘 바빴니?"

 남학생들과 헤어져 지섭의 곁으로 다가온 민수에게 지섭이 물었다. 학생회관이나 도서관이나 학교의 잔디밭에서 자주 마주쳤던 민수가 요 며칠 통 보이지 않은 것을 생각하고 물은 것이었다.

 "네, 조금…… 할 일은 많은데 시간이 너무 모자라요."

 민수의 얼굴이 해쓱해진 것을 보면서 지섭은 점퍼 주머니에서 담배를 꺼내 물었다. 마지막 담배였다. 지섭은 담뱃갑을 구겨 멀리 던진다. 던진 담뱃갑 옆으로 도토리가 데구르르 구른다.

 "형은 잘 지내셨어요?"

 "그래."

 지섭은 담배를 깊이 빨았다. 햇살과 나무들의 짧은 그림자가 가득 찬 숲 속은 이상하리만치 고요했다.

 "야외 수업하러 뒷산에 갔더니 밤이 많이 떨어져 있더군요."

 민수는 손바닥에 쥐어져 있던 작은 밤톨 하나를 내보인다. 풋

밤. 이제 막 갈색으로 아름답게 익어가는 그 풋밤의 껍질에서 윤이 반드르르 흘렀다. 손바닥에 놓인 밤을 물끄러미 바라보던 지섭의 눈이 민수에게 끌리듯 다시 마주친다. 민수가 마른 입술을 혀로 훔쳐내며 고개를 돌렸다. 길 저편에서 사복 경찰들이 열을 지어 학교 뒷문으로 빠져나간다. 식사를 하러 가는 모양이다. 민수는 그들을 바라보다가 깊게 한숨을 내쉰다.

"떨어진 밤을 줍다 보니까 본드 냄새를 맡던 고등학생들이 도망을 치더군요. 참 학교에서 별별 일이 다 벌어져요."

민수의 얼굴이 우울하게 굳어져갔다. 지섭은 꽁초를 비벼 끄며 민수를 향해 묻는다.

"수업 있나?"

"있었는데, 휴강이에요. 과 애들이 IPU 총회 때 통역 아르바이트하러 많이 간다는데, 오늘이 예비교육이라나요."

민수는 고개를 숙이고 마른 풀을 몇 개 뜯는다.

"그럼…… 술이나 한잔할까?"

묻고 있지만 지섭의 눈은 먼 곳을 향한다. 민수는 잠시 망설인다.

"……좋아요. 대신 점심 먼저 하구."

둘은 가을이 들어서는 숲 속을 걸어 뒷문으로 나왔다. 술과 해장국을 파는 집에 들어가 둘은 국밥 한 그릇을 나누어 먹었다. 지섭은 국밥 몇 숟가락을 뜨다가 술을 마시기 시작한다.

"형 요즘 술 많이 하시는 것 같아요."

"왜 그렇게 생각하지?"

"······저, 형이 술 취하신 것 많이 봤어요. 요즘 들어서······."

"민수도 술집에 있었던 모양이군."

지섭이 소주잔을 놓고 까칠한 턱을 쓰다듬으며 웃었다.

—요즘 알코올 중독이 되어가고 있다는 생각 안 드니? 지섭아, 생각해 봐. 학교에 복학하고서 제일 열심히 한 게 바로 이거야.

빈 소주병을 흔들어 보이며 한 복학생이 그렇게 말했다.

민수는 땀이 송글송글 맺힌 콧등을 닦으며 국밥을 먹다가 지섭의 시선을 느끼고 당황한 듯 천천히 입에서 숟가락을 뺐다.

"연애 안 하니?"

다시 술잔을 들며 놀리듯 지섭이 물었다.

민수의 얼굴이 붉어진다. 그러고는 입속에 든 국밥을 힘겹게 삼켰다.

"이상한 게 있어요."

물을 한 모금 마시고 숟가락을 내려놓은 민수가 얼른 말을 돌린다.

"군대 갔다 온 형들 중에 눈빛이 맑은 사람이 없어요······. 모두들 두리번거리는 것 같고····· 잔뜩 겁먹고 있는 것 같고······."

"내 눈빛이 흐린 모양이군."

빈 잔에 소주를 채우며 지섭이 피식 웃었다.

"아니에요. 근데······ 형은 달라요. 솔직히 말해서 맑지는 않아요. 그런데 이상하게 사나워 보여요."

사납다는 제 표현이 이상했는지 민수는 쑥스럽게 웃는다.

"사납다……."

"아니, 그런 게 아니라, 어떤 때 형을 보면 무언가 오래된 화를 풀고 싶어 하는 것 같고 누구 하나 잘못 죽이기라도 할 것 같고…… 아니, 아니……."

느낌은 있는데 표현이 제 마음대로 안 된다는 듯 민수가 손으로 제 입을 몇 번 두드린다. 그래, 비수를 품고 다니던 시절이 있었지. 누나는 집을 나가 행방불명되고 집안은 산산조각 났을 때. 나와 우리 가족을 불행하게 만든 그자를 찾아 미친 듯이 거리를 헤매 다니던 그 시절. 그 칼의 날이 아직도 번득이던가. 제 가슴의 상처에 녹슬어버린 그 비수. 나는 손을 들었다. 시간은 그의 편이었다고 체념하면서.

멀리 기적이 울었다. 열려진 창가로 보이는 둑길에 무리지어 핀 코스모스가 이리저리 몸을 흔든다. 둘은 국밥집을 나와 학교와 반대편 방향을 향해 걸었다. 길가에 쓰레기가 쌓인 곳에 청소부들이 둘러앉아 점심을 먹고 있다. 중년의 사내 하나가 뒷짐을 지고 느릿느릿 걸어오다가, 극장 안내 프로그램이 있는 게시판 앞에서 입맛을 다시며 벌거벗은 여자들의 포스터를 들여다보고 있다. 민수의 시선이 그 사내에게 머무는 것을 보며 지섭은 고개를 돌린다.

―지섭아, 이 아비는 말이다. 부정 공무원이 아니었다.

며칠 전 술을 먹고 들어온 아버지는 자고 있던 지섭을 깨워 포장마차로 데려갔다. 아버지가 퇴직을 당한 후 지섭과 처음 갖는 술자리였다.

―압니다.

　―그래, 알면 됐다. 우리 자식들이 알믄.

　아버지의 붉은 눈가에 물기가 어렸었다.

　―너도 이제 컸으니 이 아비 맘을 알 거다. 이 아빈 평생 남에게 해 끼치지 않고 그래도 부끄럽지 않게 살았다.

　아버지는 쭈글쭈글한 손으로 잡은 소주잔을 들여다보고 있었다.

　―그래 이 자식, 내가 널 얼마나 대견하게 생각하고 있는 줄 아냐……. 난 니 어미와는 달라. 난 네게 아무것도 바라지 않는다. 다만 한 가지 바라는 게 있다면…… 니가 배운 것 가지고 이 사회에서 정말 쓸모 있는 인간이 되기를 바라는 것뿐이다. 너 또 혜주, 혜섭이…….

　아버지는 소주를 입안에 털어 넣었다.

　아버지. 다시 일어서지 못할 나이에 모든 것을 빼앗긴 아버지는 오히려 편안해 보이는 모습으로 지섭의 등을 두드렸다.

　―조금 더 많이 안다고 남의 것 등쳐먹는 놈들, 그런 놈들 비슷하게도 되어서는 안 돼.

　집안을 풍비박산 내놓고 달아난 동업자를 생각하시는 걸까, 아니면 어느 날 갑자기 아버지를 해고시킨 그 새파란 상사를 생각하는 것일까.

　"무슨 생각을 그렇게 해요?"

　기우는 오후의 햇살 때문에 선명해지는 지섭의 윤곽을 올려다보며 민수가 물었다.

"가장 비참해져야 할 순간에 평안을 얻은 어떤 사람을 생각하고 있지."

지섭의 속눈썹이 잠시 떨렸다. 갑자기 진규 형의 모습이 떠올랐기 때문이었다. 지섭은 제 생각에 놀라면서 입술을 잘근잘근 씹는다.

"저도 누굴 생각하고 있었어요. 가장 미워해야 할 순간에 오히려 제게 연민을 느끼게 한 어떤 사람을⋯⋯."

민수의 입가로 쓸쓸한 미소가 지나갔다. 그녀 역시 아버지를 생각하고 있었던 것이다. 둘은 말없이 길을 걸었다. 지섭은 학교 앞의 삼류 극장 앞을 지나가다가 발길을 멈춘다.

"영화 한 편 볼래?"

"왜 어두운 곳으로만 가려 하지요? 술집, 또 극장⋯⋯."

민수가 고개를 뒤로 젖히고 하늘을 올려다본다. 하늘은 몹시 푸르다.

"좋잖아. 밤처럼 어두컴컴하고."

지섭이 음흉한 사내처럼 웃었다. 민수는 조금 망설이는 듯 시계를 들여다보더니 극장 간판을 힐끗 보고 나서 고개를 끄덕인다.

"오랜만에 이런 곳에 와보는군요."

극장 안으로 성큼 들어서는 지섭을 따라잡으려 걸음을 빨리하며 민수가 말했다.

"언젠가 데모하다가 날 눈여겨보는 짭새를 피해 이곳에 온 일이 있어요. 옷을 바꿔 입었는데도 계속 따라오더군요. 친구랑

이곳엘 들어와서 영사실 쪽으로 도망쳐 갔지요. 들어온 김에 숨을 죽인 채, 말도 안 되는 영화를 보긴 봤는데……"

"그래, 짭새가 포기를 했나?"

"글쎄요. 영화 중간에 어떻게 됐나 보려고 이층에서 내려다보니까 맨 앞자리에서 자고 있더군요."

둘은 잠시 웃었다. 지섭은 극장의 앞자리 쪽에 가서 앉았다. 동시 상영의 앞 영화가 끝나가는지―무술 영화였다―등장인물들이 무더기로 죽어가고 있었다.

복수, 복수다…….

주인공인 듯 훤하게 생긴 남자가 꽃잎같이 하늘거리는 여인의 시체를 안고 먼 평원으로 사라져간다. 그의 흰 도포 자락이 평원의 끝에서 펄럭이고 있었다.

극장을 나왔을 땐 해가 저물어갈 무렵이었다. 극장 앞에 줄지어 있던 행상들이 급히 리어카를 밀며 뛰고 있다. 행상들이 달려가는 반대편에서 날카로운 호루라기 소리가 들려왔다. 웬 아낙이 자신이 밀고 달려가는 리어카에서 굴러떨어진 풋사과를 주울 생각도 하지 않고 땀을 뻘뻘 흘리며 뛰어간다.

지섭과 민수는 일순 당황하면서 길옆으로 납작하게 붙어 섰다. 떨어진 사과는 터지고 깨어진 채 보도를 굴러간다. 얼마 후 호루라기 소리가 사라진 길을 걸으며 민수는 길가에 구르는 풋사과를 하나 집어 들었다. 골목길에서 나온 꼬맹이들이 신이 나서 사과를 집는다. 민수는 그중에서 가장 어려 보이는 아이에게 제가 주운 사과를 쥐어주고 돌아섰다.

"영화 어땠어요?"

힘이 쭉 빠진 듯한 목소리로 민수가 물었다. 그러나 생각은 어디 먼 곳을 맴돌고 있는지 영화 따위는 안중에도 없는 표정이었다.

"여주인공이 매력적이더군."

"그래요……."

민수는 여전히 먼 곳을 보고 있다. 어딘가 넋이 나간 것 같기도 하고 또 무언가를 골똘히 생각하고 있는 것 같기도 했다.

"돌아서는 여자는 죽이고 싶도록 아름다운 법이니까."

민수의 턱이 순간적으로 빠르게 치켜졌다. 지섭은 성냥이 팍, 불꽃을 일구며 타오르는 듯한 민수의 눈길을 얼결에 피한다. 민수의 입술 사이로 다시 한숨이 비어져 나왔다. 지섭은 호주머니에 두 손을 찌른다. 이상했다. 민수를 보고 있으면 무언가 맑은 햇살 같다는 생각, 부드러운 바람 같다는 생각, 마치 맑은 샘물가에 온 것 같은 청아한 느낌이 들었지만 한편으로는 늘 도망치고 싶은 기분이기도 했다. 맑은 샘물 속에는 늘 자신의 못난 얼굴이 비쳐지기 때문이었는지도 몰랐다.

"아까 쫓기던 사람들…… 어떻게 됐을까요?"

바람에 날리는 머리칼을 쓸어 넘기며 민수가 말했다.

"글쎄."

"우리 과 애들은 IPU 총회 때문에 후한 아르바이트 자리를 얻고 그들은 일터를 빼앗기고…… 전 형이랑 영화를 보고…… 재미있군요."

둘은 말없이 학교 쪽을 향해 걸었다. 어둑어둑해지기 시작한 거리에 하나둘 불빛들이 켜지고 하루를 끝낸 사람들이 술집과 다방을 찾아 바쁘게 움직이고 있다.

지섭보다 몇 걸음 앞서 걸어가던 민수는 곰이며 토끼, 고양이, 사자 같은 헝겊인형이 잔뜩 실려 있는 작은 트럭 앞에서 발길을 멈춘다. 지섭도 민수의 어깨 뒤에서 그 인형들을 바라다본다. 이태원이나 시내의 거리에서 흔히 볼 수 있는 조야한 얼굴을 한 인형들이었다. 인형들을 하나하나 정성스레 배열을 하던 주인이 민수의 시선 앞에 작은 곰 하나를 앉혀놓고 흡족한 표정을 짓는다.

"갖고 싶니?"

다 큰 줄 알았더니 아직 어린애구나, 라는 말을 참으며 지섭이 물었다. 민수는 고개를 저었다. 그녀의 눈은 어느새 가까운 곳에 있는 디스코장, 레스토랑, 그리고 승용차를 바라보고 있다. 민수는 고개를 숙이고 한참을 걷다가 좁다란 골목으로 들어가 벽에 한 손을 짚었다. 그리고 잠시 현기증이 나는 듯 휘청거리는 몸을 지탱하려고 벽에 기댄 손에 힘을 준다. 지섭이 민수의 손을 잡았다. 정신을 차리려는 듯 고개를 흔들던 민수가 지섭에게 잡힌 손을 얼른 뺀다.

"괜찮아요."

그녀의 얼굴이 확 붉어졌다.

"어디 아픈 것 아니니?"

"아니에요. 요즘 잠을 잘 못 잤더니 조금 기운이 없어서……."

지섭은 민수가 당황해하는 것을 보면서 담배를 붙여 문다. 어둑어둑한 골목으로 검푸른 담배 연기가 피어오른다.

"······열여섯 살짜리 남자 학강 아이가 있어요. 어제 그 애가 자기네 회사 이층 창문에 매달려 구호를 외치고 있는 걸 보았어요. 대견하기도 하고 안쓰럽기도 하고······ 다른 강학들이랑 그저 먼발치에서 바라만 보다가 왔어요······. 아까 그 사람들······ 제 밥줄인 사과가 흩어져버리는 것도 모르고 쫓기고 있었지요? 거리는 이렇게 휘황한데······ 모르겠어요. 병인가 봐요. 못생긴 것들이 아름답게 눈을 반짝이는 게 슬퍼 보여요······."

민수는 코를 훌쩍 들이마셨다.

못생긴 것들이라구······. 지섭은 담배를 깊이 들이마신다. 그러고는 민수의 해쓱한 얼굴을 들여다본다. 민수의 얼굴은 아주 슬퍼 보였다. 저런 얼굴을 어디선가 본 일이 있었다. 지섭은 무의식적으로 민수에게 한 걸음 다가섰다.

"어디 가서 차나 한잔 마실까?"

"괜찮아요."

어둠 속에서 민수의 얼굴이 다시 붉어졌다.

"먹고 싶으면 가자. 내가 사줄게."

"······실은 지금 약속이 있어요. 꼭 가봐야만 해요."

시계를 다시 한 번 들여다보고 민수가 안타까운 듯 말했다.

"그래, 약속이 있으면 가야지."

"형은······ 또 술 드실 거예요?"

"글쎄······."

떠나는 사람 잡지 않고 살아온 세월이었다. 잃어버림이 만드는 허망함을 즐기면서, 그 고통으로 다른 고통을 상쇄할 수 있으리라 어리석게 믿으면서, 지섭은 오늘 저녁 갈증처럼 외로움을 느낀다. 누구라도 잡고 싶고, 엉엉 울어버리고 싶고, 쫓기던 그 노점상들처럼 지난 몇 년간 자신의 생은 그렇듯 쫓겨 다니고 있었음을 지섭은 얼핏 깨닫는다. 지섭은 올려다보는 민수의 맑은 얼굴을 한 손으로 가만히 쓸어내린다. 민수의 붉은 얼굴이 팍팍하게 굳어지는 것 같다.

"……어서 가라."

민수가 지섭을 빤히 바라본다. 어둠 속에서 그녀의 눈동자가 빛나고 있다. 저런 눈동자를 그리워했던 일이 있었다. 지섭은 호주머니에 두 손을 찌르며 고개를 돌린다.

"갈게요."

민수는 지섭을 한 번 돌아보고 골목을 빠져나가려다가 무슨 생각이 났는지 다시 지섭에게 되돌아온다.

"형, 저기 봐요. 별이 참 밝게 반짝이죠?"

"그 말 하려고 왔니?"

민수는 소년처럼 씨익 웃는다. 지섭은 미소를 띠우면서 전신주와 대형 빌딩 사이로 아슬아슬 걸린 초저녁별을 바라본다. 별은 밝지만 그리로 가는 길은 아주 어둡지.

지섭은 먼 하늘에서 반짝이는 별을 바라보다가 어두운 땅으로 고개를 떨구었다.

제2부

어두운 죽음의 시대

그날

    돌아서 나오는 골목길은 몹시 어두웠다. 어둠 저편에 서 있던 지섭의 모습. 언젠가 민수는 그런 표정의 지섭을 본 일이 있었다. 일학년 때였던가, 집으로 가는 길에 시립병원 담장에 얼굴을 비비며 서 있던 지섭을 본 것이었다. 세미나 시간에 두어 번 만났던 재미없어 보이는 얼굴을 한 선배가 학교도 아닌 곳에서 이런 모습으로 서 있는 것을 본다는 것은 이상한 경험이었다. 후에 지섭과 인경의 다정한 모습을 남 몰래 입술 깨물며 바라보아야 했던 그 아릿한 기억은 아마 그 시립병원의 담장에서 시작된 것인지도 몰랐다. 그의 어둠, 세상 고뇌를 다 가지고 있는 듯한 표정, 또는 그것을 가리기라도 하듯 가끔씩 그의 얼굴을 덮치는 차가운 웃음들. 일학년 때, 갑자기 서클을 떠나 입대한 지섭의 이야기를 얼핏 들은 적이 있었다. 그런 지섭의 이야기를 하는 선배들의 얼굴은 어두웠다. 유인물과 확성기를 준비해 가지고 오기로 한 지섭이 당일 사라져버림으로써 1981년도 첫 시위 계획이 수포로 돌아갔다는 것이었다. 민수는 그 이야기를 들었을 때도 시립병원 담장에 얼굴을 비비며 서 있던 지섭의 모습을 떠올렸었다.

어두워가는 시장 골목길 리어카에 하나둘 불이 켜지기 시작한다. 민수는 포도를 가득 담은 리어카와, 야트막한 판자 위에 나란히 놓인 생선 따위를 파는 아주머니들의 곁을 지나 허름한 술집으로 향한다. 술집 문을 들어서면서 민수는 긴 숨을 토한다. 그해 가을, 교정 한구석에 주저앉아 먹은 것을 다 토해내며 울던 그날……. 지금 이 자리에 온다는 것, 여기서 형근을 만난다는 것은 민수에게 그 가을을 다시 상기시킨다는 것을 의미하는 것이다. 그 가을에 시작된 고통과 몸부림을 보는 것이었다.

민수는 아까처럼 다시 현기증이 나는 몸을 가누느라고 잠시 눈을 감는다. 그러자 어둠이 밀려왔고 많은 사람들의 얼굴이 떠올랐다. 그리고 다시 멀어져가는 얼굴들 속으로 한 얼굴이 남는다. 언제나 웃음 띤 길쭉한 얼굴. 정이 뚝뚝 떨어질 것 같은 남도 사투리. 그의 얼굴 뒤로 메아리치는 유리의 파찰음.

1981년 9월, 낙엽이 지기 시작하고 아침 등굣길의 찬 공기가 코를 맵싸하게 하던 무렵이었다. 점심시간 식당으로 내려오던 민수는 도서관 쪽에서 들려오는 유리의 파찰음을 들었다. 이어 깨진 유리 사이로 위태롭게 몸을 맡기던 호신이 형. 성능이 좋지 않은 메가폰으로 울려 퍼지던 호신이 형의 절규. 말소리는 잘 들리지 않았지만 그의 그 길쭉한 얼굴이 멀리서도 뚜렷이 보였었다. 학생들의 노래가 시작되었고 매섭게 눈을 굴리고 있던 머리 짧은 사내들이 그리로 달려들었다. 그러고는 잠시 후 호신의 다리가 번쩍 들려졌고 도서관 안으로 사라졌다. 민수는 그때 호신이 사라진 그 도서관의 깨진 유리창을 멍하니 바라보며 서 있었다. 민수가 한때 몸담았던 서클의 호신이 형. 더 이상 서클에 나가지는 않았지만 민수는 호신을 좋아했었다.

그는 그 며칠 전에도 민수와 잔디밭에 앉아 커피를 마셨던 것이다.

─커피가 참 맛이 있구나.

그러나 그때 호신의 얼굴은 참으로 먼 곳을 향하고 있었다. 민수는 그때 호신의 시선을 따라서 마른 나뭇가지에서 떨어지는 나뭇잎들을 보고 있었다. 스스로의 방황들, 거부해버린 진실, 혼란스러움 때문에, 그리고 가을이었기 때문에 민수는 그때 울고 싶어 했었다.

─형, 형이랑 한번 긴 이야기를 나누었으면 해요……. 사실 요즘 전 무엇이 무엇인지 모르겠어요. 전…….

호신은 그러마고 고개를 끄덕였다. 그러나 가을 하늘 아래로 보이던 그의 얼굴은 몹시도 외로워 보였다. 그는 민수를 물끄러미 바라보다가 그녀의 어깨를 가볍게 두드렸다.

─고민이 많은 모양이구나. 그래, 고민이 많다는 건 우리가 올바르기 위해 애쓴다는 말인지도 모르지. 민수야…… 중요한 건 언제나 동료들에게 진정한 믿음을 갖는 것, 그리고 현실을 외면

하지 않고 제멋대로 윤색하지도 않고 괴롭더라도 끝까지 눈 똑바로 뜨고 직시하는 것이지. 해답은 늘 그곳에 있으니까.

하얗게 쏟아져 내린 유인물들과 그 종이 한 장을 뺏기 위해 아이들을 때리는 사복 경찰들, 스크럼을 짜는 아이들과 개처럼 끌려가고 있는 동료들을 바라보면서 민수는 그때 호신의 얼굴이 왜 그리 외로워 보였는지 이해하기 시작했다.

스크럼 속에서 낯익은 얼굴들이 많이 눈에 띄었다. 민수는 자신도 모르게 그 스크럼 속으로 뛰어들었다. 호신의 생각밖에는 나지 않았다.

우리 승리하리라 우리 승리하리라 우리 승리하리 그날에
오오 참 맘으로 나는 믿네 우리 승리하리라아아아

시위대와 함께 노래를 부르면서 민수는 다시 열리는 푸른 하늘을 언뜻 보았다. 모든 고뇌와 방황과, 그리고 찢기는 듯한 자기 분열이 사라져가고 있었다.

그때 다시 최루탄이 터지는 소리가 들려왔다. "잡아라!" 하는 소리와 함께 시위 대열을 향해 달려드는 사복 경찰들. 한 남학생이 마치 사냥감처럼 몇 명의 사복 경찰들의 표적이 되어 쫓기고 있었다. 그리고 이윽고 그 남학생은 포위되었고 잔디밭에 뒹굴면서 뭇매를 맞고 있었다. 사복 경찰들의 발길질이 무수히 가해졌고 잠시 후 포로처럼 두 손을 머리에 얹은 남학생이 질질 끌려가고 있었다. 옷이 찢기고 코피가 터졌는지 얼굴은 피범벅이었다. 주위에 모여 서 있던 학생들이 야유를 보냈다. 돌멩이를 집어 학생을 끌고 가는 사복 경찰들에게 던지는 학생도 있었다. 그러자 이번에는 돌을 던진 학생이 또 사냥감이 되었다. 연신 최루탄이 터지고 구경하던 학생들마저 쫓겨 흩어지고 또다시 최루탄이 터졌다.

민수는 정신없이 뛰고 있었다. 그러나 시위 대열은 몰리고 있었다. 스크럼을 짜고 있는 학생들보다 몇 배나 많은 사복 경찰들이 시위 대열을 쫓고 있었고, 이외에도 정복의 전경들이 또 방패를 들고 진을 치고 있었다. 시위 대열에 참가하지 않은 학생들도 수업에는 아랑곳없이 모두 시위 대열을 보고 있었다.

이쪽 건물 저쪽 건물의 창마다 머리를 내민 학생들이 시위 대열을 향해 성원을 보내고 있었다.

민수의 대열은 그때 체육관 뒷담으로 몰렸었다. 더 이상 도망칠 수도 없는 막다른 골목으로 최루탄이 쏟아져 내렸다. 얼굴을 예리한 칼로 난도질당하고 있는 것 같은 아픔이 왔다.

―돌을 들자.

누군가 외쳤다. 마침 체육관 뒤쪽 담장의 보수공사를 하던 때였기 때문에 자갈은 얼마든지 있었다. 학생들은 총탄 같은 최루탄을 뚫고 앞으로 달려 나갔다. 민수도 돌을 쥐었다. 최루탄 하나가 민수의 옆구리를 살짝 통과해 체육관 벽에 부딪히며 터졌다.

학생들의 완강한 저항에 부딪힌 사복 경찰들이 뒤로 주춤주춤 도망치기 시작했다. 시위 대열은 다시 도서관 앞으로 진출했다. 흩어져 있던 학생들이 다시 그 주위로 모여들어 대열을 정비했고 건물 창문에 붙어 있던 학생들이 박수와 응원을 보냈다. 장갑차가 교정을 가르며 올라오는 소리가 들렸고 그 뒤로 전경들이 발소리를 맞추어 다시 투입되고 있었다. 잠시의 정적이 지난 후 사복 경찰들은 시위대를 향해 뛰어들었다.

─잡아라!

사복 경찰들은 달려들어 닥치는 대로 학생들을 잡아 팔을 꺾어 바닥에 쓰러뜨린 다음 발길로 차고 있었다. 민수는 달아나려다 말고 문득 고개를 돌렸다. 중심을 잃어 비틀거리던 인경이 엎어지면서 잡힌 것이었다.

사복 경찰들은 인경의 몸뚱이에 사정없이 발길질을 해댔다. 그러고는 머리채를 잡고는 그녀를 끌고 갔다.

─어떻게 해!

구경꾼처럼 둘러서 있던 학생들 사이에서 여학생들 몇이 비명을 질렀다.

표정을 일그러뜨릴 뿐 아무도 나서지 않았다. 민수는 그 자리에서 최루탄 연기 속으로 뽀얗게 가려지는 인경의 피투성이 뒷모습을 향해 한 걸음을 떼었다. 다시 돌아왔다고 인경에게 말하고 싶었다. 그녀를 사복 경찰의 손에 홀로 두고 갈 수는 없었다. 그때 어디선가 달려든 두 명의 남자가 민수의 양팔을 붙들었다. 그러고는 민수의 머리가 뒤로 젖혀졌고 배며 다리로 거센 주먹과 구둣발이 날아들었다.

민수는 비현실적인 그 아픔을 느끼며 감고 있던 눈을 떴다.

머리가 젖혀져 있었으므로 푸른 가을 하늘이 민수의 두 눈에 가득 들어왔다. 폭력이 난무하는 이 순간 저리도 푸른 가을 하늘은 무엇을 의미하는가? 당신들은 누구인가, 그리고 나는? 호신이 형은 왜 그렇게 서 있어야 했을까? 외면하지도 않고 제멋대로 윤색하지도 않고 바라보아야 할 현실은 무엇인가? 갑자기 수많은 의문들이 대답과 함께 소용돌이처럼 밀려들었다.

민수는 붙잡힌 채로 몸부림쳤다. 날쌘 주먹이 몸부림치는 민수의 턱으로 날아왔다. 민수는 잠시 풀린 고개를 가누며 그의 눈을 노려보았다.

"이게 어딜."

사복 경찰은 다시 민수의 턱으로 주먹을 날렸다. 입가로 찝찔한 액체가 흘러내렸다. 마치 부모의 원수를 만나기라도 한 것처럼 그의 눈 역시 증오로 이글거렸다. 분노 속으로, 억울함 속으로 한 가닥 서글픔이 지나갔다. 그와 나는 이렇게 만나야 할 아무 이유가 없었다. 주먹을 쓰던 그가 다른 먹이를 향해 사라진 후 민수를 데려가던 사복 경찰 하나가 팔을 고쳐 끼는 척하며 민수의 가슴에 슬쩍 손을 댄다. 민수는 비명을 질렀다.

그의 눈이 빙글빙글 웃고 있었다. 얼굴을 난도질하고 있는 것 같은 최루탄의 아픔도 몸뚱이로 사정없이 날아오는 주먹질도 참을 수 있다. 그러나 이런 식으로 가해지는 또 하나의 폭력만은 정말 참을 수 없었다. 비명을 지르는 민수의 입가로 피 묻은 거품이 번진다. 둘러서 있던 사람들이 아까 인경이 잡혀갈 때와 마찬가지로 스스로에게 분노하고 부끄러워하며, 그러나 자리를 뜨지 않고 민수가 끌려가는 것을 보고 있었다.

그때였다. 몸부림치고 있는 민수의 한 팔을 누군가 낚아챘다. 이제는 안심했다고 생각한 사복 경찰들이 엉겁결에 한 팔을 놓쳤다. 민수는 한 팔이 풀린 채로 나머지 한 팔을 버둥거렸다. 민수의 한 팔을 자유롭게 해준 남학생은, 그러나 뒤이어 달려든 사복 경찰들에게 몰매를 맞고 있었다. 민수는 나머지 한 팔을 다시 잡히면서 이번에는 체념을 한다. 다만 개처럼 두들겨 맞는 그 남학생의 비명소리에 가슴이 찢어지는 것 같았다. 그때 갑자기 박수 소리가 터져 나왔다. 꽤 몸집이 큰 남학생 둘이 학생회관에서 비상용 소방호스를 꺼내온 것이었다. 남학생들은 민수를 잡고 있는 사복 경찰들을 향해 물을 뿌리기 시작했다. 사복 경찰들은 당황한 나머지 잠시 민수를 잡은 팔에 힘을 잃었다. 그러나 물줄기 속에서도 민수가 그 젊디젊은 사복 경찰들의 손을 뿌리친다는 것은 쉬운 일이 아니었다. 민수를 도와주었던 남학생은 사복 경찰들이 당황한 틈을 타 잡힌 제 팔을 풀고는 순간적으로 민수에게 얼굴을 돌렸다. 민수와 눈이 마주친 짧은 순간 민수는 그 남학생의 얼굴에 어리는 갈등을 보았다. 민수는 아픔 속에서도 그를 향해 미소를 지었다. 그것이 그녀가 지금 할 수 있는 최선의 의사 표시라고 생각했기 때문이었다.

'어서 가세요…… 가서 내 몫까지 싸워요……. 당신을 결코 잊지 못할 겁니다.'

그러나 그 순간 남학생은 몸을 휙 하고 돌리더니 민수의 팔을 붙들고 있는 사복 경찰에게 달려들었다. 모든 것이 불과 몇 초 사이의 일이었다.

— 빨리 도망가, 어서!

이런 악질놈은 꼭 잡아야 한다며 물줄기 속에서 남학생과 사복 경찰이 뒹굴고 있었다. 부어오르면서 뻣뻣이 굳어오는 얼굴의 통증을 느낄 사이도 없이 누군가 민수를 시위 대열 밖으로 끌어냈다.

— 학생 여러분, 오늘 오후 강의는 없습니다. 이제 모두 집으로 돌아가십시오. 학교 측은 이 이후의 어떤 사태에 대해서든 여러분을 보호할 수 없으며 보호하지도 않겠습니다. 여러분! 이곳은 신성한 학원이며 여러분들은 이 나라의 미래를 짊어질 지성인들입니다. 어떤 경우에도 폭력은 용서받을 수 없습니다. 여러분! 일부 몰지각한 학생들에게 현혹되지 말고 어서 집으로 돌아가십시오.

스피커를 통해 되풀이되는 학생처장의 목소리가 학생들의 야유 속으로 묻혀갔다. 민수는 인문관 근처의 잔디밭에 쓰러지듯 앉았다. 어떤 경우에도 폭력은 용서받을 수 없습니다. 그랬다. 어떤 경우에도 우리의 폭력은 용서받지 못하겠지. 당신들이 우리에게 엄청난 폭력을 휘두르는 그 경우에도.

민수는 찢겨진 제 옷을 보며 구역질을 시작했다. 그리고 눈물이 함께 터져 나왔다. 이틀 후, 동윤은 민수에게 자기 친구인 형근이 강집되었다는 소식을 우울하게 전했다. 동윤의 친구 형근은 바로 민수를 구해준 그 남학생이라는 것이었다.

시커먼 얼굴을 한 형근이 민수를 향해 손을 든다. 민수는 그에게로 가서 손을 내밀었다. 형근은 민수가 내미는 손을 자신의 검고 못 박인 손으로 받아 쥐면서 묘하게 얼굴을 일그러뜨렸다.

"일찍 왔네."

민수는 제 시계를 들여다보면서 말했다.

"응. 서점에 들러서 읽고 싶은 책 좀 사느라고."

형근은 민수를 향해 누런 봉투에 든 책 몇 권을 들어 보였다. 그러고는 어린아이처럼 씩 웃으며 음성을 낮추었다.

"민수야, 이거 뭔 줄 아니? 김지하 시집들이야. 서점 아저씨한테 몰래 샀다."

형근은 그 사실 하나만으로도 이번 휴가가 보람이 있었다고 느끼는지 책을 소중하게 다시 집어넣고는 제가 벌써 반쯤은 비우고 있던 소주를 민수의 잔에다 따라준다.

"건강해진 것 같은데."

민수는 형근이 따라준 소주잔을 형근의 잔과 부딪치며 밝게 말했다. 형근은 부은 듯이 살이 오른 푸석하고 커다란 얼굴을 손으로 한번 쓰다듬으며 이번에는 좀 쓸쓸하게 웃는다.

민수는 형근이 채워준 소주를 마신다. 소주의 쓴맛이 목을 따라 뜨겁게 내려간다. 가라. 낮게 울리던 지섭의 목소리가 떠오른다. 외로워 보이던 지섭을 떠나서 이곳으로 올 수밖에 없던 조금 전의 자신의 마음을 생각한다. 발톱 빠진 곰처럼 얼굴을 찡그리며 웃고 있는 형근이 앉아 있다. 그는 민수의 얼굴을 물끄러미 바라본다.

"그래, 다들 잘 있니?"

형근이 방금 날라온 생두부 한 조각을 입속에 밀어 넣으며 물었다.

"그래, 다들 잘 있다. 동윤이랑 또 몇 명이 조금 있다가 이리로 올 거야. 나랑 같이 오려고 했는데 오늘 야학이 있거든…….
넌 어때? 이제 좀 편해졌니? 일등병이던가?"

"아아니, 상병이다."

진지하게 대구하는 형근의 얼굴을 보고 민수가 웃는다. 형근은 잔에 반쯤 남아 있던 소주를 입에 덥석 털어 넣고는 담배에 불을 붙이는데 성냥을 켜는 손이 덤벙거린다. 갑자기 자신이 처해 있는 현실이 자신을 내리누르는 것처럼 초조한 빛을 띠고 있는 형근의 얼굴을 물끄러미 바라보며 민수는 입술을 지그시 문다. 형근의 그런 모습과 마주 대할 때마다 민수는 곤혹스러움을 느낀다.

"아참, 인경이 누나 약혼했다면서?"

"응."

"아까 오다가 만났어. 한두 시간 있다가 이리로 온다고 했어. 참 멋쟁이가 됐데……."

형근은 쓸쓸하게 웃었다. 민수는 잔에 남은 술을 비우고 형근에게 잔을 내민다.

지난해 첫 휴가를 나온 형근을 동윤으로부터 소개받은 이후부터 민수는 이렇게 형근과 마주 앉아 있는 것이 고통스럽다. 여학생이 끌려가는 것을 차마 볼 수가 없어서 식당엘 가는 길에 민수를 구해주었다고 한다.

　—그 대가가 좀 비쌀 뿐이지. 하지만 후회하진 않아. 철책선에
서서 비무장지대에 가득 자란 갈대밭으로 쏟아지는 달빛을 보
면서 나는 조국의 분단이, 밤 보초 근무 때 몰려들던 추위처럼
내 몸속으로 파고드는 것을 느끼곤 했어. 민수야, 이건 다 네 덕
이야.

　처음 보낸 편지의 답장에서 형근은 그렇게 썼다.

　"자, 한잔 받아."

　형근에게 내민 잔에 술을 채우면서 민수는 지난번보다 형근
의 얼굴이 더 어둡다는 것을 느낀다.

　"고생스럽지?"

　"고생은 뭘……."

　웃는 듯 어물쩡 넘기려는데 형근의 커다란 얼굴에 달린 작은
눈에 스치듯 맺히는 물기가 허름한 술집의 백열전구에 반짝 빛
난다. 형근은 소주를 연거푸 제 입속에 털어 넣는다. 취하고 싶
었다. 도망칠 수 있다면, 피할 수 있다면, 아니, 이 모든 현실을
처음부터 없었던 것으로 되돌려놓을 수만 있다면 무슨 짓이라
도 할 수 있으리라. 형근은 이번 휴가 직전 제가 끌려갔던 그곳
을 생각했다. 평소였다면, 중산층들이 사는 아파트쯤으로 여기
며 무심히 지나갔을 의외의 장소에 의외의 사람들이 의외의 용
건으로 그를 기다리고 있었던 것이다.

　시작은 주먹이었다. 먼저 이유 없는 주먹질과 발길질이 날아
들었고 그 후에야 왜 자신이 이곳에 있는 것인지 어렴풋이 깨달

을 수 있었다. 만 8일 동안 그는 잠자는 시간 이외의 시간을 꼬박 그곳에서 보내야 했다. 어릴 때부터 자라온 내력을 쓰고 자신에게 영향을 주었던 사람들을 기억해내고, 누가 그를 의식화시켰는지, 평소 술자리에서 제일 불만을 터뜨리는 것이 누구인지 가물거리는 기억을 더듬어 아니, 짐짓 지어서라도 써내야 했다. 형근은 어서 학교를 졸업하고 돈을 벌어 홀어머니께 효도하는 것이 자신이 대학에서 할 수 있는 최선의 일이라고 믿고 있었다. 동윤과의 친분도 그저 고등학교 동창 이상은 아니었다. 그랬기 때문에 처음에 고지식하게 자신은 의식화가 된 적이 없다고 버티다가 더 많은 곤욕을 치러야 했다.

─이 새끼, 니 엄마가 무허가 술집 하고 있는 것 다 알아.

그들은 더 이상의 말은 하지 않았다. 그것이 그에게 어떤 의미로 들리는지를 그들은 그보다 더 잘 알고 있는 것 같았다. 자신만을 믿고 사신 어머니. 굽힌 허리를 펼 새도 없이 고생하시는 어머니. 바람이 몰아치는 공터 한 귀퉁이에 천막을 치고 술을 파는 어머니. 그때 그는 그들의 발길질 앞에서 개처럼 엎드려 울음을 터뜨렸다. 죽고 싶지 않았다. 두려웠다. 그들은 그때 그에게 신이었다. 반대로 그는 모든 능력을 박탈당한 한 마리의 가련한 똥개였을 뿐이었다. 그러므로 그들이 시키는 일이라면 무슨 일이든지 할 수 있을 것 같았다. 이 공포를 벗어날 수 있는 일이라면.

─이번 여름휴가 때 나가서 친구들을 만나. 서동윤이도 좋고 또 왜 너랑 데모하던 애들 있잖아…….

—저랑 같이 데모하던 애들은 없는데요.

얼결에 그는—자신이 쓴 진술서의 내용도 잊고—또 말해버리고 말았다. 아차 하는 생각에 그의 얼굴은 빳빳이 굳었다. 그러나 이번에는 주먹이 날아오지 않았다.

—어쨌든 데모하는 애들 중에서 아는 애들이 있을 것 아냐, 엉? 무슨 말인지 알겠어? 서동윤이네 서클의 리더가 누군지, 지도자가 누군지, 그 애들을 배후 조종하는 자가 누군지, 엉? 그걸 알아오란 말이야!

만 8일째 되는 날 이른 아침, 그는 아파트 앞 동에 살고 있는 여자가 베란다에 나와서 흰 빨래를 너는 것을 바라보고 있었다. 불과 몇 미터 앞에서 벌어지고 있는 이러한 일들을 모르는지, 그녀의 모습은 몹시 행복해 보였다. 형근은 그때 이 땅에서의 행복이 얼마나 죄악일 수 있는가를 느꼈다. 그리고 그것은 바로 얼마 전까지 자신의 모습이었으며 그 알량한 행복의 껍데기가 벗겨졌을 때, 거울 속에 서 있는 한 비참한 인간이 자신이라는 것을 인정하기가 얼마나 고통스러운 것인가를.

"동윤이가 야학하던가?"

형근은 더듬거리는 입을 바르게 펴려고 노력하며 물었다.

"응, 몰랐었니?"

"아아…… 그래 맞아. 구로공단 근처에서."

"아니야, 창신동인걸."

민수는 아무 스스럼없이 대답했다. 형근은 제 머릿속에 하나하나 새겨지고 있는 낱말들이 두려워서 또 술을 마신다. 그러나 머릿속은 좀 더 뚜렷해져 왔다. 하얀 공책 위에 까만 글씨를 또 박또박 써 내려가는 것 같다.

형근은 손가락 끝까지 타버린 담배를 술집 바닥에 던지면서 발로 비벼 끈다. 민수의 천진한 듯한 얼굴이, 그녀의 반짝이는 듯한 눈이 두려워진다.

민수는 초조해하는 듯한 형근의 표정을 보면서 슬쩍 시계를 들여다보았다. 동윤이 올 시간이 훨씬 지나 있었다. 둘 다 말이 없이 멀뚱하게 술을 따르고 마신다. 하얗게 김이 오르는 잡탕 안주를 나르다 말고 여주인이 비워버린 생두부 접시를 치워 간다.

"아 참. 호신이 형 나왔어. 너 호신이 형 알던가?"

민수가 침묵을 힘겹게 깨며 물었다.

"호신이 형?"

"어, 넌 모르던가? 왜 너 강집당할 때 도서관에 매달려 있던 그 형."

민수는 새삼 형근이 호신이 형을 모른다는 사실에 대해 놀라며 말했다.

"재미있다. 그 형은 벌써 형기 마치고 석방됐는데 넌 아직도 제대가 멀었으니."

재미있다고 말했으나 민수도 형근도 웃지는 않았다. 서늘해진 밤바람이 어두운 술집 골목과 술집의 문을 지나 이리로 불어왔을 뿐이었다.

"여기들 있었구나."

짙은 화장품 냄새가 풍기면서 누군가 삐그덕거리는 탁자 위에 핸드백을 놓았다. 인경이었다. 인경의 얼굴을 보자 민수와 형근의 얼굴에서 모두 반가운 기색이 돌았다.

"둘이 왜 이리 뚱하니 앉아 있어?"

인경은 거의 비워진 소주병과 덩그러니 놓인 김치 접시를 보며 물었다. 그리고 대답을 들을 사이도 없이 말했다.

"나가자. 내가 한잔 살게."

동윤과 또 오기로 한 몇 명의 아이들을 위해 메모를 남겨놓고 그들은 술집 골목을 빠져나와 경양식 집으로 들어섰다. 약한 에어컨 바람이 서늘하게 느껴지는 곳이었다. 셋은 창가에 자리를 잡고 맥주를 시켰다. 민수는 붉고 희미한 전등불을 바라보며 몇 잔 마시지 않은 술의 취기가 올라오는 것을 느꼈다.

"그래 잘 지냈니? 언제가 제대지?"

"제대? 84년 1월…… 그날이 올까 모르겠어."

말해놓고 형근은 피식하고 웃음을 터뜨리며 담배를 문다. 인경은 형근에게 불을 붙여주고 나서 자신도 담배를 한 대 붙여문다. 길게 담배 연기를 토하고 나서 인경은 푹신한 소파에 등을 기댔다. 민수는 그날 피투성이가 된 채로 끌려가던 인경의 모습을 떠올린다. 그런 인경의 모습을 보고 한 걸음도 도망칠수 없었던 자신의 모습. 그 모습이 애처로워 뛰어들었던 형근. 세 사람은 제각기 변한 모습으로 다시 만나서 여기 앉아 있다. 민수는 노랗게 거품이 잦아드는 맥주를 마신다. 긴 세월이 흘러가버린 것만 같다. 언덕에 시내가 흐르고 그 시내가 강이 되어 깊고 깊은 골짜기가 뾰족한 산봉우리를 만들어버렸기 때문에 계곡 너머 서로 바라볼 수는 있지만 가까이 가기에는 너무 멀어져버린 것만 같다.

민수는 흐느적거리듯 들려오는 음악을 들으며 연거푸 맥주를 마신다. 인경은 형근과 동료들의 근황을 이야기하고 있었다. 이야기를 듣는 형근의 얼굴에는 괴로움과 뒤섞인 쓸쓸함이 지나간다.

"누난 요즘 좋아 보여. 여자가 결혼을 앞두면 다 그런가?"

무심히 던진 형근의 질문에 인경의 얼굴이 순간 꽉꽉하니 굳어진다. 민수는 그런 인경의 얼굴을 바라보며 등을 뒤로 기댔다. 과민반응. 언제나 인경에게 엿보이는 저 과민반응의 정체는 무엇인가.

"그나저나 얘들이 메모를 못 봤나?"

곧 굳어진 얼굴을 펴고 애매한 웃음을 지으며 인경이 말꼬리를 돌렸다. 그때 누군가가 경양식 집의 낮은 칸막이를 밀치고 들어와 털썩 주저앉았다.

동윤과 같이 오기로 했던 찬식이었다.

"왜 이렇게 늦었니? 동윤이는?"

그는 생각에 잠긴 얼굴로 검은 뿔테 안경을 올렸다.

"민수야, 오늘 집에 들어가지 말아봐. 동윤이가 아까 야학에서 달렸어……. 지금 여기저기서 알아보고 오는 길인데 뭔가 심상치가 않아. 다른 야학 사람들도 계속 연행되고 있는 중인가봐. 개새끼들……."

그는 마지막 말을 마치면서 민수의 잔을 들어 맥주를 벌컥 마신다. 모두들 아무 말도 하지 않는다. 민수는 갑자기 온몸의 힘이 빠져버린 듯한 느낌 때문에 정신이 아득해진다. 달리다니. 야학을 하고 있는 사람들 모두. 그렇다면?

어색한 술자리를 마치고 거리로 나왔을 때 동윤의 소식을 전해준 찬식은 민수에게 당분간 집에도 야학에도 가지 않는 것이 좋겠다는 말을 남기고 또 다른 사람들에게 소식을 전하기 위해 사라졌다. 술 취한 사람들이 붐비는 보도를 걷다가 형근이 갑자기 쓰러지듯 주저앉았다. 얼굴이 해쓱한 것이 토하려는 모양이었다.

민수와 인경은 형근을 데리고 허름한 골목길로 들어섰다. 그러고는 인경이 형근의 등을 두드렸다. 형근이 게우는 소리를 들으며 민수는 골목 밖을 무심히 바라본다. 비틀거리는 남녀 한 쌍이 그 어두운 골목에 있는 여관으로 들어서려다가 사람들이 우르르 있는 것을 보자 되돌아서서 나간다. 형근은 먹은 것들을 게우면서 울고 있었다. 커다란 손으로 얼굴을 훔치면서 형근이 고개를 들고 민수를 불렀다.

"민수야…… 나 때문일 거야……. 내가 썼어…… 내가…….."

커다란 형근의 손은 골목길의 흙벽을 두드리고 있었다. 민수는 잠시 무슨 소린지 알아듣지 못한다.

"내가…… 내가 그 개새끼들한테…… 동윤이 이름을 말했단 말이야…… 무서웠어, 난 우리 엄마를…….."

민수는 형근의 중얼거리는 모습을 바라본다. 문득 녹화사업이라는 단어가 떠오른다. 그걸 당했구나. 민수는 다가가 형근의 손을 잡았다. 형근은 어린아이처럼 민수의 손에 매달리며 울었다.

"네 탓이 아니야, 형근아. 알잖아."

민수는 형근의 커다란 등을 두드리며 침착하게 말했다.

"아니야, 알아. 내 탓이야."

"넌 아까 동윤이가 야학하는 것도 모른다고 했잖아."

"그래도 내가 동윤이의 이름을 거기 썼어……. 거기에다 쓰지 않으려고 했는데."

"네 탓이 아니라니까!"

민수는 버럭 소리를 질렀다. 둘을 외면한 자세로 서 있던 인경이 놀란 듯 민수를 바라보았다.

"그럼 누구 탓이란 말야?"

형근이 어린아이처럼 울먹이며 묻는다.

"……몰라서 묻니?"

민수는 눈물이 터질 듯한 얼굴을 일그러뜨리며 겨우 말했다.

모멸의 시대

어제 비가 내렸기 때문인지 하늘은 구름 한 점 없이 푸르다. 여름이 떠나는 짙은 녹색의 플라타너스 이파리에 햇볕이 쏟아져 내리고 긴팔 옷으로 갈아입은 여학생들이 그 아래를 사뿐히 걸어가고 있다. 지섭은 법학관 복도의 창가에 서서 담배를 붙여 문다.

덕현에게서 만나자는 연락이 온 것은 오늘 아침이었다. 같은 강의를 듣는 후배 아이가 지섭에게 강의 끝나고 강×× 교수실의 조교에게 와달라는 전갈을 전했다. 그 조교가 바로 덕현이라는 것을 알았을 때 그는 가슴속에서 오래 잠자고 있던 그 무엇이 움직이는 것을 느꼈다. 그리고 그것은 꿈틀거림으로 바뀌어갔다. 오래전 그의 가슴속에서 태어난 그 무엇이 긴 잠에서 깨어나 기지개를 켜고 있는 것 같았다.

지섭은 맑고 건조한 바람 속에서 길게 담배를 내뿜는다. 덕현이 꼭 자신과 만나야 할 이유는 없었다. 이미 깨어져버린 약속을 이제 와서 다시 주워 담을 일도 아니었다. 그러나 그를 피하고 싶은 생각도 없었다. 아니, 어떤 의미에서는 그에게로 가서 뻔뻔하게 웃어주고 싶기도 했다. 자신이 얼마나 뻔뻔스러워졌는지, 그러므로 그에게 있어 희망이란 얼마나 부질없는 것인지, 입에 게거품이라도 물고 그렇게 말해주고 싶은 충동이 일기도 했다. 그러나 그것 또한 자신이 아직 버리지 못한 죄책감의 또 다른 표현일 뿐이라는 것을 그는 알고 있었다. 아직 죄책감을 가지고 있다는 것은 그가 아직도 과거에 얽매여 살고 있다는 것이고 과거에 얽매여 산다는 것은 그가 아직 과거의 자리에서 한 걸음도 더 나아가지 못했다는 말도 된다.

마지막으로 덕현을 만난 것이 2년 전 봄이었다. 그때 지섭은 시립병원까지 찾아온 그를 따라 병원 앞 벤치로 나갔다. 햇볕은 맑고 따뜻했지만 바람이 차갑던 봄날이었다. 덕현은 아무 말도 하지 않고 지섭에게 담배를 내밀었다. 지섭은 덜덜 떨리는 손으로 덕현이 내미는 담배를 받아 들었다. 덕현이 지섭을 얼마나 기다렸을 것인지, 동료들이 지섭에게 느껴야 했을 배신감이 어떤 것인지 지섭은 잘 알고 있었다. 그러나 한번 입을 열면, 한번 그 모든 것을 생각해보려 하면 더 이상 버티지 못하고 무너져 내릴 것 같았다. 그 며칠 전, 집을 나간 지 거의 일 년 만에 시립병원 산부인과에서 발견된 누나처럼 미쳐버릴지도 몰랐다. 지섭은 튀어나올 듯 붉게 충혈된 눈을 껌벅이며 먼 하늘을 바라보았다.

―그래, 누나 때문에 충격이 컸겠구나.

지섭을 찾기 위해 집과 병실을 들러 나오는 동안 덕현은 이미 대충의 사실을 안 모양이었다. 지섭은 이를 앙다물고 꿈쩍도 하지 않았다. 시위 전날, 잠시 들른 집에서 혜주가 울면서 누나가 발견되었다는 사실을 알렸을 때까지만 해도 자신이 약속을 어기리라는 생각은 하지 않았었다.

그러나 시립병원에 가서 누나가 산부인과에 입원해 있다는 사실을 알았을 때 그는 제 몸 어딘가에서 한 귀퉁이가 떨어져 나가는 것 같다는 생각을 문득 했었다. 누나가 낳은 아기를 보고, 그 아기의 얼굴에서 진규 형의 모습을 찾으려 애쓰고 또 어머니의 통곡 소리를 귓가로 흘리면서 그는 그 작은 상실감 같은 것이 점점 확대되어옴을 느꼈다. 그러나 그때도 그는 가야 한다고 생각했었다. 마지막으로 누나의 잠든 얼굴을 보고 떠나려고 그가 누나의 침대로 다가갔을 때 누나가 얼핏 눈을 떴다. 그녀의 눈동자가 이상하게 풀어져 있다는 생각을 하면서 지섭이 혜섭의 손을 붙들었다.

―누나…… 나야. 좀 어때?

순간 혜섭의 눈에는 강한 공포가 어렸다. 지섭은 혜섭의 손을 잡고 있던 자신의 손이 차갑게 식는 것을 느꼈다.

―으이구 이것아…… 그래, 누구 씨를…….

어머니가 혜섭에게 달려와 손을 잡았다. 혜섭은 그제서야 안심한 듯한 표정을 짓고는 얼핏 배시시 웃었다.

지섭은 그때 들고 있던 가방을 떨어뜨렸다. 강한 고압선을 만진 것 같은 충격이 왔다. 그는 누나를 바라보았지만 혜섭의 눈동자에는 이미 초점이 없었다.

—엄마, 밖에 있는 사람들 가라고 해…… 어서.

누나는 풀어진 눈동자로 사방을 살폈다.

—말해줘, 엄마. 말해줘, 그이는 아무 잘못도 없다고…… 하지만 찾아야 해, 그이를 찾아야 해…… 난 가지 말라고 했는데…… 밤새 총소리가 들렸어…… 밤새…… 아아아.

혜섭의 눈동자에는 강한 공포가 어려 있었다. 그리고 누나는 발작처럼 몸을 뒤틀었다. 지섭은 그 길로 병실을 뛰쳐나왔다. 간호사들이 분주히 오가는 복도의 한 벽을 붙들고 그는 망연히 서 있었다.

—가벼운 분열 증세에 피해망상이 겹친 듯합니다.

금테 안경을 낀 젊은 의사가 그에게 말했다. 지섭은 순간 그의 멱살을 움켜잡았다.

—망상이라고? 망상이라고? 이 개새끼, 네가 뭘 알아?

마지막 소리는 마치 비명처럼 튕겨져 나왔다. 누군가가 와서 지섭을 말렸다. 그는 그 자리에 서서 눈물도 없는 통곡을 터뜨렸다. 누나가 미치다니. 망상이라니. 봉변을 당한 의사가 얼른 자리를 뜬 후 그는 다시 누나에게로 돌아갔다. 누나는 다시 잠들어 있었다. 누나를 이렇게 만든 것이 누구인지 지섭은 알고 있었다. 자신의 가방 속에 든 유인물들은 누나와 자신의 적을 향한 것이었다. 그러나 지섭은 잠든 누나를 바라보며 머리를 쥐어뜯었다. 적은 꿈쩍도 하지 않을 것이다. 진규 형이 죽었을 때처럼. 그리고 우리는 헛되이 제 몸을 부딪치며 피를 흘리게 될 것이다. 그리고 그들은 그 위에서 핏빛 포도주를 마시며 향연을 계속할 것이다. 가야 한다는 생각과 여기 남아 있어야 한다는 생각, 더 이상 아무것도 남은 것 없이 모든 것을 빼앗긴 식구들에게 다시 한 번 충격을 줄 수는 없다는 생각이 그의 머릿속에서 맴돌았다. 간다는 것은 구속을 말하는 것이고, 그것은 식구들에게 남은 마지막 희망의 박탈을 의미하는 것이다.

그때 아버지가 병실로 들어섰다. 그는 혜섭의 야윈 볼을 가만히 쓸어내렸다. 아버지의 붉은 얼굴에서는 짙은 소줏내가 풍겨나왔다. 혜섭은 천사처럼 잠들어 있었다. 눈을 뜨면 금방이라도 예전의 그 애잔하고 고운 목소리로 지섭을 부를 것만 같았다.

―의사 말이…… 정신병원에 입원을 시키라는구나.

아버지는 혜섭에게 눈을 떼지 않은 채 말했다. 아버지의 목소리에는 피눈물이 배어 있었다. 아버지의 검은 손가락이 혜섭이 누운 흰 시트 위에서 떨리는 것을 보면서 지섭은 고개를 돌렸다. 병원의 흰 벽이 막막히 서 있었다.

―입원을 시키라고요…….

앵무새처럼 지섭이 따라 말했다.

―안 되면…… 당분간 통원 치료라도 받으라고…….

아버지는 눈을 들어 먼 창밖을 내다보았다. 당장 퇴원을 할 돈도 없었다. 네, 아버지, 입원시키세요, 돈은 제가 해보겠습니다, 라고 말할 수만 있다면, 누나를, 꽃같이 아름답고 총명했던 누나의 그날들을 되돌려놓을 수만 있다면 무슨 일이라도 할 수 있을 것 같았다.

그날 밤 혜섭의 곁에서 밤을 지새우면서 지섭은 째깍이는 시계소리와 싸우고 있었다. 이미 1차 약속 시간은 지나고 2차 약속 시간이 다가오고 있었다. 일어서서 이 병실을 나가기만 하면 되었다. 누나의 희고 가느다란, 상처투성이 손을 한번 잡아보고, 그리고 조용히 일어서서 떠나기만 하면 되는 것이다. 그러나 지섭은 일어설 수 없었다. 압제자에 대한 불타는 적개심은 막상 그것이 구체적으로 다가왔을 때 공포 어린 분노로 변했고 이윽고는 공포만이 남았다. 끝없이 바짓가랑이를 잡아당기는 이 가난. 제가 여태껏 가졌던 분노들이 얼마나 관념적이었는가를 깨달으면서 지섭은 피투성이 붉은 해가 떠오를 때까지 꼼짝 않고 그 밤을 지샜다. 검붉은 해의 빛살이 닿을 때마다 그의 앞에 놓인 세상이 유리처럼 와르르 무너지고 있었다. 그 날카로운 유리 조각 위를 맨발로 딛는 것처럼 아픔만이 느껴졌다.

─우리의 계획은 시간만 일주일 연기되었어. 일단 내일 학교에서 함께 자세한 이야기를 하기로 하자.

덕현은 지섭의 얼굴을 측은히 바라보며 말했다. 덕현은 지섭의 선배로서 이번의 오류에 대해 동료들에게 호된 비판을 받았을 것이었다. 그러나 덕현은 지섭에게 일어난 일들에 대해 진정으로 가슴 아파하고 있었다. 지섭도 이를 알고 있었다. 그러나 지섭이 감추려고도 하지 않고 내보이는 이 흔들림이, 그의 곁에 서 있는 덕현이 훗날 다른 길로 들어서는 계기가 된다는 것을 그때는 둘 다 깨닫지 못했다.

　—내일, 아니 어려우면 모레 학교로 오겠니?

싸워야 했다. 지금이야말로 온몸으로 내달려가 그 철철 끓는 분노로 맞서야 할 때였다. 그러나 그는 움직일 수 없었다. 엄청나게 강한 쇠사슬이 그를 꽁꽁 묶어놓고 있는 것 같았다. 그 쇠사슬의 생생함 때문에 그는 꼼짝도 할 수 없었다. 다시는 아무것도 예전처럼 되돌릴 수 없었다. 그는 아무것도 이해하지 못하는 백치처럼 덕현을 바라보며 천천히 말했다.

　—무어라 말해도 좋아……. 지금 여기서 한 걸음도 벗어날 수가 없어…….

지섭은 말라붙어 가죽만 남은 얼굴을 일그러뜨리며 머리를 쥐어뜯었다. 덕현의 조용한 말소리가 이어졌다. 용기라든가 시대라든가 사랑 같은 낱말들이 간간이 들려오는 것 같았다. 그러나 무슨 소린지 지섭은 아무것도 알아듣지 못했다. 먼 나라에서 아주 먼 나라에서 누군가가 중얼거리는 것 같았다. 단지 깨어진 유리 조각 속에서 나무와 병원이, 산동네와 진규의 얼굴이, 그리고 마지막으로 누나의 얼굴들이 햇빛을 받아 조각조각 반짝이고 있었다.

　—……피곤해 보이는구나. 내가 내일 다시 올까?

덕현이 조심스레 물었다. 지섭은 고개를 흔들었다. 어떻게 설명해야 할 것인지 알 수 없었다. 이 공포, 잠들 수가 없는 공포. 잠이 들면 누나처럼 배시시 웃으면서 깨어나게 될 것 같은 이 공포를. 자신에 대한 이 미칠 듯한 혐오감을.

지섭은 미친 듯이 제 머리를 쥐어뜯었다. 덕현이 지섭의 팔을 붙들었다. 지섭은 정말 이미 미쳐버린 사람 같았다. 덕현에게 미안했다. 가족에게 누나에게 진규 형에게, 아니 스스로 기만하면서 살아왔을지도 모르는 그 모든 세월에게. 그러나 미안한 것만으로 어쩔 수가 없었다. 그는 패배를 인정하고 싶지 않았다. 자신이 도망치고 있다는 사실, 두려워서, 살고 싶어서 기어가고 있다는 사실을 인정하고 싶지 않은 것이었다. 누나의 풀어진 눈동자보다 더 괴로웠던 것은 아마 그러한 자신을 어쩔 수 없이 바라보아야 하는 일이었는지도 몰랐다.

─다시는 날 찾지 말아줘…… 내가 다시 형을 찾을 때까지.

지섭은 황망히 일어서서 병원 현관을 향해 걸어갔다.

─지섭아, 잠깐만.

덕현이 부르는 소리가 들리는 것 같았다. 그러나 그때 그는 뒤돌아보지 않았었다. 돌아보고 싶은 무수한 충동을 억누르며 그는 누나를 향해 걸어갔다. 다시는 제정신으로 돌아오지 않는 누나를 향하여.

허름한 가방을 들고 지섭은 계단을 올라간다. 강×× 교수실은 삼층이었다. 일학년 때였던가. 시위 도중 쫓기던 선배가 그 교수의 방으로 피했다가 강 교수의 신고로 잡힌 일이 있었다. 이제 그곳에 대학원엘 가고 조교가 된 덕현을 만나러 가는 것이다. '법과대학장실'이라는 팻말 앞에서 지섭은 문을 두드렸다. 네, 들어오세요, 하는 소리를 들으며 지섭은 숨을 한번 크게 들이쉬었다.

"이게 누구야."

와이셔츠에 갈색 양복바지를 입어서 어딘지 모르게 공무원 같은 인상을 풍기는 남자 하나가 벌떡 일어나 지섭에게 다가오면서 말했다. 순간 지섭은 그가 무척 낯설어 보이는 것을 느꼈다.

"늦길래 안 오려나 보다 했다."

넓찍한 방에 놓인 회색 소파로 지섭을 안내하며 덕현이 말했다. 지섭은 창가에 등을 돌리고 덕현과 마주 앉았다. 잠시 말없이 서로를 마주 보았다. 짧다면 짧은 세월의 간격이 얼른 좁혀지지 않았기 때문이었다. 덕현은 지섭에게 등을 돌린 채로 잠시 문 앞에 놓인 책상의 책을 정리해놓고 다시 돌아온다.

"그래, 얼마 만이냐?"

지섭은 두 무릎에 팔꿈치를 괴고 두 손을 마주 잡은 채 잠깐 웃었다.

"얼굴은 좀 좋아진 것 같구나. 네가 복학했다는 소식을 듣고는 혹시나 먼저 찾아오지 않을까 해서 기다렸다. 커피 할래?"

덕현은 문가로 가서 커피포트의 스위치를 올린다. 따뜻한 물이 들어 있었던 모양인지 금세 물 끓는 소리가 들리기 시작했다. 덕현은 커피 잔을 두 개 가지고 와서 먼지가 없나 들여다본 다음 커피를 탄다. 지섭은 담배를 한 대 붙여 물며 덕현의 모습을 바라본다. 와이셔츠를 집어넣은 갈색 양복바지 부근에 살이 붙어 있다. 강마르고 약간 각진 얼굴에 바라보는 눈빛이 날카롭던 예전의 덕현의 모습은 보이지 않았다. 당연한 일이었다. 벌써

3년의 세월이 흐르지 않았는가. 지섭의 입에서 헛바람 같은 웃음이 새어 나온다.

그때 노크 소리가 나고 누군가가 문을 열었다. 검정 뿔테 안경을 쓴 학생이 문을 열고 들어선다.

"어, 찬식이 왔구나. 여기…… 어쩌지? 그대로인걸."

덕현은 커피에 물을 부으면서 찬식에게 종이 뭉치를 하나 내밀었다. 찬식은 자리에서 종이 뭉치를 잠시 넘겨보더니 얼굴을 확 붉힌다.

"이걸 어떻게 싣는단 말이죠?"

찬식은 화가 난 것을 제 나름대로 참는지 표정보다는 침착한 어조로 말했다. 그가 흔드는 교정지는 온통 빨간색 투성이였다. 아마 무슨 학회지나 단대지에 실을 원고를 학과장인 강 교수가 미리 검열을 하느라고 지우거나 고치거나 한 표시인 것 같았다.

"글쎄, 교수님 입장에서도 그 이상은 양보하기가 어려우신 모양이야."

커피 물을 찻잔에 따르느라 덕현의 얼굴가로 뽀얗게 김이 오른다. 찬식은 덕현의 태연한 모습을 향해 한 걸음 다가선다. 얼굴빛이 붉으락푸르락하는 것이 상대방의 태연한 태도에 대해 몹시 화가 난 눈치이다.

"도대체…… 매일 똑같은 소리만 하시니……. 차라리 교수님에게 새 원고를 부탁하는 게 낫겠네요."

덕현의 얼굴에 곤혹스러운 표정이 지나간다.

"어떻게 하겠나? 강 교수로서도 그만하면 많이 양보한 거라는 걸 너도 알잖아."

덕현은 약간 당황해서 말했다.

"구걸하는 것도 아니고 없는 법에 대해 연구하는 것도 아닌데 양보는 무슨 양봅니까? 강 교수님이 선심을 쓴다고 해서 세상이 좋아지는 것도 아니구."

강 교수에게라도 하듯이 찬식이 쏘아붙인다. 덕현은 아무 말 없이 커피 잔을 지섭에게 날라온다. 덕현의 목줄기로 커다란 침이 넘어가는 게 보인다. 지섭은 덕현의 굳게 다문 입을 바라본다.

덕현은 요즘 들어 학부 아이들을 대할 때마다, 특히나 이런 일로 대할 때마다 조금씩 무너져가고 있는 자신을 느끼곤 했다. 그들은 예전의 자신의 모습을 하고 있었다. 분노하고 슬퍼하며 부대끼면서 그만큼 더 현실을 헤쳐나가고 싶던 용기가 솟았던 그 시절. 작은 일에도 시비를 거는 그 모든 형식과 권위주의에 대해, 학생들이 조금이라도 경찰의 비위를 건드릴까 잠 못 자고 고민하는 듯한 교수의 비굴한 얼굴들에 대해, 그리고 늘 그 사이에서 이도 저도 아닌 듯 중립을 가장하는 조교들에 대해, 지금의 조그만 안락을 지키기 위해 그 모든 불의들을 적당히 눈 감아주던 그들에게 자신이 어떤 눈길을 던졌는지 덕현은 생생히 기억하고 있다.

덕현은 어느덧 자신이 아주 멀리까지 와버린 것을 깨닫는다.

"아무튼 그럼 이따가 다시 한 번 와봐. 내가 한 번 더 말씀드려볼 테니까."

찬식은 돌아서면서 덕현에게, 이어 엉거주춤 커피 잔을 들고 있는 지섭에게 눈길을 던졌다. 지섭은 순간 무언가 몹시 뜨거운 것이 제 몸에 닿는 것을, 이어 모욕받은 듯한 느낌과 함께 갑자기 눈시울께가 뜨거워지는 것 같은 이상한 감정을 느꼈다. 지섭은 입가로 가져가려던 커피를 제자리에 다시 놓는다. 온몸의 맥이 확 풀리면서 기운이 빠지는 느낌이다. 갑자기 미친 듯이 웃어젖히고 싶기도 했다.

"아무리 법대 학회지이지만 국가보안법을 건드린다는데 어느 교수가 허락하겠니? 중간에서 나만 죽어난다."

변명인지 혼잣말인지 애매하게 말꼬리를 흐리며 덕현이 말했다. 그의 이마에 맺혔던 땀이 또르르 굴러 내린다. 덕현은 눈을 가늘게 뜨고 뜨거운 커피를 마신다. 그의 얼굴은 몹시 지쳐 보였다. 덕현은 커피 잔을 내려놓고 담배를 문다.

"형이 교수였다 해도 그럴 거란 말이지?"

덕현이 문득 동작을 멈추고 지섭을 바라본다. 가장 아픈 곳을 다친 듯 원망과 분노의 표정이 얼핏 덕현의 얼굴 위를 스친다.

"글쎄, 나도 그렇게 될지도 모르지……. 그러나 지금으로서는 어쩔 수가 없어. 작은 일로도 아이들이 꽤 많이 다치고 있는 실정이니까……."

덕현의 목소리는 떨리고 있었다.

"아이들이 다친다고? 아이들 때문에? 하하하하 그것 재미있군."

지섭은 즐겁지 않은 얼굴로 웃었다. 덕현은 서둘러 담뱃불을 붙이고 먼 창밖을 내다본다. 지섭의 웃음소리는 공허하다. 덕현은 갑자기 심한 외로움을 느낀다.

후회하지는 않았다. 가려던 길을 돌아 대학원이라는 우회를 택한 것에 대해 스스로를 비겁하다고 생각해본 적은 없었다. 그러나 후배들을 대할 때마다 어쩔 수 없이 스스로가 싫어지도록 움츠러드는 이유는 무엇인가. 정말 멀리까지 와버린 것일까. 다시는 만날 수 없는 길로 들어선 것일까.

덕현은 길게 담배를 내뿜는다. 목구멍을 타고 꾸역꾸역 정체 모를 서글픔 같은 것이 밀려온다.

"누나는…… 좀 어떠시니?"

"날마다 조금씩 더 미쳐가고 있어…… 우리처럼 말이야…….'

지섭의 말에 덕현은 얼굴을 찌푸린다. 모멸감, 이 모멸감. 제 얼굴에 떠오르는 차가운 미소 속에 모멸감을 감추려고 하지도 않는 지섭의 얼굴을 덕현은 피할 수밖에 없다.

진짜 목사

그해 가을은 죽음의 소식으로 시작되었다.

머나먼 소련 땅 어느 하늘에선가 소련 전투기가 제 나라의 영공을 침범한 KAL기를 격추시켰고, 그래서 269명이 사망했다는 뉴스가 그 가을의 첫 소식이었으니까. 허탈감이랄까 어이없음이 랄까 사람들은 아침저녁으로 불어오는 찬바람에 옷깃을 여미고 그 알 수 없는 죽음에 대해 끄집어낼 수 없는 두려움을 삼키고 있었다. 9월의 첫날 아침 시민들과 새마을 청소를 하던 대통령은 미국 백악관에 조기가 게양되었다는 소식을 듣고 부랴부랴 근엄한 표정을 갖추고는 TV 뉴스 첫머리에 나타났다.

지섭은 캠퍼스 여기저기에 나뒹구는 호외를 하나 주워 들고 학교를 내려오다가 덕현과 마주쳤다.

덕현은 지섭을 향해 잠시 난처한 표정을 지어 보이더니 이윽고 입을 열었다.

"……지섭아. 호신이가 죽었다."

그래, 죽었다. 지난여름, 필리핀 상원의원 베니그노 아키노도 죽었고, KAL기에 탑승했던 사람들도 죽었고, 그리고 호신이도 죽었다.

무표정한 지섭의 얼굴을 바라보면서 덕현은 마른입을 쩍쩍 다셨다. 사실은 스스로도 지섭과 같은, 그 어느 죽음도 실감할 수 없다는 표정이었다.

"어제 교수 연구실로 연락이 왔다. 우리 대학병원으로 왔다고…… 내가 달려가니까 벌써……."

지섭에게 호신의 죽음을 설득시킬 만한 표현력이 없음을 덕현은 안타까워했다. 지섭은 덕현이 내미는 담배를 받아 물며 호신의 모습을 떠올리려 애썼다. 긴 턱 때문에 꽤 특징이 있는 호신의 얼굴은, 그러나 가물거리듯 사라져간다. 둘은 학교길을 걸어 내려가 병원으로 향했다.

"며칠 전에 나한테 찾아와서는 돈이 좀 필요하다고 했어. 현장으로 간다면서 싼 방을 하나 구해 이사를 가야겠다고 하던데…… 미련한 놈……."

덕현은 말을 더 잇지 못하고 얼른 입을 다물었다. 호신이 돈을 좀 구해달라고 했지만 빌려주지 못했던 이야기는 꺼내지 않았다. 호신이 연탄가스로 죽었다는 이야기를 들었을 때부터 덕현은 자신이 호신의 청을 거절한 것을 떠올려야 했다. 물론 덕현의 수중에 돈이 있었던 것은 아니었다. 고시에 몇 번 떨어지고 대학원에 간 그를 뒷바라지하시는 부모님의 얼굴을 보기에도 미안할 지경이었으니까.

그렇다고 덕현이 호신의 방값을 구하기 위해 어떤 형태의 노력을 기울인 것도 아니었다. 단골로 다니는 생맥주 집으로 그를 데려가 외상술을 두어 잔 사주고 그를 돌려보냈을 뿐이었다. 돈이 제대로 구해지지 않아 터무니없이 싼 방을 얻은 것이 호신을 죽음으로 몰고 갔으리라는 생각이 이제 서서히 확신으로 변해가고 있었다.

덕현은 피우던 담배의 필터를 잘근잘근 씹는다. 덕현에게 미소를 지어 보이고는 뒤돌아 터덜터덜 걸어가던 호신의 모습이 커다랗게 확대되어온다. 덕현은 그 모습을 평생 짐 지고 살아야 할 것을 깨닫는다. 그것이 단지 호신의 죽음에 대한 죄의식 이상이라는 것도. 덕현은 푸른 하늘을 우러르며 눈을 찌푸린다. 지섭도 덕현을 따라 무심히 하늘을 올려다본다.

—지섭아, 오래 기다리는 것도 사랑이라고 생각한다.

—사랑이라고? 그딴 소리는 교회에 가서나 해라.

입대 전 호신을 본 것이 마지막이었다. 지섭이 빈정대자 퀭한 눈으로 그를 오래 바라보다가 호신은 고개를 떨구었다. 그때 지섭은 자신도 주체할 수 없을 만큼 눈시울이 뜨거워졌었다. 그리고 그해 가을, 지섭은 벌써 낙엽이 지고 있는 전방에서 호신이 구속되었다는 소식을 전해 들었다. 제 신념이 있고 그 신념대로 행동한다면 언제 죽어도 행복할 수 있을 것 같다던 호신의 마지막 편지가 도착한 지 이틀 뒤였다.

그랬다. 호신은 행복한 사내였다. 그러한 생각은 호신을 처음 만나던 날부터 이미 예감되어 있었는지도 모른다. 일학년 초 호신을 처음 만났을 때, 지섭은 호신이 들고 있던 두꺼운 책갈피 속에서 언뜻 윤동주의 시 「십자가」를 베낀 종이를 보았다. 강의실이었는지 아니면 어느 다방에서였는지 기억은 어렴풋하지만 호신은 그 종이를 떨어뜨렸고, 치부를 들킨 사람처럼 얼른 그 종이를 집어 들었다. 누군가가 보내준 것인지 고운 빛깔의 편지지에 쓰여 있는 그 시 구절 중에서 지섭은 언뜻 '행복한 사나이 예수 그리스도'라는 구절을 읽었다.

호신은 그 후에도 늘 그 책 속에다 그 종이를 끼워가지고 다녔다. 문학청년의 기질이 엿보이는 그의 그런 행동은 지섭에게는 얼마간 유치하게도 보였지만 언제나 성실하고 겸손한, 그러면서도 무언가 모르게 남도의 끈기 같은 것이 엿보이는 호신을 볼 때마다 지섭은 늘 '행복한 사나이 예수 그리스도'라는 구절을 떠올렸다.

지섭의 그러한 예감은 서클에서 자기소개를 하는 날 한 번 더 확인되었다. 약간 작은 키에 길쭉한 턱, 큰 입을 쭈욱 벌리고 웃으며 호신은 말을 꺼냈다.

─저어기, 이름은 장호신, 긍게, 높을 호에 믿을 신 자구, 이번에 법학과 일학년에 입학했습니다. 지는 원래 목사가 되는 것이 꿈이었는디, 우리 엄니가 저를 키우시느라 하두 고생을 하는 것을 봉께, 어머니 소원대로 검사나 판사가 되야서 가난한 사람들을 도와주는 것도 나쁘지 않을 것 같아서 법대를 지원했습

니다. 허지만도 지는 목사같이 하느님을 믿고, 불쌍한 사람들을 도와주는 판·검사가 되지 않을 바에는 차라리 다시 신학교에 입학해서 목사가 되겠다는 생각을 아직 버리지는 않았습니다. 지가 나기는 나주서 나고 크기는 광주서 컸는디, 솔직하니 말해서 서울이라는 데를 처음 와봅니다. 서울이라는 데가 크기도 크고, 잘사는 사람도 많지마는 가난한 사람들은 그보다 더 많고, 어쨌든 제 기를 콱 죽여부리는 것 같은디, 앞으로 촌놈이라고 너무 깔보지 마시고 잘 부탁드립니다.

그날부터 호신은 친구들에게서 목사라고 불리었다. 식사 시간 전에도 꼭 2~3분간은 기도를 올렸고, 꽤 여러 번 악의 없는 놀림감이 되곤 하였다.

—자꾸, 예수쟁이, 예수쟁이 허지 말어. 좋은 말루다, 예수 믿는 사람, 아니므는 신자라는 그럴듯한 말도 있는디…….

어눌한 말투로 농담을 하면 친구들은 모두 웃음을 터뜨렸고, 웃으면서도 늘 제 할 일을 한 번도 빠뜨리지 않는 그의 성실함에 마음 깊은 곳으로 존경을 보내곤 했었다.

그리고 1980년이 되었다. 상상할 수도 없이 밀어닥친 폭력 앞에서 모두 다 칼날 위를 걷는 듯 위태로워 보이던 시절이었다. 선배들은 끌려가거나 수배를 받아 지하로 숨고, 지섭은 통금이 앞당겨진 거리를 서둘러 집으로 돌아가곤 했었다. 어느 날인가, 지섭은 집으로 돌아가는 길에 길바닥에 쓰러져 있는 호신을 발견했었다. 호신은 몹시 술에 취해 있었다. 누구와 싸웠는지 얼굴에는 코피까지 말라 엉겨 붙어 있었다. 그런 호신의 모습을,

더구나 그토록 싫다던 술까지 취한 호신의 모습을 보는 것이 처음이었지만 지섭은 그리 놀라지 않았다. 그때는 그럴 수 있는 때였으므로. 호신은 거의 인사불성이었다. 후텁지근한 6월의 밤공기 속에서 숨을 헐떡이며 지섭이 호신의 산꼭대기 자취방까지 그를 업고 갔다.

─지섭아, 어떤 개새끼가 그러더라. 용서하래. 용서하라구? ……지섭아, 광주서 일어난 그 일을 용서하는 놈이 한 명이라도 있으면 내가 그놈을 용서 안 할 거다……. 그게 목사라 해두, 설사 하느님이라 해두…….

호신은 밤새도록 토한 후, 아침에 탈진 상태로 쓰러졌다. 그때 창백한 호신의 얼굴을 바라보면서 지섭은 광주에서 돌아온 누나를 생각했다. 시부모님 되실 분들에게 인사를 하러 떠난 누나와는 곧 소식이 끊어졌고, 한 달여 만에 돌아온 누나는 진규형이 죽었다는 말을 전했을 뿐 벙어리가 되어가고 있었다. 하루에도 여러 번씩 화들짝 놀라 일어서면서, 누나는 점점 석고상처럼 굳어가고 있었던 것이다.

어쨌든 그날 이후 호신은 변했다. 가끔씩 부딪히는 호신의 눈에서는 늘 강렬한 불꽃같은 것이 반짝 튀었다. 아니, 호신의 눈빛이 부시다고 느낀 것은 아마도 그때 자신이 이미 흔들리고 있었기 때문이리라.

호신은 더 이상 식사 전 기도를 올리지 않았고 교회에도 나가지 않았다. 친구들이 놀릴 때마다 그는 웃으며 대꾸했다.

─진짜 하느님이 어디 있는지 알아부렀응께.

그래서 친구들은 그를 진짜 목사라고 불렀다. 호신 역시 그 별명을 좋아하는 것 같았다.

　"광주 집에는 연락이 되었어?"

　병원으로 향하는 계단을 오르며 지섭이 물었다. 지섭의 담담한 말투에 문득 생각에서 깨어난 듯 덕현이 타버린 담배를 던진다. 샐비어 꽃들이 피보다 붉은 몸을 이리저리 흔들고 있다.

　"응. 오늘 새벽에 전보를 쳤어. 광주에는 어머니 혼자 계시고…… 올해 공고를 졸업한 동생이 부평 어디엔가 취직을 했다는데 주소를 알아야지."

　병원 영안실에 도착할 때까지 둘 다 말이 없었다. 아직 연락을 받지 못했는지 친구들의 모습은 별로 보이지 않았다. 지섭과 덕현은 분향을 하고 나서 삼베 완장을 달고 서 있는 앳된 얼굴의 청년과 인사를 나누었다. 동생의 얼굴은 덕현이나 지섭보다 더 담담했다. 아직 아무것도 실감 나지 않는 듯했다. 지섭과 덕현이 호신의 친구라고 자신들을 소개했을 때, 동생의 입가에는 잠시 경련이 일었다. 아마, 시간이 가고 호신을 기억하는 이들이 하나둘씩 찾아오면 그의 얼굴에 일던 경련은 더욱 잦아져 그의 뇌리에 이 어이없는 이별을 깊이 각인시키게 될 것이었다.

　"어머님은……?"

　"쓰러지셨어요. 제 친구가 모시고 가서 여기 병원에 입원을 시켰습니다. 의사도 그리하는 게 좋겠다고 해서……."

　말을 하는 동생의 길쭉한 턱을 바라보며 덕현과 지섭은 동시에 호신의 얼굴을 떠올린다. 둘은 굳은 얼굴로 서 있는 동생의 손을 잡아주고는 밖으로 나왔다. 저쪽 편에 새로 차일을 치고 돗자리를 까는 사람들이 보였다. 동생의 친구들인 것 같았다. 지섭과 덕현은 그리로 가서 그들을 거들었다. 일을 대충 마치고 번들거리는 비닐 돗자리에 앉았을 때, 지섭은 가슴속으로 휑하니 부는 바람을 느낀다.

이것이 죽음일지도 모른다. 이 빈자리. 길을 걷다가 문득, 그와 닮은 사람의 뒷모습을 보고는 가슴을 쓸어내리고 중얼거리겠지. 그는 이미 이 세상에 없다고.

지섭은 마른 손으로 얼굴을 비빈다.

폐허

구겨진 휴지들이 뒹굴고 있다. 사발면 껍데기와 부러진 소독저, 그리고 엎어진 소주병들이. 해가 기우는 영안실은 아주 쓸쓸했다. 선배들은 모두 군대로, 감옥으로, 그리고 제 자신이 파놓은 쾌락 속으로 떠나가버렸던 것이다.

민수는 영안실 밖의 차일 밑에 앉아 지는 해를 바라본다. 소식을 들은 것은 아침이었다. 어젯밤, 찬식의 충고를 듣고 나서 내키지 않았지만 인경을 따라 그녀의 집에서 잔 민수는 거기서 호신의 죽음을 전해 들은 것이었다. 부랴부랴 택시를 타고 인경과 함께 학교 옆의 대학병원에 왔을 때도, 그리고 다시 실신한 호신의 어머니를 보고 엉성한 국화 다발을 보았을 때도 호신의 죽음은 쉽게 실감되지 않았었다.

민수는 죽음이라는 이름의 이별을 경험해본 일이 없었다. 일곱 살 때였던가, 할머니가 돌아가셨을 때 넓은 마당 가득 누런 차일이 쳐지고 그 밑에서 이상한 소리로 곡을 하는 어머니가 우스워서 민진과 함께 뒤뜰로 가서 전유어를 베어 먹으며 쿡쿡 웃던 것이 제가 가진 기억의 전부였다.

그러나 죽음은 명확하게 이편과 저편을 가른다. 그것의 실체는 무엇일까. 이사한 첫날, 연탄가스를 마신 호신이 누워 있는 길고 좁다란 관이던가, 아니면.

민수는 길게 한숨을 내쉰다. 정작 죽었다는 호신의 얼굴보다 어젯밤 끌려간 동윤의 얼굴이 더 크게 떠오른다. 고문을 당하고 있을까. 호신이 죽었다는 사실을 알면 동윤은 어떤 얼굴을 할까. 야학은 어떻게 될까. 강학으로서 나는, 설사 끌려간다 해도 끝까지 이 야학을 책임져야 하는 것은 아닐까. 민수는 생각을 하다가 다시 고개를 흔들어본다. 호신이 형이 죽었는데.

"민수 여기 있었구나."

낯익은 목소리가 들려왔다. 박미혜였다. 그녀는 민수와 같은 과의 여학생이었는데 올봄 학교를 그만두고 현장으로 간다고 했던 것이다. 민수는 미혜의 얼굴을 바라보며 놀란 표정을 짓는다.

"아까, 오다가 찬식이를 만났는데 네가 여기 있을 거라고 하더구나."

미혜는 웃으며 민수를 스스럼없이 포옹한다. 민수는 미혜의 품에 안기면서 갑자기 가슴속에서 치밀어 오르는 설움을 느꼈다. 먼 이국땅에서 같은 동포라도 만난 것처럼 반가운 마음이었다. 둘은 함께 자리에 앉았다.

박미혜. 그녀는 민수와 같은 서클에서 민수에 대해 가차 없는 비판을 하던 아이였다. 대개는 그녀의 비판이 타당했지만 끈질기게 물고 늘어지는 통에 가끔은 민수에게 감정적으로 반발심을 일으키기도 했던 아이였다. 더구나 학교를 떠나기 전인 지난 겨울 우연히 마주쳤을 때, 민수를 대하는 미혜의 태도는 아주 냉소적이기까지 했던 것이다. 그러나 오늘 이 자리에 나타나 민수를 와락 안는 미혜는 어딘가 달라 보였다. 민수는 달라진 미혜를 어떻게 대해야 할지 순간 당황한다. 민수가 무슨 생각을 하는지 안다는 듯 미혜가 어색한 미소를 띤다.

"이렇게 빨리 너를 다시 만나게 되리라고는 생각 안 했어."

"어떻게 알았겠니? 호신 형이 이렇게 어처구니없이……."

민수는 말을 더듬는다. 미혜의 갑작스러운 출현과 그녀에게서 엿보이는 변화도 놀라웠지만, 호신이 죽었다는 말을 차마 할 수가 없었다. 마치 아직 살아 있는 호신이 민수의 그 말 한마디에 죽기라도 할 것처럼. 민수는 미혜의 강렬한 시선을 피하며 버릇처럼 단발을 귀 뒤로 넘긴다.

"……네 생각을 많이 했어."

미혜는 비켜가는 민수의 시선을 놓치지 않으려는 듯 여전히 민수를 바라보며 말했다. 그런 미혜의 눈에는 예전에는 찾아볼 수 없던 따뜻함이 어려 있다.

"내 말은 민수야, 내가 지나온 학교생활에 대해 반성을 많이 했다는 소리야."

미혜는 어리둥절한 민수를 바라보며 웃는다. 얇은 쌍꺼풀이

진 미혜의 작은 눈이 부드럽게 웃고 있다.

"쑥스럽다. 이제 와서 이런 이야기를 하자니까……."

미혜는 주머니에서 은하수를 꺼내 불을 붙이고는 길게 연기를 내뿜는다. 민수는 이런 미혜의 모습을 본 일이 없었다. 방학이면 떠나던 MT에서 며칠 밤 동안 단 몇 시간밖에 눈을 붙이지 못하고도 자세 한번 허물지 않던 그녀였다. 새벽부터 구보를 하기 위해 민수가 졸린 눈을 다 뜨지 못하고 일어서면 미혜의 그 타는 듯한 눈이 그녀를 바라보고 있었다. 그때 민수는 까닭 없이 주눅이 들면서 왠지 미혜가 위태로워 보인다고 생각했었다. 그러나 오늘 미혜는 다르다. 무어랄까. 여전히 눈은 날카롭게 반짝이고 있지만, 담배를 피우는 그녀의 눈매가 갑자기 입체감 있게 느껴진다.

"민수야, 난 사실 네가 미웠어……."

미혜의 입에서 흘러나오는 솔직한 말에 민수가 고개를 든다.

"네가 잘못해서가 아니야……. 그저 네가 부잣집 딸이었기 때문이었을 거야. 우습지? 어쩌면 아무것도 모르던 내가 운동을 시작한 것은 그런 증오심 때문은 아니었을까, 요즘 가끔 생각하곤 해. 난, 지게꾼의 딸이었거든. 어머니는 공장 식당에서 일을 하셨고…… 지게꾼의 딸이, 아들도 아닌 딸이 말이야, 대학에 들어오기까지 얼마나 많은 증오심이 필요한지 넌 아마 모를 거야. 사실 현장으로 떠나는 결심을 그리 일찍 할 수 있었던 것은 어쩌면 단순한 이유였는지도 몰라. 더 이상 학업을 계속할 돈이 없었으니까……. 노동자가 되고서야 나는."

미혜는 잠시 말을 끊었다. 져버린 해의 희미한 여명이 그녀의 눈매에 생긴 그늘을 더욱 짙어 보이게 했다. 미혜는 담배를 두어 모금 더 빨고는 그것을 비벼 껐다. 하기 어려운 이야기들을 담담하게 풀어나가면서 미혜는 그것들이 다시 자신에게 가져오는 격앙을 지그시 누르고 있는 것 같았다.

"비로소 나는 아버지를 이해할 수 있었지. 그러나 이미 너무 늦어버렸어. 아버진, 살아계신 동안은, 자신이 아무것도 줄 수 없었던 딸에게서 사랑을 받지 못했었으니까."

하루살이 떼들이 원을 지어 빙빙 돌면서 미혜의 얼굴로 달려들었다. 미혜는 허공에 팔을 저어, 하루살이 떼들을 쫓으면서 코를 훌쩍 들이켠다. 민수는 독백같이 깔리는 미혜의 말을 잠자코 듣고 있다. 그랬었구나. 자신이 살아온 전사들을 이야기하는 시간에 미혜는 그저, 자신을 가난한 집안의 딸이라고 소개했었다. 어쩌면 그때 아버지가 지게꾼이었다는 말을 들은 것 같기도 했다. 그러나 그 말들이 오늘처럼 생생히 들린 적은 없었다. 그때 미혜는 지게꾼의 딸이라기에는 너무 자신만만해 보였기 때문인지도 모른다. 민수는 이제서야 미혜와 자신이 진실로 서로 마주 서고 있음을 느낀다. 호신이 형이 죽어버린 지금에서야.

"민수야. 나는 얼마 전에 또 하나의 죽음을 목격했어. 선배였는데…… 보안사에 끌려갔다 와서 일주일 만에 자살했지. 그때 나는 알았다. 우리 시대 젊은이들의 죽음은 어떤 형태로든 모두 타살이야……."

멀리서 술에 취한 인경을 끌고 걸어가는 덕현의 모습이 보였다. 미혜와 민수는 입을 다문 채 물끄러미 인경의 모습을 바라다본다.

"인경 언니도 저런 식으로 스스로를 죽이고 있는 거야. 우리도 언제 어떤 형태로 죽어갈는지 알 수 없겠지."

어두워지면서 넥타이를 맨 선배들이 둘, 셋씩 짝을 지어 나타나기 시작했다. 그러고는 곧 술판이 벌어졌다. 덕현이 이리저리 뛰어다니는 것이 보이고 술과 돼지머리뼈가 차려지고, 한쪽에서는 화투나 포커가 시작되었다. 미혜는 한참을 어둠 속에 묻혀 있다가 일어섰다.

"가봐야겠어. 아홉 시부터 야간 근무야."

미혜는 평온한 표정으로 말했다. 그녀는 일어서서 일그러진 얼굴을 하고 있는 민수를 한 번 더 안았다. 민수는 자신을 안는 미혜의 옷자락이라도 붙들고 싶었다. 미혜는 민수의 어깨를 천천히 밀어냈다.

"내가 있는 곳에 한번 놀러와. 찬식이에게 물어보면 알 거야. 그때는 인천 바다를 보여줄게. 술이라도 한잔하면서 더 많은 이야기를 나누자."

"미혜야, 미안해."

불쑥 민수가 말했다. 미혜가 무슨 뚱딴지같은 소리냐는 표정을 지었다. 민수는 미혜를 보면서 문득 호신의 죽음이 자신과도 결코 무관할 수 없다는 것을 느꼈던 것이다.

"버스 타는 곳까지 바래다줄게."

민수는 미혜의 손을 잡고 병원 길을 내려갔다. 나트륨등의 노란 불빛이 아스팔트 위로 흘러내렸다.

"작년 원풍노조가 마지막으로 깨지면서 노동 현장은 거의 초 토화되었어. 70년대 수준만으로 회복되려 하는 데도 얼마나 많은 시간이 걸릴지 알 수 없다……. 하지만 우리는 더 크게 일어서게 되겠지. 더 강하게……."

민수는 잡고 있던 미혜의 손을 꼭 그러쥔다. 미혜는 달려오는 버스를 타고 떠나갔다. 민수는 다시 영안실을 향해 걷는다.

앰뷸런스가 어두운 병원 길 모퉁이를 돌아 언덕길을 허덕이며 올라가고 있다. 삶의 문턱을 넘어 죽음으로 향해 가고 있는 것만 같다. 저 안에 탄 사람 또한 이 밤이 가기 전에 죽을지 모른다. 민수는 걸음을 멈추었다. 몹시 피곤했다.

돈 이백만 원이 없어서 죽어가는 아이를 안고 병원을 떠나는 부부를 본 일이 있다. 나는 흰 가운을 입고 화려한 병원에 서서, 그들의 뒷모습을 그저 물끄러미 지켜볼 수밖에 없었지. 아이는 울지도 못하고 까맣게 타들어가고 있었어. 태어난 지 겨우 두 달이 된 아기였지. 나는 그들을 쫓아낸 의사들보다 말없이 쫓겨 가는 그들이 더 미웠다. 왜 의사에게 칼이라도 들이대고 아이를 살려달라고 말하지 못했을까? 생명이란 돈 이백만 원보다 훨씬 더 가치 있다는 걸 그들은 정녕 알지 못하는 걸까.

간호대를 그만두고 현장으로 떠나던 선배의 말이 떠오른다.

—시간이 지난 후 나는 알았다. 그들에게는 돈 이백만 원이 더 소중했을지도 몰라. 아니, 소중한 게 아니라, 그런 액수의 돈은 이 세상에 태어나 한 번도 만져보지 못했을 테지. 자신의 아

이를 자신들처럼 가난 속에서 살게 하는 것보다, 아무것도 모른 채 죽어가게 하는 게 더 낫다고 생각했을지도 모르고. 장영자가 주무른 돈이 얼마라고? ……나는 그때 결심했다. 저 아이를 잊지 말아야 한다고. 울지도 못하고 떠나가는 그 부부의 뒷모습이 초현대식 시설을 갖춘 우리의 병원에서 얼마나 초라하게 사라져갔는지를 꼭 기억해야 한다고. 돈 이백만 원이 없어서 태어난 지 두 달 만에 다시 차가운 땅속에 묻히게 될 저 생명의 되살아남을 위해 내 일생을 바쳐야 한다고.

눈을 감으며 민수는 그 자리에 주저앉았다. 가슴속에서 미친 듯이 바람이 불고 있는 것 같았다.

"민수 아니니?"

누군가가 민수의 팔을 붙들었다. 민수는 눈을 떴다. 눈을 떴지만 순간적으로는 아무것도 보이지 않았다. 콧등이 시큰해오면서 기분 나쁜 현기증이 온몸으로 퍼져갔다.

"어디 아프니?"

지섭의 어두운 얼굴이 천천히 시야에 들어왔다. 그는 시장으로 내려가서 안줏거리들을 사오는 모양이었다.

"아니, 조금 현기증이 났을 뿐이에요."

민수는 구부린 자세로 말했다. 요즘 들어 부쩍 어지러움증이 심해졌다. 앉아 있다가 일어서면 현기증이 일었고 가끔 귀가 먹먹해지는 경우도 있었다. 민수는 자세를 바로 하고 지섭이 주렁주렁 들고 있는 비닐봉지 하나를 얼른 받아 든다.

"그만둬라. 안색이 안 좋은데 집에 가서 좀 쉬지 그러니?"

민수는 고개를 젓는다.

"저녁은 먹었니?"

둘은 천천히 병원 길을 올라간다.

"……형, 믿을 수 있어요? 호신이 형이 정말 죽었을까요?"

지섭은 대답이 없다.

"난 확인하지 않았어요. 혹시 호신이 형이 아닐지도 모르잖아요. 그죠?"

"아까 염을 했어."

지섭이 무겁게 내뱉었다. 감기지 않던 호신의 눈을 생각했다. 덕현이 눈을 감기려고 애쓰며 울부짖었던 걸 민수에게 말하고 싶지 않았다. 부릅뜬 호신의 눈을 잊으려고 지섭은 눈을 감는다.

"하느님이 있었으면 좋겠어요."

"……."

"혼이라는 게 있었으면 좋겠어요."

"……."

"그렇지 않다면 너무 억울하지 않아요?"

하느님이 있다면 호신을 데려가지는 않았을 것이다. 진규를 거기서 그렇게 죽어가게 하지도 않았을 것이다. 바로 살려고 애쓰던 젊은이들을 그렇게 비참하게 죽어가도록 내버려두지도 않았을 것이다. 지섭은 그러나 입을 다문다.

아까와는 달리 영안실 밖은 북적대고 있었다. 지섭은 민수에게 앉아서 쉬라고 말하고는 음식들을 장만하는 곳으로 걸어갔다. 민수에게 무언가 먹을 것을 가져다주어야겠다고 생각하고 그는 요기가 될 만한 것들을 접시에 담았다. 걸어 나오며 민수를 찾는데 민수의 모습은 보이지 않았다.

"지섭아."

화장실에 다녀오는지 예전에 버스에서 만났던 동기가 지섭을 툭 치며 웃는다.

"모두들 기다리고 있어. 널 보고 싶어해."

지섭은 그에게 곧 가마고 이야기를 하고 계속 민수를 찾았다. 다 뒤져보았지만 민수는 없었다.

지섭은 그 접시를 들고 동기들의 술자리로 간다. 정말 오래간만에 보는 얼굴들이었다. 어색하고 무거운 악수들이 오갔다. 덕현은 몹시 취했는지 누워 있다가 지섭이 나타나자 몸을 일으킨다. 지섭까지 79학번들 넷, 그리고 덕현이 둥그렇게 둘러앉아 술을 마셨다.

"이런 일이 있으니까 만나는구나."

누군가가 입술을 일그러뜨리며 웃는다.

"사람이 죽으려면 안 하던 짓을 한다더니, 아직 춥지도 않은데 연탄은 왜 피웠을까?"

모두들 대답이 없다.

"생각나니? 우리 언젠가 겨울에 강촌으로 MT 갔을 때 말이야. 그때 참 추웠지. 영하 20도는 되었을 거야. 방 안에 떠둔 물이 꽁꽁 얼었을 정도였으니까……. 그때가 생각나. 새벽에 화장실에 가려고 일어나니까, 호신이가 부엌에서 혼자 불을 지피고 있었어. 모두들 지치고 억수로 피곤해 있었는데……. 난 그때

말이야. 불 앞에 앉아 있는 호신이를 보면서 그 애가 진짜 목사
가 될지도 모른다고 생각했었다……."

"개새끼."

이야기를 하는 동기의 면상으로 난데없이 주먹이 날아들었
다. 덕현이었다. 졸지에 얼굴을 맞은 동기는 그대로 뒤로 나자빠
졌고 이어 엉거주춤 일어섰다. 덕현이 그런 그에게 다시 한 번
팔을 휘두르려고 했다. 지섭이 덕현의 팔을 잡았다.

"이 개새끼야, 뭐 어쩌고 어째? 니가 이제 와서 그런 말 할 자
격이 있는 거야?"

덕현은 지섭에게 팔을 잡힌 채 악을 썼다.

"형 왜 이래?"

"넌 또 뭐야. 지섭이 이 씨팔놈아. 호신이가 너 때문에 얼마나
가슴 아파했는 줄 아니? 너도 입 닥치고 있어."

덕현은 이번에는 지섭을 향해 달려든다. 지섭이 순간적으로
몸을 피했으므로 덕현은 그대로 엎어졌다. 소주병이 쓰러지고
안주들이 갈가리 흩어졌다. 주위의 술판이 웅성거리기 시작했
다. 덕현은 일어서면서 주먹으로 입가를 훔쳐냈다. 콧등에서 피
가 묻어 나왔다. 동기들 몇이 달려들어 덕현의 양팔을 잡았다.

"형, 너무 취했어. 그만해둬."

"취했어? 이 새끼들이…… 그래, 나 취했다. 내가 호신이를 죽
였는데 어떻게 취하지 않을 수가 있니? ……너희들 모두 마찬가
지야. 호신이가 죽었다니까, 이제서야 기어들어? 이 바퀴벌레만
도 못한 놈들아, 호신이의 진정한 친구들은 지금 이 자리에 있

지도 못해. 걔들은 지금 감옥에 있을 거야. 너희들 모두 살인자야. 너희들이 모두 호신이를 죽였어."

덕현은 사지를 잡혀 술자리를 끌려 나가면서 계속 울부짖었다. 덕현이 떠나간 후 무거운 침묵에 휩싸인다. 그 속으로 어디선가 새어 나오는 낮은 곡소리가 배어들었다. 아까 덕현에게 맞았던 동기가 엎어진 술병들을 천천히 일으켜 세웠다.

"지섭아, 덕현이 형에게 더 맞았다 해도…… 난 할 말이 없었을 거야."

"너무 마음 쓰지 마라……. 덕현이 형 괴로워서 그러는 거야."

지섭은 이를 악물듯 말했다.

"알아……. 호신이는 참 좋은 아이였는데…… 이렇게 되다니."

그는 팔을 들어 눈물을 훔쳐낸다. 지섭은 고개를 돌렸다. 영안실 밖의 차도에서 커다란 소리를 내며 트럭이 지나간다. 밤이 깊은 모양이었다.

지섭은 일어나 영안실 밖으로 돌아간다. 그곳에는 더 깊은 고요와 어둠이 깔려 있었다.

―호신이가 너 때문에 얼마나 가슴 아파했는 줄 알아?

덕현의 목소리가 들려오는 것 같다. 지섭은 서둘러 담배를 찾는다.

그때 어둠 속에서 누군가가 혼자 앉아 있는 것이 보였다. 지섭은 담배를 꺼내던 손을 멈추고 그에게로 다가간다. 민수였다. 민수는 지섭이 다가가는 기척도 느끼지 못하는지 두 팔을 그러모으고 떨고 있었다.

"집에 안 갔구나?"

어둠 속에서 눈물에 젖어 번들거리는 민수의 얼굴이 희미하게 보였다. 지섭은 민수의 곁에 나란히 앉았다. 민수는 이를 악물고 떨고 있었다. 사력을 다해 무엇인가와 싸우고 있는 듯한 얼굴이었다.

"바람이 찬데……. 춥나 보구나."

지섭은 민수의 반팔 티셔츠를 보며 천천히 말했다.

"아니요."

민수는 겨우 말했다. 그러고는 입을 다물면서 다시 떨고 있었다. 지섭은 점퍼를 벗어 민수의 어깨에 덮어주었다.

"내가…… 방해되니?"

지섭이 조심스레 물었다. 민수는 천천히 고개를 저었다. 민수의 얼굴이 경련이 이는 것처럼 이리저리 움직였다. 지섭은 담배를 꺼내고 천천히 불을 켠다.

"울고 싶으면 울어라. 때로는 참는 게 더 해로울 때도 있지."

민수는 더 크게 고개를 저었다.

"아뇨. 우는 것 따위로…… 무마해버릴 수는 없어요."

민수는 덜덜 떨리는 이를 악다물고 겨우 말했다. 지섭은 민수의 그런 모습을 측은하게 바라본다.

"보여주고 싶었어요……. 내가 얼마나 의젓하게 살아갈 것인지…… 호신이 형한테 보여주고 싶었는데……."

민수는 얼굴을 일그러뜨리며 다시 울음을 터뜨린다. 지섭은 한 팔로 민수의 어깨를 안았다. 격한 민수의 떨림이 살을 파고 들듯 전해온다.

"……여기는 폐허 같아요. 황무지예요. 호신이 형은 그 속에서 맑은 공기 한 점 들이마시지 못하고……."

민수는 지섭의 어깨에 얼굴을 묻는다. 뜨거운 것이 지섭의 목을 타고 내려간다.

"……민수야."

"난 결심했어요. 내가 갚아줄 거야. 호신이 형을 혼자 죽게 내버려둔 그들에게…… 내가……."

민수는 울부짖었다. 지섭은 고개를 떨군다. 더 깊은 어둠 속으로 어디선가 낮은 합창 소리가 들렸다.

> 꽃도 없고, 이름도 없고, 종소리도 없고,
> 눈물도 없고, 한숨도 없고, 사나이답게
> 너의 옛동지들 너의 친척이 너를 흙에 묻었다.
> 순난자여 흙은 너의 영구대
> 꽃도 십자가도 없는 무덤, 오직 하나의 기도는
> 동지여 복수다 복수 너를 위해
> 오직 하나의 기도는 동지여 투쟁이다 투쟁
> 너를 위해

유랑의 무리

여자가 춤을 추고 있다. 현란한 사이키 조명 아래 반라의 황색 살덩이들이 또 춤을 추고 있다. 한여름 쇼윈도에 전시된 수영복 입은 마네킹처럼, 혹은 지섭이 술 취해 걸어갔던 그 싸구려 유곽의 여자처럼 여자의 다리는 쉽게 벌려지고 들어 올려지고 꼬이면서 뒤틀렸다. 지섭은 작고 둥근 무대에서 춤을 추고 있는 그녀의 모습을 충혈된 눈동자로 응시하면서 맥주를 마신다.

"굉장하군."

지섭의 곁에 앉아 있던 덕현이 새삼스레 감탄하는 어조로 말했다. 덕현의 말은 귀를 찢을 것같이 큰 음악 소리에 묻혀 잘 들리지 않았지만 아무도 더 되묻지 않았다. 어두컴컴한 곳에 놓여 있는 동그란 테이블에는 지섭과 덕현, 그리고 79학번 동기 두 명과 오늘 장례식에 참석했던 최가 앉아 있다. 최는 지섭의 과에 몇 안 되는 여학생들 중의 하나였는데 지금은 어느 잡지사에서 일한다고 했다. 이들은 호신의 장례식을 마치고 학교 앞으로 왔다가 누군가의 제의로 이곳에 들어온 것이었다. 후끈한 열기가 번지는 실내에는 어둠과 그 어둠을 희롱하는 듯 현란한 빛과 그 이외에는 아무것도 허용치 않을 소리가 — 음악이라기보다는 — 얽혀들고 있었다.

웨이터가 술과 안주를 날라놓고 돌아간 뒤에도 그들은 모두 말이 없다. 지섭은 모두의 잔에 반쯤 남겨진 맥주를 바라본다. 아까 호신의 유골을 뿌리던 야산에서 저희들끼리 피어 흔들리던 코스모스를 떠올린다. 넋 같다. 그는 그때 그런 생각을 했었다.

—호신아, 잘 가라.

덕현이 아직 따뜻한 재를 바람에 날리면서 울었었다.

지섭은 땅 위에 모였다가 다시 바람에 흩어지는 하얀 가루를 생각한다. 감기지 않던 호신의 눈동자. 음악 소리가 지섭의 귀를 때린다.

"한판 추고 오지."

동기가 입을 열었다. 그렇게 하면 호신의 죽음이 잊혀질까. 그들은 먹던 맥주를 놓아두고 그 자리에서 일어섰다. 그들은 모두들 미친 듯이 몸을 흔들고 있는 무대 중앙으로 나아갔고 이내 그들과 한 덩어리가 되어 빙빙 돌아갔다.

헬로 헬로 미스터 몽키…….

음악은 이제 모든 것을 다 털어버리라는 듯 격렬하고 후련하고 그러면서 감미로운 데가 있었다. 후줄근히 땀에 젖은 몸들과 부딪히면서 지섭은 눈을 감는다. 유리벽 속의 DJ는 무엇이 좋은지 연신 소리를 지르며 저 혼자 춤을 추고 있다.

대학 일학년 때 친구들과 등산을 갔다가 길을 잃은 적이 있었다. 가시처럼 얽힌 나뭇가지들 사이로 하늘이 가려지고 비는 내리는데, 빽빽한 나무들의 허리만 드러난 그 가파른 산비탈에서 암담했던 기분이 떠오른다.

─나무를 보고 숲은 보지 못한다는 말을 이제야 실감하겠구나.

그때 친구들과 애써 태연한 농담을 주고받으면서 지섭은 어서 이 숲 속을 한 발자국이라도 벗어나야 한다고 생각했었다. 한 발자국을 벗어나면 그때는 길을 찾을 수 있다는 것을 알고 있었던 것이다.

지섭은 이 현란한 디스코텍에서 몸을 흔들며 그때의 암담함을 느낀다. 그러나 이번에는 달랐다. 이 지옥 같은 숲을 벗어나도 길이 있을 것인지 그는 알 수 없었다.

갑자기 음악이 가라앉으면서 조용한 음악이 안개처럼 밀려왔다. 사람들이 하나둘 무대를 빠져나가기 시작했다. 이런 곳에는 처음 와본 지섭이 머뭇거리고 있는데 누군가 다가와서 지섭의 손을 잡았다. 최였다.

"나랑 한번 추자."

최는 담담한 표정으로 말했다. 지섭은 엉거주춤한 자세로 최가 내미는 손을 잡았다.

"……이런 데 처음이니?"

당황해하는 지섭의 두 팔을 잡으며 최가 물었다.

"그래."

"뭐 별거 아냐. 그냥 천천히 손을 잡고 걸어 다니면 되는 거지."

최는 가볍게 웃었다. 지섭은 최의 얼굴을 내려다본다. 붉고 도타운 입술. 연보라색 아이섀도. 최의 곱슬곱슬한 머리에서 나른한 땀냄새가 풍겨왔다. 음악은 흐느적거리며 둘의 맴을 돈다.

지섭은 피곤해 보이는 최의 눈을 바라보며 여러 해 전을 떠올렸다.

최는 아주 도도하고 똑똑한 여학생이었다. 깐깐해 뵈는 그녀의 마른 얼굴을 바라보고 있노라면 까닭 없이 주눅이 들었던 것은 그녀가 수석으로 입학했었기 때문이었는지도 모른다. 최는 강의실 맨 앞에 앉아 있다가 그날 교수의 강의가 마음에 들지 않으면, 그 우글우글한 남학생들의 시선을 정면으로 헤치고는 강의실 문을 또각 하고 닫고 나가곤 했다. 일학년 때였던가. 문무대에 입대하기 위해 겨우 기른 머리를 또 잘라야 했을 무렵 지섭에게 다가와 노트를 내밀던 최의 얼굴을 지섭은 기억한다. 시험 때 노트를 빌려가는 것 이외에는 감히 말을 붙이기도 힘들었던 최가 내미는 노트를 얼결에 받아 든 지섭은, 그녀가 짧게 웃으며 돌아서는 것을 어리숙하게 바라보고 서 있었다. 돌아서는 최의 얼굴은 그 노트에 베껴져 있었던 김지하의 시만큼이나 멋있고 당당하고 아름다워 보였다.

"어느 잡지사에 있다고 했지?"

엉거주춤 최의 어깨를 껴안고 있던 지섭이 물었다.

"여성……."

최는 말을 하면서 눈살을 찌푸렸다. 잔주름이 최의 눈가에 보인다.

"그래……. 무슨 일 하니?"

"일은 무슨 일? 조용필, 장미희…… 뭐 이런 애들 뒤꽁무니 쫓아다니는 거지."

최는 이번에는 입가를 일그러뜨리며 말했다. 지섭은 난처함을 무마하듯 이야기를 돌렸다.

"돈 많이 주면 됐지 뭐."

"먹고 이렇게 술 마시고 그만큼은 되지……. 지섭아, 한 달 먹고살 만큼만 돈을 준다는 것이 얼마나 무서운 일인지 아니?"

지섭은 일그러진 최의 시선을 피하며 먼 데를 바라본다. 둘은 연인들처럼 천천히 맴을 돌았다.

"지섭아, 나 일학년 때 너 좋아했었다."

잠시 후 최가 지섭을 올려다보며 말했다. 그런 최의 눈빛에는 예전의 그 당돌한 싱싱함이 조금은 살아나는 것도 같았다. 둘은 마주 보며 웃었다. 그때 지섭의 머릿속으로 문득 민수의 얼굴이 떠올랐다. 지섭은 머리를 흔든다. 초봄, 날리던 민수의 머리칼, 박하사탕.

―형, 나는 이곳을 떠날 거예요. 이곳은 황무지야. 폐허야.

민수의 어깨를 감싸 안았을 때 살 속을 파고들던 민수의 떨럼이 전해온다.

민수는 장례식 내내 창백한 얼굴로 말이 없었다. 그러고는 호신의 뼈가 뿌려지는 산기슭에 앉아 아주 먼 곳을 바라보고 있었다. 그러고 보니 장례식 내내 자신의 시선이 민수를 쫓고 있었던 것을 지섭은 깨닫는다. 민수는 밥을 먹었을까. 얼굴이 해쓱했는데.

"얘, 이거 놔. 음악 끝났어."

최가 지섭의 손을 뿌리치며 말했다. 다시 음악이 쿵쾅거리기 시작했다. 사람들이 몰려드는 사이로 지섭은 최와 함께 무대를 빠져나와 자리로 돌아왔다.

"잘 어울리는데 그래."

덕현이 무심히 말했다. 지섭은 다시 최와 나란히 앉았다. 다시 맥주가 따라졌고 모두들 멍한 표정으로 앉아 있었다.

"모두들 많이 변한 것 같아."

연분홍색 매니큐어가 칠해진 손으로 가볍게 담배를 물면서 최가 말했다.

"뭐라구?"

덕현이 지섭의 빈 잔에 술을 따르며 되물었다. 쿵쾅거리는 음악이 세상의 모든 소리를 거부하듯 커다랗게 울렸다.

"달라졌단 말야, 모든 게!"

최가 큰 소리로 말했다. 덕현은 달라졌다는 말을 얼핏 알아들으면서 과장되게 고개를 끄덕였다. 그러면서 그는 코에 붙은 반창고를 멋쩍게 매만졌다. 어젯밤 싸우면서 다쳤던 것이었다. 덕현은 반창고를 매만지던 손을 슬그머니 빼내 술잔을 든다. 이 상처가 아문다고 호신이 잊혀질까. 덕현은 부서뜨릴 듯 술잔을 쥐고 그것을 단숨에 마신다. 모두들 술이 얼큰하게 올랐고 땀에 젖었고 모든 소리를 미친 듯한 음악 소리에 빼앗기고 있었기 때문에 디스코텍을 빠져나왔을 때는 우선 정신이 멍했고 멍하면서 술이 확 깨는 듯한 느낌이었다. 거리의 찬바람이 부딪혀왔을 때 그들은 모두 오늘 그들이 버리고 온 호신을 생각했으니까 말이다.

동기들이 먼저 집으로 가고, 최가 지섭과 덕현에게 소주를 한 잔 사겠다는 제안을 해왔다. 그들은 다시 천천히 학교 앞을 향해 걸었다.

"지섭아, 저기…… 저분 황 교수님 맞지?"

덕현이 문득 멈추어 서며 말했다. 최와 지섭이 동시에 고개를 들고 덕현이 가리키는 곳을 바라보았다. 허름한 회색 양복, 약간 벗겨진 머리, 왜소한 몸매, 황 교수였다. 아까 아침에 호신의 영결식장에 잠깐 왔던 황 교수는 아직 집으로 돌아가지 않은 채, 자신이 쫓겨난 이 학교 근처를 배회하고 있는 것 같았다. 셋은 걸음을 늦추었다. 덕현이 담배를 하나 꺼내서 입에 문다.

"안되었어. 저번에 글을 하나 부탁하려고 찾아뵈었는데 생활이 말이 아닌 모양이야."

황 교수가 로터리에서 왼쪽으로 꺾어지자 최가 말을 꺼냈다.

"어떻게 생활 방편이 전혀 없으신가?"

지섭이 물었다.

"누가 해직된 사람에게 무슨 일을 주겠니? 알량한 우리 잡지
사 데스크까지도 해직교수에게 글을 청탁했다고 얼마나 왕왕거
리는지······. 아마 집을 전세로 옮기신 모양이야."

지섭은 아까 제자들 앞에서 애써 태연하려던 황 교수의 얼굴
을 떠올렸다. 사실, 그는 그리 정치에 관여하는 교수는 아니었
었다. 그가 김재규의 구명 서명서에 서명을 했다는 사실이 놀라
울 정도였으니까. 그러나 그는 그 대가로 1980년 그가 25년간
재직한 대학에서 쫓겨나고 만 것이었다.

셋은 지하도를 건너 시장통으로 들어섰다. 누가 먼저랄 것도
없이 예전에 그들이 자주 가던 허름한 소줏집으로 들어선 것이
었다.

밤이 늦어서인지 늘 복작대던 그 집에는 서너 명의 일행만 앉
아 있었다. 성큼 들어서던 덕현이 그 일행 중에서 찬식의 얼굴
을 발견하고 아는 체를 했다. 찬식은 그런 덕현에게 목례를 하
는데 별로 달가운 기색은 아니다.

"니들 여기 있었구나. 민수는?"

덕현의 말에 찬식은 고개를 흔든다.

"몸이 안 좋은가 봐요. 아까 먼저 집으로 갔어요."

찬식의 말에 지섭의 얼굴이 먼저 어두워진다.

"아이구머니나, 손님은 여기 계신데 나는 없네."

주인 아낙이 어디를 다녀오는지 성급히 문을 들어서면서 말
했다. 술집에 있는 사람들 모두가 웃음을 터뜨린다. 아낙은 쑥스
러운 듯 씨익 웃더니 지섭 일행에게 술과 감잣국을 내왔다.

"통금이 없어지고 나니까 밤늦게 술 마시는 재미가 덜하지?"

덕현이 지섭에게 말한다. 최는 약간 붉어진 얼굴로 옆 탁자의 찬식 일행이 진지하게 이야기를 나누는 것을 물끄러미 바라보고 있다. 바라보다가 지섭의 시선을 느꼈는지 얼른 고개를 돌리고 지섭을 향해 픽 웃는다.

"우린 아직 젊어. 그렇지?"

무언가 부끄러운 짓을 들킨 것처럼 최가 지섭에게 말했다.

"이제 겨우 스물네 살이란 말이야."

"스물넷이면 한물간 거지."

덕현이 웃으며 최의 말을 받았다.

지섭은 술잔을 들고 어두운 문밖을 내다본다. 술집 밖에는 언제나처럼 작은 바람이 울고 있고 그 바람 속으로 술 먹은 사내들이 고개를 숙이고 지나간다. 술을 먹고 열변을 토하고 멱살을 잡아서라도 시비를 가리고 싶던 젊은 날의 나는 어디에 있는가. 울고 웃고 환호성을 지르고 분노에 이를 갈며 밤새 울던 그 아름다웠던 열정의 시절은.

"지섭아, 너 사귀던 애랑 헤어졌다면서? ……우연히 이야기를 들었어. 남자 쪽 사람이 우리 잡지사 사장 조카라나."

화장실에 가는지 덕현이 잠시 자리를 비우자 최가 조심스레 말을 건넨다.

"잘된 거지."

우물거리듯 말을 하면서 지섭은 소주잔을 부서뜨릴 듯이 그러쥔다.

최는 괜한 말을 꺼냈다는 듯이 입을 움찔하더니 지섭의 빈 잔에 술을 따른다.

"그땐 참 보기가 좋다는 생각을 했었는데."

최가 천천히 말했다.

"그땐 그랬지."

지섭은 호마이카 탁자의 벗겨진 부분을 한 손으로 쓱쓱 문지르며 말했다.

─보여주고 싶었어요. 내가 얼마나 의젓하게 살아가는지……꼭 보여주고 싶었는데…….

이상하게 민수의 얼굴이 다시 떠오른다. 이를 악물고 떨고 있던 그녀의 모습이.

"어디 갔다 오는 거야?"

한참 후 돌아온 덕현을 보고 최가 물었다. 침묵을 지키고 있는 지섭이 몹시 거북했는지 그녀의 얼굴에는 반가운 기색마저 돌았다. 덕현은 바지 혁대를 치켜 올리며 어린아이처럼 웃는데 코에 반창고를 붙인 사실을 다시 깨달았던지 금방 머쓱해진다.

"너희 그 77학번 형 기억나지? 유급을 해서 우리랑 같이 학교 다녔잖아. 그 형 매일 커다란 소니 녹음기 메고 다니면서 도서관 잔디밭 앞에서 혼자 춤추고 그랬던 거 기억나니? 한번은 우리가 교수랑 같이 야외 수업 나가는데 수업에 들어와 있어야 할 형이 거기서 춤추고 있었잖아. 그때 교수의 그 일그러진 얼굴하고……. 하하하, 근데 내가 지금 전자오락실에 가니까 그 형이 거기 앉아서 갤러그를 신 나게 두드리고 있는 거야. 하하하."

덕현은 고개를 뒤로 젖히고 너털웃음을 터뜨린다. 지섭과 최는 웃지 않았다. 옆자리에 앉았던 찬식의 일행이 일어서면서, 찬식이 덕현을 보기 위해 멈추어 서 있었던 것이었다. 지섭은 덕현을 바라보는 찬식의 얼굴에서 더할 수 없는 모멸감을 본다. 지섭은 그 모습을 외면하며 파리가 몇 마리 앉아 있는 천장을 올려다본다.

길게 이어지던 덕현의 웃음소리는 점점 작아져갔다. 그는 눈물이 터질 것 같은 눈으로 찬식을 마주 본다. 찬식의 눈은 아주 냉엄했다. 덕현은 순간적으로 얼굴이 확 달아올랐지만 애써 태연을 가장했다.

"저어기, 저번에 그 원고는 교수가 손대지 않은 이전의 상태로 그냥 싣겠습니다."

찬식은 톡톡 끊어지는 듯한 사무적인 말투로 말했다. 그의 검은 뿔테 안경에서 백열전구 빛이 반사된다.

"걱정하지 마십시오. 모든 책임을 제가 집니다. 각오는 되어 있구요."

마치 선전포고를 하는 것처럼 — 적어도 덕현과 지섭에게는 그렇게 들렸다 — 찬식은 말을 마치고 휑하니 술집 문을 나섰다. 덕현은 뒤통수를 얻어맞은 사람처럼 찬식이 나가버린 빈자리를 바라보다가 고개를 떨구었다.

"안 돼. 모르겠어. 나는 나 자신이 점점 겁쟁이가 되어가고 있는 것을 느껴. 호신이가 죽었는데 전자오락 화면에 보이는 거짓 적만 때려 부수고…… 호신이가 죽었는데…… 나는 점점 그들이 원하는 인간이 되어가고 있는 걸까……."

최는 고개를 돌렸다. 지섭은 남아 있는 잔을 들었다.

—학교에 갔었어. 뒷산에 앉아 있는데 이상한 새가 울고 있었다. 울음소리가 너무 슬프고 끔찍해서 막 달아나려고 일어서는데…….

누나의 눈동자는 이상하게 빛나고 있었다.

—근데, 잘 들어보니까 그게 내 울음소리야…… 내 울음소리…….

—누나, 어디 가?

—그 새가 있는지 다시 보고 올게.

—누나, 누나!

지섭은 탁자를 쿵 하고 내리쳤다. 언제까지 이 암울한 시대 탓만 하고 있어야 하는가. 언제까지 내 탓이라고 고집만 할 것인가.

지섭은 소주의 쓴맛을 거의 느끼지 못하며 잔을 비운다. 밤은 깊어가는데.

심연

깊은 바닷속으로 끝없이 추락해가다가 다시 눈을 뜨면 어둠뿐이었다. 책상 겸 밥상으로 쓰고 있는 상 위에 놓인 사발시계에서 시간을 확인해보고 싶지만 무겁게 감긴 눈은 쉽게 떠지지 않았다. 민수는 연 사흘째 물 한 모금 먹지 못하고 앓고 있다. 몸살인 것 같았다. 민수는 어둠 속에서 눈을 깜빡인다. 이제 열이 좀 내린 모양인지 이마에는 땀이 배어 있다. 몸이 땅속 저 아래로 한없이 꺼져가는 것 같다. 민수는 어둠 속에서 늘어진 채로 천장을 올려다본다. 몹시 목이 말랐다.

"너 지금 몇 시인 줄 아니? 또 술 처먹었니?"

대문 소리가 삐그덕거린다. 노파의 성난 음성이 들려오는 걸 보니 밤 12시는 넘은 모양이었다. 그러면서 민수는 자신이 집을 나와 여기 이렇게 홀로 누워 있다는 걸 불현듯 깨닫는다.

"그럼 술 안 먹고 술장사해요?"

며느리는 기분 좋게 취한 모양이다. 평소처럼 시어머니에게 팍팍 거리며 대들지 않는다.

"오늘 작은 게 아파서 병원에 댕겨왔다."

"잘하셨어요."

마당에서 수돗물 소리가 들려온다. 며느리가 세수를 하는 모양이다. 물. 누가 물 좀 떠다 주었으면. 민수는 어둠 속에서 마른 침을 삼킨다.

"……어머니, 누군 이 짓이 좋아서 하는 줄 아세요? 어머님이 그 돈을 다 고모님한테 주어버리지만 않았어도 승희 아빠가 또 떠나지도 않았을 거고 저도 어머니랑 이 밤에 이렇게 싸우지 않아도 되고요."

노파가 무어라 웅얼거리는 소리가 들려온다. 그들의 이런 승강이는 하루를 마치는 의식 같았다. 노파의 아들이 리비아에서 보낸 돈을 피나게 모았고, 그 돈으로 조그만 가게라도 차려 오손도손 살아보려던 그들의 꿈은 노파의 시누이가 그 돈을 모두 떼어먹어버림으로써 산산조각이 난 모양이었다.

"들어가 주무세요. 밤마다 이러실 필요 없어요. 듣기 좋은 꽃노래도 한두 번이에요."

여자가 물을 버리는 소리가 들려온다. 누가 내게 물 한 모금만 떠 넣어주었으면…….

민수는 아직 끝나지 않은 그들의 승강이 소리를 들으며 다시 까무룩한 어둠 속으로 가라앉는다. 깊은 바닷속이다. 빛도 소리도 없다. 죽음. 민수는 이 며칠, 찾아오는 사람 없이 홀로 앓으면서 죽음의 공포를 느꼈다. 눈을 감으면 다시는 뜨지 못할 것만 같다. 그러나 밑도 끝도 없이 빠져드는 어둠의 수렁은 아주 편안했다. 그래, 난 너무 지쳤어. 그 어둠 속으로 빠져들면서 민수는 생각했다. 그러다가 다시 자맥질하듯 정신이 돌아왔다.

─거기 좀 앉지.

짧은 갈색 양복에 두꺼운 금테 안경을 쓴 교수의 목소리가 들려온다. 민수의 지도교수인 박 교수였다. 그는 민수가 자리에 앉는 것을 보고 나서 책상 위에 놓인 공문을 건성으로 훑어본다. 그러는 그의 표정은 아주 피곤해 보였다. 그는 원서들이 어지러이 놓여진 책상 위에서 담배를 하나 찾아내 불을 붙이고는 민수에게로 와서 마주 앉았다.

─이런 식으로 마주 앉는 자리를 나도 좋아하지 않네. 하지만 어쩔 텐가, 다 불운한 시대 탓이지……. 위에서 자네와 면담을 하라는 지시가 내려왔어. 야학에 나가나?

─네.

─나도 자네를 이해 못하는 건 아냐. 우선은 공부를 해야지. 자네는 대학엘 다니면서 노동자에게는 검정고시 대신 파업이나 일으키라고 은근히 부추기면 그게 말이 되겠나?

민수는 대답하지 않았다. 지난번 면담 때만 해도 민수는 자못 진지하게 박 교수에게 자신들의 뜻을 알리려 애썼다. 그러나 땀까지 흘려가며 이야기를 하는 민수의 이야기를 참을성 있게 듣고 나서 박 교수는 이렇게 말했었다.

—글쎄, 나도 그런 부분에 대해서 모르는 바는 아니네. 문제는 자네가 아직 어리고 또 학생 신분이라는 것이며, 좋든 싫든 이 나라에는 법이라는 게 엄연히 존재한다는 사실이야.

—법이라구요? 이 나라의 국민의 대다수인 그들을 위해 아무짝에도 쓸모없는 법도 법이니까 지켜야만 한다고 말씀하신다면 결국 역사 발전은 없습니다. 그렇지 않습니까?

그때 박 교수는 아무런 대답도 없었다. 아니 그의 얼굴에는 적당히 끝내려던 문제 학생 면담에서 이렇게 진지한 이야기가 나오게 된다는 사실 자체에 대한 곤혹스러움마저 엿보였다. 민수는 그때 박 교수를 바라보면서 눈물이 핑 돌던 것을 기억했다. 적어도 사실을 알면, 최소한의 양심이라도 있다면 박 교수도 민수처럼 분노해야 마땅하리라고 믿었던 자신의 순진함이 어이없기도 했다. 조개처럼 입을 다물고 있는 민수를 외면하고 박 교수는 담배 연기를 길게 내뿜는다.

—야학도 좋고 운동도 좋고 데모도 좋네, 다 좋아. 저번에도 이야기했지만 자네를 탓할 마음은 없네. 다만 우선은 공부를 해야지……. 말야, 어떤 의미에서 너무 순진한 것도 위험한 거야. 세상은 자네들 마음대로 움직여질 만큼 그리 단순하지는 않으니까 말야. 제 앞가림도 좀 해야지.

민수는 대답이 없다. 호신의 죽음을 치러내고 나서 민수는 몹시 지쳐 있었다. 박 교수의 말에 분개할 만큼의 기운도 남아 있지 않았다. 박 교수는 넋이 나간 듯한 민수의 얼굴을 바라보다가 담배를 비벼 끈다.

―자네를 설득하려는 생각은 없네. 먹혀들어가리라는 생각
도 안 하고.

박 교수가 대강 말을 마치려는데 전화벨이 울렸다. 박 교수는
무겁게 몸을 일으켜 수화기를 들었다. 전화를 건 것은 박 교수
의 아들인 모양이었다.

―그래. 밥은 먹었니? 뭐 바나나? ……그래. 그 대신 너 오늘
밥 한 공기 다 먹는다고 약속해야 된다. 엄마 들어왔니? 아직?
알았어. 아빠가 바나나 사가지고 들어갈게.

박 교수는 아들의 투정을 달래다 말고 민수를 힐끔 바라본
다. 그러고는 턱을 몇 번 끄덕여 민수에게 그만 나가보라는 신
호를 보냈다. 민수는 일어섰다.

―당신은 육교 위에서 떨고 서 있는 가족을 본 일이 있습니
까? 모성을 짐승처럼 팔아야만 그 어린것들 입에 죽 한술이라
도 넣어줄 수 있는 그녀의 빼앗긴 삶에 대해 잠 못 이루고 울어
본 일이 있습니까? 당신은 짓무른 열네 살 소녀의 눈을 본 일이
있습니까? 거듭되는 철야와 영양실조로 인해 그녀의 눈은 영영
빛을 볼 수 없게 되었습니다. 박 교수님, 당신은 불행한 사람입
니다. 당신의 눈 또한 거듭되는 소심증과 이기주의로 인해 짓물
러버렸습니다. 당신이 그토록 찬양해 마지않는 영국과 미국의
그 우아한 문학들이 우리들의 황폐한 삶과 어떤 연관이 있는가
를 깨닫게 되지 못하는 한, 당신의 눈도 다시는 빛을 보지 못할
것입니다.

민수의 의식은 다시 가라앉는다. 마지막 말을 박 교수에게

했는지 기억이 없다. 다만 그때 박 교수의 일그러진 얼굴을 뒤로 하고 교수실을 나오면서 외롭다는 생각에 눈물이 핑 돌았던 것, 그러고는 자취방으로 돌아와 쓰러진 것까지는 기억이 난다. 민수는 자꾸만 몽롱해져오는 의식을 떨쳐버리듯 고개를 흔들며 눈을 떴다. 그러고는 마지막 힘을 다해 일어섰다. 손가락 하나를 까딱하는 데 얼마나 힘이 드는지 몰랐다. 그녀는 몽유병자처럼 엉금엉금 기어 방구석으로 갔다. 그제 이 방으로 돌아와 라면을 끓이려다 말고 그대로 잠이 든 것이 기억났다. 살아야 한다는 생각이 그녀를 사로잡았다. 그녀는 방구석에 반쯤 뜯긴 채로 널브러져 있는 라면 봉지를 주워 들었다. 그러고는 그것을 씹기 시작했다. 자갈을 씹는 것 같았다. 목이 마르다. 그녀는 부엌으로 기어 나가 물을 마셨다. 손에 힘이 없어서인지 물은 반 넘게 민수의 얼굴로 쏟아져 내렸다. 하지만 민수는 개의치 않고 물을 한 바가지 다 마신 다음 또 라면을 씹었다.

슬프다는 생각도 없는데 눈물이 흘러내렸다. 온몸의 세포들이 가지고 있는 마지막 에너지를 쥐어짜듯 경련이 일어난다. 엄마, 아빠, 언니, 그리고 동생 민철이⋯⋯. 죽는다 해도 돌아가지는 않을 거야. 민수는 생각했다. 내가 죽는다 해도, 호신이 형처럼⋯⋯.

생각은 다시 끊어지고 민수는 다시 까무룩한 잠 속으로 빠져든다. 깊은 바닷속이다. 아무런 움직임도 없다. 온몸이 가볍다. 민수는 죽음 같은 물살을 가르며 자꾸 헤엄쳐갔다.

— 씨앗이야.

누군가의 목소리가 들려왔다. 돌아다보니 호신이 사제복을 입고 웃고 있었다.

—호신이 형! 안 죽었구나. 우린 모두 형이 죽은 줄로만 알았어.

호신은 대답 대신 손을 내밀었다. 그의 손에는 붉은 씨앗이 서너 개 놓여 있었다.

—씨앗이야.

민수는 호신에게서 그 씨앗을 받아 들었다.

—무슨 씨앗인데?

이미 호신은 거기 없었다.

—호신이 형, 호신이 형!

민수는 호신이 사라진 깊은 바닷속에서 그가 주고 간 붉은 씨앗을 들여다보며 서 있었다.

—왜 내게 이런 걸 주는 거지?

대답 대신 목소리가 또 들려왔다.

—민수야, 그건 씨앗이야.

민수는 몸부림쳤다. 쿵쾅거리는 소리가 들려온다. 그 소리는 아주 오래전부터 계속되어온 것 같다. 민수는 번쩍 눈을 떴다. 누군가가 민수의 방에서 길로 난 창문을 두드리고 있었다. 민수는 우선 제 손을 살폈다. 아무것도 없었다. 대신 언제 난 상처인지 긁힌 자국이 있고 붉은 피가 굳어 딱지처럼 엉겨 있었다.

—민수야, 나 동윤이야.

민수는 고개를 들고 아까처럼 다시 기어 창 쪽으로 다가갔다. 뿌연 새벽녘의 어스름 속에 서 있는 동윤과 찬식의 모습이 보였다. 민수는 기다시피 가까스로 대문으로 나갔다. 아주 오랜 시간이 지난 것 같았다. 겨우 대문을 열어주었을 때, 민수는 찬식과 동윤의 놀라는 얼굴을 보고 웃었다. 그러나 그런 민수를 보는 찬식과 동윤의 얼굴은 이상하게 일그러졌다. 그들은 주인집 식구들이 깨지 않게 가만히 대문을 닫고 방으로 들어왔다. 찬식이 방 안의 불을 켰다. 그러고는 방 안에 널브러진 라면 부스러기들을 어이없는 듯 바라보았다.

"민수야, 괜찮니?"

묻는 찬식의 눈에는 겁이 덜컥 어려 있다. 그들은 아까 어둠 속에서 살가죽만 남은 얼굴로 웃는 민수의 얼굴을 보고 그녀가 미쳤다고 확신했던 것이다.

"왜?"

민수는 이상한 얼굴로 묻는 찬식에게 반문하며 벽에 등을 기대고 앉았다. 라면 부스러기가 흩어져 있고 물이 군데군데 쏟아진 방 안을 둘러보며 찬식과 동윤은 그 자리에 서 있다.

"앉아. 방이 지저분하지?"

"민수야, 정말 괜찮니?"

기가 막힌다는 표정으로 묻는 찬식의 얼굴에 눈물이 핑 돈다.

"내가 뭐 어떻다고 그래? 좀 아팠어. 근데 동윤아, 너 언제 나왔니? 고생 많았지? ……근데 동윤아, 호신이 형이 죽었어."

민수는 헛소리처럼 말했다. 동윤이 민수의 입을 막았다. 찬식은 한숨을 쉬더니 부엌으로 나갔다. 민수에게 줄 미음이라도 끓이려는 것이었다.

"야학에도 못 나가봤어. 이럴 때일수록 정신을 차려야 하는 건데…… 오늘이 며칠이니?"

동윤은 기가 막힌다는 표정으로 민수를 바라보다가 성큼 일어서 방 한구석에 있는 이불을 펴고 민수를 거기 눕혔다.

"아직 새벽이야, 민수야. 네가 걱정이 되어서 왔어. 더 자. 찬식이랑 나랑 네가 깰 때까지 여기서 기다릴게."

말을 하는 동윤의 눈이 벌게진다. 민수는 대답도 없이 다시 잠 속으로 빠져들었다. 눈을 떴을 때는 창호지로 덧바른 방문이 환했다. 머리는 이상하게 맑았다. 찬식과 동윤은 민수의 방을 정리하고 머리맡에 앉아 있었다.

"몇 시야?"

대답 대신 찬식이 미음을 가져왔다. 구수한 미음 냄새가 났다. 민수는 찬식이 내미는 미음 한 그릇을 다 먹고 입맛을 다셨다. 다시 살아난 것 같은 기분이었다.

"참 맛있다."

민수가 말하자 찬식과 동윤은 약속이라도 한 듯 동시에 긴 한숨을 내쉬었다. 민수가 잠든 동안 그들은 여러 번 민수의 코 가까이에 귀를 대보곤 했던 것이다.

"이제 살 것 같아."

민수가 겸연쩍게 웃었다.

"쌀이 하나도 없어. 왜 이야기하지 않았니?"

찬식은 정말 화를 내며 말했다.

"미안해. 라면으로 며칠은 더 버틸 수 있다고 생각했어."

"니가 그렇게 미련한 앤 줄 몰랐어. 그나저나 이사하자. 저 안집 할머니는 네가 여기서 송장이 되었다 해두 눈 하나 깜짝 안 했을 거야."

찬식은 아까 미음을 끓일 쌀을 빌리러 갔을 때 의심스런 눈초리로 찬식을 훑어보던 주인 노파를 향해 화를 낸다.

"조금 더 자."

동윤이 말했다. 민수는 그런 동윤을 잠시 바라본다.

"많이 맞았지?"

"그저……"

동윤과 민수의 안쓰러운 눈길이 마주쳤다.

"우선 누우라니까. 야학들을 걸고넘어지려고 했는데 꼬투리 잡을 게 없으니까 그냥 풀어준 거야. 하지만 조심해야지. 이번 졸업식만이라도 무사히 마쳐야 할 텐데."

"지금 야학으로 갈 거지? 같이 가자."

"안 돼. 너 지금 그럴 정신이 있니?"

"왜들 이래? 난 안 죽어."

동윤과 찬식은 웃지 않는다.

"넌 누워 있어……. 대신섬유가 심상치가 않아. 오늘 새벽 전경들이 증원되는 걸 보고 왔어."

찬식이 무겁게 입을 열었다.

"강제로 끌어낼까?"

민수가 물었다.

"넌 누워 있어. 냄비에 미음 남은 거 있으니까 꼭 챙겨 먹고.

알았지?"

찬식은 아직도 민수에게 화가 풀리지 않은 것처럼 퉁명스레 말했다.

민수는 알고 있었다. 찬식이 저리 화를 내는 것은 자신을 빨리 낫게 하기 위한 것이라는 걸.

"곧 돌아올게. 그렇지 않아도 할 이야기가 있어. 네 몸 회복하는 게 우릴 돕는 거야. 알지?"

민수는 마지못해 다시 자리에 누웠다. 아까 꾸었던 꿈이 선명하게 떠올랐다. 씨앗을 전해주던 호신의 모습. 그건 무슨 의미일까? 민수는 제 손바닥에 난 상처를 보며 다시 잠이 들었다.

잠이 깬 것은 늦은 오후였다. 미음을 마저 먹고 있는데 누군가가 창을 두드렸다. 연순이었다.

"선생님, 다 잡혀갔어요. 경찰들이 와서 두드려 패고 개 끌듯이…… 선생님들이 항의했지만……."

연순의 얼굴은 공포로 인해 파랗게 질려 있었다.

"무슨 소리야? 연순아, 차근차근 말해봐."

경찰들이 대신섬유 노동자들하고 그 주위에 있던 사람들까지 모두 끌고 갔단 말이에요. 신동윤 선생님은 경찰에 항의했지만…… 선생님, 선생님이 저보고는 선생님께 가야 한다고 해서, 뒷일을 부탁한다고 꼭 말씀드려야 된다고 해서 저만 이렇게 빠져나왔어요……. 우리 노동자들은 언제까지 이렇게 당해야만 하는 건가요? 대신섬유 노동자들은 밀린 월급을 달라고 했을 뿐인데, 단지 밀린 월급을 달라고 했을 뿐인데……."

연순은 민수에게 쓰러지듯 안기며 울부짖었다.

대신섬유의 농성은 강제해산당하였다. 67명의 노동자가 연행,
5명이 구속되고 59명이 즉심에 넘겨졌으며 동윤은 노동쟁의조
정법 중 제3자 개입금지 조항 위반, 주거 침입, 기물 파손, 특수
공무집행 방해 등의 혐의로 구속되었다.

어둠의 집

벌레 소리가 뚝 그친다. 그러고는 길게 뻗은 정적이 찾아왔다. 지섭은 타는 듯한 갈증을 느끼며 잠에서 깨어났다. 아까 저녁 때 마신 막걸리의 냄새가 역하게 올라온다.

지섭은 주섬주섬 일어나 부엌으로 갔다. 주전자의 물을 사발에 따라 마시고는 밖으로 나왔다. 밤바람은 서늘했다. 지섭은 툇마루에 앉아 담배를 붙여 문다. 혜주가 돌아오지 않은 지 사흘이 지났다. 어서 취직을 하라는 어머니와 싸우고 집을 나가서는 돌아오지 않은 것이었다.

―놔둬. 그 미친년 돌아오거나 말거나.

화를 내던 어머니도 사흘이 지나자 은근히 걱정이 되는 눈치였다. 오늘 아침에는 일을 나가면서 혜주의 학교로 찾아가볼까 하고 중얼거리듯 말하는 것이었다.

지섭은 담배를 깊게 빨아들이며 하늘을 올려다본다. 날이 흐려지는지 별들이 가물가물하다.

호신이 죽은 지 일주일이 지났다. 지섭은 날마다 술에 취한 채 집으로 돌아왔다. 학교 앞에서 비틀거리며 막차를 타고 어설픈 잠에서 깨지 못한 채로 버스를 내려 집으로 올라오노라면 빗소리처럼 흐르는 개천은 그에게 늘 죽음의 유혹을 보내곤 했다. 그러곤 이상하게 그 순간마다 진규 형의 맑던 눈과 감기지 않던 호신의 눈이 겹쳐지는 것이었다.

방 안에서 돌아눕는 재민이 신음 소리를 뱉는다.

—재민이는 니 아들이다. 알지?

어머니는 다짐하듯 말하곤 했다.

그는 방 안의 기척에 신경을 곤두세우다가 멀리 꽁초를 던진다. 붉은 불빛을 간직한 꽁초는 조명탄처럼 날아간다. 그는 군대 시절을 떠올렸다. 그러자 조 상병의 흰 얼굴이 떠오른다.

검은 뿔테 안경 때문에 상당히 지적인 느낌도 주었지만 실상 그의 학력은 야간 고등학교 졸업이 전부였다. 샌님처럼 말이 없어 얌전이로 통하던 그가 소대원들을 향해 총부리를 들이댄 것은 참으로 어이없는 일이었다. 방위를 받지 않기 위해, 집안의 입을 조금이라도 덜어주기 위해 시력검사 판을 모두 외워버렸다는 말을 지섭에게 털어놓던, 아직도 소년의 티가 가시지 않은 그의 얼굴에는 광기가 번득였다.

—이 개새끼들, 다 죽여버릴 거야! 다 나와! 니들 다 죽이고 나 죽으면 그만이야!

엉뚱하게 소대원들을 참호 속으로 몰아넣고 공포를 쏘아대며 그는 짐승처럼 울부짖었다. 그의 나쁜 시력에 대해, 아니 스카치 테이프로 이어 붙인 그의 부러진 안경테에 대해 늘 조소와 경멸을 보내던 도 병장은 그때 거기 없었다. 지섭은 몸을 웅크리고 소대원들과 참호 속에서 얽히면서 조 상병도 자신도, 그리고 나머지 소대원들도 모두 짐승처럼 바둥거리고 있음을 생각했다.

결국 한 명의 사상자도 내지 않고 사건은 일단락 지어졌고 조 상병은 군기 훈련 일주일에 특별휴가 일주일이라는 처분을 받았다.

—죄송합니다.

보름 남짓 만에 지섭을 만나자 그는 대뜸 말하며 웃었다. 그의 얼굴에는 이상한 자신감이 빛나고 있었다. 그건 어쩌면 새로 맞춘 튼튼한 갈색 안경테가 그의 얼굴에 씌워져 있었기 때문인지도 몰랐다. 아니, 그건 어쩌면 방법이야 어쨌든, 죽음을 각오한 싸움에서 살아남은 자의 의젓함이었는지도 몰랐다.

—사실 저도 그때 그렇게 죽고 싶지는 않았댔죠.

말을 마치며 그는 환하게 웃었다. 그도 지금은 병장이 되어지는 낙엽 하나에도 조심조심 제대를 기다리고 있을 것이었다.

지섭은 멀리서 가물거리는 꽁초를 바라보며 제법 자란 머리칼을 쓸어 올린다. 요 며칠 민수의 모습은 보이지 않았다. 강의 시간에 마주친 찬식에게 민수의 안부를 묻고 싶었지만 그를 바라보는 찬식의 찬 눈동자 앞에서 그는 결국 아무것도 물을 수 없었다. 죽이지도 죽지도 묻지도 대답하지도 못하는 것이다. 오늘은 머리를 깎고 산으로 올라가는 동기들 몇과 술을 마셨다. 군대에 갔다 왔으니 이제 본격적으로 고시 공부를 해야겠다는 것이었다.

—그래, 고시에 패스해라. 그리고 좋은 검사가 돼야지. 좋은 안기부, 좋은 대법관…… 안 그래?

그들과 나눈 술이 얼큰해졌을 무렵 지섭이 말했다. 몇이 낯을 붉히며 얼굴을 찌푸렸다. 그리고 그들과 헤어지고 나서 덕현과 다른 소줏집에 갔을 때 덕현은 지섭을 향해 몇 마디 경고를 했다.

—너를 이렇게 빈정거리게 하는, 너를 이렇게 술 퍼마시게 하는 고통과 마주 서……. 그렇지 않다면 넌 비겁자야.

덕현에게서 비겁하다는 단어가 나오기는 처음이었다. 그것은 지섭의 취기를 싹 가시게 할 만한 말이었다. 지섭은 대답하지 않았다. 대신 그는 이를 악물고 이젠 덕현과도 끝이라고 생각했다. 그건 오기였다. 미칠 것 같은 제 자신의 무기력함을 인정하기보다는 그 편이 쉬운 일이었다. 지섭은 담배 한 대를 더 꺼내 입에 문다.

—넌 비겁자야.

지섭은 입에 문 담배를 다시 주머니에 꽂고 방으로 들어갔다. 더 이상 생각들이 꼬리를 물고 날뛰게 만들어서는 안 된다는 생각에서였다. 어둠 속을 더듬어 자리에 누우려던 지섭은 불현듯 아까부터 혜섭의 자리가 비어 있음을 깨달았다. 지섭은 다시 밖으로 나왔다.

속옷 바람의 혜섭은 마당 한구석에 서서 담장 위에 팔을 올

린 채 아랫집과 담장 사이의 까마득한 어둠을 내려다보고 있었
다. 차가운 무엇이 등을 타고 아래로 빠르게 내려갔다. 누나, 라
고 부르고 싶었지만 얼어붙은 듯 입이 떨어지지 않았다.

지섭은 혜섭의 곁에 서서 혜섭이 바라보는 아래쪽을 바라본
다. 두세 길 되는 담장 밑의 잡동사니 속에서 튀어나온 도둑고
양이가 울며 사라졌다. 그러자 혜섭이 먼저 고개를 들었다. 지섭
은 열결에 혜섭에게서 한 걸음 물러섰다. 혜섭의 눈에는 눈물이
번져 있었다. 누나가 울었다는 건 무엇을 의미하는가. 지섭은 어
느새 떨려오기 시작하는 입술을 지그시 눌렀다. 누나가 울다니.
그럼.

"달이 참 밝지?"

혜섭이 말했다. 지섭은 하늘을 본다. 달은 없다. 지섭은 자신
도 모르게 긴 한숨을 내쉰다.

"어서 들어가. 지금은 밤이야."

"참 좋은 밤이지."

혜섭은 푸릇한 입술을 쭉 찢으며 웃었다. 바람이 그녀의 머리
칼을 얼굴 위로 흩뜨렸다. 지섭의 벗은 팔뚝 위로 다시 찬 기운
이 지나간다.

"추워, 들어가자."

혜섭은 고개만 끄덕일 뿐 움직이지 않았다. 마법에라도 걸린
것처럼 두 남매는 어둠 속에 서 있었다. 혜섭의 눈은 먼 허공을
향하고 있었다.

'저 여자는 내 누나가 아니다. 광녀일 뿐이다. 저 여자는 혜섭

이 누나가 아니야, 혜섭이 누나는 죽었다. 그해 봄날 진규 형이 쓰러졌을 때……'

지섭은 거푸 뒷걸음질을 쳤다.

"글쎄 벌써 이틀째 연락도 없이 결석입니다. 그러지 않아도 연락을 드리려던 참이었지요."

작은 키에 통통한 몸매 때문에 약간 귀여운 인상마저 풍기는 혜주의 담임 황 선생은 찾아온 지섭을 보고 대뜸 말했다.

지섭은 너무도 태연한 황 선생의 말에 잠시 당혹감을 느꼈다. 커다란 교무실 창밖에선 적목련나무 이파리 사이로 바람이 분다. 지섭은 그 아래로 학생들이 분주히 등교하는 모습을 바라다본다.

—오빠는 뭐 옳다거나 이런 것에 대해 이야기하고 싶은 거야?

비웃듯 파란 그림자가 스치던 혜주의 얼굴이 떠올랐다. 지섭은 사지에 힘이 쭉 빠져나가는 걸 느낀다.

"아직, 시간이 좀 있는데 차나 한잔 하시죠."

황 선생은 시계를 들여다보더니 자리에서 일어섰다. 지섭은 엉거주춤 황 선생의 뒤를 따랐다. 둘은 아직 일과가 시작되지 않은 어수선한 교무실을 나와 지하실로 내려갔다. 천장에 작은 창이 달린 교사 휴게실에는 담배 연기가 가득 차 있다. 바둑판을 사이에 두고 마주 앉은 늙수그레한 선생 둘이 황 선생이 들어오는 걸 보고 가볍게 목례를 한다.

"앉으시죠? 뭐, 인삼차 하시겠습니까, 아니면 커피?"

"커피 주십시오."

황 선생은 지섭을 구석 자리에 앉혀놓고 카운터로 가서 커피 한 잔과 우유를 한 컵 가지고 왔다.

"드십시오."

황 선생은 지섭의 앞에 커피 잔을 밀어놓고 헛기침을 한 번 했다. 지섭은 담배를 꺼내 황 선생에게 권했다. 그는 담배를 하지 못한다고 거절하며 우유를 한 모금 마셨다. 지섭은 담배를 붙여 물며, 혜주가 집에도 돌아오지 않았다는 사실을 황 선생에게 알려야 할지 잠시 망설였다.

"혜주가 어디 많이 아픈가요?"

그는 여전히 홀짝이며 조금씩 우유를 마시며 물었다.

"……아, 예, 그저……."

지섭은 당황해하며 대답했다. 황 선생은 아까부터 호기심 어린 눈으로 지섭을 바라보고 있다. 지섭은 무안한 눈길을 돌리면서 커피 잔을 집어 커피를 한 모금 삼킨다. 미지근하고 들쩍지근한 커피가 목으로 넘어간다. 혜주가 진학반에 들어갔다는 사실도 학교에 찾아와서야 처음 알았다. 그러니 취직을 하지 않겠다고 버틴 것이었다. 지섭은 웃을 때마다 눈꼬리를 가늘게 찢는 황 선생이 몹시 거북했다. 솔직해지지 않는 이상 황 선생과 더 이상 대화를 나눈다는 것은 무의미했다.

"혜주가 오빠 이야기를 하더군요……. ××대학에 다니신다구요. 저도 대학은 지방에서 나왔습니다만 늦게나마 그 대학 석

사과정을 밟고 있습니다. 가르치면서 배우려니 힘이 몹시 듭니다만……. 벌써 고시 2차까지 패스해놓으셨다니 참 대단하십니다."

황 선생은 두터운 입술을 쭉 찢으며 웃었다. 그런 그의 눈에는 경탄과 선망의 빛이 아른거렸다. 지섭은 얼른 새 담배에 불을 붙인다. 혜주가 그런 거짓말까지 꾸며대다니. 지섭은 황 선생과 마주 앉은 자리가 몹시 거북해졌다. 그러나 황 선생은 이 젊은 학부형과 더 이야기를 나누고 싶은 눈치였다. 지섭이 새 담배에 불을 붙이는 것을 보고 얼른 재떨이를 지섭 가까이 밀어준다.

"이 학교가 야간 상업학교라 합니다만, 똑똑한 아이들도 꽤 있습니다. 혜주 같은 경우가 그렇지요. 대개 집안 형편 때문에 야간에 들어와서 그중 몇몇은 대학에 진학합니다. 저도 사실 혜주에게 기대를 하고 있습니다. 윗분들도 그렇고……. 사실 여상이라면 취직률이 무엇보다 중요하지만, 대학 진학 성적도 무시할 수 없으니까요. 이런 이야기 들으시면 어떠실지 모르지만 대학 진학 성적이 재단에는 매우 유익합니다. 까놓고 이야기하자면 부잣집 아이들을 유치하는 데 말이지요. 그 애들이 성적이 좀 떨어지긴 해도 말이지요……."

황 선생은 계속 이야기를 해나갔다. 혜주의 성적이 어떤지, 학교생활이 어떠한지 까맣게 무심했음을 지섭은 깨닫는다. 하지만 우선은 혜주를 찾아야 했다. 지섭은 일어서려고 시계를 본다. 그는 자신에게 호의를 가지고 있는 황 선생에게 심한 거부감을 느낀다.

"……앞으로 혹시 대학 내에서 뵐 일이 있을지도 모르겠습니다."

황 선생은 일어서면서 다시 웃었다. 그러고는 이렇게 덧붙였다.

"좋은 결과 있다는 소식을 기다리겠습니다."

버스 정류장에서 내렸을 때는 이미 어두워지고 있었다. 지섭은 점퍼 주머니에 손을 찌르고 집을 향해 걸었다. 골목길은 아주 어두웠다. 혜주는 어떤 어둠 속을 헤매고 있을까. 지섭은 고개를 저었다. 혜주도 더 이상 어린애만은 아니라는 사실이 그를 더욱 초조하게 만들었다.

깃발을 내리고

시간이 다 되었지만 인원은 겨우 다섯 명이었다. 민수는 출석부를 힘없이 내려놓았다. 출석을 부를 필요도 없었다. 민수는 잠시 눈을 들어 다섯 명을 바라보았다. 민수가 오기 전까지 무슨 이야기들을 하고 있었는지 모두의 얼굴은 무겁게 가라앉아 있었다. 다만 퀭한 그들의 눈동자가 집요하게 민수를 응시하고 있었다.

민수는 천천히 학강들의 눈동자를 바라보았다. 한 사람 건너 한 사람을 바라볼 때마다 빈 의자들이 민수의 가슴을 꽉꽉 틀어막는 것 같았다. 민수는 끝이 너덜해진 출석부 한 귀퉁이를 만지작거리며 다시 고개를 숙였다. 이대로 여기서 주저앉아버릴 수 없다는 생각이 들었지만, 이내 더 큰 절망감이 민수를 덮쳐왔다.

─당장 집을 내주게나.

집세를 챙겨갈 때마다 나타나던 건물주는 이번에는 결심이라도 한 듯 완강했다. 수업이 끝난 후 다시 이야기를 하자고 했으나 그는 밀린 세도 필요 없다고 고집을 피웠다. 이 동네 판잣집에서 매달 심심찮게 돈을 거둔다고 소문이 난 그가 집세도 필요 없다고 하는 걸 보면, 무엇인가에 잔뜩 겁을 집어먹고 있는 것이 분명했다.

─글쎄, 아무 말도 듣기 싫어. 내가 좋은 일 좀 해볼라고 집을 빌려줬더니, 아, 학상들이 그런 일을 꾸밀 줄은 내가 미처 생각이나 했는가. 아무 말도 듣기 싫네.

이쪽에서는 아무 말이 없건만 그는 아무 말도 듣기 싫다며 연신 팔을 저었다.

─꾸미다뇨? 아저씨. 어디서 무슨 말을 듣고 오셨는지 모르지만…….

강학에 합류한 지 얼마 되지 않은 신입생 병찬이 발끈해서 소리를 쳤다. 주인은 갈색 안경 너머로 빤히 병찬을 쳐다보았다. 민수가 병찬을 가로막았다.

─아저씨, 내드릴 수 있습니다. 물론 내드려야지요. 그러나 3주만 기다려주세요. 곧 졸업식입니다. 또 저희들이 다른 장소를 구할 시간이라도 주셔야지요. 단칸 셋방이라도 이렇게 쫓아내는 법은 없잖아요.

─법?

집주인은 이번에는 민수의 얼굴을 빤히 쳐다보았다. 불순분

자의 얼굴이 사람처럼 생긴 것이 신기하다는 표정이었다.

─자네들이 법대로 했다면 이런 일이 일어났겠나? 듣기 싫네. 내 입장이 지금 얼마나 곤란한 줄 알기나 하고 그러나?

─우리가 법을 어긴 게 뭐 있습니까. 지네들이 잡아다가 지네들이 풀어주지 않았습니까. 아니, 노동자들은 공부도 하지 말라는 게 이 나라 법이란 말씀입니까?

병찬이 넓적한 얼굴에 땀을 닦으며 소리쳤다. 민수는 다시 병찬을 가로막았다. 사소한 다툼으로 해결될 문제라면 얼마든지 싸울 수 있었다.

─알겠습니다. 하지만 오늘은 일단 돌아가주세요. 수업이 곧 시작됩니다. 아저씨께는 어떻게 보여질지 모르지만 저희에게도 체계란 게 있습니다. 회의를 거쳐서 나가보도록 하겠습니다. 하지만 지금처럼 불쑥 나타나셔서 나가라시면 사실 저희도 반발할 수밖에 없습니다. 저희도 이 집에 들어올 때 법대로 계약서를 썼으니, 나갈 때도 그걸 적용시켜야 하지 않겠습니까.

민수는 침착해지려 애쓰며 말했다. 주인은 민수의 얼굴을 빤히 바라보다가 수염 자국이 듬성듬성 나 있는 턱을 손으로 훑어 내렸다. 사실 조리 있게 말하는 민수의 말에는 틀린 부분이 없었다. 그리고 범법자인 줄 알았던 이들이 법, 법 하고 나오는데 조금 기가 죽었던 것도 사실이었다.

─글쎄 따지자면야 그렇지……. 허지만 내 입장이 지금 워낙이……

─네에, 아저씨 입장 이해해드릴 수 있습니다. 저희는 아저씨

를 원망하지는 않을 겁니다. 저희는 최선을 다하고 있습니다. 저희 입장도 조금만 생각을 해주세요.

사실 집주인으로서는 지금 당장 이들을 꼭 쫓아내야 할 이유는 없었다. 모처에서 왔다는 남자 두엇의 방문을 받았을 때는 자신도 모르게 어깨에 힘이 들어가서 지금 당장 이 불순한 것들을 내쫓아야겠다고 작정했었지만, 이 산동네까지 오르다 보니 그런 필연성이 사라진 것도 사실이었다. 그리고 밀린 집세를 안 받고 당장 나가라는 것도 마음에 있는 말은 아니었다. 아니, 정말 일이 그렇게 된다면 꽤나 골치가 아파질 것이었다. 다시 세를 주려면 구조를 뜯어고쳐 주거 형태로 만들어야 하는데 그러자면 돈과 시간이 수월찮이 들어갈 것이었다. 그는 민수의 말에 못 이긴 척 헛기침을 두어 번 했다.

─그럼 이번 주말까지 그리 작정을 하고 밀린 세를 우선…….

집주인은 세도 필요 없다는 자신의 말을 번복하면서 말꼬리를 흐렸다.

─네에, 밀린 세는 이번 주 내로 꼭 드리겠어요.

주인이 사라지는 것을 보자 병찬이 책상 위의 책을 들어 쿵 하고 내리쳤다. 집주인의 어이없는 횡포와 그에 떳떳이 대항하지 못하는 선배에 대한 울분의 표현이었다.

─누나, 이래야 되는 거유? 왜?

병찬은 민수를 향해 턱을 치켜들다가 제풀에 고개를 숙인다. 분노해야 할 대상이 결코 민수가 아니라는 사실을 방금 깨닫기라도 한 것처럼.

민수는 출석부를 챙겨 들었다.

— 예수께서 말씀하셨다. 비둘기처럼 순결하고 뱀처럼 지혜로
워라…….

고개를 숙이고 있던 병찬이 고개를 들었다. 민수는 그에게 예
수처럼 근엄한 표정을 과장해서 지어 보였다.

— 아멘.

민수는 고개를 들었다. 교탁으로 쓰는 낡은 탁자의 귀퉁이에
누군가 깊게 칼집을 내어 써놓은 글씨가 보였다.

우리의 앞날을 밝히는 등불처럼.

민수는 손가락에 힘을 주어 출석부를 폈다. 그리고 여느 때처
럼 출석을 불렀다. 돌아오지 않는 메아리처럼 반절도 넘는 이름
들이 침묵 속으로 묻혀져갔다. 민수는 출석부를 덮고 다시 한
번 학강들을 바라보았다.

"아시다시피…… 오늘 서동윤 강학은 나오지 못했어요. 사정
이 있어서…… 아마 오랜 시간이 지난 후에야 만날 수 있겠지
요……. 대신 오늘은 제가……."

민수의 목소리는 떨려 나왔다. 그녀는 오늘 준비한 교재물을
폈다. 그때 누군가가 크고 또렷한 목소리로 물었다.

"왜입니까?"

뜻밖의 질문이었다. 민수는 질문을 한 학강을 바라보았다. 평
소 학강들이 형이라고 따르던 노동자였다. 그는 민수의 눈과 마

주치자 그녀를 뚫어지게 바라보았다.

"저희에게도 사실을 알려주십시오. 있는 그대로⋯⋯."

민수는 순간적으로 당황하면서 단발을 귀 뒤로 넘겼다. 열 개의 눈동자들이 그런 그녀의 행동을 빠지지 않고 주시했다. 민수는 자신의 귀가 뜨거워지는 것을 느꼈다. 어떻게 말해야 할지, 이들이 그런 사실들 속에서 진실을 받아들일 수 있을지 의문이 갔다. 그녀의 가슴은 빠르게 고동치기 시작했다. 법이라는 무시무시한 칼날이 함께 공부하던 강학을 터무니없이 옭아맸다는 걸 어떻게 설명해야 할지 몰랐다. 그녀는 다시 한 번 머리를 귀 뒤로 쓸어 넘겼다. 눈동자들이 다시 한 번 그리로 쏠렸다. 빛나는 눈동자들이었다. 순간 민수는 자신이 결국 이들에게 진실을 말해야 한다고 느꼈다. 그들이 받아들일 수 없다 해도 이 순간 그것은 민수 자신의 몫이었다. 민수는 교탁을 비켜 학강들에게로 한 걸음 다가섰다.

"서동윤 강학은 지난해 구속되었습니다. 그의 죄는 대신섬유 노동자들의 파업을 배후 조종하고, 그것을 해산시키려는 경찰들에게 폭력을 휘둘렀다는 것입니다⋯⋯."

민수는 침착해지려고 애쓰며 천천히 말했다. 내리누르듯 강한 침묵이 계속되었다. 아무도 움직이지 않았다. 민수의 입술이 그 침묵 속에서 파르르 떨렸다.

"여러분⋯⋯ 그래서 서동윤 선생님은 범죄자가 되어 지금 경찰서에 계십니다⋯⋯. 우리는 그를 면회할 수도 없습니다. 아마 오랜 시간 동안 그는 우리와 만나지 못할지도 모릅니다⋯⋯."

민수는 떨고 있었다. 비로소 동윤의 부재가 그녀의 가슴속에서 각인되어 왔다. 민수는 입술을 물면서 다시 한 번 학강들을 바라보았다. 다시 침묵이 계속되었다. 이것으로 끝장일지도 모른다. 민수는 생각했다. 이렇게 주저앉아버릴지도 모른다. 민수는 흔들리지 않으려고 두 주먹을 그러쥐었다.

"그럼 우리는 어떻게 해야 되는 겁니까?"

그때 열여섯 살의 여성 노동자가 물었다. 민수는 문득 고개를 들었다. 그러고는 제 귀를 의심했다. 주저앉는 것이 아니고, 이것으로 끝을 내는 것이 아니고.

"그래요. 우리가 무엇을 어떻게 해야 하는지 가르쳐주세요."

다른 학강이 다시 말했다.

민수는 꿈속에서 깨어난 것처럼 두 눈을 깜박였다. 주저앉아 있는 건 자신이었다. 그런 주제에 학강들을 염려하고 있었던 것이다. 저들은 저리 눈을 빛내며 서 있는데.

"……우리가 해야 할 일은."

열 개의 눈동자가 다시 민수에게 모였다. 민수는 가슴속 깊은 곳에서 떨림을 느꼈다. 그것은 환희였다. 문득 꿈속에서 들려오던 호신의 목소리가 떠올랐다.

— 씨앗이야.

"……우선 우리의 자리를 지키는 겁니다. 그리고 무엇을 할 것인가를 우리 스스로…… 결정해나가는 겁니다. 새로 시작하는 마음으로…… 씨앗을 뿌리는 심정으로……."

그때 강의실 뒷문이 또각 하고 열렸다. 노란 머리카락이 고개를 숙인 채 들어서고 있었다. 연순이었다. 민수는 연순을 바라보았다. 고개를 들고 연순이 겸연쩍게 웃었다. 연순은 이제 문을 열고 들어온 것이다. 민수는 다시 제자리로 돌아갔다.

병찬과 버스 정류장 앞에서 헤어지고 민수는 집으로 향하는 골목으로 들어섰다. 집 대문을 열려는데 누군가가 민수를 불렀다. 찬식이었다. 마치 여행이라도 떠나는 것처럼 찬식은 커다란 배낭을 메고 짐을 들고 서 있었다.

"웬일이야?"

"너랑 여기서 같이 살려고."

웃는 찬식의 입에서는 소줏내가 풍겨왔다.

"한잔했니?"

"어. 반병 마셨어. 이런 모습으로 널 기다리고 서 있기가 우스워서."

민수는 대문을 따고 집으로 들어섰다. 아이들은 잠이 들고 주인 여자는 아직 돌아오지 않았는지 안집 할머니가 또 TV를 켜놓은 채 잠이 든 모양이었다.

"저녁 먹었니?"

찬식은 캠핑이라도 온 것처럼 달뜬 얼굴로 민수를 향해 물었다.

"아니…… 밥 지을게."

가방을 내려놓고 부엌으로 들어서려는 민수에게 찬식이 웬 꾸러미를 들어 보였다.

"삼겹살 사왔다. 넌 가만히 있어봐."

찬식은 배낭에서 버너를 꺼내더니 익숙한 솜씨로 불을 붙이고는 야외용 프라이팬을 거기 얹었다. 그러고는 배낭에서 소주까지 한 병 꺼냈다. 민수가 찬식 앞에 마주 앉으며 어이없이 웃었다.

"민수 몸보신 좀 시켜주려고……."

찬식은 또 배낭을 한참 뒤지더니 술잔과 나무젓가락까지 꺼내놓았다.

"산타클로스가 따로 없구나. 어디 더 꺼내봐 봐."

"좋아."

찬식의 배낭에서는 끝없이 무언가가 나왔다. 커피포트며 먹다 남은 쌀이며 커피, 프림, 커다란 커피 병에 담긴 시큼한 김치까지.

"……어떻게 된 거야?"

문득 굳어진 표정으로 민수가 물었다.

"자, 우선 한잔하고."

찬식은 검은 안경을 버릇처럼 올리고 나서 긴 말을 감춘 사람처럼 입을 다물었다. 달구어진 철판에서 삼겹살이 익는 소리가 빗소리처럼 들려왔다.

"요즘 짭새들이 계속 뒤를 쫓는 것 같아서…… 일단 자취방을 정리했어. 간단히 챙겼는데도 이리 짐이 많다. 이것들을 우선 민수 네가 좀 맡아주어야겠다."

소주 몇 잔을 비우고 나서 찬식이 말했다. 그런 찬식의 얼굴에는 결단을 내린 자의 고독한 엄숙함 같은 것이 엿보였다. 민수의 가슴은 순간 쿵 하고 내려앉았다. 또 하나의 이별을 예감했던 것이다. 그리고 민수는 찬식이 말하기 전까지는 입을 다물어야 한다고 생각했다.

둘은 말없이 술잔을 나누었다. 소주 한 병이 거의 다 비워졌을 무렵 찬식이 배낭 깊숙한 곳에서 노트 한 권을 꺼내 들었다. 그러고는 잠시 그것을 쓸어보다가 민수에게 내밀었다. 가장 소중한 것을 버리는 듯한 아픔이 잠시 찬식의 얼굴 위를 지나갔다. 민수는 그 노트를 받아 들었다. 노트 앞장에는 굵은 매직으로 '1983'이라는 글씨가 쓰여 있었다.

"내 일기야. 뭐, 일기라기보다 생각의 단초들을 적어놓은 거지. 읽어봐도 상관없어."

찬식은 민수가 재떨이로 내놓은 사발에 담배를 톡톡 털며 겸연쩍은 듯 웃었다. 민수는 노트를 책상 위에 올려놓으며 다시 한 번 이별을 느꼈다. 이번에는 가슴속으로 둔중한 울림이 지나가는 듯한 느낌이었다.

"그리고 이건……."

찬식은 이번에는 주머니를 뒤지더니 봉투를 하나 꺼내 민수에게 내밀었다. 꽤 많은 액수의 지폐였다. 민수는 그것도 말없이 챙겨 들었다.

"……한 20만 원 조금 넘을 거야. 집에는 하숙을 할 거라고 이야기를 해놨지……. 돈이 많이 남은 줄 알았는데 집에 부치고 또 학교 앞에 널린 외상값 좀 갚고 하니 그것밖에 안 남았다. 그 돈……."

찬식은 잠시 입술을 떨었다. 직선적이고 활달한 찬식이 떨고 있는 모습을 보는 것은 처음이었다.

"……민수, 너 먹고 싶은 것 실컷 먹고 다시 건강해져. 알았지? 요즘 널 보고 있으면 너무 안쓰러워서."

"이 돈으로 실컷 먹으면 돼지가 되겠구나."

"그래, 돼지라도 좋다. 몸과 마음이 튼튼하기만 하믄……."

둘은 마주 보고 웃었다. 민수는 웃음 끝에 찬식의 시선을 비키면서 혼자 남는다는 것을 생각했다. 든든했던 동료들, 동윤이 찬식이 호신이 형까지 모두 떠나는 것이다. 민수는 막막함을 털어버리듯 고개를 흔들었다.

"여유가 있으면 구치소에 영치금 좀 넣어줘라. 집에서는 동윤이를 아예 내놓은 모양이야. 아버님이 공무원이시니 그럴 법도 하지. 며칠 전에 내가 동윤이네 집에 갔는데 모진 구박을 받고 왔다……. 있지, 내가 꼭 불량배 괴수 같으시나 봐. 동윤이의 입장을 설명해드리려고 애썼는데 마지막 어머님의 눈빛은 꼭 그러시는 것 같았어. 그러는 너는 왜 여기 있고 동윤이만 감옥에 있느냐고 말야……. 하긴, 뭐 염치가 없기는 하지. 그 와중에 저녁 먹고 가란다고 밥을 두 그릇이나 먹었으니. 내가 동윤이 부모님이라도 보기가 뭐 좋았겠냐?"

"면회는?"

"어머님이 가시나 봐. 아버님 몰래……. 그날도 대문 앞에서 우시기 시작하는데…… 영 발길이 안 떨어지데."

찬식은 새 담배를 하나 붙여 물었다. 민수는 찬식이 가져온 커피포트에 물을 끓였다. 그러고는 역시 찬식이 가져온 커피를 타서 나누어 마셨다.

"문화생활을 하니까 좋긴 좋다."

민수는 웃었다. 찬식은 생각에 잠긴 것처럼 천천히 커피를 마셨다. 민수의 농담도 거의 의식하지 못하는 것 같았다.

"민수야, 내가 재미있는 이야기 하나 해줄까?"

찬식은 잠시 후 고개를 들고 이야기를 꺼냈다. 민수는 자세를 바로 하고 커피포트의 물을 찻잔에 더 따랐다.

"고향에서…… 우리 집이 평택인 거 너 알지? 고향에서 초등학교 때부터 사귀던 여자애가 있었어. 전문학교 졸업하고 지금 취직했는데 작년 겨울인가 헤어졌다. 젠장, 대학에 온 뒤로 자주 만날 수가 있어야지. 지난겨울 첫눈 오는 날 전화를 했지. 그랬더니 만나서 하는 말이 대뜸 이제 그만 정리를 하자는 거야. 집에서 자꾸 선을 보라고 한다나……. 너도 알다시피 내가 그 애를 잡을 명분이 있어야지. 그래서 그 애의 회사가 있는 인사동에서 신촌까지 걸었다. 눈 한번 푸지게 오데……. 그러곤 헤어졌다. 되게 우습지?"

민수는 찬식의 얼굴에서 고해성사를 하는 사람의 진지함을 느꼈다.

찬식에게 그런 면이 있는 줄은 몰랐던 것이다. 그저 술을 많이 먹어도 뒤끝이 없고 늘 이리저리 뛰어다니며 잔일들을 처리하던 찬식이었다. 동윤이 좀 스케일이 큰 대신 과묵하다면 찬식은 스케일이 작은 대신 끝처리를 잘했고, 그래서 무리 없이 지나온 지난날들이었다.

"너…… 마음이 많이 아팠었나 보구나……."

민수는 찬식의 이런 자세를 어떻게 받아들여야 할지 몰라 이렇게 말했다.

"남들이 아픈 만큼 그저……. 지긋지긋한 고등학교를 졸업하는데도 아쉬운 마음이 조금 있는데 왜 안 그렇겠니. 세월이 길었지. 그 애가 2학년 때 우리 반이었으니까 거의 십오륙 년……. 나도 꽤 조숙하지 않니? 겨우 초등학교 2학년 때 그 애가 우리반 부반장이 된 걸 보고 저 애는 내 신붓감이다 하고 마음먹었으니 말이야. 네게 이런 이야기도 다 하고…… 동윤이 들어가고 나서 나도 참 많이 변했다……."

찬식은 커피를 한 모금 마셨다.

"그런데 그 애가 이번 여름에 내게 손수건을 부쳐왔더라. 그것도 하얀 손수건을 말야. 젠장, 주려면 일찍 주든지……. 헤어진 지 거의 6개월이 지나서 말이야. 하긴 그 애가 유행가를 되게 좋아하긴 했었어. 근데 말야, 유치한 걸 알면서도 그 손수건을 받고 나니까 꽤 눈물이 나더라……."

찬식의 얼굴이 웃는 듯 일그러졌다. 민수는 찬식이 건네준 일기장 갈피에서 하얀 손수건을 꺼냈다. 그저 평범한 흰 손수건이었다. 거기에는 찬식의 영문 이니셜이 적힌 붉은 수가 놓여 있었다.

"이건 네가 가지고 있지 그러니?"

민수는 찬식에게 물었다. 찬식은 고개를 저었다.

"어제 편지들과 함께 그걸 태우지 않은 것은 내가 반성을 했기 때문이야. 호신이 형 지론 있잖아. 운동은 사랑 없이는 안 된다. 그것도 단호하고 불같은 사랑 없이는 안 된다는 말…… 난 이제사 그걸 깨달았어. 다시 생각해보면 내가 정말 그 애를 사랑했었는지 의문이 들어. 내가 진정 그 애를 아껴주었다면 내가 가는 길을 함께 걷도록 해야만 했었어. 그것이 결단코 옳다고 믿으면서 난 그 애를 만나면 늘 다른 것들을 이야기했지. 고향이라든가 산이라든가……. 난 어쩌면 그 애에게 도피처를 구하고 있었는지도 몰라. 이기적이었던 거지……. 술 더 먹을까?"

"먹고 싶으면 먹어."

"……나 오늘 여기서 재워줄 수 있지?"

찬식이 어린애처럼 웃었다.

"코 안 골고 조용히 자기만 하믄……."

"나 코 안 골아. 코 고는 거야 동윤이 따라갈 사람 있니? 그때 농활 갔을 때 내가 얼마나 학을 떼었는지. 아마 구치소에서 옆방 사람들이 불면에 시달릴 거야."

"지난겨울 MT 때 네가 하도 코 골아서 여자애들 전부 잠 못 잔 거 기억 안 나니?"

"그거야 그때는 워낙 경우가 특수했으니까……."

둘은 술잔을 더 비웠다. 안집 여자는 돌아오지 않으려는지 시간은 두 시가 넘어가는데 여전히 주위는 고요했다. 소주 세 병을 다 비우고 찬식이 먼저 쓰러지듯 누웠다. 민수는 그런 찬식에게 베개를 베어주고 찬식이 가져온 것들을 정리하기 시작했다. 그때 불쑥 찬식이 말했다.

"민수야…… 내가 왜 그 손수건을 네게 주는 줄 아니? ……
그건 깃발이야. 내 어린 날의 깃발……. 이제 그걸 내린 거야."

찬식은 이내 코를 골기 시작했다.

어디로 갈 거냐

늘 그렇듯이 싸움은 사소한 일에서 시작되었다. 오랜만에 둘러앉은 저녁 밥상머리에서 어머니는 고등어자반이 담긴 접시를 지섭 앞으로 밀었다. 마침 아버지가 그 반찬에 손을 대려던 참이었다. 아버지의 젓가락이 잠시 멋쩍게 허공을 맴돌았다. 어머니는 발끈해진 지섭의 시선을 아는지 모르는지 기다란 김치를 입에 찢어 넣고 있었다. 지섭은 고등어자반이 담긴 접시를 다시 아버지에게로 밀었다. 아버지는 눈을 내리깐 채 멀건 시래깃국을 떠 넣고 있었다. 어머니는 지섭의 그런 행동을 바라보고 나서 다시 접시를 지섭에게로 밀었다. 아버지에게 제발 이런 식으로 대하지 말라는 소리가 목구멍까지 치밀어 올랐지만 지섭은 참았다. 그런 말을 아버지 앞에서 한다는 것 자체가 이미 아버지에게는 모욕일 것이기 때문이었다.

—알아, 오빠? 엄마는 아버지를 벌레 취급해.

울먹이던 혜주의 목소리가 떠올랐다.

밥을 먹다 말고 잔뜩 상을 찌푸리고 있는 지섭을 보고 어머니는 고등어 살점을 하나 뚝 떼어 지섭의 밥그릇에 올려놓았다. 재민이가 밥을 먹다 말고 커다란 살점을 바라보고 있다. 지섭은 제 밥에 올려진 고등어 살점을 재민의 입속에 넣어주었다. 자반 고등어라 간이 몹시 세었건만 재민은 눈도 찡그리지 않고 받아먹는다.

"이건 삼촌 거야. 넌 낮에 많이 먹었잖아."

어머니는 매몰찬 목소리로 재민에게 핀잔을 주었다. 재민이의 고개가 푹 수그러진다. 지섭은 숟가락을 놓았다. 도저히 밥을 먹을 기분이 아니었다.

"어여 먹어. 다른 식구들은 아까 많이 먹었어."

"아까 안 먹었다."

할머니의 눈치를 살피며 재민이 말했다.

"얘가……."

어린 재민의 말에 무안했던지 어머니는 더 말하지 않았다.

"아니, 당신은 또 어딜 가시려고 그러우. 재민이 밥이나 좀 먹여주지. 그러잖아두 아까 아랫가게 정 씨가 당신 외상값이 밀렸다고 투덜거리던데 또 술 자시러 가는 거유?"

무안한 만큼 더욱 화를 내며 어머니가 일어서려는 아버지에게 말했다. 아버지는 주눅 든 아이처럼 말없이 다시 앉았다. 그런 아버지의 태도에는 슬픔과 비굴함이 배어 있었다. 지섭은 소리가 나게 숟가락을 내려놓았다.

"어머니 제발……."

냉정해지려고 애쓰고 있었고 또 그래야 한다고 자신에게 타이르고 있었지만 뱉어버린 말은 아주 거칠고 큰 소리를 냈다. 그러자 이번에는 자신을 향해 화가 치밀어 올랐다.

"아버지, 그만두세요. 재민이 밥은 제가 먹일게요."

가슴속에서 치밀어 오르는 불덩이를 삼키려는 듯 지섭이 천천히 말했다.

"놔둬. 할 일도 없는 양반인데."

"어머니!"

"얘가 왜 눈을 치뜨고 이래?"

지섭의 태도에 마음이 상했던지 어머니의 목소리도 좀 높았다.

"아버지께 이래라저래라 하지 마세요!"

삼백 원도 안 되는 고등어 한 마리 때문에 이렇듯 화를 내고 있는 자신에게 더할 수 없이 화가 치밀어 올라서 지섭은 소리를 질렀다.

"아니, 내가 언제 니 아비에게 이래라저래라 했단 말이야, 응? 왜 밥상에서 소리를 지르고 이러는 거야?"

사실 지섭이 어머니에게 짜증을 내는 것은 단지 오늘 일 때문은 아니었다. 그 점에 대해서는 어머니도 알고 있었다. 그러나 어머니로서는 오늘 일을 가지고 물고 늘어지는 편이 유리했다. 지섭은 상 뒤로 성큼 물러나 앉았다. 어머니의 고생을 모르는 바 아니었다. 아니, 어쩌면 가장 힘들게 하루하루를 보내는 것이 어머니라 해도 과언은 아닐 것이었다. 그러나 지섭이 어머니에게 짜증을 내게 되는 가장 큰 원인은 돈을 잃어버림으로써 귀중한 것들을 쉽게 내팽개치는 어머니의 태도 때문이었다. 어머니는 이런 사람이 아니었었다. 좀 냉정한 데가 있긴 했지만 늘 올바르게 살아가려고 애쓰던 사람이었다. 그러나 요즘 어머니는 입버릇처럼 말하곤 했다.

—살기 위해선 하는 수 없어.

어머니의 존재는 이 산동네에서 어느덧 유명해져 있었다. 가장 지독한 일수놀이꾼으로서 말이다. 언젠가 지섭은 집으로 돌아오는 길에 떡볶이를 파는 아낙의 좌판을 들어엎는 어머니를 본 일이 있었다. 순간 제 눈을 의심했지만 그건 틀림없는 어머니였다. 다시 예전처럼 살 수 있게 되는 것만이 어머니가 가진 유일한 목표였다. 그 이외의 것은 모두 방해물에 불과했다. 아버지도 혜섭도 재민이도, 게다가 돈을 벌지 않으려 하는 혜주까지. 그러므로 어머니에게 지섭만이 자신의 편이라고 느껴지는 건 당연했다.

"그만두세요, 어머니."

"그만두긴 뭘 그만둬! 어미한테 그렇게 눈 똑바로 뜰 일이 도대체 뭐가 있는지 말을 해봐."

아버지는 재민이를 안고 슬그머니 방을 나갔다. 혜섭만이 아무 소리도 들리지 않는다는 듯 천천히 밥을 먹고 있었다.

"내가 이 고생을 참고 있는 것이 다 누구 때문인데…… 이게 다 누구 때문이야? 이 집에서 지금 밥벌이하는 사람이 누가 있

니? 혜주 그 망할 놈의 기집애가 지 분수두 모르구 대학엘 간
다구 속이나 썩이구……. 너라도 이 어미를 위해주어야지, 엉?"

어머니의 목소리는 어느덧 울먹이고 있었다.

"그래, 어여 말을 해봐. 생전 어미에게 큰소리 한번 안 내던 네
가 이러는 이유를."

"제게 아무 기대도 하지 마세요, 어머니."

이를 악물고 있던 지섭이 낮은 소리로 말했다.

"뭐라구?"

믿어지지 않는다는 표정을 지으며 어머니가 되물었다.

"제게 아무 기대 하시지 마세요. 저 때문이라고도 하지 마세
요. 어머니, 분명히 말합니다."

이런 말이 어머니에게 얼마나 큰 충격이 될 거라는 것에 대해
서는 그도 잘 알고 있었다. 그러나 그는 그 순간 어머니에 대해
말할 수 없이 잔인해지는 자신을 느낀다.

"이놈의 자식……."

어머니는 한 팔로 지섭의 머리를 후려쳤다. 어머니 자신도 몹
시 격해 있었는지 부들부들 떨고 있었다.

"이놈의 자식, 다시 한 번 말해봐. 뭐라고?"

어머니는 이번에는 지섭의 셔츠 자락을 쥐어뜯으며 울부짖었
다. 지섭은 그런 어머니를 거칠게 떼어놓으며 자리에서 일어섰다.

"어머니 마음대로만 하려고 하지 마세요. 혜주에게도 아무
말 하지 마세요. 만일 혜주가 잘못되면 그땐……."

"그래, 그때는?"

"저도 가만히 있지 않을 겁니다."

말을 마치며 지섭은 문득 혜섭을 바라보았다. 밥을 씹으며 혜섭은 지섭을 빤히 바라보고 있었다. 아무런 느낌도 없는 눈동자였다. 사물처럼 굳어져 있는 혜섭에게 다시 한 번 절망을 느끼며 지섭은 방문을 박차고 나왔다.

"가만 안 있으믄, 가만 안 있으믄, 그래 이 어미를 죽이기라도 하겠다는 거냐? 응?"

어머니의 고함 소리가 누런 창호지 틈새로 새어 나왔다. 지섭은 대문을 밀었다. 차가운 밤공기가 와락 달려들었다. 이러려던 것은 아니었다.

사실 어머니에게는 아무런 잘못이 없는지도 몰랐다. 아니, 어쩌면 비난받아 마땅한 사람은 이 모든 현실로부터 끝없이 도망치려고 했던 자신이었는지도 모른다. 엉뚱한 곳에 울분을 터뜨리는 자신에게 화가 치밀어 올랐다. 지섭은 온몸이 활활 타오르는 듯한 착각에 몸을 떤다. 어두운 골목길을 뒹굴어도 불은 꺼지지 않을 것만 같았다. 지섭은 닥치는 대로 파괴해버리고 싶은 충동을 억누르고 담벼락에 얼굴을 묻었다.

—너를 고통스럽게 하는 것들과 정면으로 마주 서. 그렇지 않다면 넌 비겁한 거야.

덕현의 말이 떠올랐다. 그 말은 지섭의 가슴속에 깊이 각인되어간다.

지섭은 따가운 콘크리트 담장에 얼굴을 비볐다.

"삼촌, 거기서 뭐 해?"

재민이의 목소리가 들렸다. 지섭은 뒤를 돌아보았다. 아버지의 품에 안긴 재민이가 싸구려 빵 봉지를 흔들며 웃고 있었다.

"하부지가 빵 사줬어. 삼촌 쪼끔 주까?"

"아니, 우리 재민이 많이 먹어."

지섭은 다가가 재민의 머리를 쓰다듬었다. 재민의 머리를 쓰다듬었던 것은 사실은 아버지와 정면으로 마주 서는 것이 두려웠기 때문이었다. 그때 지섭은 불현듯 아버지를 모욕하고 있는 것은 어쩌면 어머니가 아니라 자신일지도 모른다는 생각을 한다. 그러자 순간 불꽃같은 격정이 싸늘히 식어 내려간다.

"어디 가려고?"

아버지가 평온한 목소리로 물었다.

"네, 저 잠깐……."

그는 여전히 아버지의 시선을 피하며 말했다.

"……너무 늦지 말아라."

아버지는 돌아섰다. 지섭은 고개를 들지 못하고 한참을 그 자리에 서 있었다. 얼마 후 그는 고개를 들었다. 아버지도 재민이도 보이지 않았다. 일을 마친 동네 아낙들이 점심 도시락을 들고 골목길을 올라오는 것이 보였다. 지섭은 그들을 비켜 허적허적 팔을 휘저으며 골목길을 내려간다.

막상 버스 정류장까지 내려왔지만 갈 곳이 없었다. 지섭은 담배가게에서 은하수를 한 갑 사서 불을 붙인다. 길가 레코드 방에서 유행가가 흘러나오고 있다.

몸 바쳐서 몸 바쳐서 떠내려간 그 푸르은 무울 겨얼 위이
에…….

구두닦이 아이 하나가 그 노래를 크게 따라 부르며 지나간다.
―한번 만나줘요.
오늘 오후 강의실 앞에서 만난 인경이 말했다. 인경은 지섭을
기다리고 있던 모양이었다.
―할 이야기가 있어요.
많은 것을 결심하고 왔다는 듯이 인경은 또박또박 말했다.
―난 할 이야기가 없어.
지섭은 인경의 눈길을 피하며 말했다.
―나는 할 이야기가 있단 말이에요.
―언제나 네 마음대로군.
지섭은 정말로 화를 내며 인경에게 말했다. 그러고는 도망치
듯 집으로 돌아온 것이었다. 누군가가 공중전화 부스에서 전화
를 걸고 있다. 레코드 방에서 크게 울리는 유행가 때문에 전화
를 거는 사람은 상당히 애를 먹는 모양이었다.

순결이 저리 높은 아름다운 눈개여.
뜨거운 가슴속에 넘쳐나던 절개여.

지섭은 담배를 깊이 빨아들였다. 이제 인경에 대해서 지섭은
아무런 느낌도 가지고 있지 않았다. 다만 가끔 인경이 오늘처럼

그의 앞에 불쑥 나타날 때마다 아주 깊었던 상처를 보는 듯 가슴이 좀 아려올 뿐이었다. 지섭은 담배를 비벼 끈다. 그때 지섭의 시야에 낯익은 얼굴 하나가 들어온다. 지섭은 순간 숨이 멈추는 것을 느꼈다. 버스에서 내려 터덜터덜 이리로 걸어오고 있는 것은 혜주였다.

"혜주야!"

혜주가 천천히 고개를 들었다. 지섭은 우선 급하게 혜주의 차림새를 살핀다. 혜주는 그런 오빠를 찬찬히 바라본다. 이미 많은 것을 겪어서 무표정해진 여자같이.

"왜 나와 있어?"

혜주는 태연히 물었다.

혜주의 태연한 태도에 지섭은 우선 약간은 안도감을 느꼈다. 그러나 이상하게 가슴이 고동쳐왔다. 만일 혜주에게 무슨 일이 생겼다면, 소녀가 아닌 동생이 며칠씩 집에 돌아오지 않았다는 것은 그리 간단히 생각해도 좋을 일은 아니었다. 지섭은 새 담배에 불을 붙인다.

"저녁은 먹었니?"

"……아니, 하지만 먹고 싶지 않아."

오빠의 첫 질문이 의외라는 듯 혜주는 약간 당황하며 대답했다.

지섭은 집과는 반대 방향으로 큰길을 향해 성큼성큼 걸었다. 혜주는 터벅터벅 지섭의 뒤를 따라온다. 길가에 있는 조그만 가로공원에 다다랐을 때 지섭이 먼저 딱딱한 벤치에 앉았다. 지섭은 혜주가 그의 옆에 앉는 것을 보면서 갑자기 가슴이 꽉 막히는 답답함을 느낀다. 무엇을 묻고 어떤 대답을 기대해야 하는지 알 수 없었다. 지섭은 담배를 빨며 빠르게 달려가는 자동차들을 바라본다. 혜주도 어둠을 가르는 그 불빛들을 바라본다. 오누이는 계모에게 쫓겨난 아이들처럼 한동안 말이 없다. 하지만 진짜 집을 잃었다면 혜주 쪽이 더 먼저 살길을 찾아갈 것처럼 표정이 다부지다.

"그래…… 그동안 어디 있었니?"

지섭이 담배를 끄고 조심스레 물었다.

"친구 집에."

"친구 누구?"

"내가 누구라고 하면 오빠가 알아?"

거부였다. 단호한 거부였다. 지섭은 떨려오는 입술을 지그시 누른다.

"집에서 모두들 걱정할 거라는 생각은 안 했니?"

"안 했어."

"혜주야."

어둠 속에서 오누이의 눈이 강하게 맞부딪쳤다.

"얼마나 걱정들을 했는지 아니?"

"……"

"……그래, 학교도 안 가고 뭘 했어? 그 집 부모님은?"

"낮에는 다른 곳엘 갔었어."

혜주는 무표정한 얼굴로 대답했다.

"어디?"

다급해진 목소리로 지섭이 물었다. 혜주가 빠르게 눈을 치켜 떴다. 그러는 혜주의 눈빛은 몹시 강했다.

"어딜 다녔어? 학교도 안 가고, 집에 아무 연락도 없이."

"······알고 싶어? 극장에도 가고, 남자 아이들이랑 여관에도 가고."

"······또?"

지섭은 떨리는 주먹을 움켜쥐며 물었다. 혜주의 눈가에 희미한 웃음이 어렸다.

"날 비싸게 사준다는 술집에도 가고······. 더 알고 싶어?"

혜주의 눈은 악마처럼 빛났다.

"너······."

"술도 마시고, 본드도 마시고."

"혜주야."

혜주는 터져라 입술을 물며 지섭을 바라본다. 그런 혜주의 눈이 붉게 충혈된다.

"거짓말이겠지?"

지섭은 혜주의 멱살을 잡으며 소리쳤다.

"왜? 오빠가 내게 원하는 대답이 바로 이게 아니었나?"

혜주는 울먹이며 소리쳤다.

지섭은 혜주의 멱살을 잡고 있던 손을 힘없이 놓았다. 아무 소리도 들리지 않았다. 그는 정신이 나간 것처럼 명청하게 어둠 속을 바라본다. 바람이 불 때마다 플라타너스 잎들이 우우 소

리를 낸다. 그는 두 무릎을 세우고 거기에 얼굴을 묻었다. 이렇
듯 비참한 기분은 처음이었다. 처음 산동네로 이사를 왔을 때
도, 누나가 유복자를 낳고 미쳐버렸을 때도 이런 기분은 분명
아니었다. 지섭의 앙다문 입술 사이로 신음 같은 울음이 터져
나왔다.

혜주는 격렬하게 흐느끼고 있는 오빠에게서 시선을 돌린다.
미쳐버릴 것만 같은 기분이었다. 오빠에게 뺨이라도 얻어맞으면
오히려 시원할 것 같은 기분이었지만 오빠는 웬일인지 저리 흐
느끼고 있다. 어디에도 돌아갈 곳은 없었다. 혜주가 묵었던 친구
집에서도 사흘이 지나자 노골적으로 싫은 표정을 했다. 혜주는
오빠의 울음소리를 흘려들으며 먼 불빛을 바라본다. 이제 정말
어디로 가야 하는지, 그녀는 알 수 없었다.

외길목

수업이 끝나고 강의실 문밖으로 나오자 뜻밖에도 지섭이 민수를 기다리고 있었다. 수업에도 빠진 지섭이 자신을 기다리고 있다는 사실에 놀라며 민수는 우선 인사를 했다.

"시간을 좀 내줄 수 있겠니?"

복도 여기저기 흩어져가는 얼굴들을 힐끗 보며 지섭이 물었다.

"무슨 일인데요?"

"우선 학교 밖으로 좀 나가자."

이상하게 쿵쾅거리며 가슴이 뛰기 시작했다. 민수는 달아오르는 얼굴을 감추려고 가방을 고쳐 메며 제 볼에 살짝 손을 얹어보았다. 생각만큼 그리 뜨겁지는 않았다.

"웬일이세요? 오늘 강의 안 들어오신 줄로 아는데……."

"그랬지."

"그럼 절 만나러 오셨어요?"

겸연쩍은 기분을 농담으로 말하는데 지섭은 대답도 않고 성큼성큼 학교 길을 내려갔다. 무엇엔가에 잔뜩 화가 난 것처럼 그의 입은 꼭 다물려 있었다. 그때 국기 하강식이 시작되었다. 급히 걷던 지섭은 낭패한 표정으로 걸음을 멈추었다. 민수와 함께 교정의 큰 길거리에 서 있는 사실이 무척 곤혹스러운 것 같았다.

"무슨 일 있어요? 몹시 초조해 보여요."

"내가?"

지섭은 놀라며 되물었다. 민수는 담배를 붙여 무는 지섭의 옆모습을 바라보다가 고개를 돌린다. 공학관 뒤편에 붉은 노을이 널려 있고 움직임이 정지된 교정의 잔디를 박차고 새들이 일제히 날아올랐다. 태극기는 바람에 펄럭이며 천천히 내려온다. 찬식이 두고 간 하얀 손수건이 떠오른다. 고생은 안 할까? 엉뚱한 말을 늘어놓더니……. 무사해야 할 텐데. 민수의 입에서 자신도 모르게 긴 한숨이 흘러나온다.

"애기 옷 볼 줄 아니?"

애국가 끝나고 다시 길을 걸으며 지섭이 물었다. 웬 엉뚱한 질문이냐는 듯 민수가 지섭의 얼굴을 빤히 올려다본다.

"사실은 만 두 살이 좀 넘은 사내아인데."

당황하고 있는 이유가 무엇인지 점점 더 당황하는 자신을 느끼며 지섭이 더듬더듬 말했다. 대답 대신 지섭을 빤히 바라보다가 민수가 큰 소리로 웃었다. 지섭은 담배를 입으로 가져간다.

오랜만에 만난 민수는 예전의 그 싱싱함을 되찾고 있었다. 예전보다 얼굴이 야위기는 했지만 초롱초롱한 눈동자가 민수를 아주 생동감 있게 느껴지게 했다. 그는 무뚝뚝한 얼굴로 먼 길을 바라본다. 일부러 민수를 찾아온 것이 사실이었지만 웬일인지 자꾸 쑥스러운 느낌이 들었다. 화난 것처럼 얼굴을 굳히고 있는 것은 웬지 모를 어색함 때문이었다.

"왜 웃는 거지?"

"부탁할 일이라는 게 그거예요?"

"⋯⋯."

"그 말을 하는 데 뭐가 그리 심각해요?"

무안한 김에 지섭도 민수를 따라 씨익 웃었다. 웃는 지섭의 얼굴이 소년처럼 맑다고 민수는 생각했다. 그때 누군가가 뒤에서 지섭을 불렀다. 소리를 먼저 들은 민수가 발을 멈추었다. 민수를 따라 걸음을 멈춘 지섭도 뒤를 돌아본다. 인경은 아까부터 민수와 지섭을 바라보고 있었는지 태연한 걸음걸이로 천천히 다가왔다.

"오랜만이야, 언니."

쏘아보는 인경의 눈빛에 난처함을 느끼며 민수가 애매하게 말했다.

"잠깐 자리 좀 비켜줄래?"

인경은 민수의 말에는 대꾸도 없이 냉랭한 목소리로 말했다. 민수는 한 걸음 물러서서 인경의 스커트가 초가을 바람에 꽃잎처럼 날리는 것을 물끄러미 바라보았다.

"날 피해야 할 이유는 없다고 생각하는데요."

오랫동안 궁리해온 말인지 대뜸 인경이 말했다. 지섭은 대답이 없다. 그의 마른 손끝에서 담배 연기가 빙빙 맴을 돈다.

"내일 열두 시 학교 앞 '새벽종'에서 기다리고 있겠어요."

지섭의 대답을 듣지 않고 인경은 토라진 사람처럼 급히 사라졌다. 지섭은 여전히 먼 곳에 시선을 던진 채로 움직이지 않았다.

"⋯⋯아기 옷을 산다고 했죠?"

민수가 지섭 쪽으로 한 걸음 다가서며 물었다. 그제서야 현실로 돌아온 사람처럼 지섭은 고개를 가볍게 끄덕였다. 민수는 더 이상 아무 말도 하지 않았다. 대신 이상한 모욕감이 밀려왔다. 지섭은 다 타들어간 꽁초를 여전히 손에 쥔 채, 그리고 민수는 아랫입술을 지그시 문 채 길을 건너 시장 쪽으로 걸었다. 인경이 지섭에게 아직 미련을 가지고 있다는 것을 민수는 알고 있었다. 그리고 그 미련에의 화살은 엉뚱하게도 민수에게 겨누어지고 있었다. 며칠 전 도서관에서 우연히 마주쳤을 때 인경은 민수에게 물었다.

─너 요즘 지섭이 형하고 친해졌다면서?

질문의 뜻을 어떻게 해석해야 할지 몰라 망설이는 동안 인경은 틈을 주지 않고 덧붙였다.

─너 요즘 예뻐졌다. 무슨 좋은 일이라도 있나 보지?

자신의 후배인 동윤이 구속되고 찬식 또한 형사들의 눈길을 피해 학교에조차 나오지 못하고 있을 때에 좋은 일이라는 단어를 운운하는 자체가 경멸스러워서 민수는 곧바로 쏘아붙였다.

―좋은 세상이잖아.

다시 돌이켜보니 그날의 모욕감까지 되살아와 민수는 말할 수 없이 기분이 나빠졌다.

민수는 묵묵히 걷고 있는 지섭을 바라다본다. 지섭 역시 인경에게 많은 미련을 가지고 있는지도 몰랐다. 민수는 알 수 없는 눈물이 핑 도는 것을 느끼며 터벅터벅 걸었다. 갑자기 온몸에서 기운이 쭉 빠지는 느낌이었다.

어쨌든 갑작스러운 인경의 출현은 어색한 둘의 감정을 더욱 미묘하게 만들어버렸다. 시장에 가서 재민의 가을 점퍼와 바지를 고를 때에도 극히 필요한 말 이외에는 주고받지 않았다.

"제가 할 일은 끝났죠? 가보겠어요."

옷가게를 나섰을 때 두 사람에 대한 미움이 치솟는 것을 느끼며 민수는 퉁명스러운 소리로 말했다. 지섭은 갑자기 무뚝뚝해진 민수의 태도에 당황하며 걸음을 멈추었다.

"바쁜 일이 있니?"

민수는 발로 땅에 빙빙 원을 그렸다. 찬식이 잠적한 후 일주일에 두 번 있던 세미나도 잠시 중단되었다. 밤이 새는 줄도 모르고 열띤 토론을 벌이던 날이 언제 또 올지 알 수 없었다. 민수는 고개를 저었다.

"내가 오늘은 저녁을 사주고 싶은데……."

자신 없는 목소리로 지섭이 말했다.

"오늘 돈이 좀 생겼어. 범행을 저지르는 대가로 공범에게 돈을 좀 받았거든."

지섭은 돈 봉투가 든 안주머니를 툭툭 쳐 보이며 민수를 향해 웃었다.

"무슨 좋은 일 생겼어요?"

설렁탕집으로 들어가 주문을 하고 민수가 물었다.

"……비밀과외를 하나 맡았어."

지섭은 오늘 수업을 빼먹고 비밀과외 자리를 알아보고 오는 길이었다. 덕현에게 부탁해놓은 일이 생각보다 빨리 성사가 된 것이었다.

─저도 원래 이런 일을 싫어해요. 하지만 다들 하는데 가만히 있으려니 불안해서……. 잘 부탁해요. 만일 무슨 일이 생긴다면 학생에게는 최소한의 피해가 가도록 노력하겠어요.

중3짜리 맏아이를 둔 사람치고는 꽤 젊고 세련된 학부형이 조용조용한 목소리로 말하며 지섭에게 봉투를 내밀었다.

─약속한 액수에 조금 더 보탰어요. 성의로 생각하고 받아주세요.

더 많은 돈을 내밀면서 그녀는 조심스레 지섭에게 말했다. 지섭은 그때 문득 어머니를 떠올렸다. 지섭은 날라온 술을 한 잔 따라마셨다.

"선한 인간이라는 건 어쩌면 죄를 지을 기회도 여건도 가져보지 못한 사람을 말하는 것인지도 몰라."

아까 만났던 학부형과 어머니의 얼굴이 다시금 겹쳐져 떠오르는 것을 느끼며 지섭이 말했다.

"왜 그런 생각을 했어요?"

"글쎄 그런 것 같아서."

지섭은 설렁탕에는 숟가락도 대지 않은 채 거푸 술을 마셨다. 트림이 올라오면서 취기가 얼굴을 감싼다. 민수는 대답 대신 앞에 놓인 소주를 들어 제 잔에 따랐다. 지섭이 얼른 민수의 잔을 잡아주었다. 민수는 조심스럽게 소주를 마시고 나서 천천히 숟가락을 들었다.

"언젠가 제 친구가, 미혜라고 지금 현장에 있는 친군데, 제게 그런 말을 한 적이 있어요. 넌 가진 게 많아서 너그러운 아이라고. 그때 얼마나 약이 올랐는지. 아버지가 부자인 것도 죈가 싶고⋯⋯. 하지만 지금은 그 말에 동의해요. 집을 나온 후에 나는 자꾸 약아지고 소심해지고 사소한 일에 미친 듯이 분노를 느끼는 나 자신을 발견하곤 해요. 그런 의미에서 형의 말은 맞아요. 그러나 그건 우리 같은 사람들의 이야길 거예요. 나는, 어렸을 때부터 상상할 수 없이 열악한 환경에서 컸으면서도 말할 수 없이 선한 사람들을 많이 보고 있어요. 아마 지금의 나를 다시 그런 자리에 가져다놓는다면 영락없이 불량처녀가 될지도 모르는데, 그들은 그렇지 않아요. 인간에 대한 가장 큰 믿음과 애정을 가지고 있어요⋯⋯. 그런 걸 생각하면 어쩌면 인간을 황폐하게 만드는 것은 가난이 아니라 잘못된 부유함인지도 몰라요."

잘못된 부유함. 지섭은 민수의 말을 들으며 설렁탕을 휘휘 젓는다. 고기 건더기를 숟가락에 올려놓으며 지섭은 문득 재민을 떠올렸다. 짜디짠 고등어를 맛나게 받아먹던 조카. 갑자기 목이 잠겨와 지섭은 거푸 소주를 들이켠다.

"저녁을 사준다는 건 순전히 핑계였군요."

어느덧 소주를 한 병 다 비운 지섭을 보며 민수가 말했다. 지섭은 담배를 한 대 더 붙여 물고는 설렁탕집을 나섰다. 민수는 지섭이 화장실에 다녀오는 사이 어둠이 내리는 길가에 서 있었다. 설렁탕집 앞에는 철망으로 겹겹이 둘러친 전경차가 서 있고 지나가던 학생들 몇이 검문을 당하고 있었다. 민수는 설렁탕집에서 준 껌을 천천히 입에 넣었다. 검문을 당하던 한 남학생이 전경차 안으로 끌려 들어간다. 민수는 본능적으로 제 가방을 움켜쥐었다. 아까 조금 마셨던 소주 냄새가 역하게 목구멍으로 올라왔다.

"뭘 그리 생각하고 있니? ……가자. 민수 오늘 하고 싶은 거 있으면 다 말해봐. 책 좀 사줄까?"

민수가 집을 나왔다는 것은 덕현을 통해 들었다. 덕현은 민수를 자랑스러워하고 있었다. 여려 보여도 아주 똘똘한 후배라는 것이었다. 지섭은 민수의 야윈 얼굴을 바라보며 언젠가 돈이 좀 생기면 민수에게 아주 맛있는 음식을 사주고 싶다고 생각했었다. 서점으로 가서 민수는 동윤에게 넣어줄 책을 두어 권 샀다. 그러고는 지섭이 다시 맥줏집으로 들어가자 민수는 책을 펴놓고 글자 사이사이에다 무언가를 쓰기 시작했다.

"뭐 하는 거지?"

"동윤이한테 편지 쓰는 거예요. 가족이 아니면 편지도 못 받아보게 하는 그 사람들 때문에 이런 식으로밖에 안 돼요."

지섭은 날라온 맥주를 마시며 민수가 하는 양을 바라보고 있었다. 그러자 갑자기 자신의 옛일들이 떠올랐다. 선배가 끌려간 경찰서 앞까지 갔다가 처음 쓴 소주를 퍼먹던 신입생 시절을 생각했다. 아주 오래된 일처럼 기억은 멀고 흐릿했다. 문득 코끝이 시큰해왔다. 지섭은 자신이 민수에 대해 가지는 애정이, 어쩌면 지난날의 기억에 대해 아직 떨치지 못한 부분을 의미하는 것인지도 모른다고 생각했다.

술집을 나섰을 때는 밤이 꽤 깊어 있었다. 둘 다 얼큰히 취해 있었고, 그래서 한결 차가운 밤바람이 아주 시원하게 느껴졌다.

그때였다. 지섭과 민수가 걷고 있던 제과점 앞에 웬 승용차가 서고 제과점 앞에 서 있던 남자 하나가, 승용차에서 내린 두 명의 남자에 의해 사지가 번쩍 들려져 사라졌다. 너무나 순식간에 벌어진 일이었기 때문에 끌려가는 사내의 비명 소리도 들리지 않을 지경이었다. 둘은 순간적으로 술에서 깨어났다. 민수는 아까 그 남자가 서 있던 제과점 앞길과 검은 승용차가 사라져버린 한길을 바라본다. 끌려가는 사람의 얼굴이 어딘가 낯익다는 느낌도 있었다. 셔터가 내려진 제과점 앞으로 아무 일도 없었다는 듯 태연히 바람이 불었다. 바람에 날려 휴지 조각이 두둥실 떠다니고 누군가가 저만치서 구역질을 하고 있는 것이 보였다.

"……아는 사람이었니?"

창백해진 민수의 얼굴을 보며 지섭이 무겁게 물었다.

"그랬을지도 모르겠어요."

민수는 가로수에 한 팔을 기댔다.

"속이 좋지 않니?"

"지섭이 형, 만일 저 사람이 앞으로 무슨 일을 당한다면, 우리가 증인이 될 수 있을까요? 우리밖에는 아무도 본 사람이 없는데……."

민수는 술 때문에 흐릿해진 눈으로 그의 얼굴을 보지 못했다는 생각을 하며 말했다. 만일 저 사람이 찬식이었다면……. 알 수 없는 죽음은 너무나 많았다. 그러나 그 알 수 없었던 죽음만큼 이 시대를 명확히 말해주는 것은 없을 것이었다.

"언제나 이런 식이에요. 언제나 잠들려고 하는 나를 이런 식으로 깨워놓아요. 고맙게도, 우리가 어두운 죽음의 시대에 살고 있다는 걸 잊지 말라고…… 고맙게도. 그죠?"

민수는 먼 불빛들을 바라보며 말했다. 지섭은 민수가 바라보는 그 불빛들을 바라보다가 담배를 붙여 문다.

"가자."

지섭이 말했다.

민수가 눈물이 가득 고인 눈으로 지섭을 바라보았다.

"멀리 가자."

지섭의 말이 무엇을 의미하는지 몰라 민수는 잠시 망설였다.

"좋아요. 저런 승용차도, 이런 제과점도, 쓰레기 날리는 이런 밤도 없는 곳이라면 기꺼이 가죠."

민수는 자기 자신에게 비아냥거리며 대답했다. 그러나 지섭의 대답은 의외로 진지했다.

"광주에 가자……. 거기에 오래전부터 날 기다리고 있는 사람이 있어."

말을 마치면서 지섭은 히죽 웃었다. 웃는 지섭에게서 지독한 술 냄새가 풍겨왔다.

"오늘 밤차를 타고 가서 내일 새벽에 해 뜨는 광주에 도착하는 거야."

순간 민수는 지섭의 얼굴을 바라보았다.

'내일, 인경 언니와의 약속을 의식하고 있구나.'

민수는 기대어 서 있던 가로수에서 몸을 일으키며 고개를 떨구었다.

'난 그 약속의 방패일지도 몰라……. 그래, 그 약속의 방패막이일 뿐이라도 좋다.'

민수는 생각했다. 그러고는 터벅터벅 지섭을 따라간다.

묘지에 드리운 그림자가 점점 짧아져가면서 한낮의 열기가 콧속으로 끼쳐왔다. 가끔 건너편 숲 속에서 뻐꾸기가 울 뿐 주위는 아주 고요했다. 민수는 무덤들 사이에서 갸웃 고개를 내민 들국화를 몇 송이 뽑아다가 무덤들 앞에 놓았다.

지섭을 따라 이 묘지에 들어설 때부터 민수의 심장을 옥죄듯 다가오던 슬픔들이 침전되듯 찬찬히 가라앉는다. 민수는 묘지 앞에 놓은 꽃을 정성스레 매만진다. 그러고는 제가 꽃을 놓아둔 묘비를 가만히 쓸어본다. 이렇게 햇빛이 맑게 변하고 바람이 차가워지던 가을날이었다. 민수는 찬식의 자취방에서 동료들과 함께 광주에 대한 세미나를 준비하고 있었다. 모두들 벌게진 눈을 비비며 또박또박 노트에 유인물들의 내용을 정리하고 있었다. 그러나 가끔씩 노트를 접어버리고 펜까지도 놓아버리고 흐느끼는 소리가 들려왔다. 그럴 때면 슬그머니 자리에서 일어나 방을 나가던 동윤과 찬식의 얼굴이 떠오른다. 한참 후 다시 방으로 들어서는 그들의 눈자위가 벌겋던 것도.

─그때는 그랬어. 그 자식들이 무식하게 탱크를 몰고 학내로 진입해도 겁나지 않았지. 그래, 한 사람이라도 죽여봐라. 김주열이가 그랬듯, 우리를 죽여 바닷속에 던져봐라. 그러면 그 피가 도화선이 되어 우리 모두 불타오르리라…… . 그리고 5월이 되었지. 2천 명이 죽고 나니까, 더 이상 할 말이 없어지데…… . 알겠니? 우리는 2천 명을 파리보다 쉽게 죽인 살인자와 맞서는 거야.

호신의 말이 또박또박 떠오르기도 했었다.

호신 대신 세미나를 맡은 여자 선배는 금테 안경을 차갑게 빛내며 마구 소리를 질러댔다.

─그래, 겨우 이거야? 눈들이 벌게가지고 광주를 공부한 결과물이 겨우 이거야? 눈물 따위로 무얼 해낼 수 있다고 생각하니? 너희들은 울 줄은 알고 분노를 조직화할 줄은 모른다는 거니? 그들이 이런 알량한 눈물 따위나 찔찔 흘리면서 싸움터로 나갔다고 생각하니? 처음부터 다시 해!

발제물들을 집어 던지며 선배는 세미나를 시작하지도 않고 나가버렸다. 다시 돌아보기도 끔찍한 광주의 5월들을 도표로 그리고, 시민군과 계엄군의 대치 상황을 지도로 그리고, 나날의 일지들을 복원하면서 민수는 이를 갈았다. 선배가 요구하는 과

제들이 너무 벅차서, 싸워야 할 적의 기막힌 간교함과, 간교함으로 초래된 어리석음 때문에 피투성이로 칠해진 역사의 한 페이지에 대해 밤을 새우며 예비토론을 하던 그날들. 민수는 제가 쓸어보고 있던 묘비를 들여다본다.

1962년 5월 20일 생
1980년 5월 20일 사

신기했다. 생일날 죽다니. 민수는 이 묘지 속에 잠들어 있는 그가 자신과 같은 나이라는 것을 깨닫는다. 그때, 민수는 고3이었다. 며칠인지 정확히 기억나지는 않지만 몹시 더운 날이었다. 식구들과 함께 별장으로 갔다가 돌아오는 길에 민수는 어머니가 단골로 다니는 양장점에 들렀다. 맞추어두었던 원피스의 가봉을 하기 위해서였다. 얼기설기 재단된 옷을 입고 양장점 여주인이 시키는 대로 허수아비처럼 팔을 벌리고 서 있었을 때 민수는 처음 그 소식을 접했다.

―시민 여러분, 다음과 같은 유언비어에 현혹되지 마시기 바랍니다. 그리고 이런 유언비어를 퍼뜨리고 다니는 자가 있으면 즉시 관할 경찰서나 가까운 관공서에 신고해주시기 바랍니다.

· 경상도 군인들이 들어와서 전라도 사람들을 닥치는 대로 죽이고 있다.
· 학교에 가던 여학생이 계엄군에게 유방이 도려진 채 죽었다.

· 임신부의 배를 칼로 쑤셔 9개월 된 태아가 튀어나왔다.

그때 민수는 비명을 질렀다. 민수의 몸매에 맞추어 핀을 꽂던 시다 아이가 잘못 찌른 핀이 민수의 피부를 스쳤기 때문이었다. 시다 아이는 TV에서 흘러나오는 엄청난 소리에 덜덜 떨고 있었다. 아니, 떨고 있었던 것은 민수 자신이었다. 그것은, 아무도 가르쳐주지 않았지만 이것은 사실입니다, 라고 들려왔기 때문이었다. 차 안으로 돌아왔을 때 아버지는 라디오로 흘러나오는 그 뉴스를 묵묵히 듣고 있었다.

—여보, 어떻게 된 일이에요? 당신은 뭘 좀 아실 거 아니에요?

어머니가 떨리는 목소리로 물었다.

—자중하고 가만히 있어. 나도 잘 몰라⋯⋯. 확실한 건 그들이 빨갱이라는 것뿐이야.

—아빠, 빨갱이라도 꼭 저렇게 죽여야 하는 건가요.

—확실한 사실이 아니야. 그들이 유언비어를 퍼뜨리는 것뿐이야. 하지만 빨갱이라면 죽여야지.

그때 운전기사가 시동을 걸었고 민수는 눈을 감았다. 아버지가 어떤 형태로든 광주에 관련이 있다는 생각은 꿈에도 하지 못했었다. 아나운서의 말대로 다 사실이라고 믿고 싶지도 않았다. 그러나 그 아나운서가 전해준 그 무서운 유언비어에 몸을 떨면서 민수는 귀를 막았다. 그러나 얼마 못 가서 그녀는 곧 그 일을 잊었다. 아무도 더 그 일을 거론하지 않았으므로, 세상은 한바탕 붐을 일으켰던 잔인한 영화의 악몽을 떨쳐버리듯 고요해졌기 때문이다.

민수는 그 묘비를 떠나 다른 묘비를 향해 걸어간다.

1965년 5월 21일 생
1980년 5월 21일 사

우연치고는 너무도 이상했다.

─끝까지 싸운 것은 주로 하층계급들이었습니다. 구두닦이
들, 일용 노동자들, 그리고 노동자와 학생들 약간이 도청에 남
아 있었습니다. 상황이 어느 정도 악화되었을 때, 평소 광주에
서 책임 있는 인사라고 부르던 사람들, 그리고 고급 공무원들과
부자들은 이미 광주에 남아 있지 않았습니다.

눈빛을 날카롭게 빛내며 듣고 있던 선배 앞에서 발제를 하던
제 자신의 목소리가 들려온다.

─그들 중에는 고아도 많았다고 합니다. 그들은 항쟁 지도부
의 만류에도 끝까지 도청을 떠나지 않았습니다.

그랬다. 그들은 고아들이었다. 생일을 모르기 때문에 죽은 날
을 적어놓은 것이었다. 겨우, 열몇 살이었던 그들은 죽음으로써,
아직 생명으로 충만한 붉은 피를 뿌리며 군부독재의 날카로운
총칼과 싸우다 죽어감으로써 태어난 날을 얻은 것이었다. 죽음
으로써 삶을 얻은 것이었다. 민수는 그들의 묘비를 품에 안기라
도 하듯 쓸어본다. 자신들에게 고아라는 슬픈 이름과 배고픔과
절망을 준 세상을 구원하기 위해 그들은 단 하나밖에 없는 목

숨을 바친 것이었다. 진짜 예수가 어디 있는지 알아버렸다던 호신의 말을 민수는 그제야 이해한다.

지섭은 여전히 그 자리에서 움직이지 않고 있었다. 민수는 유령처럼 묘지 사이를 배회하다가 그의 옆자리에 와서 털썩 주저앉는다.

"형을 기다리고 있다는 사람이 이분이었나요?"

지섭이 아까부터 앉아 있는 묘지의 이름을 가리키며 민수가 물었다. 지섭은 대답이 없다. 자신이 그런 말을 했던가 잊어버렸는지도 모른다.

"아니야, 기다리고 있었던 것은 어쩌면 나였는지 몰라."

지섭이 처음으로 고개를 들며 말했다. 민수는 묘비를 바라본다. '하동 정씨 진규지묘'라는 글씨가 새겨져 있다.

"형이 광주에 오자고 했을 때도 설마 이곳에 아는 분이 있으리라고는 생각 못했어요."

"아까, 내가 네 가방 속에 맡겨놓은 옷 있지. 그 아이 아버지다."

지섭은 묘비 앞에 난 풀을 뜯어 입에 물고 잘근잘근 씹는다. 그러고는 담배를 하나 붙여 진규의 묘 위에 놓았다.

"그렇다면……."

"그 아이의 엄마는 광주에서 돌아온 뒤 미쳐버렸지……. 내 누나야."

민수는 가슴이 덜컥 내려앉았다. 일학년 봄날 시립병원에서 울고 있던 지섭의 모습이 조금씩 의미를 가지고 살아온다. 그가 왜 1981년 첫 시위를 포기했는지도.

뻐꾸기가 고요 속을 뚫고 울어댄다. 민수는 눈을 감는다. 밤 차를 타고 새벽 광주에 내렸을 때, 추파를 흔들던 광주의 역 앞 풍경이 떠오른다. 따뜻한 방이 있다고 손을 끄는 남자들, 김밥을 파는 아낙네들, 아무 일도 없었다는 듯, 출근길로 바쁘던 그 격전의 지하도. 광주는 모든 것을 잊고 있는 것 같았다. 그날 불타올랐던 방송국의 아나운서는 겁도 없이 '밝고 맑은 여러분의 광주 MBC'라는 멘트를 읽어대고, 이곳까지 걸어오는 동안 묘지 밖의 마을은 너무나 평화로웠다. 고추잠자리를 잡으러 아이들이 뛰어가고, 흑염소는 풀을 뜯다가 푸른 하늘을 바라보며 길게 울고 있었다. 이곳에 들어섰을 때 가슴을 확 틀어막으며 치솟던 눈물은 어쩌면 잊혀져가고 묻혀버린 진실들을 증언하고 있는 이 묘지의 초라함 때문이었는지도 모른다. 야당 당수가 목숨을 걸고 시작한 단식이 끝끝내 '현안'이라는 애매한 한자어 속에 묻혀버렸듯이, 국회에 나온 한 내무장관이 학내에 경찰을 상주시킨다는 것은 있을 수도 없는 일이라고 고개를 흔들어대 듯이, 호신이 그저 한 줌 재로 멀어져갔듯이, 진실은 영영 흙에 묻혀지고, 그 흙에서 자라난 풀들이 누렇게 바래가듯이 사라져가는 것인지도 몰랐다. 민수는 눈을 뜬다. 2천만 원을 받고 이장을 해버린 묘지의 검붉은 흙이 선명하게 시야를 가로막는다.

그렇다면 우리는 무엇인가. 한 줌의 진실들을 진실의 자리에 다시 되돌려놓기 위해 얼마나 더 길고 머나먼 싸움을 계속해야 하는 것일까. 어쩌면 이 주검들처럼, 그저 시립공동묘지의 한구석에서 팻말도 없이 이름도 없이 그저 바둥대다가 사라져가는 것은 아닐까.

"……나는 가끔 생각하곤 했어. 그를 죽음까지 몰고 간 진실은 도대체 어떤 것일까 하고."

지섭은 진규의 무덤 옆에서 다 타버린 담배를 새것으로 다시 붙여 놓아주며 말했다.

"형이 담배를 참 좋아했어. 술은 입에도 못 댔더랬는데……."

지섭이 쓰게 웃는다. 민수는 지섭이 새로 붙여놓은 담뱃불을 무심히 바라본다. 저런 것인지도 모른다. 한 생명이, 생명이 다할 때까지 외치다가 사그라들면 다음 생명이 불꽃을 이어받는 것. 진실은 어떤 진실이 아니라 그저 진실일 뿐인지도 모른다.

"진실을 위해서라면 결국 싸울 수밖에 없는 것, 바로 그게 진실이었을 거예요."

세상에 나 있는 갖가지 길을 거쳐 왔다 하더라도 결국은 그 길로 갈 수밖에 없었던 곳, 광주는 그들에게 무엇인가. 그리고 우리에게.

"그래요. 진실을 위해서라면 결국은 싸울 수밖에 없겠지요."

마른바람이 이는 묘지를 바라보며 민수가 중얼거리듯 다시 말한다.

벼랑 끝에서

조용히 하려고 했지만 문을 미는 소리가 강의실에 크게 울렸다. 민수는 강단에 서 있는 박 교수의 시선을 피하며 대형 강의실 뒤 구석에 자리를 잡았다. 박 교수는 민수가 앉는 것을 잠시 바라보다가 다시 강의를 계속했다.

"민수 술 먹었구나?"

역시 지각을 했는지 학생들과 떨어져 민수의 바로 앞에 혼자 앉은 복학생이 뒤를 돌아보고는 약간 놀라는 표정을 지으며 물었다. 민수는 그의 질문에 시인하는 듯 풀어진 웃음을 짓고 나서 습관처럼 책을 펴놓았다. 술집에서 다시 학교로 올라올 때까지만 해도 몰랐는데 자리에 앉고 보니 눈앞의 활자와 뒤범벅이 되어 빙글빙글 돌았다. 아니, 어지러운 것은 너무나 고요하고 진지한 이 강의실의 숨 막히는 분위기 때문인지도 모른다. 민수는 고개를 들어 교실을 바라본다. 계단식으로 생긴 이 대형 강의실에는 민수의 과 학생 120명이 가득 차 있다. 그들은 강단 앞쪽에 몰려 앉아 열심히 교수의 말을 경청하며 또 때때로 무언가를 받아 적었다. 박 교수의 학점이 인색하기로 유명하니 그럴 법도 했다.

전공필수인 이 과목의 학점을 받지 못해 졸업을 늦추어야 했던 선배들도 여럿 있었기에 학기 시작부터 이 과목 강의에는 보이지 않는 열기로 가득 차 있었다. 그러므로 이 과목에서 박 교수에게 실력을 인정받은 사람은 영문과 내에서 이야깃거리가 된다는 것이었다. 민수는 지난 학기 박 교수의 강의에서 A학점을 받았다. 120명 중에서 둘뿐인 학점이었다.

―야, 민수, 너 다시 봐야겠구나. 너희 과의 이 숨 막히는 공부벌레들 틈에서 A를 받다니.

―나비가 되려고 그래.

찬식과 주고받았던 농담이 떠오른다. 익살을 떨며 민수의 어깨를 툭 치고 하늘을 향해 입을 커다랗게 벌리고 찬식은 웃었었다. 민수는 박 교수의 강의를 한 귀로 흘려들으며 영어가 가득 찬 책을 바라다본다. 이제는 찬식을 만날 수 없겠지. 민수는 눈을 감는다. 어제 도서관 삼층에 매달려 있다가 끌려가던 그의 모습이 떠오른다. 밧줄을 끌어올리는 사복들에게 대롱대롱 끌려 올라가면서도 찬식은 계속 외치고 있었다.

"금융구조 해명하라!"

"미·일 군사 종속 반대한다!"

"민중 생존권 보장하라!"

삼층 가까이 끌려 올라갔을 무렵 찬식의 안경이 수직으로 떨어져 내렸다. 도서관 아래에서 동료들과 함께 서 있던 학생들의 입에서 짧은 비명이 터져 나왔다. 민수는 두 손으로 입을 가렸다. 순간 찬식이 거꾸로 떨어져 내리는 듯한 착각을 느꼈던 것이었다. 민수는 찬식의 안경이 도서관 저만치에서 산산이 조각나는 것을 보았다. 조각난 안경이라도 줍고 싶었지만 시위 대열은 먹이를 덮치듯 달려드는 사복들에게 밀려서 후퇴할 수밖에 없었다. 민수는 빗발치듯 터지기 시작하는 최루탄을 피해 달아나면서 자꾸 뒤를 돌아보았다. 달려가는 발밑으로 언뜻 유리 파편들이 보였다. 파편은 맑은 가을 하늘 아래서 눈물처럼 반짝이고 있었다. 민수는 대열과 함께 뛰었다. 유리 파편은 달려오는 사복들의 구둣발에 짓밟히며 뭉그러지고 있었다.

"……18세기 후반에 존슨이 다시금 대륙의 문학과 셰익스피어를 비교해서 영국 문학을 옹호하게 됩니다. 그 과정에서 그는 입법 비평의 오류를 맹렬히 공격하게 되는데, 이것은 다시 말하자면 입법 비평의 기초가 되는 합리주의의 전횡에 대한 경험론적 반발을 뜻하는 것이라 볼 수 있는 거지요."

강의를 듣던 학생들의 고개가 일시에 숙여졌다. 합리주의의 전횡에 대한 경험주의의 반발. 민수의 앞자리에 앉은 복학생의 고개도 숙여진다. 그는 아마 '사무엘 존슨'이라는 글씨 밑에 긴 줄을 치고 이렇게 적고 있을 것이었다. 민수는 무심히 책을 바라본다. 빽빽이 박힌 영어의 활자들이 냉정하게 줄을 지어 서 있다. 조금치의 오차도 없다. 이상했다. 오늘 민수에게는 모든 것이 너무도 낯설게만 다가왔다. 아까 강의실 앞에서 만난 후배 병찬이 술을 먹으러 가자고 했을 때, 아무 거부감 없이 그를 따라나섰던 것은 이 낯설게만 느껴지는 교정에서 탈출하고 싶은 욕구에서였을 것이었다.

—누나, 찬식이 형, 지금쯤 되게 얻어터지고 있겠지?

민수의 잔에 소주를 부으며 병찬이 물었다.

—그래…….

—안경이 없어서 고생할 텐데. 면회도 아직 안 될 거고. 부모 님께 연락이나 되었는지 몰라.

—글쎄.

—누나, 밧줄을 타는 것보다 더 좋은 방법이 없을까? 더 오래 더 분명하게 우리의 뜻을 전달할 수 있는 방법 말이야. 사실 밧 줄은, 그것이 주는 이점에 비해 너무 위험해. 어제도 찬식이 형 안경이 떨어져 내릴 때 얼마나 놀랐는지……. 누나, 학교 뒷산에 서부터 행글라이더를 타고 내려오는 건 어떨까?

병찬은 말을 해놓고 쿨쿨, 웃었다. 의미 없는 말들을 나누기 도 하다가, 가끔씩 서로 고개를 돌려 사람들이 오가는 거리를 바라보면서 그들은 떠나간 찬식과, 또 떠나갈 서로를 생각하고 있는 것이었다. 아직 최루탄 냄새가 배어 있어서 술국을 나르면 서 아주머니는 꽤 여러 번 재채기를 해댔다.

—모레쯤이면 최루탄 냄새가 좀 가실까?

문득 민수가 물었다. 의미 없이 술국을 이리저리 젓고 있던 병찬이 무슨 뚱딴지같은 말이냐는 듯 민수를 빤히 바라본다. 민수는 병찬의 대답을 기다리지 않았던 것처럼 작은 소주잔을 그러쥐고 고개를 숙였다. 사라질지도 몰랐다. 이 최루탄 냄새처럼, 우리들 싸움의, 우리들 젊은 날의 갈피갈피마다 묻은 피 고인 자국도, 그저 무심한 일상에 가리워지고 묻혀지면서, 한 사람이 끌려간 교실에서 학우들은 남아 새로운 영어 단어를 외우고, 깨어진 유리창은 새것으로 바뀌어 차가운 빛을 내뿜고, 교수들은 제적된 학우들의 이름 위에 무심히 붉은 줄을 그을 것이었다. 그리고 가을이 가겠지. 술집 밖에서 점퍼 차림의 사내가 주위를 두리번거리며 지나간다. 그의 바지 뒷주머니에서 긴 무전기의 안테나가 촉각을 세우고 있는 것이 보였다.

—아마 지금 인수봉에 오르라면 내가 제일 먼저 올라갈걸.

사흘 전쯤 민수의 방에서 마지막 회합을 가졌을 때, 찬식은 익살을 떨며 그렇게 말했다. 찬식의 얼굴이 너무나 담담했기 때문일까, 또 한 사람의 동료가 맨몸뚱이 하나로 이 시대의 가장 고통스러운 현장으로 떠날 것이라는 비애 대신 민수는 그때, 막연하게나마 가슴 깊은 곳으로부터 솟구치는 떨림을 느꼈다. 그것은 마치 초등학교 시절, 느닷없이 들어서는 양호 선생님 앞으로 길게 늘어선 줄이 하나씩 하나씩 줄어들 때마다 새로이 자신의 팔에 따끔한 주삿바늘이 꽂힐 거라는 상상을 하고, 생각보다 먼저 팔뚝에 오소소 돋아나던 소름을 보는 것 같은 기분이었다.

—민수야, 네가 제일 걱정이었어.

토론이 끝나고 말없이 소주잔을 돌릴 때 찬식이 민수를 향해 말했다. 찬식을 위해 돈을 거둬 돼지고기를 구웠지만 아무도 입에 대지 않았다. 지글거리는 돼지고기 철판을 바라보며 모두 기갈이 든 듯 소주만 마셔댔다. 시간이 지난 후, 종잇장처럼 기름기가 빠진 돼지고기를 씹던 기억이 취기와 함께 목구멍으로 기어오른다.

"포프의 에세이 온 크리티시즘은 신고전주의의 이념을 기지와 해학이 가득 찬 세련된 운문으로 표현했다는 점이 두드러집니다……."

기지와 해학이 가득 찬 세련된 운문. 길게 줄을 긋고 또박거리며 받아 적는 학생들의 펜 소리가 사각이며 달려든다.

민수는 박 교수가 서 있는 칠판 너머 작은 창틀 사이로 보이는 하늘을 바라본다. 마른바람이 부는지 가끔 창이 몸서리치듯 작게 덜컹였다.

"네."

교수가 무슨 질문을 했는지 학생들의 낮은 대답 소리가 이 떨리는 소리를 덮어버린다. 덮어버릴 것이다. 시신이 떠난 망월동의 그 무덤들, 벌써 마른 풀이 듬성듬성 솟아나 있던 빈자리. 그러고 보니 그날 자신의 가방에 임시로 넣어두었던 아기 옷을 지섭에게 돌려주지 못하고 헤어진 것이 문득 떠올랐다. 지섭이 소주를 따르던 종이컵의 미끈한 감촉, 미친 듯이 이글거리던 태양, 먼지가 일던 망월동 앞길까지 생생히 떠오른다. 민수는 그러모은 두 팔 사이로 얼굴을 묻었다. 손으로 가린 작은 어둠 속에서 세상이 빙글빙글 돌아간다.

"……영미 비평의 수준은 세계 어느 나라와 비교해도 결코 떨어지지 않는 가히 최고의 비평이라고 할 수 있지요……."

토하고 싶었다. 아까부터 목구멍으로 손을 쑥 들이밀듯 쓰디쓴 물이 넘어왔다가 민수의 완강한 혀의 힘에 밀려 내려가곤 했다. 나는 왜 수업에 들어왔을까. 세계 최고라는 영미의 문학은 나와 무슨 관계가 있는가. 학점? 졸업? 그것은 또 무슨 의미인가. 아버지의 도움을 거절하고 집을 나와서 또 등록을 하고……. 취기는 순식간에 민수를 덮어버렸다. 얼핏 잠이 든 것 같았다. 누가 와서 민수의 어깨를 가만히 건드렸다.

"왜 그러고 있어? 어디 아프니?"

아까 앞자리에 앉았던 복학생이었다. 민수는 고개를 들었다. 벌써 강의가 끝난 모양인지 학생들이 교실을 빠져나가고 있었다. 복학생은 부스스한 민수의 얼굴을 안쓰러운 눈길로 바라본다.

"왜 그런 눈으로 날 바라보는 거죠?"

생각보다 말이 먼저 날카롭게 튀어나왔다. 신경질적인 민수의 반응에 복학생이 무안한 표정을 지으며 어깨를 크게 들썩해 보인다.

"내가 뭐 잘못을 했던가?"

"아니요."

민수는 당황하는 그의 시선을 피한다. 하지만, 겸연쩍을 때 어깨를 과장되게 들썩이지는 말아요. 그건 미국 사람들이나 하는 짓이니까. 하고 싶은 말이 목구멍을 간질였다. 민수는 책을 대강 챙겼다.

"뭐, 안 좋은 일 있나 보구나……. 박 교수님이 너 연구실로 좀 오라는데."

복학생은 정말 잘못을 저지른 사람처럼 우물우물 말을 했다. 민수는 그와 함께 강의실을 나왔다. 미안해요. 그에게 말하고 싶었지만 민수는 입을 떼지 않았다. 가슴속에서 커다란 불덩이가 이글거리는 것 같다. 토해버리고 싶었다. 이 이글거리는 불덩이를 토해버리고 맑은 공기를 폐 가득 호흡하고 싶었다. 민수는 복학생의 사람 좋은 얼굴을 바라보다가 도망치듯 삼층으로 올라갔다. 박 교수는 책상의자에 비스듬히 걸터앉아 담배를 피우고 있었다. 벌써 남향 창을 기웃거리기 시작한 햇빛이 그의 금테 안경 위에서 번쩍 빛났다.

"좀 앉지."

박 교수는 피우던 담배를 천천히 다 태우고 나서 민수의 앞에 마주 앉았다.

"……부친께서 전화를 하셨더군. 자네 집을 나왔나?"

"네."

박 교수는 민수의 붉은 얼굴을 바라보다가 다시 담배를 물었다. 민수의 입에서 독한 술 냄새가 풍겨왔다. 민수는 오래 입어서 색이 빠지기 시작하는 검은 티셔츠의 끝자락을 만지작거렸다. 박 교수가 길게 담배 연기를 내뿜는다. 대낮부터 술을 먹고 자신의 강의에 들어온 이 여학생에게 그는 말할 수 없이 강한 불쾌함을 느끼는 모양이다. 안경 너머 양미간에 접힌 주름을 펴지 않으며 그는 말을 이어나갔다.

"도대체가⋯⋯."

그는 고개를 숙인 민수의 얼굴을 다시 한 번 바라본다. 예전엔 꽤 똑똑하고 야무진 학생이라 생각했었다. 커다란 기대는 아니지만, 믿었던 학생에 대한 배신감까지 몰려와 박 교수는 잠시 말을 멈춘다.

"아무리 노력을 해봐도 이해가 안 돼. 자네들이 원하는 바는 알지만, 아닌 것 같아. 하는 짓들을 보면."

민수는 고개를 들지 않는다. 자주색 소파의 한 귀퉁이가 조금 찢어져 있고 거기서 미어져 나온 노란 스펀지를 바라보며 민수는 티셔츠 자락을 만지작거린다. 아까 술집을 나왔을 때 거리에서 한 아이가 울고 있었다. 몇 알 남지 않은 과자 봉지를 들고 아이는 골목 어귀 귀퉁이에 등을 기대고 앉아 큰 소리로 울고 있었다.

―꼬마야, 왜 울어? 집 잃어버렸니?

병찬이가 다가가 아이의 손을 잡으며 물었다. 집을 잃어버린 것 같지는 않았다. 아이는 땟국이 흐르는 얼굴을 과자 부스러기가 묻은 손으로 비비며 민수와 병찬을 빤히 바라보고 있었다.

―이놈의 기집애, 얼른 들어오지 못해?

허름한 술집에서 젊은 아낙이 고개를 내밀고 아이를 향해 소리를 질렀다. 아이는 다시 울음을 터뜨렸다.

―아이구, 이 웬수야.

아낙은 그 아이의 옷자락을 끌고 안으로 들어갔다.

끌려가던 그 아이의 울음소리가, 끌려가면서 부스럭거리는 과자 봉지를 놓지 않던 그 꾀죄죄한 아이의 울음소리가 지금 민수의 귀에 생생하게 되살아난다. 박 교수 앞에서 민수는 초라하게 울고 있는 아이가 된 듯한 착각을 느낀다. 박 교수의 당당하고 모멸찬 시선 앞에 벌레처럼 꿈틀거리며 아니라고 외치는 자신의 모습이 보였다. 민수는 고개를 흔들었다.

"자네 술 먹었는가?"

참았던 말을 뱉듯 박 교수가 물었다.

"……네."

박 교수의 입술 끝이 모욕감으로 뒤틀린다.

"내가 알던 자네는 이런 사람이 아니었는데……. 아버님 얼굴을 봐서라도 자네가 어떻게 이럴 수가 있나?"

박 교수는 혀를 차듯 말했다. 민수는 불량 학생처럼 고개를 숙이고 머리를 귀 뒤로 넘겼다. 길게 종이 울렸다. 복도를 뛰어가는 발걸음 소리들이 들려오고 잠시 후 멎었다. 나는 이런 사람이 아니었다. 이렇게 물 빠진 티셔츠쯤은 벌써 쓰레기통에 처박던 아버지의 어여쁜 딸이었다. 누가 나를 이렇게 만들었을까. 누가 찬식에게 목숨을 걸고 밧줄을 타라고 했을까. 누가 동윤이를 끌어내어 어두운 철창 속에 가두었을까. 누가, 누가, 호신이 형을 좁은 골방에 가두고 연탄가스를 마신 채 길게 길게 토악질하며 죽어가게 했을까.

박 교수의 손끝에서 담배 연기가 포포 피어오른다. 민수는 다시금 목구멍을 타고 오르는 쓰디쓴 물을 와락 넘긴다. 급하게 입을 틀어막았지만 벌써 시큼한 물이 손바닥을 타고 깨끗한 교수실 바닥으로 흘러내리고 있었다. 민수는 급히 손수건을 찾았다. 아침에 챙겨 넣은 것 같았는데 손수건은 보이지 않았다. 박 교수가 기가 막힌다는 얼굴로 일어서서 자신의 책상 위에 놓인 두루마리 휴지를 던지듯 건네주고 민수를 외면했다. 민수는 토악질 끝에 솟구쳐 오르는 수치심 때문에 이를 앙다물고 잠자코 손을 닦았다.

"가봐."

박 교수는 민수에게서 등을 돌려 창밖을 내다보며 냉랭하게 말했다.

민수는 그런 그의 뒷모습을 멍하니 바라본다. 멀리 보이는 숲 위로 까치 한 마리가 위태위태 착륙을 시도하고 있는 것이 보였다.

"그리고…… 술 먹으려거든 내 수업에는 들어오지 말아."

민수는 등을 보인 채 앉아 있는 박 교수의 뒷모습에 꾸벅 절을 하고는 그의 방을 나왔다. 아까 미처 다 닦지 못한 손바닥이 끈적끈적 들러붙는다. 민수는 강의가 시작되어 고요해진 복도를 터덜거리며 걸어 화장실로 들어갔다. 거울 앞에서 화장을 고치고 있던 여학생 하나가 민수가 들어서는 것을 힐끗 보고는 손을 재빨리 놀려 루즈를 바른다. 민수는 그녀의 옆 세면대에서 물을 틀고 손을 씻었다.

"정희야. 아직 멀었어?"

악취를 풍기는 민수를 힐끗거리며 여학생이 물었다.

"다 됐어."

화장실 안에서 다른 여학생의 목소리가 들려온다. 이윽고 물 내려가는 소리가 나고 긴 파마머리를 늘어뜨린 여학생이 웃옷을 내리며 걸어 나왔다.

"너 어제 그 얘기 들었어?"

"예지당 말이야?"

"그래, 굉장했나 봐. 남자는 못 들어가는 곳이니 오죽했겠니? 짭새들이 들어가서 말이야……."

두 여학생은 또 손을 씻는 민수를 바라본다.

"아유 무서워. 이제 데모하는 날은 어디 예지당에 가겠니?"

두 여학생은 또 무슨 말을 나누다가 깔깔거리며 웃는다. 그들이 나간 후 민수는 물 묻은 손을 바닥에 털듯 흔들었다. 아까 여학생들에게서 풍기던 향수 냄새 때문에 또다시 위장이 뒤틀리는 기분이었다. 민수는 입을 가시고 나서 고개를 들었다. 거울 속에서 여자는 슬픈 눈으로 민수를 바라보고 있다.

'아버지가 전화를 하셨대.'

거울 속의 여자가 중얼거리듯 말했다.

'네가 아무리 거부하려고 발버둥 쳐도 혈연의 끈은 남는다.'

여자가 퀭한 눈으로 말했다.

'이제 곧 추석이잖아.'

'찬식이는 끌려갔어. 어제 여학생들은 예지당에서 짭새들에게 입에 담을 수 없는 봉변을 당했고. 너는 무얼 하고 있는 거니?'

민수는 고개를 돌렸다.

'낮술을 먹고 얼굴이 벌건 채로…… 부끄럽지도 않아?'

목소리는 머리채를 휘어잡듯 달려들었다. 민수는 입을 틀어
막고 화장실로 달려가 다시 토하기 시작했다.

늪을 향하여

문이 열리고 또 닫혔다. 낯선 얼굴이다. 낯선 얼굴은 잠시 카페 안을 둘러보더니 창가에 가서 앉는다. 꽤 늦은 시간인데 저 사람은 왜 여기에 들어왔을까. 낯선 얼굴은 자신을 쫓고 있는 인경의 눈길을 의식한 듯 이쪽을 바라본다. 인경의 고개가 푹 스러진다. 아까부터 이쪽을 바라보고 있던 카페의 여주인이 인경의 앞으로 다가와서 꽁초가 수북이 쌓인 재떨이를 치우고 새 것을 가져다 놓는다. 인경은 맥주를 한 병 더 청하고 나서 펼쳐 놓았던 시집을 들여다본다. 벌써 세 시간이 지났다. 인경은 벌을 서는 것처럼 그 시간들을 참고 받아들이기로 한다. 어차피 이대로 이 카페를 나선다 해도 고통은 오래 사귄 친구처럼 그녀를 따라올 것이었다. 인경은 아까 이리로 오면서 새로 산 시집을 의미 없이 뒤적인다.

"……누구를 기다리나 보죠?"

인경이 새로 시킨 맥주를 가져와 마개를 따면서 카페 주인이 조심스레 물었다.

"네, 그저……."

인경은 고개를 들지 않은 채 대답했다.

카페의 여주인은 알 듯 모를 듯 미소를 지으며 인경을 훑어본다. 인경은 고개를 숙인 채 그녀의 시선을 피했다. 카페의 여주인은 인경의 숙인 고개에 잠시 연민의 눈길을 보내더니 뒤돌아서서 카운터로 걸어간다.

갑자기 모욕감이 밀려온다. 인경은 굳어오는 것 같은 손을 들어 빈 잔에 맥주를 따른다. 그러고는 한약을 먹듯 그것을 삼킨다. 마시면서 그녀는 또다시 카페 여주인의 시선을 느낀다. 인경은 이번에는 그녀의 시선을 정면으로 받았다. 검은 매니큐어를 칠한 손으로 담배를 피우고 있던 여주인이 인경의 강한 시선을 느끼고는 얼결에 애매하게 웃는다. 인경은 그녀를 향해 입술을 쭉 찢듯이 웃었다. 여주인이 먼저 시선을 비끼며 갑자기 생각이라도 났다는 듯이 레코드를 뒤적인다.

인경은 그녀에게서 시선을 떼고 담배를 물었다. 아까부터 마신 술과 담배가 핏줄 속으로 엉겨들듯 흘러가고 있다. 엉겨 붙는 어떤 영상을 떼듯 인경은 고개를 흔들어본다. 한번 맺은 것을 푸는 데 얼마만한 시간이 흘러가야 하는가. 인경은 손에서 타들어가는 담배를 무심히 바라본다. 카페 여주인이 걸어놓은 판이 시작된다. 인경은 빈 잔에 다시 맥주를 따라 마시고 나서 아까부터 건성으로 넘기던 시집을 들여다보았다.

그해 가을 젓가락만큼 자란 들국화는 내 코를 끌어당겨 죽음
의 냄새를 뿜어댔지만 나는 그리 취하지도 않았다. 지금 이게 삶
이 아니므로 사랑의 기로에 서서 아픔을 갖지 말아요. 뒤돌아
아쉬움을 남기면. 그해 가을이 남겨놓은 우리는 서로 쳐다봤지
만 간단한 물건이었을 뿐이었고 같은 하늘을 바라보아도 다른
하늘이 덮치고 겹쳤다. 아무리 아름답던 추억도 사랑의 이야기
도 사랑의 상처를 남기네. 지금은 헤어졌는데…….

스피커를 적시듯 흐느적거리는 여가수의 목소리가 인경에게
시집을 전해주던 황경식의 목소리와 얽혀든다. 어떤 것도 떼어
놓을 수 없다. 무엇이 시고 무엇이 유행가인지, 무엇이 삶이고
무엇이 죽음인지, 무엇이 진실이고 무엇이 가면인지, 무엇이 행
복이고 무엇이 불행인지.

―언젠가 내게 그런 말 한 것 기억나? 행복이란 것 진실이란
것 우리가 그것을 느낄 때에 이미 그것은 박제되어 있다는 것.

며칠 전 학교 앞에서 만났던 민수의 목소리가 떠오른다. 민수
는 저녁 바람이 찬 길거리에서 낡은 반팔 검정 티셔츠 차림으
로 버스를 기다리고 있었다. 바람이 불 때마다 힘없이 풀풀 날
리던 민수의 단발을 보면서 인경은 민수가 흔들리고 있다는 것
을 직감적으로 느꼈다.

―찬식이 때문에 너…… 충격이 컸구나.

민수는 대답 없이 먼 하늘을 바라보다가 중얼거리듯 말했었다.

—세상이 미쳐가는 것 같아. 미친 세상이 날 자꾸 흔들어대.

—차 한잔 마실까?

—아니, 가야 해.

민수는 시계를 들여다보며 달려오는 버스를 향해 달음질치다가 우뚝 멈추어 섰다. 그러고는 인경을 향해 다시 말했다.

—아니야. 흔들리고 있는 건 나야. 적어도 세상은 언제나 이런 식이었으니까. 난 내 발목을 잡아당기는 이 진득한 것들을 뿌리치고 싶어.

그리고 돌아서서 민수는 막 출발하려는 버스에 아슬아슬 올라탔다.

인경은 민수가 탄 버스를 따라 달릴 것처럼 몇 걸음 급하게 걷다가 그 자리에 섰다. 그리고 이제는 어쩜 민수와 다시는 만나지 못할 것 같다는 예감을 가졌던 것이다.

갑자기 주위가 떠들썩해진다. 젊지도 않고 늙지도 않은 남자들 한 무리가 얼굴이 벌건 채로 카페로 들어선다. 인경은 손끝에서 저 혼자 타들어가는 담배를 비벼 끄고 다시 새 것을 붙여 물었다. 다시 시작해보고 싶었다. 비벼 끄고 새것을 무는 이 담배처럼 쉽게 새로 시작해보고 싶었다. 기다리고 있던 인경에게 다가와 가볍게 머리를 쥐어박으며 함빡 웃던 지섭의 얼굴이 떠오른다. 그 시절의 자신으로 돌아가고 싶다. 한번 가버린 시절을 주워 담을 수만 있다면, 되돌릴 수만 있다면, 다시 태어날 수만 있다면.

―그래도 우린 행복한 거야. 이루어야 할 것이 많은 나라에 태어난 것, 우리 아직 젊잖아.

누군가의 목소리가 떠오른다. 호신이었던 것도 같고 지섭이었던 것도 같고, 아니면 또 다른 누군가였던 것 같기도 하다.

―아니야. 난 싫어. 하느님이 아직 육신을 가지지 않은 내게 어느 나라에 가겠느냐고 물으면 정말 이 나라를 택할 것 같아? 행복한 젊은이가 되겠노라 뿌듯해하면서?

자신이 반문했던 것이 떠오른다.

―그래⋯⋯. 하지만, 이 땅은 우리의 운명이야.

그래, 그것은 지섭이었다. 늘 그를 만나던 찻집에서 무겁게 말하던 그의 얼굴이 똑똑히 떠오른다. 생각해보면 짧은 사랑이었다. 짧은 사랑이 이토록 집요하게 자신을 파고드는 이유는 무엇인가. 밤거리를 걸을 때, 술을 마실 때, 법학관 앞을 지나쳐갈 때마다 머리채를 휘어잡듯 자신을 끌어당기는 것은 무엇 때문인가. 그것은 단순하게 한 여자가 한 남자에게서 떠났다는 문제가 아니었을 거라는 것을 인경은 안다. 그것은 그녀의 젊음에 대한 배반이었고 이 시대에 대한 배반이었고 어쩌면 지섭의 말대로 운명에 대한 배반이었을지도 모른다. 인경은 맥주병에 남은 술을 마저 다 마셨다. 시간은 벌써 열한 시를 넘어서고 있었다. 인경은 새삼스레 제 팔목을 죄고 있는 호사스러운 시계를 들여다본다. 시간은 냉정하게, 수천 년 동안 그러했듯 흘러가고 있다. 아까 우르르 들어선 남자들이 인경 쪽을 힐끗거리며 술을 마시고 있다. 인경은 자리에서 일어섰다.

―빠져나올 수 없으면 깊숙이 빠져버려.

자신을 향해 이글이글 눈을 빛내며 내뱉던 민수의 말이 떠오른다.

―왜 언니가 움직인다는 생각은 하지 않는 거지?

민수의 말은 옳았다. 그녀는 싱싱하게 변하고 있었다. 인경은 그런 그녀에게 막연한 질투를 느꼈던 것을 스스로 시인하지 않았었다. 지섭과 함께 학교 길을 내려갈 때, 그 뒷모습들이 왜 그렇게 미웠는지도 알 수 없다. 행복해야 할 자신이 왜 불행한 여인처럼 느껴지는지. 그녀는 자리에서 일어서면서 휘청거린다. 그러나 정신은 깊은 우물 속같이 맑아온다. 그녀는 카운터로 걸어가 돈을 치렀다.

"어떻게 해요. 기다리는 분이 안 오시나 보죠?"

잔돈을 거슬러 주면서 카페 주인이 말했다. 그녀의 얼굴에는 그때가 좋은 때다 하는, 산전수전 다 겪은 여자의 심드렁함이 어려 있다.

인경은 그녀처럼 심드렁하게 웃어주고 돌아섰다. 카페의 문을 밀자 찬바람이 와락 달려들었다. 달아오른 뺨에 바람은 기분 좋은 서늘함을 전해준다. 인경은 카페 입구에 잠시 서서 사람들이 오는 것을 우두커니 바라본다. 더 이상 슬픈 생각은 들지 않았다. 지섭이 꼭 나타나리라고 기대한 것도 아니었다. 그러나 인경은 오가는 사람들 속에서 지섭의 모습을 찾는 자신을 느끼고 다시 한 번 몸을 떨었다. 오지 않을 것이었다. 그녀는 고개를 떨구었다.

이제 더는 괴로워하지 않아도 된다. 민수의 말대로 깊숙이 빠져버리는 일만 남았을 뿐.

—내 발목을 잡아당기는 이 진득한 것들을 뿌리치고 싶어.

문득 민수의 뒷모습이 떠올랐다. 그렇다면 나는 내 발목을 잡아당기는 진득한 것들을 향하여 가고 있는 것인가. 그것들과 엉겨 더 진득한 것들이 되기 위하여. 갑자기 웃음이 터져 나왔다. 웃음은 신음처럼 그녀의 입가에서 번졌다. 미쳐버렸다는 지섭의 누나가 떠오른다. 그것은 결코 어려운 일은 아니지. 인경은 정말 미쳐버린 여자처럼 웃었다.

그때 맞은편 담에서 누군가 쭈그리고 앉아 있는 것이 보였다. 일그러진 인경의 입술이 그대로 멎는다. 온몸의 피가 멈추었다가 다시금 맹렬한 속도로 움직이기 시작한다. 인경은 유령처럼 앉아 있는 그 남자에게 다가가 나지막이 외쳤다.

"지섭이 형!"

살아남은 자의 슬픔

다리를 건널 때 하늘이 보였다. 해가 지고 있는 하늘이었다. 날이 흐리려는지 검은 구름들이 흩어져 노을을 휘감고 있다.

— 이 다리 참 아름답지 않니? 생긴 것도 특이하고 말이야.

언젠가 학교 앞에서 버스를 타고 이 다리를 지나쳐갈 때 친구들과 주고받은 말이 떠오른다.

— 마지막 다리니까 더 아름답게 보이는 것이 아닐까. 이 다리를 지나면 강물은 드디어 바다가 되잖아.

검은 구름은 점점 더 낮게 깔렸다. 노을은 구름에게 몸을 휘감기며 검은 구름의 손아귀를 벗어나려 몸부림치고 있는 것 같다. 몸부림을 칠 때마다 붉은 피가 뚝뚝 강물로 흘러내리고 있고, 강물은 그 피를 받아들여 붉게 물들어간다. 핏빛이다. 민수는 급히 우회전하는 버스의 손잡이를 움켜쥐면서 울컥 구토를 느낀다.

—민수야, 놀라지 말고 들어······. 형근이가 죽었다.

아까 연구실로 덕현을 찾아갔을 때 민수의 두 어깨를 부서뜨릴 듯 움켜잡으며 덕현이 말했다. 덕현의 얼굴은 일그러져 있어서 민수야, 나는 지금 죽어가고 있다, 라고 말하는 것처럼 들렸다.

—우선 좀 앉아라.

민수는 덕현이 가리키는 의자에 앉았다.

—이 가을은 너무 잔인하구나······.

민수와 맞은편에 털썩 주저앉으면서 덕현은 말했다.

—형, 지금 뭐라고 말했어요?

내용을 모르고 듣는다면 너무나 천진스러울 목소리로 민수가 물었다. 덕현의 어깨가 잠시 움찔한다. 그는 민수의 까만 눈동자를 마주하지 못하고 민수의 등 뒤로 보이는 문을 집요하게 응시하다가 다시 고개를 떨구었다. 그는 의자에 등을 기댄 채 길게 한숨을 쉬었다.

—형근이가 뭐 어떻게 됐다고요?

민수는 희미하게 웃으며 물었다. 장난이겠지요, 하는 얼굴이었다. 덕현은 대답 대신 와이셔츠 호주머니에서 담배를 꺼내 물었다.

연락이 온 것은 그제였다. 덕현이 이야기를 선뜻 민수에게 전하지 못했던 것은 그 자신조차 민수처럼 아무것도 실감할 수 없었기 때문이었다. 어제 법학과의 동기들이 형근의 어머니를 모시고 형근이 근무했던 부대로 떠났으니 오늘 저녁쯤 연락이 올 것이었다. 어머니에게 전달되어온 사인은 사고였다. 그러나 그 단어는 얼마나 많은 가능한 것을 내포하고 있는 것일까. 그리고 오늘 낮에는 떠난 후배 중의 하나가 급한 목소리로 전화를 걸어왔다.

─형, 무언가 심상치가 않아. 말이 자꾸 바뀌고 있어. 자살이라고 했다가 사고라고 했다가⋯⋯.

후배는 전화를 급히 끊어버렸다. 짐작은 하고 있었지만 충격은 크고 강하게 덕현의 심장을 내리쳤다. 호신이 죽었을 때와는 또 다른 것이었다. 덕현은 민수에게 될 수 있으면 충격을 줄일 수 있도록 이 사실을 알리고 싶었다. 어차피 곧 입에서 입으로 소식은 전해질 것이었다. 오늘 법학과 전공필수 과목 수업이 시작될 때, 과 대표가 이미 그 사실을 알린 모양이었다. 덕현은 자신이 직접 민수에게 그 사실을 전하고 싶지는 않았지만, 민수의 선배로서 할 수 있는 최소한의 책임감에서 민수를 부른 것이었다. 그는 담배를 한 모금 빨고는 민수를 바라본다. 민수는 정말 아무런 이야기도 듣지 못한 것처럼 덕현을 빤히 바라보고 있다. 그러나 그녀의 눈동자는 이미 어떤 불행을 감지한 듯 크게 떠졌다가 이내 작게 모아졌다. 덕현은 아직 많이 타지도 않은 담배를 재떨이에 톡톡 턴다. 독배를 앞에 둔 사람처럼 덕현의 얼굴은 무겁게 가라앉아 있었다. 그는 잔을 드는 심정으로 조금 입술을 움직였다. 그래, 이것은 현실이다. 마음속에서 누군가가 비명처럼 외치고 있다.

─⋯⋯죽었어.

민수의 표정은 변하지 않았다. 다만 무섭도록 빠르게 굳어갔다. 가끔 경련이 일듯 입술이 떨려서 민수가 희미하게 웃고 있는 것 같이도 보였다.

—민수야, 침착해야 한다.

덕현은 딱히 민수에게가 아니라 자신에게 다짐하듯 말했다. 민수는 여전히 움직이지 않았다. 그녀의 눈동자는 집요하게 연구실의 바닥을 응시하고 있다. 아니, 응시하고 있는 것이 아니라 민수는 석고처럼 하얗게 굳어 있었다. 마치 천 년의 세월 동안 그런 자세로 앉아 있었던 사람처럼 민수는 움직이지 않았다.

—오늘 저녁이면 자세한 소식을 알 수 있을 거야.

전화벨이 울렸다. 덕현은 용수철처럼 튀어 올라 교수의 책상 위에 놓인 전화를 받는다. 기다리던 전화는 아니었다. 교수를 찾는 목소리가 들렸다.

—교수님 오늘 오후에 법대 동창회에 가셨는데요. 예, 저 K호텔······.

그는 조용히 전화를 끊었다. 형근이가 죽었다는 사실보다 그 사실을 민수에게 알리는 일은 생각보다 몇 배나 고통스러운 것이라는 걸 그는 문득 깨닫는다. 그는 잔뜩 울상을 지으며 민수를 바라보았다. 민수가 펄쩍 뛰어오른다면, 울부짖기라도 한다면 오히려 마음이 편해질 것 같았다. 그러나 민수는 여전히 그대로 그 자세를 고수하고 있다. 가서 손을 대면 그대로 엎어져 와르르 부서져버릴 것 같다.

—만에 하나라도 네 탓이라고 생각해서는 안 된다.

더듬거리듯 조심스러운 말투로 덕현이 다시 말했다.

― 부대에 갔던 아이들하고 이따 아홉 시에 학교 앞 다방에서 만나기로 했어. 그러면 좀 더 자세한 것을 알 수 있겠지…….
모르겠다. 내가 왜 이런 이야기를 늘 너희들에게 전달해야 하는지.

민수의 고개가 천천히 움직였다. 마치 태초에 신이 진흙으로 인간을 빚고 거기에 숨결을 불어넣었을 때처럼 민수는 천천히 고개를 들고 꽉 잠긴 목소리로 물었다.

― 형, 나 담배 한 대 피워도 돼요?

민수의 목소리는 담담했고 억양이 없었다. 너무 건조해서 나뭇잎이 바스락거리는 것 같았다. 덕현은 그런 민수의 모습에 오히려 당혹감을 느끼며 허둥지둥 담배를 민수에게 건넸다. 왜냐고 민수는 묻지 않는다. 그도 왜냐고 묻지 않았었다. 그러나 덕현은 왜냐고 민수가 물어주었으면 한다. 민수는 애초부터 그러기로 했던 것처럼 담배를 물고 그것을 빨아대었다. 마치 숨을 쉬고 있다는 사실을 확인하는 것처럼 담배를 빨아들이고 또 뱉고 또 빨아들이고 뱉었다. 민수의 앞에 놓인 작은 재떨이에 꽁초는 쌓이고 방 안은 너구리굴처럼 흰 연기로 가득 찬다. 덕현은 창문을 열었다. 서늘해진 바람이 몰아쳐 들어왔다.

― 형, 나 조금만 더 앉아 있다 갈게요……. 다리에 힘이 없어서…….

얼추 한 갑 가득 차 있던 담배를 다 피우고 나서 민수가 말했다. 덕현은 바보처럼 커다랗게 고개를 끄덕였다. 한참 시간이 지난 후 민수는 자리에서 일어섰다. 그녀의 얼굴은 풍선처럼 부풀어 붉게 상기되어 있었다. 민수도 덕현도 모두 말이 없었다.

버스는 급하게 달려갔다. 민수는 다리를 건너 세 번째 정류장에서 내렸다. 약속 시간은 이미 많이 지나 있었다. 민수는 끌듯이 터덜거리는 발걸음으로 걷는다. 어느 집에선가 비린 생선을 굽는 냄새가 골목을 가득 채우고 있다. 그것은 삶의 냄새였다. 그러나 그 일상의 냄새가 지금 민수에게는 낯설다. 민수는 과일 가게 앞을 지나 모퉁이를 돌았다. 형근이는 죽었다. 나는 찬식이 떠난 지금 그가 맡고 있던 팀을 지도하러 가는 것이다. 오늘 세미나는 엉망이 될 것이었다. 후배들에게 지금의 자신을 보여주고 싶지 않았다. 민수는 급히 뒤를 돌아 달리듯 오던 길로 되돌아 나온다. 후배들 앞에서 꿋꿋하고 싶었다. 민수에게 호신이 그러했듯 언제나 기억할 때마다 새로운 힘을 주는 그런 선배가 되고 싶었다. 오늘 세미나에 참석하지 않는다면 후배들은 또 이 밤, 민수를 걱정하며 불안스럽게 헤어질 것이다.

민수는 다시 몸을 돌렸다. 나의 의무는 나의 의무다. 그러나 이런 심정으로 무슨 토론을 할 수 있을까. 민수는 다시 돌아선다. 그리고 몇 걸음 걷다가 다시 돌아선다. 민수는 병찬의 자취방이 있는 골목에서 한 걸음도 더 나가지 못하고 맴을 돈다.

후배들은 책상 위에 책을 펴놓은 채 라면을 끓여 먹고 있었다. 그녀가 들어서자 모두들 라면을 가득 입에 물고 웃는다.

"왜 이렇게 늦었어? 걱정했잖아……. 우리 먼저 저녁 먹는 거야. 같이 먹자."

민수는 고개를 젓고는 그 자리에서 털썩 주저앉았다.

"오늘은 많이 끓였어. 누나 실컷 먹어도 돼."

후배 하나가 냄비에 든 국물을 훌훌 마시며 말했다. 지난번에 라면이 모자라 민수가 먼저 젓가락을 놓았던 것이 마음에 걸리는지 라면이 가득 든 냄비를 민수의 얼굴에 들이대며 웃다가 문득 표정을 굳힌다.

"어디 아픈 거야? 얼굴이 파래."

그의 말에 라면을 먹던 후배들이 모두 민수를 바라본다. 민수는 대답도 없이 가방에서 책을 꺼내 책상 위에 올려놓고는 고개를 숙인다.

"무슨 일이 있었구나? 야학에……."

병찬이 입속에 라면을 우물우물 급히 삼키고 나서 물었다.

"아니야……. 어서들 먹어. 다들 모인 건가?"

"민철이하고 진국이는 구류 먹고 거기 있고, 미라는 오늘 아침에서야 훈방돼 나왔어. 근데 누나, 찬식이 형 되게 고생하는 모양이야."

안경을 낀 후배가 민수에게 말을 한다. 그러나 민수가 대답이 없는 것을 보자 말꼬리를 우물거린다. 활기찼던 방 안이 일시에 고요해졌다. 민수는 이런 선배가 아니었다. 오늘 훈방되어온 미라에게 고생했다고 손을 한번 잡아줄 법도 한데 민수는 그저 무심한 얼굴로 앉아 있다. 그런 민수의 얼굴은 아주 먼 곳을 떠돌고 있는 것처럼 보였다.

"다 먹었으면 준비들 하고 있어……. 손 좀 씻고 올게."

민수는 후배들의 눈길을 피하며 급히 일어서서 화장실로 갔다.

―민수야, 형근이가 죽었다.

덕현의 목소리는 그곳까지 쫓아온다. 민수는 소리를 쫓아버리듯 자꾸 손을 씻었다.

대해의 물을 다 기울여도 이 피를 깨끗이 지울 수는 없을 것이다. 지워버릴 수는 없을 것이다. 아니, 망망한 대해에 이 두 손을 담그면 오히려 푸른 바다도 핏빛으로 물들리라. 그것은 맥베스가 중얼거린 말이었던가. 민수는 손을 씻다 말고 두 손을 얼굴 가까이 들어 올린다. 손에는 피가 없다. 그녀는 수돗물을 잠그지 않은 채 목욕탕 벽에 기대어 주저앉았다. 찬식을 떠나보내기 전 이 팀을 임시로 맡으면서 민수는 가면을 쓰고서라도 후배들 앞에서 꿋꿋한 모습을 보이고 싶다는 생각을 했었다. 그런 생각을 했던 것은 이미 그녀가 조금씩 흔들리고 있었기 때문이었을 것이다. 그러나 민수는 지금 이 시간 이 자리가 너무 벅차다. 마주치는 것은 맨얼굴이고 얼굴이 투명해져서 부끄러운 제 모습을 후배들에게 모두 들켜버릴 것만 같다. 언제나 꿋꿋함만을 보여주었던 호신의 모습이 얼마나 길고 깊은 인내의 결실이었던가를 민수는 새삼 깨닫는다.

그러나 민수는 날뛰는 감정을 제어할 수가 없다. 누군가 따귀를 정신없이 갈기는 것처럼 정신은 아득해지고 얼굴은 굳어간다. 온몸의 감각이 무디어지고 이대로 영원히 촛물처럼 녹아 땅속으로 스며들어갈 것만 같다. 세상의 모든 것이 지워지고 그저 물이 흐르는 소리만이 들려온다. 돌돌돌돌. 수도를 빠져나온 물이 하수구로 빠져나가는 소리. 소리는 아우성으로 변한다. 깊은 산골의 샘에서부터 솟아 나와 냇물이 되고 강물로 흘러 수도를 통하여 민수와 만날 때까지 그 물을 거쳤던 많은 사람들의 신음 소리를 일제히 뱉어내듯 물소리는 아우성을 치고 있다. 민수는 눈을 감아본다. 소리는 차츰 멀어져간다. 모든 감각이 문을 닫고 민수를 안으로 휘몰아쳐간다. 몰아쳐지고 몰리면서 민수는 이윽고 하나의 응고된 덩어리가 되었다. 그 단단한 덩어리 속에 웅크린 채 민수는 잠깐 거짓말 같은 잠 속으로 빠져든다.

밤은 이미 깊어 있었다. 다방, 술집과 외국에서 직수입한 밀가루로 빚어 튀긴 도넛을 파는 집과 한 켤레에 몇만 원씩 하는 운동화를 파는 집들이 늘어선 학교 앞 거리에도 밤이 내리고, 바람은 길거리를 달려 마주 불어온다. 민수는 지각을 한 학생처럼 뛰어가다가 문득 멈추어 섰다. 열 시 반이었다. 아홉 시에 부대에 갔던 사람들을 만난다는 덕현의 말을 기억하며 민수는 다시 이 거리로 돌아온 것이었다. 아마도 그들은 이미 자리를 떴을 것이었다. 아니, 그들을 만난다 해도 무슨 소용이 있을 것인가. 민수는 책을 껴안듯 그러쥐고 뒤를 돌아다본다.

정신을 차린 것은 후배들이 화장실에서 쓰러진 그녀를 방으로 옮겨놓고 난 조금 뒤였다. 그런 상황에서 잠이 들 수 있다는 것에 대한 놀라움은 곧 수치심으로 변했다. 민수는 걱정해주는 후배들에게 미안하다는 말조차 꺼낼 수가 없었다. 팔다리를 주물러주고 미음을 끓인다는 후배들을 떼어놓듯 만류하며 그녀는 잠시 그대로 앉아 있다가 그 방을 나섰다.

―누나가 요즘 흔들리고 있다는 것 알아.

바래다주겠다며 버스 정류장까지 따라 나온 병찬이 마른 가로수 이파리들을 쳐다보며 우울한 얼굴로 말했다. 민수는 병찬에게 등을 돌린 채 버스들이 서고 또 떠나는 것을 바라보았다.

―그렇지만 누나가 그 상황 속에서 최선을 다하려고 애쓰고 있다는 것도 알아. 그것이 나로 하여금 흔들리는 누나에게 아무런 말도 하지 못하게 했어.

병찬은 호주머니에 손을 찔러 넣으면서 돌아선 민수에게 덧붙였다. 눈물이 터질 것같이 빛나던 병찬의 눈동자가 커다랗게 확대되어 온다. 민수는 발걸음을 세듯 천천히 다시 걷기 시작했다. 바람은 습기를 머금고, 이 거리의 신음 소리와 술집의 칸막이 속에서 배어 나오는 음탕한 교성과 두드리라고 두드리라고 꼬리를 흔드는 전자오락실의 괴성을 머금고 불어간다. 민수는 골목을 돌아 아까 덕현이 말했던 다방으로 들어섰다. 귀청을 찢는 듯한 음악 소리가 민수를 다시 서두르게 했다. 민수는 다방의 이층까지 다 훑어보고 다리를 끌듯 걸어 나온다. 그들은 없었다. 생각 못한 것은 아니었지만 갑자기 가슴 한구석이 텅 비고, 그리고 서늘한 것들이 자꾸 내려 쌓인다.

다방을 나온 그녀는 이미 그렇게 하기로 작정한 것처럼 술집들이 들어서 있는 뒷골목으로 들어섰다. 어디선가 요란하게 셔터를 내리는 소리가 들린다. 민수는 넋이 나간 것처럼 그 거리를 걷다가 어느 술집 앞에서 멈추어 섰다. 지난번 형근이 휴가를 나왔을 때 같이 술을 마시던 곳이었다.

─나 때문이야. 내가 동윤이 이름을 썼어. 그 자식들이…….

울부짖던 형근의 얼굴이 떠오른다. 아니 그 소리만 기억날
뿐 형근의 얼굴은 안갯속처럼 가물거린다. 어두운 골목에서 울
던 그의 모습이 잡히지 않는다. 아니다. 울고 있는 것은 그가
아니다.

민수는 비를 피하는 것처럼 그 술집 처마 밑에 우두커니 서
있다. 술에 취해 그 술집을 나서는 사람들이 가끔씩 민수와 어
깨를 부딪치고 지나간다. 민수는 그들에게 떠밀려 흔들리면서
멍청하게 앞만 바라보고 있다. 술집 안에서 부르는 노랫소리가
들려온다.

　어두운 죽음의 시대, 내 친구느으은 굵은 눈물 붉은 피 흘리
　며 역사가 부른다…… 멀고 험한 길을 북소리 울리며 사라져가
　안다…….

소리는 울부짖듯 커져갔다. 민수는 그제야 정신이 든 듯 천천
히 발을 떼놓는다. 어디로 가야 할지 알 수 없었다.

몇 걸음 걸어가는데 술집 옆에 붙은 화장실 가에서 누군가
담벼락에 얼굴을 묻고 흐느끼고 있는 것이 보였다. 민수는 문득
발길을 멈추고 그를 바라다본다. 큰 키의 남학생은 격렬하게 어
깨를 흔들고 울고 있다. 민수는 순간 그의 옆으로 가서 낯모르
는 그와 함께 울고 싶은 충동을 느낀다. 울던 남학생이 잠시 후
소매로 얼굴을 한번 쓰윽 훔치고 뒤를 돌아보다가 자신을 바라

보고 있던 민수와 눈이 마주쳤다. 민수는 부끄러운 짓을 들킨 것처럼 황망히 몸을 돌렸다.

"민수 씨 아닙니까?"

그 남학생은 돌아서는 민수의 옷자락이라도 잡듯 황급히 외쳤다. 민수가 뒤를 돌아보았다. 이름은 모르지만 낯이 익은 얼굴이었다. 남학생은 민수의 얼굴을 확인하고 나서 문득 제가 울고 있던 것을 민수에게 들켰다는 것이 부끄러운지 어색한 미소를 짓는다.

"민수 씨 맞지요? 찬식이하고 같이 있는 거 여러 번 뵈었어요."

민수는 한 걸음 뒤로 물러섰다.

"……그러잖아도 덕현이 형이랑 민수 씨 이야기를 하고 있었어요. 다방에 남긴 메모를 보고 찾아오시는 건가요?"

남학생은 담배를 꺼내 붙여 물면서 꽉 잠긴 목소리로 물었다. 민수는 고개를 저었다.

"그럼?"

"그냥…… 지나가는 길이에요."

우물거리듯 민수가 말했다.

"오늘 친구들하고 형근이가 있던 부대에 갔다 왔어요."

남학생은 고개를 떨어뜨리며 말했다. 다시 눈물이 치받치는지 이를 악물고 있다.

"……형근이는?"

"형근이는 우리가 데리고 왔습니다."

남학생은 중얼거리듯 말했다. 놀라움으로 벌어지는 민수의 입을 보며 그는 다시 말했다.

"……가니까 벌써 화장을 해놓았더군요……. 우리는 한 줌도 안 되는 형근이 뼈를 가지고 와서 학교 뒷산에 뿌렸어요……."

남학생의 말은 앙다문 이 사이로 빠져나왔다. 그는 다시금 설움이 복받치는지 급하게 담배를 빨아댄다.

"……가시는 길입니까?"

그가 담배꽁초를 멀리 던지며 말했다. 민수는 고개를 끄덕이다가 다시 젓는다.

"웬만하면 들어가시죠. 모두들 저기 있습니다. 복도 없는 놈 초상술은 마셔줘야 하는 것 아닙니까?"

"전…… 그냥 가보겠어요."

그의 눈길을 피하며 민수는 더듬거리듯 천천히 말했다.

그는 떨고 있는 민수를 가만히 바라본다. 민수는 급히 몸을 돌려 걸어갔다.

"민수 씨."

그가 다시 민수를 불렀다. 민수는 돌아보지 않은 채 걸음을 우뚝 멈춘다.

"그 새끼들이 형근이를 죽인 겁니다. 아시겠어요? 그 자식들이……."

민수는 돌아보지 않고 다시 걸었다. 마지막으로 그가 던진 말은 그러니까 민수에게 쓸데없는 자책감을 가지지 말라는 소리였을 것이었다.

'그들이 형근이를 죽였습니다……. 그래도 형근이는 내가 죽

인 겁니다.'

삐죽삐죽 울음이 터져 나왔다. 민수는 입을 틀어막고 길을 걸었다. 그래도 눈물은 계속 흘러나온다. 살아남은 자의 징표처럼 눈물은 뜨거웠다. 민수는 발밑으로 떨어지는 제 눈물을 보며 걷는다. 술에 취한 사람들이 비틀거리며 걷고 있다.

민수는 쏟아져 내리는 눈물을 닦을 생각도 없이 하늘을 올려다보았다. 추석을 앞둔 달이 구름 속으로 몸을 숨기고 있다. 견뎌야 한다. 그녀는 생각했다. 고통스러운 것은 산 자들의 몫이다. 이 밤, 거리를 헤매어 다니는 것도 산 자들의 몫이다. 밧줄을 타고 구타를 당하고 동료들이 놓고 간 가방을 찾아 다시금 최루탄 빗발치는 싸움터로 떠나는 것도 산 자들의 몫이다. 민수는 고개를 떨구었다. 불현듯 동윤과 찬식의 얼굴이 떠오른다. 그들이 보고 싶었다. 술을 먹고 고래고래 노래를 부르고 이를 갈며 분노하고 다음 날 책을 끼고 만나면 강의도 빼먹은 채 토론을 벌이던 그 친구들이 보고 싶었다.

'동윤아, 찬식아, 형근이가 죽었댄다. 이제 난 어쩌면 좋지⋯⋯.'

민수는 책방이 있는 옆 골목으로 들어가 등을 흙벽에 기댔다. 몸에도 마음에도 격렬한 통증이 전해온다. 어서 이 밤이 갔으면, 어서 이 가을이 갔으면, 어서어서 해가 지고 달이 뜨고 아주 늙어버렸으면⋯⋯. 이 젊음이 내게는 너무 힘겨워⋯⋯.

민수는 그 어둠 속에서 오래 혼자 울었다.

돌아오지 않는 바람

지섭은 창문을 열었다. 에어컨 밑에 달린 조그만 창문으로 습기 찬 바람이 밀려들어왔다. 지섭은 먼지가 앉은 창틀을 의미 없이 손으로 문지르면서 어두운 창밖을 내다보았다. 여관 앞에 있는 건물들의 뒷모습이 어둠 속에서 유령처럼 보인다. 부러진 간판 걸레조각, 줄무늬처럼 흘러내리고 있는 녹물 자국. 누군가의 뒷모습을 보는 것은 언제나 그리 기분 좋은 일이 아니다. 인사불성으로 취해 정신을 차리지 못하는 인경을 가까운 여관으로 데리고 와서 침대에 눕히고 걷어 올려진 그녀의 스커트 사이로 드러난 구멍 난 스타킹을 보았을 때처럼 지섭은 불쾌함을 느낀다.

"……형, 물 좀, 물."

지섭의 등 뒤에 있는 침대에 아직 엎어진 채 인경이 말했다.

지섭은 천천히 담배를 끄고 그녀에게 물을 따라주었다. 그녀는 잠시 다시 눕더니 이윽고 침대에서 튀듯 일어나 화장실로 달려 갔다. 토악질 소리. 인경과 술을 마신 것이 잘못이었다. 아니, 덕 현과의 술자리를 박차고 미련의 한 끝자락을 따라 인경에게로 간 것이 잘못이었다. 아니, 날마다 술에 취해 팽개치듯 자신을 학대하고 능멸한 이 나날들이 잘못이었다. 그러나 지섭은 이러 한 일들이 어쩌면 한 번쯤 겪어야 할 통과의례라는 생각을 한 다. 의식을 잃다시피 한 인경을 데리고 여관으로 순순히 들어설 수 있었던 것도 어쩌면 그런 생각 때문이었을 것이다.

"담배 좀 줄래요?"

화장실에서 나온 인경이 침대에 비스듬히 걸터앉아 말했다. 지섭은 인경에게 담배를 한 개비 내준다. 구토를 하고 나서 세 수를 했는지 인경의 귓가에 작은 물방울 몇 개가 아직 맺혀 있 다. 화장이 지워진 인경의 얼굴은 담담하고 밝았다.

"……내 모습이 추해 보이죠?"

얼굴의 근육을 모두 풀어헤치듯 인경은 웃었다. 인경의 얼굴 에서 맑은 기운이 지워지고 입에서는 한숨처럼 긴 연기가 피어 난다. 지섭도 인경도 그 연기가 불빛에서 맴을 돌다가 흩어져 사라지는 것을 물끄러미 바라본다.

"다 토해버리고 나니까 정신이 좀 맑아져요. 미안해요. 이러려 고 형을 만나자고 했던 것은 아니에요."

인경은 책을 읽는 것처럼 억양이 없는 어조로 말했다.

지섭은 침대 맞은편에 있는 의자에 앉은 채 탁자를 좀 끌어당

기고 담뱃재를 톡톡 턴다. 한참 침묵이 계속되었다. 인경은 한기
가 드는지 두 발을 침대 위로 끌어올려 웅크리면서 몸을 떤다.

"나도 모르겠어요. 무얼 어쩌자는 것인지."

말 끝에 딸꾹질이 따라왔다. 인경은 두 손으로 입을 가리고
딸꾹질을 막아보려 하지만 잘 되지 않는 모양이다.

말이 끊긴다. 문밖에서 술 취한 사람들의 떠들썩한 소리, 복
도를 지나가는 발걸음 소리, 문이 열리고 닫히는 소리, 그리고
다시 정적이 찾아왔다. 지섭은 그 정적 속에서 담배를 비벼 끈
다. 무엇이 어디서부터 잘못된 것인지 종잡을 수 없었다.

"좀 자라."

지섭은 탁자 위에 있는 가방을 집어 들었다. 인경은 일어서려
는 지섭을 올려다보았다. 다시 딸꾹질이 튀어나온다. 그녀는 컵
에 남은 물을 집어 마신다. 자신도 일이 어떻게 이렇게까지 되
었는지 종잡을 수가 없었다. 그러나 그녀는 지섭을 잡고 싶었다.
어떻게 하자는 것도 아니었다. 그러나 지금 지섭이 가버리면 이
낯선 여관방에서 정말 미쳐버릴 것 같았다. 그녀는 침대 끝을
움켜잡으며 지섭을 바라본다. 지섭은 인경의 눈을 잠시 바라보
며 선뜻 일어서지 못하고 다시 담배를 붙여 물었다. 인경은 지
섭의 눈빛에서 다시 한 번 절망을 느낀다. 언제나 그랬다. 지섭
과의 만남은 언제나 절망과 희망의 양 벼랑을 건너뛰는 일 같
았다. 그리고 절망은 언제나 희망보다 조금씩 컸다. 인경은 쥐고
있던 침대 시트를 더 움켜잡는다. 희미해지고 사라져가는 지섭
의 사랑을 붙잡는 것처럼 그러나 늘 그랬듯 절망을 본 순간 집

착은 더 커져간다. 놓쳐버리면 끝도 없는 나락으로 떨어져 내릴 것 같다. 자존심 따위는 벗어버린 지 오래였다. 그러나 놓치지 않으려고 머리를 풀어헤치고 달려가면서도 인경은 자신을 가로막는 검은 그림자를 느낀다.

"민수 때문인가요?"

불쑥 인경이 물었다. 담배를 빨던 지섭의 손이 잠시 멈칫하다가 다시 움직인다. 그러나 얼굴에는 불쾌감이 어린다. 양미간을 잔뜩 찌푸린 채 지섭은 다시 담배를 빤다.

"날 외면하는 것이 민수 때문인가요? ……민수는 형을 사랑하고 있어요. 난 알아요. 그 애는 예전부터……."

지섭이 인경을 날카롭게 바라보았다. 하얀 섬광 같은 것이 번득이는 것도 같다. 인경은 희미하게 웃었다. 딸꾹질을 하며 웃고 있는 자신의 모습이 보인다. 인경은 갑자기 머리를 쥐어뜯으며 울고 싶다.

"……형도 민수를 사랑하는군요."

목소리에는 술기운이 배어 있다. 지섭의 경멸스러운 시선이 느껴진다.

"가겠어."

지섭은 박차듯 자리에서 일어섰다.

"민수 이야기가 나오니까 흥분하는군요. 내 앞에서 그렇게 숨길 이유가 뭐 있어요, 안 그래요? 난 이미 형을 떠난 사람이에요. 내가 두 사람 사이에서 방해라도 놓을까 봐?"

"말도 안 되는 소리 하지도 마라."

자르듯 지섭이 내뱉었다.

인경은 잠시 입을 다물었다. 말도 안 된다는 건 그녀 자신이 더 잘 알고 있었다. 민수 이야기를 꺼낸 것은 지섭을 잡고 싶어서였다. 저토록 초연한 표정을 짓고 있는 지섭을 휘저어주고 싶었다. 이대로 지섭이 가버린다면 상처를 입는 것은 자신뿐일지도 모른다는 생각이 억울하다는 느낌으로 밀려온다.

"너하고 나하고의 일은 너하고 나하고의 일이야."

여전히 인경에게 눈길을 주지 않은 채 지섭이 냉랭한 목소리로 말했다.

"내가 배신했다는 말인가요?"

"……"

"그런가요? 거짓말! 난 형에게 버림받았어요. 생각나요? 내가 미친 듯 헤매고 있을 때 형은 날 만나주지 않았어요. 어쩌다 한 번 만났을 때도 형은 늘 멀리 있었어요. 난 그런 형을 잡으려고 애썼어요. 내가 기약 없이 보내던 편지 속에서 울부짖던 걸 형은 모른 척했단 말이에요."

인경은 소리를 질러댄다.

"내 탓이라고, 이제 와서 나 때문이라고 핑계를 대는 건가?"

"난……"

인경은 침대에서 일어나 대들듯 소리쳤다. 인경의 눈동자는 광기에 어려 번들거리고 있었다.

"난 핑계 같은 건 대지 않아요. 핑계를 대는 쪽은 언제나 형이었어요. 누나 때문이라고 집안 때문이라고 시대 탓이라고……"

지섭의 얼굴이 하얗게 질린다. 그는 더듬듯 가방끈을 움켜잡았다.

"나는 적어도 형보다는 정직해요. 빼앗기는 데, 상처 입는 데, 익숙한 척 능청을 떨지는 않아요. 아프다고 소리치고 울부짖고 내 것을 빼앗아가는 손을 물어뜯기라도 할 거예요. 그러나 형은 뭐죠? 모든 것을 체념한 듯한 얼굴을 하고 있으면 아픔이 덜해지던가요?"

지섭은 달려들듯 다가서는 인경을 와락 밀어버린다. 인경은 뒤로 넘어지면서 개구리처럼 사지를 벌리고 침대 위에 나동그라졌다. 지섭은 입술을 덜덜 떨면서 인경을 노려본다. 인경은 죽은 듯 움직이지 않았다. 그는 그런 인경을 덮쳐 옷을 찢어발기고 능욕을 하고 싶은 충동을 느낀다. 그는 돌아서서 벽을 세게 쳤다. 콘크리트 벽에서는 아무 소리도 들리지 않았다. 그때 갑자기 인경이 소리를 지르며 울기 시작했다. 지섭은 돌아보지 않았다. 술에 취한 여자가 울고 있을 뿐이었다. 그런 감정이 지섭을 더욱 견딜 수 없게 만들었다. 이렇게 끝내버리고 싶지는 않았다. 하지만 끝은 끝이었다. 지섭은 천천히 문을 향해 걸어갔다.

"가는 건가요?"

갑자기 울음을 멈추고 인경이 말했다.

"그래요, 가버려요, 그래, 가버려! 너 같은 것하고 한때나마 사랑을 했던 내가 싫다, 개새끼."

자신이 지금 무슨 소리를 하고 있는 건지 알 수 없었다. 다만 집착은 분노로, 분노는 엉뚱한 질투로, 질투는 또다시 분노로 이어진다. 구걸하고 있다는 느낌, 버려졌다는 느낌, 마지막 남은 자존심조차 찢어발겨졌다는 느낌이 인경을 광기에 떨게 했다.

"잘났어. 그래, 나는 이런 여자야. 내가 미친년같이 보이지? 그렇지? 그래. 모두들 내게 손가락질을 해댔어. 모두들……."

정말 미쳐버린 것처럼 격렬하게 울다가 인경은 빠르게 일어서서 문으로 달려갔다. 지섭은 이미 문을 열고 있었다. 그녀는 지섭의 손을 낚아채 문을 닫아버리고 손잡이를 잡은 채 문을 등 뒤로 하고 지섭을 향해 선다. 지섭은 입술을 앙다문 채 욱신욱신 입술을 깨물고 있다. 말할 수 없는 모멸의 그림자가 인경에게 덮쳐온다.

"가지 말아요."

인경은 외면하는 지섭을 향해 애원했다.

"잘못했어요. 내가 잘못했어요. 제발 날 좀 바라봐요……."

인경은 외면하고 있는 지섭의 얼굴을 두 손으로 잡았다. 지섭의 얼굴은 터질 듯 무너질 듯 위태해 보였다. 인경은 구걸하듯 지섭의 옷자락을 움켜잡는다.

"다시 시작하고 싶어요. 다시 시작할 수 있다면…… 난…… 아직 형을 사랑해요……."

인경은 무너지듯 지섭의 발밑에 엎드렸다. 그를 가지 못하게 할 수 있다면 지금 이 순간 무슨 짓이라도 할 수 있을 것 같았다. 인경은 어린아이처럼 떼를 쓰듯 울음을 터뜨린다. 지섭은 여전히 그대로 서 있다. 다시 시작하고 싶다는 인경의 말이 단순한 술주정만은 아니라는 걸 그는 안다. 그는 천천히 인경을 끌어울렸다. 인경은 뛰어들듯 지섭의 품에 안겼다. 엉거주춤 인경을 안으면서 지섭은 눈을 감는다.

"형, 한마디만 해줘요. 날 정말 잊었나요? 네? 정말 날 이대로 보낼 건가요? 형의 사랑은 거짓이었나요? 그냥 이대로 아무것도 아닌 것이었나요?"

인경은 울부짖었다. 이제 그것은 절망이 아니었다. 물에 빠진 채, 이제 지푸라기마저 놓쳐버리고 물 위에 떠오른 제 머리칼이라도 잡아보려는 것이었다. 마지막으로 허우적거리는 몸짓이다.

"인경아."

지섭은 천천히 인경을 떼어낸다. 지섭을 바라보는 인경의 눈동자는 원망으로 가득 차 있었다.

"인경아. 우리는 장난을 하고 있는 게 아니야."

지섭의 목소리는 가라앉아 무거웠다.

"오늘 밤 날 가져도 좋아요. 날 가지고 형이 내일 아침 날 버린대도 후회하지 않을게요. 지금 이 순간만은 날 버리고 가지 말아요, 제발."

인경은 지섭의 옷자락을 붙든 채로 말했다. 지섭은 마음보다 먼저 꿈틀대던 육체가 싸늘하게 식어 내리는 것을 느낀다. 모든 것을 던진 채로 애원하고 있는 인경의 모습이 추하다 못해 아귀같이 느껴진다. 그는 인경을 알고 있었다. 인경은 내일 아침 이대로 일어나 결혼식장에라도 사뿐히 걸어 들어갈 수 있는 사람이었다. 하지만 지금 인경에게는 저것이 진실일 것이었다. 지섭은 그렇게 믿고 싶었다.

지섭은 천천히 인경을 침대에 눕혔다. 인경의 눈이 불안하게 흔들리고 있었다. 정말 지섭이 자신을 덮칠까 봐 겁이 나는 것이었다.

"……후회하지 않을 거야."

불안에 흔들리는 눈을 감으며 인경이 중얼거렸다.

"삼류 영화에서조차 순결 같은 건 쓸 데 없는 거라고 하잖아."

눈가에 맺혀 있던 눈물이 또르르 인경의 귓가로 흘러내렸다. 지섭은 그녀의 눈물을 닦아주었다.

"아무 생각 말고 자."

"자고 싶지 않아요."

인경의 입을 손가락으로 막고 지섭은 인경에게 이불을 덮어준다. 불안과 혼돈으로 이글거리던 인경의 눈에는 체념의 그림자가 덮인다. 인경은 지섭을 더 바라보다가 눈을 감는다. 그러고는 잠시 후 숨이 고르게 되었다.

그는 인경을 사랑했었다. 팔락거리던 스커트 자락, 높고 맑은 웃음소리, 반짝이던 눈빛과 조잘거리던 입술.

"많이 힘들었구나."

지섭은 나직이 말했다. 인경은 신음 소리를 뱉으며 돌아누웠다. 잠든 인경의 모습은 예전처럼 아름다웠다. 지섭은 땀에 젖은 그녀의 머리칼을 가만히 쓸어준다. 의식은 끝났다. 지섭은 자신이 확실하게 인경을 떠나고 있음을 새삼 깨닫는다.

새벽녘 지섭은 여관을 나왔다. 푸르스름한 새벽빛에 잠긴 채

거리는 잠들어 있었다. 가끔 쓰레기를 가득 실은 청소차가 푸르스름한 여명 속으로 질주해간다. 지섭은 점퍼의 지퍼를 여미고 새벽 공기 속을 걷다가 하늘을 올려다본다. 회색 구름이 비를 뿌리기 시작하고 있다. 지섭은 제 이마에 떨어지는 빗방울들을 쓸어본다. 비는 점점 더 세게 떨어지기 시작했다. 지섭은 가방을 고쳐 메고 묵묵히 걸으면서 이대로 비에 흠뻑 젖어도 좋다고 생각했다.

제3부

고뇌 속을 가다

농부는 왜 보리싹을 밟는가

"아니, 너 민수 아니니?"

라디오를 틀어놓고 밀린 빨래를 하고 있던 미혜가 비눗기가 뚝뚝 떨어지는 고무장갑을 낀 채로 문을 열어주며 말했다. 추석 연휴의 마지막 날이었다. 민수는 아직 빗물이 떨어지는 우산을 접으며 피곤한 몰골로 들어섰다.

"내가 찾아온 게 방해가 안 될까?"

"아니, 잘 왔어! 그런데 내가 없었으면 어떻게 할 뻔했니? 이렇게 비가 쏟아지는데⋯⋯."

민수가 내미는 사과 봉지를 받으며 미혜는 민수를 방 안으로 들여보내고 마른 수건을 가져다준다. 민수는 미혜가 내미는 수건을 받아 머리칼이며 어깨에 남은 빗물을 닦았다. 미혜는 서둘러 빨래를 끝내고 꼭 눌러 짤 빨래를 대야에 담아가지고 방으로 들어선다. 민수는 방구석에 앉아 있다. 미혜의 자취방 천장에 붙은 작은 창에서 비가 내리고 있다.

"지하실이라 조금 냄새가 날 거야. 편히 앉아. 불을 넣었으니 이제 곧 따뜻해지겠지."

미혜는 빨래가 담긴 대야를 방구석에 놓아두고 창가로 가서 창문을 조금 열었다. 빗소리가 와와 밀려든다.

"미안해, 이렇게 불쑥 찾아와서……."

민수는 미혜가 빨래를 너는 것을 바라보며 말했다. 민수의 머리칼에 남아 있는 물방울 하나가 전구 빛에 반짝이다가 스러진다. 미혜는 젖은 빨래를 방구석에 매어놓은 빨랫줄에 널면서 직감적으로 민수에게 무슨 일인가가 일어났다는 것을 느꼈다. 그러나 그녀는 짐짓 태평스러운 목소리로 말을 꺼냈다.

"잘 왔어, 민수야. 나 며칠 전에 네 꿈을 꾸었었다. 어딘지는 모르겠는데 호신이 형이랑 찬식이랑 동윤이랑 너랑 나랑 모두 어디 놀러 가는 꿈이었지. 그 꿈속에서 우리 막 싸웠거든. 꿈에서 싸우면 좋다고들 하던데……. 이렇게 뜻밖에도 널 만나게 되려고 그랬나 보다."

미혜는 빨래를 널던 손을 문득 멈춘다. 민수가 고개를 숙인 채로 어깨를 들썩거리고 있었다. 미혜는 남은 빨래를 마저 다 널고 부엌으로 가서 민수가 사온 사과를 가져와 깎기 시작했다.

"미안해. 이러려고 온 건 아닌데."

민수는 코를 길게 들이켜며 말했다.

"널 보니까 옛날 생각난다. 지금은 다들 떠나가고 없지만……."

민수는 희미하게 웃으며 다시 눈물을 닦았다.

—나 잘 있어요, 엄마.

—거기가 어디냐, 응? 민수야 거기가 어디니?

—어딘가는 아실 필요 없어요. 그냥 궁금해서 전화했어. 아버지도 안녕하시지?

—이것아, 아무 소리 말고 어서 집으로 들어와, 어서. 아니, 거기가 어딘지 말하면 엄마가 데리러 갈게.

어머니의 목소리는 아른아른 사라지는 환영을 잡으려고 발버둥치는 것처럼 다급했다.

—엄마, 미안해. 늘 엄마가 마음에 걸렸어요……. 언니랑 민철이랑은…….

—다 떠났다, 이것아. 너 정말 어미 가슴에 이렇게 못을 박을거니?……

긴 울음소리가 들려온다.

추석 연휴 동안, 민수는 차량이 뜸해진 서울 거리를 혼자 헤매면서 외딴섬에 혼자 유폐된 듯한 외로움을 느꼈다. 도서관도 술집들도 다방도 모두 굳게 문을 닫고 있었다. 아무도 없는 명절은 쓸쓸했다. 거리를 걷다가 집으로 돌아오면 또 어두운 방안에서 민수를 기다리고 있던 어둠이 그녀의 머리채를 잡아 팽개치며 속삭이곤 했다.

'결국 사람은 혼자다. 죽어갈 때, 살아 있을 때조차…….'

미혜는 사과를 깎다 말고 경대 위에 놓인 두루마리 휴지를 찢어 민수에게 건네준다.

"부잣집 따님이 집 나와서 설움깨나 당한 모양이구나."

민수는 미혜가 건네준 두루마리 휴지를 찢어 길게 코를 풀었다. 미혜를 찾아와서 이렇게 불쑥 울어버리리라는 것은 꿈에도 생각하지 않았었다. 민수는 요즘 부쩍 눈물을 잘 흘리는 자신을 생각한다. 참을성이 적어지고 감정이 약해지고 있었다. 미혜의 방에 들어와 문득 울어버린 것은 어쩌면 그 외로움 속을 헤매다가 따뜻한 방으로 들어선 안도감 때문이었는지도 모른다.

"방이 따뜻하니까 참 좋다."

민수는 젖은 어깨를 떨며 말했다. 그녀의 어깨와 등에 진한 얼룩을 만들며 빗자국이 남아 있다.

미혜는 사과 접시를 민수 쪽으로 밀어놓고 자신도 한입 베어 문다.

"으음, 사과가 참 맛있네. 점심은 했니?"

민수는 고개를 젓는다.

"그래, 내가 얼른 밥 지어올게."

"아니, 조금 있다가…… 아직 생각이 없어."

미혜는 일어서려다 말고 도로 그 자리에 앉는다. 돌돌돌돌 윗집에서 떨어지는 물소리가 밀려온다. 둘은 잠시 그 빗소리에 귀를 기울였다.

"……일 고되지 않니?"

"고돼. 하지만 이젠 이력이 붙어가는 것 같아. 그냥 한 사람의 노동자인 채 주저앉는 것은 아닐까 겁이 날 정도로."

미혜는 입속의 사과를 우물우물 삼키며 미소를 지었다. 민수는 그런 미혜에게서 시선을 홱 돌린다.

"……넌 참 좋아 보여."

여전히 창밖을 바라다보며 민수가 부러운 듯 중얼거렸다.

"그래?"

"난…… 불안해 보이지?"

민수는 흘러내리는 머리칼을 쓸어 올리며 설풋 웃는다. 그새 많이 자란 머리가 어깨까지 넘실거렸다. 그런 민수의 표정은 그녀 말대로 불안해 보였다. 금세라도 이 자리를 박차고 일어나 밖으로 달려 나가버릴 것만 같고, 또 자리에서 일어나 좁은 방 안을 서성이고 있는 것 같다. 미혜는 민수가 손도 대지 않은 사과 접시를 옆으로 밀어놓고 두 발을 그러모은다.

"널 찾아오면 할 말이 참 많을 줄 알았는데."

방바닥에 깔린 비닐 돗자리의 꽃무늬를 따라 손가락을 이리저리 움직이며 민수가 말했다.

"하지만 널 보니까 아무 말도 떠오르지 않는다……. 요즘 난 늘 이런 식이지."

민수는 여전히 의미 없이 방바닥을 손가락으로 문질러본다. 꽃무늬 사이로 피어오르듯 한 얼굴이 떠오른다.

아기 옷을 들고 지섭을 찾아간 것은 추석을 며칠 앞둔 날이었다. 강의실 앞에서 기다리고 있던 민수를 보고 놀란 지섭에게 그녀는 대뜸 아기 옷이 든 봉지를 내밀었다.

―고맙구나. 그러잖아도 추석이 다가오고 어떻게 할까 생각했는데…….

꾸러미를 받아 든 지섭이 싱긋 웃었다. 민수는 지섭이 하늘색 점퍼 안에 받쳐 입은 회색 줄무늬 와이셔츠를 물끄러미 바라보았다.

―형근인가 하는 애가 죽었다는 소식을 들었다……. 가슴이 많이 아팠겠구나.

지섭이 말을 마치기도 전에 민수가 발끈 고개를 들었다. 지섭은 그때 민수의 시선에서 말할 수 없는 모멸과 원망이 이글거리는 것을 보았다. 지섭은 잠시 당황하면서 담배를 붙여 물었다. 형근이가 죽었다는 사실에 대해 민수가 자신에게 그런 눈길을 보낼 이유는 없었다.

―가겠어요. 아기 옷을 전해드리려고 기다리고 있었던 것뿐이에요.

뛰쳐나오던 그날이 떠오른다.

"……오다가 보니까 오늘도 일을 하는 공장이 있던데."

문득 생각에서 깨어난 목소리로 민수가 물었다. 내가 미혜를 찾아왔구나, 이제야 깨달은 것 같기도 하다.

"응, 추석 휴가 안 준 데도 많아."

"저어, 요즘도 사람을 뽑는 데가 많나?"

민수가 더듬거리듯 물었다.

"추석이 지났으니까 아마 약간 이동들을 할 거야. 왜?"

"나…… 여기에 와서 취직했으면 해."

잠시 멈추려는가 싶던 빗줄기가 다시 거세게 쏟아지기 시작했다. 미혜는 벌떡 일어나 열어두었던 창을 닫는다. 미혜의 방 창문이 나 있는 안집 뜰의 바닥에서 흙탕물이 얼룩을 만들며 창으로 튀어 오른다. 미혜는 창문을 닫고 굳은 얼굴로 잠시 창밖을 내다본다. 안집 정원의 수목들이 바람에 흔들리고 있다. 민수가 왜 갑자기 찾아와서 이런 말을 꺼내는지 미혜는 잠깐 생각에 잠긴다. 학내에서 아직 처리해야 할 일이 많을 텐데.

"민수야."

팔짱을 낀 자세로 여전히 창밖에 시선을 던진 채 미혜가 민수를 불렀다.

"세상 살아가는 일 참 쉽지 않지?"

딴전을 피우듯 미혜가 말을 꺼낸다. 민수는 대답 대신 손마디를 툭툭 끊고 있다.

"왜 이곳에 와서 취직을 하려는 거지?"

"……몰라서 묻는 거야?"

미혜와 민수의 눈이 마주쳤다. 미혜가 창을 등지고 선다.

"그래. 모르겠어. 네가 하는 일들은 어쩌고 왜 갑자기 이전을 결심하게 됐는지 납득이 안 가. 현장이란 건 우리에게 그저 기분 내키는 대로 뛰어드는 그런 도피처였던가?"

미혜의 말소리는 조용했다.

민수는 대답을 못한다. 미혜를 찾아온 것은 그 말을 하기 위해서는 아니었다. 아침마다 눈을 뜨면 밤새 자신의 가슴에 아픈 자국을 남기며 지나간 밤의 발자국을 털어버리기 위해서도 아니었다. 아무것도 손에 잡히지 않는다. 명확하다고 믿었던 것들이 손을 대면 모래처럼 우르르 손가락을 빠져나갔다. 민수는 조금 전 제가 미혜에게 한 말을 떠올린다. 결심은 오래전부터 되어 있었다. 그런 전제가 아니었다면 지난여름 집을 나오지도 않았을 것이었다. 선배들이 그러했고 동료들이 그러했듯이, 민수는 길은 세 가지뿐이라고 믿었었다. 감옥이든가, 현장이든가, 아니면 배반. 그러나 민수는 지금 그 갈래길에서 뒤돌아보고 있는 것을 느낀다. 미혜에게 불쑥 말을 꺼낸 것은 뒤돌아보는 자신을 의식해서였을 것이다. 떨쳐버리고 싶어서, 정체 모를 괴로움을 떨쳐버리고 싶어서였을 것이다. 또다시 손가락 사이로 모든 것이 빠져나간다. 민수는 허물어지는 자신을 느낀다.

미혜는 민수의 곁으로 와서 벽에 등을 기대앉으며 담배를 한 대 문다.

"학내 일이 어떻게 되어가는지는 모르겠지만······."

"곧 정리될 수 있어. 곧 야학도 졸업이고, 또 임시로 맡은 세미나도 곧 정리될 거야······. 게다가 요즘은 살아갈 방도도 막연해."

미혜의 입에서 긴 한숨이 흘러나온다. 어이가 없다는 표정이다. 미혜에게는 민수가 떼를 쓰는 어린아이같이 느껴진다. 일학년 봄 MT에 가서 밥도 안 먹고, 집으로 가겠다고 호신에게 떼를 쓰던 민수의 모습이 떠오른다. 민수는 그때 그 모습에서 한 발걸음도 벗어나지 못하고 있는 것 같다. 미혜는 짜증이 나는 것을 억누르며 담배 연기를 내뿜는다.

"민수야······ 말야······. 내가 현장에 들어가니까 뜻밖에도 78학번 선배가 거기 있는 거야. 처음에는 당황했었지. 현장에 들어가기 전에 잠깐 다른 선배로부터 이야기를 듣기는 했었지만 말이야. 80년에 휴교령 내린 뒤에 곧바로 들어와서 벌써 3년째라고 했어. 그동안 그 선배가 만들어놓은 결과물이라고는 어린아이들 네 명하고 떡볶이 먹는 소모임을 하나 구성해놓은 것뿐이더구나…… 그 자체가 나쁠 거야 없었지. 하지만 그 나이 되도록 그 세월 지나도록 그 선배는 현장에서 아무 성과 없이 그저 버티고 있었던 거야. 그것이 무슨 의미가 있겠니. 물론 알아. 그동안 그 선배가 얼마나 자기 자신과의 처절한 싸움을 벌였을까 동정도 갔어. 하지만 지난여름 그 선배는 일방적으로 현장을 정리하고 사라져버렸어. 떠나기 전에 잠시 나를 찾아왔었지. 선후배 사이면서도 한번 제대로 이야기도 나누어보지 못했었는데. 그 선배는 나를 찾아와서 울지도 못하더구나. 나는 인간적으로 그 선배를 동정했다. 현장이 그녀에게 준 것이라고는 안 된다는 절망뿐이었어. 그 열악한 환경 속에서 그 선배가 가지고 있던 무기라는 건 고작 소부르주아적인 양심과 80년대에 겪은 분노뿐이었다. 아마 앞으로 여기서 3년, 아니 30년을 더 버틴다 해도 결과는 같았을 거야…… 그 선배를 보내면서 나는 그녀가 다시 시작할 수 있는 날이 오기를 마음속으로 빌 수밖에 없었다. 그 나이 또래 누구보다도 선량한 양심을 가지고 있었지만 그 선배는 자기 젊음을 탕진해버리고 지쳐버린 거야. 그녀는 조직이란 걸 믿지 않았지…… 난 어쩌면 그것이 70년대와 80년대의 차이점이 아닌가 생각해. 광주는 그녀의 인생의 전환점이었고 그녀에게 분노를 주었지만 그녀는 거기서 교훈을 배우지 않았다. 노동자들은 왜 끝까지 싸울 수밖에 없었는지, 과학적 이론이라는 것이 얼마나 중요한지, 우리가 맞서야 할 적의 본질이 무엇인지……. 광주는 앞으로 우리가 살아나가는 데 있어서 살아 있는 교과서다. 광주가 없었다면 네가 어떤 자세로 이곳에 오든 난 널 기쁘게 받아들였을지도 몰라."

"……내가 단지 소부르주아적인 괴로움으로만 현장을 지향한다고 생각하는 거니?"

민수는 더듬거리며 물었다. 미혜는 대답 대신 민수를 빤히 바라본다. 그건 네가 더 잘 알고 있지 않니 하는 눈길이다.

"내가 변했다는 걸 믿지 않는구나."

"네 마음 알아……. 내가 서둘러 널 판단하고 있는지도 모르지. 그러나 널 보니까 아직 멀었다는 생각이 들어. 이런 식으로 여기 온다면 단 하루도 버틸 수 없을 거야. 버틸 수 있다 해도, 버티는 것이 무슨 의미가 있겠니?"

미혜의 눈길은 잔인했다. 정색을 하고 민수를 바라다본다. 미혜의 그런 모습에서 민수는 절망을 느낀다. 따뜻한 방 안에서 갑자기 비바람 치는 저 문밖으로 쫓겨난 것만 같다. 마지막 미혜의 말은 민수를 내쫓고 빗장을 지르는 것처럼 민수의 가슴에 아프게 와서 박힌다. 민수는 미혜가 내놓은 담배에 허겁지겁 불을 붙였다.

"단 하루도 버틸 수 없을 거라고? ……후후후. 넌 아직도 네가 선택받았다고 생각하는 거니? 그런 생각이야말로 70년대식이 아니던가? 아직도 네게 예전의 선입관이 남아 있는 거니?"

민수는 아편쟁이처럼 담배를 잡은 손을 벌벌 떨며 웃었다. 그런 민수의 얼굴에 버림받은 여자의 참담함이 어린다. 미혜의 얼굴에 혐오감과 연민이 뒤섞였다.

"예전의 선입관이 전혀 없다고 부인하지는 않겠어. 네가 정말 내게 선입관을 버리기를 원한다면 오늘 넌 내게 이런 식으로 찾아와서는 안 돼⋯⋯. 그래, 우선 넌 나보다 가난에 익숙하지 못하다. 고된 육체노동과 이곳 사람들의 삶의 과정에 대해서도⋯⋯. 그런 의미에서 넌 나보다 더 강해져야 해. 더 철저히 버릴 수 있어야 하고."

"그래. 내겐 아직도 소부르주아적인 사치들이 득시글거리고."

민수가 언성을 높였다.

"그런 뜻이 아니야."

미혜가 안타깝다는 듯이 말했다. 민수는 상처 입은 짐승처럼 부르르 몸을 떤다.

"무슨 뜻이라도 상관없어. 넌 언제나 내게 이런 식이었지. 내가 입는 옷, 머리, 구두, 하나하나 날 물고 늘어졌어. 난 너를 대할 때마다 주눅이 들었다. 내가 가난한 집안에서 지게꾼의 딸로 다시 태어나지 않는 한, 넌 내게서 편견을 버리려 하지 않을 거야."

미혜의 얼굴이 지게꾼의 딸이라는 대목에서 하얗게 질린다. 민수는 다시 몸을 떤다. 자신의 상처를 감추기 위해 남의 약점을 드러내고 있는 자신이 싫다. 그러나 엎질러진 물이었다. 변함없이 믿어오던 미래의 전망이 지금 여기서 미혜의 말 한마디에 여지없이 무너져버리는 것처럼 민수는 절망을 느낀다. 미혜의 말이 무슨 뜻인지 알면서, 그것이 결코 자신을 밀쳐내려는 것이 아니라 자신에 대한 그녀 나름의 배려라는 것을 알면서도, 민수는 지금 여기서 자신을 이해해주지 않는 미혜가 야속하다. 굳은 듯 앉아 있던 미혜가 벌떡 일어나 부엌으로 나가버렸다. 민수는 멍청하게 미혜의 경대 위에 놓인 못난이 인형을 바라다본다. 웃고 울고 화내는 인형들.

—저렇게 못생긴 것들이 눈을 반짝이는 게 슬퍼 보여요.

언젠가, 휴가 나온 형근을 만나러 가던 길에 못생긴 인형들을 보고서 지섭 앞에서 말하던 자신의 모습이 떠오른다. 그것은 자신에 대한 연민이었던가. 민수는 머리를 쥐어뜯는다. 아무 소리도 들리지 않던 부엌에서 달그락거리는 소리가 들려온다. 물을 트는 소리, 뻑뻑한 수도꼭지가 끼익끼익 잠기는 소리.

"끓는 물이 있는데 커피 마실래?"

잠시 후 방문을 반쯤 열고 목만 들이민 채 미혜가 물었다. 그런 미혜의 목소리에는 꾸민 듯한 쾌활함이 배어 있다. 민수가 대답이 없자 미혜는 플라스틱 컵에 커피를 타가지고 방으로 들어선다.

"내 맘대로 설탕을 두 숟갈 넣었어. 괜찮을까?"

여전히 쾌활한 목소리로 미혜가 민수에게 커피 잔을 내어준다.

"……미안해."

민수는 미혜가 내미는 커피 잔을 받지 않은 채 말했다.

"야근하면서 졸음 쫓느라고 습관처럼 커피를 마셔댔더니 인이 배겼나 봐."

미혜는 딴전을 피우다가 활짝 웃으며 말했다.

"민수야, 우리 피차 비본질적인 것들 가지고 신경 쓰지 말자. 마셔. 오랜만에 귀한 손님이 오셨는데 뭐 대접할 것도 없고."

"귀한 손님 대접이 꽤 극진하다. 송곳으로 푹푹 찌르고."

민수도 커피 잔을 집어 들며 웃는다.

"……내가 요즘 신경이 너무 날카로운가 봐. 이곳에 올 때, 나와 함께 여섯 명이 이 지역에 투입되었는데 추석 좀 전에 네 번째 사람이 떠나버렸다. 좀 더 생각할 시간을 갖겠다든가, 공부를 좀 더 하고 오겠다든가 이유야 많았지. 동료들이 견디지 못하고 하나씩 뛰쳐나갈 때마다 살점이 떨어져나가는 듯 아파와. 민수야. 난 너를 믿는다. 네가 아무렇게나 사는 사람이라고 생각했으면 네가 오든 말든 상관하지 않았을 거야."

미혜의 목소리는 떨리고 있었다. 민수는 미혜가 타온 커피 잔을 든다. 구수한 커피 내가 피어오른다.

"안다……. 하지만 너를 보니까 그냥 좀 넋두리를 늘어놓고 싶었어. 나만 힘든 것도 아닌 것 알면서……. 그래 네 말이 옳아. 나는 도망치려고 했는지도 몰라. 나 때문에 강집된 아이가 죽어버렸다는 소식을 들은 게 찬식이가 끌려간 이틀 후였지. 아니, 흔들리고 있었던 건 아마 그보다 조금 더 전부터였을 거야. 내 흔들림을 떨쳐버리기 위해서, 그 애를 죽게 한 죄책감을 벗어내기 위해서, 그 애가 적어도 헛되이 죽은 게 아니란 걸 증명하기 위해서 나는 두 몫의 인생을 살아야 한다고 생각했어. 그런 생각이 날 조급하게 만들었는지도 몰라. 하지만 말이야. 미혜야, 꼭 그런 것만은 아니었어. 나는 싸우고 싶었어. 지금 이 분노가…… 더 식어버리기 전에 나는 나 자신에게서 다짐을 받아놓고 싶었던 거야."

민수의 목소리는 떨리고 있었다. 미혜가 민수 앞으로 재떨이를 밀어놓는다. 민수의 손끝에서 타들어가던 재가 푹 고꾸라진다.

"민수야, 단지 제 가슴에 품어져 있는 어설픈 칼 따위로는 아무것도 자를 수 없다."

미혜가 담담한 목소리로 말했다.

"씨앗을 뿌려놓고 농부는 왜 그 언 땅을 헤치고 돋아난 보리 싹을 밟을까? ……분노는 고여 넘치지 않으면 한갓 천박한 넋두리에 지나지 않아. 이곳은 황무지 같아서 아무리 조그만 것이라도 진실의 싹은 그것이 미처 땅을 뚫고 나오기도 전에 짓밟혀버려. 적의 힘은 너무 크고 우리의 역량은 너무 작아……. 하지만 민수야, 나는 이곳에서 저 언 땅 깊숙이 숨어 있는 씨앗들을 본다. 거대한 수목으로 자랄 씨앗들. 그래서 언젠가는 이 땅을 온통 푸른 나무로 뒤덮어버릴 씨앗들……."

"씨앗이라고?"

민수가 물었다.

─민수야, 그건 씨앗이야.

죽음같이 앓고 있던 꿈속에서 호신은 그렇게 말했었다. 민수는 순간 제 몸속을 스쳐 지나가는 어떤 빛을 느낀다. 그러나 잠시뿐, 빛은 다시 사라져간다. 마치 그날 사라져가버린 호신이처럼.

"그래. 씨앗 말이야……. 우리에게는 일손이 필요하다. 구걸하고 싶을 정도로 사람들이 필요해. 그러나 그저 버티러 오는 사람은 필요 없다. 현장에서 자기 위안을 찾으려는 실패한 운동꾼들도 필요 없어. 우리는 이 땅을 뒤엎을 쟁기꾼으로 와야 한다. 거대한 해일로 와야 해. 세상을 뒤집어버릴 파도가 되기 위하여……."

미혜의 눈은 활화산처럼 이글거리고 있었다. 그녀는 쐐기를 박듯 다시 말을 꺼낸다.

"우리는 희망을 찾아내고, 노동자들은 승리를 만들어갈 거야. 난 그 싸움터의 전사로서 널 만나고 싶다."

칼을 버리다

아직 다갈색으로 물들지 않은 나뭇잎들이 떨어져 내린다. 푸드득거리며 놀란 새들이 사뿐히 날아올랐다가 다시 옆 가지로 내려앉는다. 지섭은 점심 식사를 끝내고 학교 뒤 숲에 앉아 있다. 어디선가 기타를 치며 노래를 부르는 학생들의 목소리가 들려온다.

"젠장, 이놈의 신문을 보고 있으면 그저 울화밖에 치미는 게 없으니."

옆자리에서 신문을 보고 있던 덕현이 신문을 와르르 구기며 말했다. 오늘 오후 석간은 소련에서 격추된 KAL기의 블랙박스를 찾는 수사가 장기화될 것 같다는 기사를 일면에 싣고 있었다.

"너구리 같은 놈들. 그래, KAL기가 소련 영공으로 들어가 떨어지는 건 알고, 그깟 블랙박스는 못 찾아?"

덕현은 두 손을 깍지 낀 채 머리 위로 들어 올리면서 길게 기지개를 켠다. 그의 목소리에는 분개한 분위기가 가득 차 있는데 기지개를 켜는 그의 모습에는 이 오후 밀려드는 오수에 빠지려는 듯 나른한 모습이 엿보인다.

지섭은 담배를 붙여 물고는 숲 입구에서 여학생들이 재잘거리며 이쪽으로 향해 오는 것을 바라다본다. 바라다보다가 놀란 듯 지섭은 얼른 고개를 떨군다. 지섭에게 담배를 하나 청하던 덕현이 지섭이 바라보던 숲 입구를 바라본다. 여학생들이 지섭과 덕현이 앉은 옆길로 걸어가고 있다. 아는 얼굴은 없다.

"젠장, 이놈의 세상, 언제 송장으로 파랗게 죽어 엎어질지 모르니……. 연애나 할까?"

지섭의 옆모습을 힐끗 바라보며 덕현이 말했다.

"지섭아, 누구 없을까? 착하고 예쁘고 말도 잘 듣고……. 함께 있으면 세상 시름이 잊혀지는."

말을 하다가 덕현은 푸른 하늘을 향해 삿대질을 하며 소리친다.

"젠장, 이놈의 날씨는 왜 또 이렇게 좋아?"

지섭은 물고 있던 담배를 멀리로 던진다. 벌써 겨울 채비를 서두르는 다람쥐들이 바쁘게 움직이고 있다.

"저기 네가 기다리던 분이 오신다."

덕현은 다람쥐들을 바라보고 있는 지섭의 옆구리를 툭 하고 친다. 지섭이 고개를 들고 숲 입구를 바라본다. 민수가 제 발등을 들여다보는 것처럼 고개를 숙이고 숲으로 들어서고 있었다.

그쪽에서는 이미 여기를 보았는지 귓불이 벌겋다. 당황하는 지섭을 모른 체하고 덕현이 손을 들어 민수를 불렀다.

"너 아까부터 이리저리 눈을 굴리고 있었던 것, 민수 때문에 그런 것 아니냐?"

민수가 몇 발짝 앞으로 다가오는 것을 보고 덕현이 속삭이듯 낮게 말했다. 지섭은 불쾌한 듯 미간을 찌푸리며 고개를 돌린다.

"민수 어디 가는 길이니?"

덕현이 싱글싱글 웃으며 민수에게 물었다.

"시간이 좀 남길래……."

말꼬리를 흐리며 민수가 대답하는데 지섭 쪽은 돌아다보지 않는다. 지섭은 다시 담배를 한 대 더 문다. 지난 몇 주일간 민수는 지섭을 피하고 있었다. 아기 옷을 전해주러 왔을 때 잠깐 이상한 태도로 얼굴을 비췄을 뿐, 지섭과 함께 듣는 수업에도 통 얼굴을 비치지 않았다. 지섭은 담배의 필터를 잘근잘근 씹는다.

"민수 요새 담배 피운다며? ……한 대 줄까?"

덕현은 민수의 어깨를 가볍게 두드리며 물었다. 민수는 굳어진 얼굴로 씨익 웃는다.

"그 좋은 걸 왜 이제야 배웠나 싶지?"

여전히 농담을 하듯 덕현은 혼자서 지껄이고 있다. 민수가 처음 담배를 피우는 것을 본 날이 형근이가 죽던 날이었다는 것을 덕현은 새삼 깨닫는다. 산 사람은 살아야지, 웃고 농담하고 사랑하고 미워하며. 자신을 사이에 두고 팍팍이 굳은 두 후배들을 바라보며 덕현은 갑자기 외로움을 느낀다.

"······날씨가 참 좋지? 아름답고 또 잔인한 계절이야······."

덕현은 심드렁하게 말하며 자리에서 일어섰다. 지섭과 민수의 얼굴에 동시에 곤혹스러운 빛이 어린다.

"요즘 강 교수가 방을 자주 비운다고 어찌나 닦달을 하는지······. 간다."

덕현은 안 해도 좋을 변명을 하며 숲길을 걸어 내려간다. 그런 덕현의 모습은 아주 쓸쓸해 보였다. 세상을 많이 살아버린 노인네가 다 저녁때 혼자서 집으로 돌아가는 것 같다.

"추석은 잘 지냈니?"

지섭이 덕현이 빠져나간 민수와의 사이의 공백을 바라보며 물었다.

"네."

"집에는?"

"가지 않았어요."

"그래······. 참 네가 골라준 옷, 내 조카에게 잘 어울리더라."

"······."

"······요즘 왜 수업에 들어오지 않니?"

"······."

민수는 조개처럼 입을 다물고 있다. 입만 다물고 있는 것이 아니라 지섭을 향해 단단한 방패를 세우고 있는 것만 같다. 지섭은 갑자기 말문이 막힌다. 아기 옷을 전해주러 왔던 날, 민수의 눈에서 이글거리던 그 원망과 모멸의 그림자가 떠오른다.

"요즘 무슨 안 좋은 일이 있는가 보구나."

자신이 왜 민수 앞에서 이렇듯 인내심을 보이는지조차 의식하지 못하며 지섭이 말했다.

"안 좋은 일이요? ……형한테는 좋은 일 있어요?"

민수는 빈정거리고 있었다. 지섭이 뒷걸음질이라도 치는 것처럼 입을 다문다. 민수의 눈은 먼 곳을 향하고 있다. 아니, 민수의 눈은 아무것도 바라보지 않고 있다. 지섭은 문득 민수가 자신을 떠나고 있음을 느꼈다. 아니, 민수가 자신에게 가까이 있다고 느낀 적은 한 번도 없었다. 민수를 보면 늘 가까이 다가갈 수 없는 어떤 벽을 느끼곤 하지 않았던가. 그러나 지금의 민수는 다르다. 지섭은 갑자기 콧등이 시큰해지는 것을 느꼈다.

"……내게 화나는 일이 있니? 내가 무슨 잘못을 했던가?"

"형이 내게 잘못한 일이 뭐가 있어요?"

확 떼밀듯 민수의 목소리는 날카로웠다. 말을 해놓고 민수는 일그러지는 입술을 꾹 깨문다.

지섭은 마른입을 쩍쩍 다시다가 담배를 문다. 갑자기 주위의 고요가 느껴진다. 아까 저쪽에서 들리던 기타 소리도 멈추고 도토리를 나르던 다람쥐들도 보이지 않았다. 숲은 침묵에 휩싸인다. 지섭도 민수도 제각기 다른 곳을 향하고 있다. 지섭은 그 침묵이 내리누르는 것을 느낀다. 어차피 산다는 것은 버티는 것이라고 그는 생각한다. 지섭은 담배를 멀리 던져버린다.

"술 마시러 가요. 어때요?"

침묵을 깨고 민수가 벌떡 일어서면서 뜻밖의 말을 던진다.

"형에게 할 말이 있어요."

민수의 눈에 다시금 그날 같은 원망과 경멸이 이글거린다.

지섭이 책을 챙겨 드는 동안 민수는 벌써 숲을 빠져나가고 있다. 숲 속에서 도깨비라도 만난 것처럼 지섭은 당황한다. 민수는 팍팍이 굳은 얼굴로 앞만 보고 걸었다.

"그래요. 한 번은 이렇게 형을 만나야 한다고 생각했어요."

술집을 들어가 소주 몇 잔을 거푸 마시고 민수가 말했다. 민수는 지섭에게는 시선을 주지 않은 채, 술집 아낙이 또각또각 무를 썰어 내리는 것을 보고 있다. 지섭은 자신의 잔에 천천히 술을 따른다. 굳어지고 있는 자신을 느낀다. 오늘 민수는 이상하다. 길을 걷다가 갑자기 자신의 목에 날카로운 칼끝을 들이대는 것만 같다. 민수는 제가 마셔버린 술잔을 그러잡고 있다. 술잔이 이렇게 생겼구나, 열중하는 아이 같다.

"……술 마실 상대가 없어서 날 만나겠다는 건가?"

한참을 묵묵히 앉아 있다가 이번에는 지섭이 빈정거렸다. 빈정거린다는 것은 무엇인가. 지섭은 갑자기 제 자신에게 화가 치민다. 그것은 민수와 같은 감정을 느끼고 있다는 것인가.

"좋아. 술 상대라면 얼마든지 해주지."

지섭은 선전포고라도 하는 것처럼 거칠게 말을 뱉고 나서 술을 마신다. 단지 술을 마시러 온 것처럼 두 사람은 허겁지겁 술을 마신다. 빈 병을 치우고 새 소주를 가져다 놓으면서 술집 아낙이 이상하다는 표정을 짓고 간다.

마셔도 취기는 오르지 않았다. 단지 감정의 한 부분이 목구멍을 타고 오르는 취기에 섞여 부풀고 있다. 그날 밤, 인경을 안고 여관으로 들어서던 지섭의 모습이 떠오른다. 그때는 인정하지 않았었다. 그러나 그 후, 지섭을 볼 때마다 화가 치밀어 오르면서 자신이 초라해 보이는 이유를 민수는 어느 날엔가 불현듯 깨달을 수밖에 없었다. 아마 집으로 돌아가는 버스 안에서였을 것이다. 수업 시간에 지섭과 어설프게 마주친 후, 그를 피해 서둘러 집으로 돌아오던 길이었다. 민수는 인두를 제 가슴에 대고 지져내는 듯한 아픔으로 자신의 감정을 인정했다. 신입생 시절 그와 인경이 다정하게 걷는 모습을 보았을 때마다, 왜 문득문득 우울해졌는지 그제야 알 수 있을 것 같았다. 버스의 손잡이를 움켜잡고 민수는 주저앉고 싶어졌다. 온몸이 덜덜 떨려오면서, 가슴이 미친 듯이 뛰기 시작했다. 불 꺼진 자취방으로 돌아가 민수는 엎어져 울었다. 그는 너무 멀리 있었다. 가야 할 길에서 자꾸만 멀어져가고 있는 사람이었다.

민수는 허둥지둥 술을 마신다. 지섭의 눈길이 자신에게 머물고 있는 것을 느끼며 민수는 자꾸 술을 마셨다. 지섭은 술을 마시다 말고 담배를 문다. 민수가 자신 앞에서 이런 모습을 보인 적은 한 번도 없었다. 민수는 언제나 단정한 모습이었다. 맨 위 단추까지 꼭꼭 채우고 머리카락이 조금만 흐트러져도 언제나 손을 대어 그것을 가지런히 하곤 했었다. 그러나 오늘 민수는 제정신이 아닌 것 같았다. 마치 지섭 앞에서 천한 여자처럼 옷이라도 홀홀 벗고 있는 것 같다. 왜 이렇게 민수와 마주 앉아 있어야 하는지, 지섭은 갑자기 짜증이 치민다. 민수는 언제나 자신에게 단정하고 밝으며 사려 깊은 후배로 남아 있어야 한다고 생각했기 때문이었는지도 모른다.

형근이가 죽었다는 사실이 그녀를 흔들리게 했다는 것은 이해할 수 있었다. 그러나 오늘 민수의 모습에는 단지 그것 때문이라면 해명되지 않는 이상한 분위기가 엿보였다. 지섭은 술잔을 거칠게 내려놓는다. 민수가 술잔으로 가져가려던 손을 움찔 멈춘다.

"그만두자."

지섭이 말했다. 민수가 지섭을 빤히 올려다본다.

"무얼 말이죠?"

지섭의 입에서 긴 한숨이 나온다.

"네 짜증을 받아줄 만큼, 난 여유 있는 사람이 아니야."

멈칫하고 있던 민수가 큰 소리로 웃음을 터뜨렸다. 지섭은 꽁초를 바닥에 던진다. 민수가 미쳐버린 것 같고, 길 가다가 난데없이 돌맹이를 얻어맞은 것 같다.

"재미있군요……. 여유 없는 사람들끼리 마시는 술맛도 괜찮잖아요?"

지섭이 이를 악다문다. 민수의 무례함에 몹시 불쾌해진 것이다.

"난 그만 가겠어."

지섭은 책을 챙겼다.

민수의 눈이 터질듯 부풀어 올랐다. 끝내야 한다고 그녀는 생각했다. 사랑한다는 사실 자체에 죄책감은 없었다. 그 상대가 하필이면 지섭이라는 것도 어쩌면 중요하지 않았다. 중요한 것은 어쭙잖은 방황의 찌꺼기들을 끊어버리는 것이었다. 진득진득한 이 열망을 잘라버리는 일이었다. 단호하고 단호하게. 그러기 위해서 민수에게는 미혜가 말한 어설픈 칼이라도 필요했다. 아니, 칼이 없으면 이를 악물어서라도 끊어야 했다.

지섭은 책을 놓아두고 다시 자리에 앉는다. 갈 수도 없고 앉을 수도 없다는 얼굴이다. 똬리 튼 뱀처럼 민수는 고개를 꼿꼿이 들고 있다. 지섭은 다시금 화가 치밀어 오른다. 여자라면, 그것도 술에 취한 여자라면 신물이 난다고 악이라도 써주고 싶다.

"할 말이란 게 뭐야? 사랑한다고 고백이라도 할 참이었나?"

씹어뱉는다. 민수의 얼굴에서 핏기가 가신다. 지섭은 제 머리를 쥐어뜯는다.

사랑, 사랑이라니. 기가 막힌다. 바람이 빠지듯 웃음이 튀어나온다. 우리는 모두 미쳐가고 있는 걸까? 지섭은 고개를 숙인 채 한참을 앉아 있다.

"……그래요."

입을 다물고 있던 민수가 대답했다. 막다른 골목에 몰린 짐승이 자신의 목을 조르는 손을 물어버리는 것 같다. 지섭이 천천히 고개를 틀었다.

"그래요. 사랑한다고 말하려 했어요."

민수는 악을 쓴다. 이번에는 지섭의 얼굴에서 핏기가 가신다.

"그래서 날 보고 어쩌자는 거야? 지금 당장 여기서 너하고 손잡고 연애라도 하자는 거야, 아니면 결혼식이라도 올리자는 거야?"

지섭도 악을 쓴다. 술집 여주인이 깍두기를 버무리다 말고 둘을 쳐다본다. 민수의 얼굴이 파랗게 질리고 있다.

지섭의 말이 옳았다. 어쩌자는 것인지 자신도 알 수 없었다. 그러나 모르는 남자 앞에서 옷이 벗겨져나간 것처럼 수치심이 몰려든다. 이런 때에 지섭과 이런 술집에 앉아 이런 말을 해야 하는 자신에 대해 미칠 것 같이 혐오감이 몰려든다. 그러나 떨어지든 벼랑을 뛰어넘든, 어쨌든 민수는 이 막다른 골목을 벗어나고 싶다. 벗어나야 한다는 생각이 다시 그녀를 벼랑 끝으로 몰고 간다.

"아니에요. 나는 형을 경멸해요. 형근이가 죽던 날 밤, 형은 어디에 있었지요? 그래요. 여유가 없었겠지요. 나하고 마주 앉아서 술 마실 여유는 없었겠지요. 결혼을 앞둔 옛 애인과 여관으로 가는 여유는 있고."

지섭은 부들부들 떨고 있었다. 그날 밤, 형근의 초상술을 마시러 가자는 덕현을 따라 술을 마시다가 인경에게로 간 자신의 모습이 떠오른다. 형근이가 어떤 후배인지는 몰랐지만 그가 죽었다는 사실에 가슴이 답답해왔었다. 그러나 마음속으로는 인경이 일방적으로 정해놓고 간 약속을 잊고 싶어서 술을 마셔댄 것도 부인할 수가 없었다. 그런 자신의 모습에 대한 혐오가 그날 밤, 인경에 대한 혐오감과 함께 뒤엉켜 견딜 수 없을 정도로 강하게 폭발했던 것도 인정한다. 그러나 민수는 지금, 자신이 겨우 잊으려고 애썼고 또 겨우 잊어가고 있는 상처에 돌을 던지는 것만 같다. 딱지를 떼어내고 상처를 마구 도려내는 것만 같다. 민수는 지섭을 바라보고 있다. 그런 민수의 눈에 모멸감이 아

른거린다. 지섭은 참을 수가 없었다. 민수에게 이런 식의 취급을
받는 것이 견딜 수가 없다.

"이런 철부지 짓은……."

지섭이 낮은 목소리로 말을 꺼냈다.

"그만두자. 이런 것들은 무의미해."

지섭은 천천히 자리에서 일어섰다.

"도망치는군요."

지섭이 멈칫한다.

"그래요. 형은 언제나 도망쳤지요. 인경이 언니에게서도, 호신
이 형에게서도, 그리고 형근이의 죽음 앞에서도……. 그리고 이
제 내 앞에서도 도망치려고 하고 있어요."

"입 닥쳐. 더 지껄이면 죽여버릴 테다."

지섭이 탁자를 쿵 하고 내리쳤다. 민수의 눈길이 거머리처럼
들러붙는다. 저 모멸감. 그래, 도망치려 했었다. 그러나 민수의
입에서 튀어나오는 그 단어에 지섭은 경련이라도 일으킬 것처럼
떨고 있다.

민수가 천천히 자리에서 일어섰다.

"죽는 것은 두렵지 않아요. 두려운 것은 죽어가는 거예요. 제
자신이 파놓은 함정에 빠져 허우적거리면서……. 형은 움직이
지 않겠지요. 언제나처럼 형은 도망치고 있지만 그건 더 깊숙이
빠져버리는 일일 뿐이에요."

"가라……. 난 너처럼 단순할 수 없어."

흥분하는 자신을 억누르며 지섭이 겨우 말했다.

"그래요, 단순해요. 아주 단순하지요. 지난번에 우리가 망월동에 갔을 때, 먼지 낀 소주병을 따서 무덤에 부으면서 형은 울었지요? 기억하나요? 그래요, 단순해요. 무섭고도 단순하지요. 그들이 우리를 울게 했다는 것, 살아 있었다면 우리와 아무 상관도 없이 마주쳤을지도 모르는 그들이 살아 있는 내 심장을 쥐어짜며 아직도 거기 누워 있다는 것. 살아 있었다면 그저 평범한 젊은이들인 호신이 형과 형근이가 밤마다 우리의 꿈속에서 어서 가라고 외치는 것……. 이렇게 단순한 일이 또 있나요? 그죠?"

민수는 돌아서서 술집을 빠져나왔다. 한낮의 햇살이 보도블록 위에 쏟아져 내린다. 인적이 없는 거리는 고요하다. 민수는 그 햇살 속으로 걸어간다. 이럴 작정은 아니었다. 아니, 처음부터 이럴 작정이었다. 철저하게 구겨버리고 싶었다. 이 적당히 낭만적인 감정에 정을 박고 싶었다. 잔인하게라도 끝을 내지 못한다면 자신에게 불어닥칠 그 감정의 아우성들을 더 감당할 수없을 것 같았다.

그러나 상처는 계산하지 못했었다. 감정을 인정하는 것보다 몇 배나 아프게 제 가슴에 각인될 상처는 계산하지 못했던 것이다. 민수는 걸음을 멈추고 선다. 모든 것을 버리고 나면 편안해질 거라고 생각했었다. 은밀하게 간직하고 싶었던 것들을 까발리고 나면 차라리 쉽게 수습될 거라고 믿었다. 그러나 지금, 영원히 멎어버릴 것 같지 않게 불어대는 이 격정은 무엇인가. 민수는 이를 악문다. 기다려야 했다. 이 도려내버린 상처에 딱지가 앉고 새살이 돋을 때까지.

그때, 누군가가 민수의 한 팔을 낚아챘다. 억센 손이었다. 지섭의 눈빛은 사나운 말처럼 날뛰고 있었다. 상처 입은 짐승이 자신에게 총을 쏜 포수를 향해 달려들 듯, 금방이라도 민수의 머리채를 꺼들어 이 길바닥에 팽개쳐버릴 것 같다. 민수는 손을 비틀어 지섭의 손아귀에서 빠져나오려고 애썼다. 그러나 손은 더 억세게 감겨왔다.

"내가 이기적이었다는 거 인정해요. 무례했다면 용서해주세요. 하지만 어쩔 수가 없었어요. 이렇게라도 하지 않으면 단 한 발걸음도 더 앞으로 나아갈 수가 없었어요. 날…… 놓아주세요."

여전히 지섭에게 팔목을 잡힌 채 민수가 울부짖었다. 지섭의 눈에서 무섭게 흔들리던 광기가 일순간에 멎는다.

"미안해요…… 정말 미안해요……."

흔들리던 민수의 눈에서 원망이 잦아진다. 모멸감도 사라지고 마지막 한 빛이 남는다. 사월 듯, 사월 듯, 사위지 않는 마지막 한 빛으로 민수는 떨고 있었다. 지섭은 온몸의 피가 정지해버리는 듯 충격을 느낀다. 가슴으로 크고 둔중한 것이 와서 쿵 하고 부딪히고 있다. 지섭의 팔에서 힘이 빠져나간다. 민수의 팔이 툭 하고 떨어졌다.

"꼭 이런 식이 아니었다 해도…… 내가 널 잡을 수 있었다고 생각하니?"

한참 후, 떨리는 목소리로 지섭이 물었다. 흐느끼던 민수가 문득 고개를 든다. 두 사람의 눈이 다시 마주친다. 잘라버리겠노라고 버티고 있던 칼 한 자루가 둔탁하게 가슴 밑바닥으로 떨어져 내리는 소리가 들려온다. 미혜의 말은 맞았다. 어설픈 칼로는 아무것도 할 수 없는 것이다.

그 집으로 가는 길

　어쩔 참인지는 자신도 알 수 없었다. 지섭은 버스에서 내려 어두워지는 길을 올라간다. 엉거주춤 민수를 안은 기억이 마치 먼 옛날의 일처럼 가물거린다. 술에 취한 것도 아니었다. 예전처럼 가슴을 저미는 듯한 애틋함도 아니었다. 다만 자포자기한 생활 속에서 풍기던 신선함 같은 것이었는지도 모른다. 아니다. 가물가물 사라져가는 옛 추억에의 연민이었는지도 모른다. 거부하고 버리고 눌러버렸던 지난날들에의 향수였는지도 모른다. 지섭은 천천히 길을 올라간다. 아이들이 어둑해지도록 고무줄놀이를 하고 있다. 늦게야 집에 돌아오는 아버지들을 기다리지도 않고 아이들은 저희끼리 즐겁다. 그리고 커갈 것이다. 아니, 이제 곧 저 고무줄놀이를 끝내게 될 쯤에는 자신에게 가난을 물려준 어버이들을 저주하며 공장으로 떠날지도 모른다. 지섭은 아이들의 노랫소리를 비켜 길을 올라간다. 제 어미를 두려워하는 재민을 생각한다. 그를 이 지상에 남기고 떠난 진규의 모습이, 누나의 사물처럼 굳어버린 얼굴이, 넝쿨을 올리듯 줄줄이 따라온다. 민수에게 있어서 자신 또한 진규처럼 어떤 씨앗만을 남겨준 채 떠나게 될 것을 지섭은 예감한다. 그는 그것이 민수에게 상처가 되지 않기를 바랐다.

하지만 지섭은 오늘 이미 민수에게서 커다란 상처를 본다. 제 가슴에도 똑같은 낙인이 찍혀 있다. 사랑까지도 버리고 민수는 어떤 길을 가려는 것인가. 또 나는. 지섭은 담배를 붙여 문다. 오늘이 되도록, 아니, 민수가 자신에게 잡힌 손을 놓아달라고 애원할 때까지도 그는 의식하지 못했었다. 그러나 민수의 손을 풀어놓으면서 지섭은 깨달았다. 민수의 얼굴이 늘 제 가슴속에서 보석처럼 반짝이고 있었음을. 집착은 없었다. 민수가 당장 그를 떠나간다 해도 두렵지 않을 수 있었다. 그러나 다시금 밀려드는 이 쓸쓸함은 무엇인가. 지섭은 푸르스름한 어둠 속으로 길게 담배 연기를 내뿜는다.

"오빠였어?"

집으로 들어서자 재민을 안고 있던 혜주가 실망스레 말을 꺼낸다.

"어머니는?"

"언니가 없어졌어, 오빠."

혜주가 재민을 내려놓으며 말했다. 지섭은 부엌으로 들어가는 혜주의 뒷모습을 바라보며 그 자리에 우뚝 선다.

"그래서?"

"엄마가 찾으러 나갔어."

혜주는 솥에 밥을 안치고 상을 본다. 태평스러운 얼굴이다. 지섭이 부엌으로 뛰어 들어가서 혜주의 앞을 가로막았다.

"언제부터 없어졌는데?"

"그걸 어떻게 알아? 그저 요 앞길에서 쭈그리고 있으려니 했지……. 엄마가 큰길가랑 아랫동네랑 둘러본다고 했으니까 곧 돌아오겠지."

혜주의 태평스러운 태도에 안도감을 느끼면서도 지섭은 왠지 마음속으로 지나가는 불안을 지우지 못한다. 새를 찾겠다고 나가서 돌아오지 않던 누나를 생각한다. 요 며칠 꼼짝도 하지 않고 방 안에만 갇혀 있던 혜섭의 모습이 불안스러운 예감으로 떠오른다. 밤마다 뒷마당에 혼자 나가 서 있던 것도 새삼 마음에 걸렸다. 지섭은 재민의 신발을 벗겨주다 말고 벌떡 일어선다.

"나 좀 나갔다 올게, 혜주야."

혜주가 부엌에서 고개를 빠끔 내밀고 어디 가냐고 물으려다가 지섭이 벌써 나가버린 것을 알고 재민을 데려다가 얼굴을 씻긴다.

지섭은 뛰듯 골목길을 내려갔다. 아이들은 여전히 그 자리에서 노래를 부르며 고무줄놀이를 하고 있다. 어둠 속에서 부르는 노랫소리가 귓가를 스쳤다.

동, 동, 동대문을 열어라. 남, 남, 남대문을 열어라, 열두 시가 지나면 문을 닫는다.

아랫동네며 길거리를 찾아보았지만 혜섭도 어머니도 보이지 않았다. 지섭은 마지막으로 예전에 혜섭이 옷을 빌렸던 술집으로 들어섰다. 왁자지껄한 술꾼들의 소리가 문틈으로 들려온다. 고기 굽는 냄새. 열아홉이나 됐을까, 처녀 아이가 술을 나르고 있다. 그녀는 지섭이 다가가자 의아스러운 눈으로 지섭을 올려다본다. 젊은 남자를 보자 얼굴이 조금 붉어지는 것도 같다.

"저어 혹시…… 아니, 저, 주인아주머니 계시니?"

"저어기 내실에 계셔요. 왜요?"

아이는 김이 오르는 냄비를 든 채 묻는다. 눈가에 깨같이 박힌 주근깨가 발그레 상기된 볼에서 더욱 두드러진다.

"여기 빨리 가져와."

술꾼 하나가 아이에게 독촉을 했다. 아이는 냄비를 날라다 놓고 와서 지섭에게 손짓을 해 보였다. 지섭은 그녀를 따라 화장실이 있는 술집 뒤편으로 돌아간다. 어머니는 역시 이곳에 있는 모양이었다.

"아줌마, 누가 찾아왔어요."

쪽을 찐 듯 머리를 곱게 빗은 여주인이 얼굴을 빼꼼 내밀다가 지섭인 줄 알자 반색을 한다.

"아이고 아들내미가 왔네. 들어와. 그러잖아두 지금 네 어머니가 여기 오셔서 넋을 놓고 계신다……. 그래, 누나는 왔니?"

여주인의 말로 보아 누나를 찾지 못한 모양이었다. 지섭은 머뭇거린다. 내실의 붉은 커튼을 열고 어머니가 얼굴을 내밀었다. 어머니의 얼굴은 벌써 발그레 상기되어 있다. 지섭은 그런 어머니의 모습에서 왈칵 짜증을 느낀다.

"혜섭이 들어왔어?"

"여기 계시면 어떻게 해요?"

어머니는 지섭의 말투에 얼굴을 찌푸린다. 근 한 달째 모자는 서로 웃는 낯을 보이지 않았다. 어머니의 표정이 심드렁하게 변해간다.

"그럼 낸들 어쩌겠니? 그 년이 어디 갔는지 내가 찾을 수가 있어야지."

지섭의 눈이 상기된 어머니의 얼굴을 쏘아본다.

"나도 모르겠다. 아랫동네며, 평소에 가던 데를 다 찾아봐도 없어……. 놔둬라. 밤이 깊으면 기어들어오겠지. 차라리 어디 가서 뒈져버리기라도 했으면 좋겠다."

내실 속에서 중년 여인들의 높고 흐드러진 웃음소리가 들려왔다. 어머니는 잠시 커튼 속으로 고개를 들이밀고 무어라 말을 건네고는 다시 고개를 내민다. 내실 속이 조용해졌다. 지섭은 말을 잃는다. 저것이 나의 어머니였던가. 꾸역꾸역 수치심이 밀려온다.

"먼저 가 있어. 곧 올라갈 테니까."

"누나가 무슨 일을 당했을까 걱정도 안 됩니까?"

지섭이 버럭 소리를 질렀다. 어머니가 발끈 지섭을 쏘아본다.

"걱정하니까 찾아본 거 아니니?"

지섭은 붉은 커튼 속에서 여전히 반쯤 고개를 내밀고 있는 어머니에게 더할 수 없는 경멸을 느낀다. 커튼 안에서 중년 여자들이 살덩이를 흐느적거리며 모여 있는 것 같은 환상이 몰려든다. 지섭은 뛰쳐나오듯 그곳을 빠져나왔다.

"학교 끝나고 어디 나자빠져 있다가 이제 와서 이 어미한테 지랄이야. 망할 놈의 자식."

커튼 속으로 사라지며 어머니가 말했다. 지섭은 술집을 나와 천천히 길을 걷는다. 미칠 듯한 혐오감이 밀려온다. 어머니는 무섭게 변해가고 있었다. 아니 정확히 말하면 빠른 속도로 타락해가고 있었다. 술에 취해 들어온 채로 코를 골며 자는 날도 많아졌고, 화장도 짙어져갔다. 바람이 난 것도 아니었다. 술집에 나가 생계를 이어가기 위해서도 아니었다.

─놔둬라. 네 어머닌 외로운 거야.

아버지의 얼굴은 이미 이 세상을 떠난 것처럼 무표정했다. 혜주도 지섭도 그 속에서 점차 질식해가고 있는 것도 모르고.

"찾았어?"

지섭이 들어서는 것을 보고 툇마루에 앉아 있던 혜주가 발딱 일어서며 묻다가 지섭이 혼자 들어오는 것을 보고 다시 주저앉았다.

"요 며칠 조용하다 했지."

"재민인?"

"재웠어."

남매는 툇마루에 걸터앉는다. 옆집 부엌에서 끓이는 된장국

냄새가 구수하게 풍겨온다. 옆집 아낙이 밥상을 들고 방으로 들어서려다 말고 혜주를 향해 묻는다.

"애 엄마 들어왔수?"

그러다가 혜주와 지섭의 앉은 꼴을 보고는 혀를 끌끌 찬다.

"세상이 하도 험해놔서……. 성한 사람도 조금만 늦으면 가슴이 벌벌 떨리는 판이니."

혜주와 지섭은 그녀가 방문을 닫고 사라지는 것을 물끄러미 바라본다. 숟가락을 달그락거리는 소리가 들려오고 가족의 이야기 소리가 들려온다.

—어쩌면 인간을 황폐하게 만드는 것은 잘못된 부유함일지도 몰라요.

민수의 목소리가 떠오른다. 지섭은 담배를 붙여 문다. 우리에게도 저런 시절이 있었던가. 밥을 먹고 과일을 깎아 먹으며 도란거리던 그때가.

"엄마는 또 그 술집에 있어?"

혜주가 물었다. 지섭은 대답하지 않는다. 개가 짖는 소리가 들려온다. 지섭과 혜주의 눈이 동시에 대문께를 향했다. 운전사 신 씨가 얼큰히 취해 들어서고 있다. 혜주의 입에서 한숨이 흘러나온다.

"어이구 지섭이 학생 오랜만이네. 요즘 바쁜가? 고시 공부 한 담서?"

반색을 한다. 지섭이 엉거주춤 일어서자 신 씨는 다가와 지섭의 손을 덥석 잡는다.

"어디 악수나 한번 하자. 귀한 분이 되시면 이 손 만지기도 힘들 테니께."

신 씨가 사라진 후 혜주가 벌떡 자리에서 일어선다.

"오빠. 정말 언니에게 무슨 일이 났음……."

입술을 깨문다.

"내가 찾아봐야겠어."

지섭이 일어서는 혜주를 붙잡는다.

"집에 있어보자. 이 근방에는 없는 것 같은데."

"그렇다고 이렇게 앉아만 있으면 어떻게 해."

지섭은 꽁초를 던진다. 하수구 근처에서 꽁초가 파스스 꺼져버린다. 혜주는 팔짱을 끼고 마당을 서성이고 있다.

낮 동안 동네를 떠돌아다니며 아이들의 놀림감이 된 것은 사실이었지만, 혜섭이 그 근방을 떠난 일은 없었다. 지섭은 혜섭이 파란 시체로 발견될 것 같은 예감에 몸을 떤다. 개천이 문득 떠오른다. 혜섭의 몸뚱이가 구정물을 마시고 퉁퉁 불은 채로 거대한 하수구로 흘러 들어가는 것만 같다.

지섭은 다시 집을 나와 뛰듯 골목을 내려간다. 머리칼을 풀어내린 채 죽어 있을 것만 같은 혜섭의 모습이 자꾸 눈앞을 막아선다. 지섭은 개천가를 살피며 천천히 걸어 내려간다. 방범등 빛에 푸르스름한 빛을 번득이며 흘러내려가고 있는 구정물뿐이다.

지섭은 개천가에서 몸을 구부리고 더듬듯 개천을 다시 살핀다. 없었다. 벌써 저 거대한 하수구의 아가리 속으로 혜섭은 사라져버렸을지도 모른다. 지섭은 떨리는 손으로 담배를 물었다.

성냥을 찾으려고 바지 호주머니를 뒤지다가 지섭은 문득 무엇을 떠올렸는지, 입에 물었던 담배를 내팽개치고 한길로 뛰어 내려가 택시를 집어탔다.

택시에서 내려 숨이 턱에 닿도록 뛰어갔을 때 혜섭은 거기 서 있었다. 곱게 늙은 초로의 여인이 팔짱을 끼고 대문 앞에 서 있고, 그 뒤로 운동복을 입은 건장해 보이는 청년이 서 있다. 지섭은 뛰던 걸음을 멈추고 천천히 다가갔다. 건장한 청년이 지섭이 다가오는 것을 보고 경계의 눈을 번득인다.

"누나."

지섭은 혜섭의 야윈 팔을 잡았다. 끊어질 듯 야윈 팔이다. 지섭은 갑자기 온몸의 힘이 쭉 빠져나가는 것을 느낀다. 갑자기 울음이 터져 나올 것 같기도 하다.

"누나 되우?"

초로의 여인이 지섭에게 물었다. 지섭은 그들에게 둘러싸이듯 서 있는 혜섭을 한 걸음 끌어내어 제 옆에 세우면서 그렇다고 대답했다.

"쯧쯧. 아까부터 자꾸 우리 집 벨을 누르지 않겠수? 엄마를 만나러 왔다면서…… 우리 애가 경찰에 신고하자는 걸, 내가 보니까 아무래도 성한 것 같지가 않아서 그냥 뒀지. 남을 해칠 것 같지두 않고."

여인은 그제야 안심이 되는 듯 스웨터 자락을 여며 팔짱을 끼면서 말했다.

"어서 데리고 가주슈. 그리고 다시는 이런 일이 없게끔."

건장한 청년은 마치 지섭이 혜섭과 합세하여 자기 집이라도 빼앗으러 온 것처럼 긴장을 풀지 않은 얼굴로 퉁명스레 말했다.

"그럼, 다시는 여기 못 오게 댁에서 잘 보살피시우……. 얼굴도 고운 색시가 어쩌다가."

모자인 듯한 두 사람은 지섭에게 다짐을 받아두고 대문을 닫고 사라졌다.

"……엄마가 문을 안 열어줘."

팔을 잡아끄는 대로 가볍게 이끌리면서 혜섭이 중얼거렸다. 지섭은 제가 살던 집을 돌아보았다. 고등학교 때던가, 혜섭과 함께 심은 목련 나무가 담장 위로 성큼 자라 있다. 지섭은 그 집에서 빛나는 불빛들을 우두커니 올려다보았다. 지섭이 쓰던 이층 왼쪽 방에 불이 켜진다. 아까 그 청년이 그 방을 쓰는지도 몰랐다. 지섭은 떨쳐버리듯 고개를 돌리고 혜섭을 붙들고 골목을 빠져나왔다.

길목은 예전 그대로였다. 지섭이 늦은 밤, 파자마 차림으로 달려가 담배를 사던 길목 어귀의 가게에 예전의 그 늙은 내외가 앉아 있다. 지섭은 그들에게 얼굴을 보이지 않으려고 고개를 숙인다. 그리고 다시 택시를 잡아탔다.

혜섭의 몸에서 악취가 풍기는지 젊은 운전사가 신경질적인 낯으로 연신 뒤를 돌아본다. 지섭은 혜섭의 팔을 다시 잡는다. 혜섭은 물끄러미 창밖을 내다보고 있다. 혜섭이 이렇게 먼 곳까지 나다니기 시작한다면 큰일이었다. 앞으로 이보다 먼 곳까지 간다면 어떻게 찾아올 수 있을지도 막연했다. 지섭은 한숨을 내쉬며 담배를 꺼내려다 말고 문득 동작을 멈춘다. 혜섭은 미친 뒤로는 한 번도 이 집에 오지 않았었다. 더구나 새로 이사한 집에서 이 집까지 오는 길은 택시를 타지 않으면 아주 복잡해서, 약도를 그려준대도 찾기 힘들 것이었다. 그런데 혜섭은 오늘 여기 와 있는 것이었다. 지섭의 얼굴 위로 불길한 예감이 덮친다. 혜섭은 여전히 창밖의 불빛들을 바라보고 있다. 지섭은 그런 혜섭을 뚫어지게 바라본다. 뒤통수를 연신 때리는 것처럼 의문은 계속된다.

혜섭은 어떻게 이 집으로 올 수 있었을까?

강물이 바다에서

병찬이 큰 키를 쭉 뻗어 '제5기 등불야학 졸업식'이라고 쓰인 현수막을 걷어냈다. 민수는 병찬이 그것을 다 접어 상자 속에 넣는 것을 보고서 불을 껐다. 아까부터 문밖에서 기다리고 있던 어둠이 일시에 달려들었다.

둘은 다과회를 하기 위해 길게 늘어져 있던 책상들이 다시 제자리에 있는지 확인하고 야학을 나선다. 언제나처럼 골목길은 발을 헛디딜 만큼 어두웠다.

"……왜 이리 허전할까. 오늘은 술도 안 오르고."

병찬이 골목길을 걸어 내려가다가 불쑥 말했다. 민수는 고개를 숙이고 묵묵히 걷는다. 허전한 것은 민수도 마찬가지였다. 처음에는 그것이 늘 겪는 이별에 대한 쓸쓸함이라고 생각했었다. 6개월 동안 정들었던 사람들과의 엉성한 이별 의식 때문이었을 거라고 생각한 것이다.

처음부터 끝까지 눈물바다였던 졸업식. 서른네 명이 입학해서 겨우 여섯 명이 오늘 졸업을 했다. 민수는 그 여섯 명이 고개를 숙이고 어깨를 들썩이면서 졸업장을 받던 것을 생각한다. 허전함은 단지 여섯 명이 졸업을 했다는 것에 기인하는 것은 아니었다.

"누나, 우리끼리 술 한잔 더 할까?"

병찬이 다시 묻는다.

"너무 늦었어. 마셔도 취하지 않는다면서 비싼 술은 뭐하러 마시니?"

병찬은 민수의 말을 다 듣지도 않고 한숨을 길게 내쉰다.

"그럼 차나 한잔 마시자."

병찬은 이대로 헤어지기가 영 아쉬운 모양이었다. 민수는 병찬과 함께 근처의 다방으로 들어간다. 다방 안은 한산했다. 레지들이 지친 얼굴로 앉아 있다가 들어서는 두 사람을 보고 천천히 일어선다.

민수는 열대어들이 불빛 속에서 헤엄을 치고 있는 어항 옆으로 가서 털썩 주저앉았다. 피곤함이 몰려든다. 어젯밤, 강학들과 함께 밤을 새운 까닭이었을 것이다. 민수는 날라온 커피에 설탕을 넣고 저으면서 빡빡한 눈을 감아본다. 아까 이곳에 들어올 때까지만 해도 별로 의식하지 않았었는데 갑자기 몸이 물먹은 솜처럼 늘어진다.

"이제 어떻게 했으면 좋겠어?"

병찬이 묻는 소리가 멀리서처럼 들려온다. 민수는 그대로 눈을 감고 잠시 앉아 있다가 병찬의 우울한 얼굴을 바라본다.

"뭘?"

병찬이 민수의 시큰둥한 대답에 상을 찡그린다.

"뭐긴 뭐야. 야학 말이야."

주인은 졸업식이 있기 일주일 전에 다시 찾아왔다. 그러고는 무조건 집을 비워달라고 했다. 이번에는 집을 뜯어고칠 목수까지 데리고 나타난 것이 무슨 말을 해도 먹힐 것 같지가 않았다. 6기 신입생 모집에 대해 토론하고 있을 무렵이었다. 주인은 무슨 말도 듣기 싫다는 듯 목수를 시켜 야학 내부를 둘러보게 하고는, 방을 다섯 개는 내야 한다느니 네 개가 들어가야 한다느니 떠들어대고 있었다.

강학들이 서둘러 근처의 장소들을 알아봤지만 허사였다. 값이 맞으면 장소가 터무니없이 비좁았고, 장소가 맘에 들면 값이 비쌌다. 한번은 어렵게 흥정 끝에 쓸 만한 장소를 계약하러 간 일도 있었다.

— 야학? 곤란한데요.

주인은 딴전을 피웠다. 돌아서 나오면서 그들은 잠정적으로 야학을 문 닫을 수밖에 없다는 결론을 내렸다. 가슴 한구석이 무너져 내리는 것 같은 허전함은 어쩌면 그것 때문인지도 몰랐다.

"우리만 그런 건 아닌가 봐. 이 일대 야학들 모두 비슷한 처지인가 봐. 교회에서 운영하는 것들은 그래도 겨우 검정고시에 충실하겠다는 서약서를 쓰고 명맥을 이어가기로 했나 봐……. 젠장, 검정고시에 충실하겠다니……."

병찬은 담배를 피워 물면서 말했다.

"우리도 진작, 이 근처 목사들한테 잘 보여둘 걸 그랬나 봐."

병찬은 혼자서 바람이 빠진 것처럼 입을 벌리고 웃는다.

민수는 병찬의 말을 귓가로 흘려들으며 어항 속의 물고기들을 바라본다. 이름도 알 수 없는 물고기들이 화사한 꼬리를 천천히 펴면서 헤엄쳐 다니고 있다. 왼쪽 끝으로 갔다가 또 오른쪽 끝으로 간다. 평생을 이대로 헤엄친대도 이 어항을 빠져나갈 수 없음을 모르는 듯 유유하게 움직이고 있다. 그러다가 한 물고기가 갑자기 생각이라도 난 듯 몸을 아래로 향했다. 어항 밑의 수초 사이로 작은 종지 같은 그릇에 매달려 꼬물거리고 있던 실지렁이들이 물결을 따라 이리저리 흔들리고 있다. 은색으로 반짝이는 비늘을 가진 물고기가 그리로 다가가 실지렁이 하나를 재빨리 낚아챈다. 도망갈 위험도 없는데 저리 동작이 빠른 것은 한 생명을 죽여야 제 종족이 번성할 수 있는 타고난 사냥에의 습성 때문일까. 몸의 끝을 물고기의 입에 물린 실지렁이가 나머지 끝부분을 또르르 말아 올렸다. 아니, 말아 올리는 것이 아니라 고통 때문에 몸을 비틀고 있는 것이다. 아니, 고통 때문만이 아니라, 저 지렁이는 실처럼 가는 몸으로 싸움을 하고 있는지도 모른다. 민수는 또르르 말려 펴질 줄 모르는 실지렁이를 순식간에 입속에 밀어 넣고 솟구치듯 다시 위쪽으로 올라가는 은빛 물고기를 바라보다가 고개를 돌린다. 갑자기 구토가 치밀 것 같았다. 엄청난 살인이라도 목격한 듯 섬뜩했다.

민수는 병찬이 피우던 담배를 서둘러 입에 물었다. 야학 근처에서는 담배를 피우지 않던 민수가 담배를 집어 드는 것을 보고 병찬이 의아한 눈을 한다.

솟구쳐 오르는 듯한 구토는 담배 연기를 한 모금 빨자 조금 진정이 되었다. 그러나 또르르 말려지던 실지렁이의 몸뚱이가 자꾸 눈에 어른거린다. 민수는 이 어항 곁에 자리를 잡은 것을 후회해본다.

그래도 환영은 자꾸 덮쳐온다. 오물거리던 우아한 물고기의 입. 승부가 이미 나 있는 그 추악한 사냥을 마치고 나서 그들은 제 비늘의 윤기를 다듬는 것이다. 위장 속에서 지렁이를 쥐어짜고 거기서 남은 기름기로 제 비늘을 가꾸는 저 이국의 물고기들. 민수는 마치 제 뱃속에서 실지렁이가 꼬리를 또르르 말아 올린 채 꿈틀거리고 있을 것만 같은 생각에 이를 딱딱 부딪치며 부르르 몸을 떤다.

"병찬아. 우리가 이곳을 근본적으로 벗어나지 않는 한 어쩌면 문제는 해결되지 않을지도 몰라."

민수는 하마터면 이곳이라는 단어 대신 어항이라고 말할 뻔했다. 병찬이 무슨 뚱딴지같은 말이냐는 듯한 표정을 지으며 식은 커피를 홀쩍 들이켠다.

"딴 지역으로 가도 마찬가지일 거야. 쟤들이 지금 얼마나 눈을 부라리고 있는 줄 알아? 아마 노동자들을 모으는 일이라면 반상회라도 신경을 곤두세울걸."

민수의 말이 단지 장소를 의미하는 것인 줄 알았는지 병찬이 시큰둥하게 대답한다. 민수는 담배를 길게 내뿜는다.

"그런 말이 아니고……."

민수는 어떻게 말을 해야 할지 잠시 망설인다. 아까부터, 아니, 이곳 야학에 와서부터 불쑥불쑥 고개를 드는 의문들이 정리되지 않는다.

"……넌 야학에 대해 어떻게 생각하니?"

"무얼 어떻게 생각해. 우리가 지금 그래도 생산 민중들과 만날 수 있는 길은 이것뿐이잖아. 그것마저도 부인한다면……."

병찬은 말을 하다가 입을 다문다. 꼬집어낼 수 없지만 민수의 말 뜻을 어렴풋하게나마 알아듣는 것 같다. 둘은 잠시 입을 다문다. 울음바다였던 졸업식을 생각한다. 서른네 명 중 스물네 명이라는 사람들이 중도에 야학을 포기했다. 민수는 처음에는 그것이 단지 적들의 탄압 때문이며, 제도교육조차 노동자들이 배우는 것이라면 눈에 불을 켜고 방해하는 사장들의 간교함 때문이라고 생각했었다. 그것은 어느 정도는 타당한 말이었다. 그러나 그들을 이곳으로부터 멀어지게 한 것은 단지 그것 때문은 아닌지도 몰랐다. 그렇다면 도대체 그들을 이곳으로부터 떨어져 나가게 했던 것은 무엇일까. 그토록 야학이 소중하다던 연순조차 결국 회사를 그만두고 이 지역을 떠나버렸다.

―선생님은 몰라요.

민수와 자기 사이에 가로놓인 벽을 더 허물 수 없다는 듯 절망스럽게 내뱉던 연순의 목소리가 떠오른다. 모른다. 민수는 담배가 다 타들어간 줄도 모르고 골똘히 생각에 잠긴다. 안다고 생각했었다. 그들이 어떤 사회의 구조 때문에 그토록 고통스러운 평생을 보내는지, 그들의 배고픈 노동으로 배부른 자들이 누구인지. 그들이 무지하기를 바라는 자들이 어떤 계산을 하고 있는지 다 안다고 생각했었다. 그러나 연순은 고개를 빳빳이 들고 민수에게 말했다. 그것은 거부였다. 그것은 단지 연순이 그때 느낀 순간적인 감정이었을 뿐일까.

민수는 꽁초까지 타들어간 담배를 서둘러 끄고 습관처럼 새 것을 붙여 문다.

병찬이 민수를 바라보고 있다가 불쑥 말한다.

"피울 줄도 모르면서 아까운 담배는 왜 그리 축내?"

"……피울 줄 모르는 게 어디 있니?"

"입담배질만 하고 있잖아. 날 좀 봐, 이렇게 입을 다물고 코로 길게 숨을 들이켜서는……. 누나는 얼치기 골초야."

"어쨌든 몸에 해로운 것은 마찬가지일 텐데 뭐 그리 복잡할 거 있니?"

민수는 입담배질을 하면서 웃는다. 웃다가 문득 얼굴을 굳힌다. 피우는 방법을 모른다…… 만나는 방법이 한계가 있는 거라면…….

"실은 나도 여기 와서 가끔 그런 생각을 하긴 했어. 노동자들과 똑같은 생활을 하지 않는 한 한계는 있다고 말이야. 하지만 우리가 그 한계를 모르고 이 일을 시작한 것은 아니잖아."

병찬이 심각하게 이야기를 꺼냈다.

"아니야. 한계라는 단어 하나만으로 얼버무려서는 안 돼. 한

계는 주저앉으라고 인식하는 게 아니고 밀고 나가 깨뜨리라고 배우는 거잖아."

"누나 말대로라면 지하로 들어가서 노동야학을 하는 수밖에 없어. 그러나 그것은 그것대로의 한계를 가지지."

민수는 어항을 바라본다. 보지 않으려고 했지만 또다시 꼬물거리며 물고기의 입속으로 빨려 들어가는 실지렁이들이 보인다. 민수는 애써 어항을 외면하며 옆자리로 비켜 앉는다.

"우리 한번 다시 생각해보자. 야학이라는 단어를 전면적으로 부정해보는 거야."

"그래, 그런 방법이 있긴 하지."

병찬은 생각에 잠긴다. 민수는 건성으로 피우던 담배를 서둘러 끈다.

등불야학은 1970년대 말 선배들이 어렵게 시작한 것이었다. 그 무자비할 만큼 열악한 환경 속에서 선배들은 끝까지 최선을 다해 싸워왔다. 상황은 절대로 그 당시보다 나아지지는 않았지만 변하고 있었다. 그것은 민중들이 피로써 얻은 결과였다. 우리는 주저앉아 있는 것은 아니었을까. 학교에서는 노동자들을 만난다는 자부심으로 우쭐거리고, 또 이곳에 와서는 노동자들과 결코 완전히는 하나가 될 수 없다는 자괴감으로 고민하면서 어쩌면 그 사이의 아슬아슬한 고뇌의 간극을 습관적으로 받아들이고 있었는지도 모른다. 어차피 우리는 아직 학생이라는 방패막이를 쓰면서.

"……누나, 나도 누나 같은 생각을 하지 않는 것은 아니야. 어떤 때는 밤에 잠도 못 자고 고민했던 적도 있었어. 하지만 나는 오늘 졸업식을 치르면서 그래도 우리는 버텨야 한다고 생각했어. 우리가 아니면 그나마 아무도 그들의 손을 잡아줄 수가 없어. 오늘 졸업식을 생각해봐."

병찬은 아까의 격정이 되살아난다는 듯 목소리를 높인다. 민수도 그것을 부정하는 것은 아니었다. 이나마라도 없는 것보다는 훨씬 나았다. 아니, 나은 정도가 아니라 꼭 필요한 것이다. 병찬의 말대로 노동자들은 변하고 있었다. 하지만 냉정해져야 했다. 졸업식에의 아쉬움은 결과이지 원인은 아니다. 그 원인을 찾아야 했다. 이젠 감정이 아니라 싸늘한 이성의 눈으로 바라보아야 한다.

"오늘 졸업생들 왜 그리 울었을까? 이제 그나마 남은 한 가닥 끈마저 놓쳐버려야 하는 것이 서러웠는지도 몰라."

민수는 천천히 말을 해나갔다. 말을 하면서 흩어졌던 생각들이 좀 더 분명해지고 가지런해진다.

— 민수야, 넌 기꺼이 민중이 될 수 있겠니? 기꺼이 민중과 결혼할 수 있겠니?

명자의 편지를 보여주고 나서 묻던 동윤의 목소리가 떠오른다.

"누나. 그렇다면 대답은 한 가지밖에 없어."

병찬이 무겁게 말했다.

"그건 누나도 나도 모두 아는 대답이야……. 명료하지. 그러나 왜 이리도 거기로 가는 길이 힘들게만 느껴질까?"

병찬은 고개를 숙인다. 그의 어깨가 무겁게 아래로 처지는 것 같다.

"병찬아. 난, 야학 자체를 부정하지는 않아. 알지?"

"……하지만 전면적으로 부정해야 할 시기가 곧 올지도 몰라."

민수는 머리를 귀 뒤로 넘긴다. 부정하는 것은 쉬운 일이 아니었다. 그것은 그동안 이나마라도 명맥을 이어가기 위해 그토록 애써왔던 시절을 부정하는 것이 될는지도 모른다. 그것이 신입생인 병찬을 우울하게 하는 것이리라.

"누나, 하지만 나는 이대로 밀고 나가겠어. 내 가슴속에서 좀 더 명료한 확신이 자리 잡을 때까지."

병찬은 고개를 들고 한마디 한마디를 힘주어 말한다. 민수는 그를 향해 미소를 띠운다. 그의 모습이 대견해 보인다. 술 마시는 걸 너무 좋아하고 늘 덜렁거리던 병찬이 어느덧 예까지 자랐나 싶다. 그렇다. 후배들은 무럭무럭 크고 있었다. 선배들이 걸어간 그 고뇌의 발자취들을 성큼성큼 뛰어넘으면서 민수는 이제 떠나도 좋다는 생각을 한다.

거리로 나왔을 때는 바람이 차갑게 불었다. 병찬은 아까 민수가 던진 말의 의미가 버거운지 떠벌리길 잘하던 입을 꾹 다물고 앞만 바라보고 있다.

"우리, 저녁을 먹었던가?"

민수가 커다란 병찬의 어깨를 툭 치며 묻는다. 병찬이 생각에서 깨어난 듯 잠시 고개를 갸웃거린다.

"아까 졸업식 전에 사발면 한 개씩 먹고 과자 부스러기 집어 먹은 게 다인 것 같은데……. 어쩐지 누나 앞에서 자꾸 기운이 빠진다 했어."

"참, 우리도 철이 없다. 학강들 저녁 먹일 생각도 안 하고 남은 돈으로 비싼 커피나 홀짝이고 있었으니."

병찬이 제 홀쭉한 배를 쓰다듬으며 씨익 웃는다.

"할 수 없다. 철이 없는 벌로 오늘은 굶는 수밖에."

민수는 달려오는 버스를 향해 가려고 회수권을 급히 찢었다.

"누나."

병찬이 떠나가려는 민수를 불러 세운다. 민수는 시계를 들여다보며 병찬을 향해 선다.

"내가 언젠가 누나를 보고 흔들리고 있는 것 같다고 한 적이 있지?"

민수가 형근이 죽던 날을 떠올리며 겸연쩍게 웃는다.

"아직도 그래 보여?"

"오늘 낮까지는……. 하지만 지금 누나는 아주 좋아 보여. 난 그런 누나의 모습이 보기가 좋아. 실은……."

병찬은 소년처럼 얼굴을 확 붉힌다.

"실은 나, 누나가 빨리 예전의 누나로 돌아와주기를 빌었다. 나뿐이 아닐 거야. 아이들 모두……."

민수는 반짝이는 병찬의 눈동자를 바라보다가 손을 뻗어 병찬의 머리를 한 대 쥐어박는다. 머리를 쥐어박히면서도 병찬은 바보처럼 웃고 있다. 가슴속에서 뜨거운 것들이 뭉클거린다. 민수는 떠나려는 버스로 급히 달려간다. 사랑하는 후배들, 떠나가는 학강들, 어떤 길로 떠나간다 하더라도 우리는 꼭 다시 만날 것이다.

문득 지섭의 얼굴이 떠오른다. 민수는 버스 속에서 흔들리면서 먼 창밖을 바라본다.

─꼭 이런 식이 아니었다 해도 내가 널 잡을 수 있었다고 생각하니?

그랬다. 지섭조차도 잡을 수 없다. 강물은 흐르고 있는 것이다. 바다를 향하여.

양지와 음지, 그리고

구름 한 점 없는 가을 하늘이 물속에 잠겨 있다. 허리를 물속에 담그고 서 있는 퇴색한 가을 산과 아주 높은 곳에서 말갛게 빛나는 해도.

사공은 하늘과 가을 산과 햇덩이가 잠긴 고요한 강에 차르륵 파문을 일으키며 노를 젓는다. 건너편 강에 두 여자가 앉아 있다. 어머니와 혜주. 어머니는 두 다리를 쭉 뻗고 앉아 넋 나간 표정으로 이쪽을 바라다보고 있다. 아이고 아이고 터져 나오던 목청도 그친 지 오래다. 혜주는 두 무릎을 그러모으고 흐느끼는데 재민이 말쑥한 옷차림으로 이리저리 풀밭을 뛰어다니고 있다. 한 여자가 죽었다.

강가에 서 있는 벚나무 이파리가 바람도 없는데 우우 떨어져 내린다. 떨어진 이파리는 강물에 누워 가만히 맴을 돈다. 지섭은 아버지에게 상자를 내밀었다. 아직 따뜻한 온기가 남아 있는 상자에 손을 넣어 한 움큼 흰 재를 쥐는 아버지의 무심한 눈에서 굵은 눈물이 흘러내린다.

"다시는 태어나지 말아라. 다시는 사람으로 태어나지 말아라……."

아버지가 뿌린 재가 강물을 따라 뱅뱅 돌다가 천천히 흘러갔다.

혜섭은 그제 아침, 그녀가 밤이면 내려다보던 지섭의 집 담장과 아랫집 틈 사이의 뒷구석에서 발견되었다. 자리에서 일어난 식구들이 그녀를 찾느라 한나절을 소비한 것도 그녀의 죽음을 재촉한 것이었는지도 몰랐다. 의사는 고개를 저었다. 가망이 없다는 것이었다. 지섭은 죽은 듯 잠들어 있는 누나를 붙들고 그녀의 옷자락을 마구 흔들어대었다. 그때 지섭은 그녀의 입술이 터져 피 흘리는 것을 보았다. 그것은 이를 악물어 생긴 것이었다. 순간 지섭의 가슴속으로 다시 서늘한 것이 흘러내렸다. 지섭은 확신을 가지고 또다시 혜섭을 흔들어대었다. 혜섭이 눈을 뜬 것은 숨을 거두기 단 몇 초 전이었다. 그때 지섭은 분명히 보았다. 다시금 맑은 혜섭의 눈동자가 단 몇 초도 되지 않는 짧은 순간이었지만 지섭을 정확히 바라보고 있었다. 그리고 혜섭은 잠자듯 죽었다. 마지막 혜섭의 눈동자가 지섭을 눈멀게 했는지도 모른다. 지섭이 그토록 그리워하던 그 맑은 눈동자가 지섭을 귀먹게 했는지도 모른다. 짧은 장례식 동안 지섭은 내내 혜섭의 시신 곁을 떠나지 않았다. 잠도 자지 않았고 물도 마시지 않았다. 병원 영안실에서 꽃도 없는 병풍 앞에 앉아 지섭은 자신이 서서히 미쳐가고 있는 것을 느끼곤 했다.

—고통은 끝났다. 혜섭이는 더 고통스럽지 않아도 좋을 거야.

아버지는 무심히 말했다. 그러나 그것도 지섭을 위안하지는 못했다. 눈을 뜨면서 마지막 사위어가는 촛불처럼 맑고 떨리는 눈으로 자신을 바라보던 혜섭의 눈동자만이 지섭을 덮쳐왔다.

—누구야, 오빠. 누가 언니를 죽였는지 내게 말해줘. 누가 진규 오빠를 죽게 했는지.

울지도 않고 혜주가 이를 갈며 지섭의 팔에 매달렸다. 그러나 오늘, 혜섭의 시신이 활활 타오르는 불가마 속에서 한 줌 재로 변했을 때 울부짖음도 끝이 나버렸다. 가끔 생각이 난 듯 울부짖던 어머니는 술에 취해 이곳으로 올 때까지 잠만 자고 있었다.

처량히 재를 뿌리는 부자를 바라보는 사공에게 지섭은 소주를 한 병 건넸다. 사공은 손마디가 굵은 손으로 소주병을 들고 나발을 불었다. 지섭은 나머지 소주를 물속에 섞었다. 맑은 소주는 자취도 없이 고요한 강물 속으로 사라져간다.

재를 다 뿌리고 강가로 나왔을 때 아버지는 무너지듯 강둑에 주저앉았다. 딸을 데려간 잔인한 강물을 아버지는 하염없이 바라보고 있었다. 재민은 고추잠자리를 쫓다가 이모 곁에 돌아와 가만히 선다. 지섭은 재민을 안았다. 재민은 아무 말 없이 작은 얼굴을 지섭의 가슴에 묻었다. 지섭은 그를 안고 서서 강물을 바라다본다.

—미안하다. 아버지가 워낙 연로하셔서. 혜섭이를 보고 싶다고 성화셔. 집안에 제사도 있고. 어떻게 휴가를 내서 내일쯤 광

주에 내려가볼까 하는데…….

1980년 5월 14일 밤이었다. 대학을 졸업해 회사원이었던 진규는 그날 밤 찾아와 지섭에게 말했다. 곧 결혼을 올릴 사이니 같이 시댁으로 가는 일쯤이야 대수롭지 않았다. 다만 진규는 서울역 앞에서 연일 모이고 있는 사람들 틈에 끼지도 못한 채 떠나는 것이 미안하다고 했다.

—일이 좀 묘하게 돌아가고 있어. 아마, 학생 지도부 측에서 발표를 하긴 할 텐데…….

이층 지섭의 방에서 딸기를 먹으며 지섭은 진규에게 이야기를 건넸다.

—잠시 사태를 관망하자는 쪽으로 갈 것 같아.

진규는 놀라는 것 같았다. 봄이 된 이후 서울역 근처에 있는 직장으로 나가는 일이 즐겁던 그에게 그것은 어쩌면 실망스러운 소식이었는지도 몰랐다.

—어련히 잘들 알아서 할까……. 난 언제나 학생들을 믿으니까. 다만, 저 자식들이 그런 우리들의 결정에 굴복을 해올지……. 하지만 지들도 어쩌지는 못할 거야. 민중의 힘이 어떻다는 것쯤 이젠 알아버렸을 테니까.

진규는 투사가 아니었다. 대학 시절 데모대 옆에서 구호야 잠시 따라했을지도 모르지만 운동꾼도 아니었고, 나는 나라를 사랑한다며 술 먹고 오기 섞인 주정도 해보지 않은 사람이었다. 그는 그냥 이 나라의 평범한 젊은이였을 뿐이었다. 그날, 지섭과 함께 서울역에서 일어난 일들을 논하면서도 흰 쟁반에 딸기를 씻어가지고 들어서는 혜섭에게서 사랑의 눈초리를 떼지 못하던 그저 이 나라의 젊은이였을 뿐이었다. 이런 시기에 나만 행복한 결혼을 올리는 것이 어쩐지 죄스럽다던 그저 눈빛이 맑은 남자였을 뿐이었다. 누가 그를 피냄새에 떨게 하며 싸움터로 달려가게 했는지 누가 그를 총을 들고 끝내 하나뿐인 목숨을 이 나라의 민주화 제단에 떨구게 했는지……. 지섭은 눈을 감는다. 한 여자가 죽었다.

"삼촌, 나 배고파."

몸을 떨며 재민이가 속삭였다. 지섭은 강둑에 세 식구를 남겨둔 채 재민을 데리고 강가에 있는 매점으로 갔다. 야유회를 나왔는지, 한 무리의 젊은이들이 커다란 전축을 틀어놓고 춤을 추고 있는 것이 보인다. 오늘이 지나면 세상이 끝나기라도 할 것처럼 몸들을 비비며 돌아가고 있다. 그들이 지르는 괴성이 가을 하늘 속으로 퍼져간다.

지섭은 가게에서 재민에게 빵과 우유를 사주었다. 배고프다고 해놓고도 재민은 지섭이 뜯어준 빵 봉지를 바라만 보고 있다.

"어서 먹어. 자, 여기 재민이 좋아하는 초코 우유도 있잖아."

지섭은 재민을 반짝 들어 올려 제 무릎에 앉히고 우유에 빨대를 꽂아주었다. 재민은 잠깐 우유를 마시다가 지섭을 빤히 올려다본다. 까만 눈동자 속에서 진규의 모습이 반짝이며 살아온다.

"어서 먹어. 삼촌이 많이 사줄게."

"삼촌……."

"응?"

"화장하는 게 뭐야? 우리 엄마, 화장했어?"

지섭은 천진스레 눈을 반짝이는 재민의 머리칼을 쓰다듬는다.

"할머니처럼 빨간 거 입에다 문지르는 거야?"

지섭은 자꾸만 재민이를 쓰다듬는다. 죽음이란 것을 어떻게 설명해야 하는지. 이 영원한 이별의 의식을 이 작은 아이에게 어떻게 말해주어야 할지. 지섭은 대답도 하지 못하고 그저 재민이의 머리를 쓰다듬는다. 재민은 빵과 우유를 반도 먹지 않았다. 대신 자꾸 지섭의 품으로 파고들었다. 지섭은 재민을 안고 다시 강둑으로 돌아온다. 식구들이 갈 채비를 하고 지섭을 기다리고 있었다. 지섭은 식구들과 함께 강가를 떠나 대기해놓은 차에 올라탔다. 차가워진 바람이 불어왔다.

"이봐요, 그놈이 얼마 가지고 왔습디까?"

차가 서울에 다 왔을 무렵 어머니가 문득 아버지에게 물었다.

"지가 결국은 당신을 응, 이런 꼴로 만들고 우리 혜섭이도 죽인 건데, 돈 몇 푼 들고 찾아오지는 못했겠지. 그래, 얼마를 내놓습디까? 허우대는 말쑥해졌던데. 내가 이런 날만 아니믄 그놈의 멱살을 잡아서……."

어머니는 다그치고 아버지는 눈을 감는다.

지섭은 창밖으로 고개를 돌린다. 갈색으로 물든 플라타너스 이파리들이 비처럼 날리고 있다.

다그치는 어머니의 목소리를 듣지 않으려고 아버지는 그저 눈을 감고 있고, 지섭은 제 품에서 잠이 든 재민이를 꼭 껴안는다.

진규는 햇살이었는지도 모른다. 작렬하는 총탄 속에서 끝까지 제 빛남을 스스로 허물지 않던 햇살. 그리고 혜섭은 그 빛나는 햇살이 남기고 간 그림자 속에서 짧은 생애를 허물어뜨린 어둠이었는지도 모른다. 그 빛과 그림자 속에서 재민이는 태어났고, 그리고 자신은 그 눈부심과 어둠 사이를 헤매는 바람이었는지도 모른다.

"내 달라고 안 할 테니 말해보슈, 얼마를……."

이 아이가 자라나 어른이 되면 그때 어떻게 이야기를 해주어야 할 것인가를 지섭은 생각했다. 햇살처럼 눈부신 그의 존재에 대해, 작렬하는 총탄 속에서 그가 피를 쏟고 고꾸라지며 지키려 했던 것은 무엇인지, 그리고 그 빛의 그림자만큼 짧고 어두운 혜섭의 생애에 대해서, 그리고 그 사이를 헤매어 다니는 이 못난 삼촌에 대해서는 또 어떻게 말을 해주어야 할까. 재민은 그때 아마 커다랗게 웃음을 터뜨릴지도 모른다.

─삼촌, 아버지는 햇살이었지만 어머니는 그 그림자가 아니었어. 그림자였던 것은 삼촌이야. 그리고 나는 빛의 아들이지. 나는 그 빛의 아들답게 살아가고 있잖아.

지섭은 재민을 꼭 안는다. 차는 덜컹이며 달리고 있다.

철창 속에서

민수가 붙잡힌 것은 세종문화회관 분수가 보이는 광화문 어느 분식집 앞이었다. 최루탄이 터지는 소리에 급하게 셔터 문을 닫던 분식집 종업원이 달려오는 민수를 숨겨주려고 잠시 셔터를 닫던 손을 멈추었지만, 뒤쫓아 오던 방독면을 쓴 사복들이 이미 민수의 머리채를 낚아챈 뒤였다.

"어서 들어가요! 어서 들어가서 문을 닫고 열어주지 말아요, 어서!"

형근의 악몽이 되살아오는 것을 느끼며 민수가 어정쩡하게 있는 종업원을 향해 울부짖었다. 종업원은 잠시 망설이는 듯한 표정을 짓더니 사복들이 그쪽을 향해 쫓아갈 듯한 기세를 보이자 급하게 문을 닫고 사라졌다.

"아쭈, 이년 봐라. 남 걱정까지 해줘."

방독면을 써서 우주인처럼 보이는 사내가 민수의 따귀를 연거푸 올려붙였다. 민수는 고개가 홱홱 돌아가는 아픔을 느끼면서도 셔터가 굳게 닫힌 문을 바라보고 안도의 한숨을 내쉬었다. 방독면을 쓴 사내 하나가 닫힌 분식집의 셔터를 발로 걸어차고 있었다. 셔터 쪽에서 반응이 없자 그는 다시 돌아와 민수의 종아리를 발로 걸어갔다.

"너, 저 안으로 도망쳐 들어간 놈 몫까지 당해봐, 이 개쌍년아."

가두시위는 다섯 시로 계획되어 있었지만 미리 알고 경계를 펴던 경찰에 밀려 네 시 반쯤부터 산발적으로 터지기 시작했다. 민수는 후배 지연과 함께 열두 시쯤부터 광화문으로 와서 어슬렁거리다가 멀리서 터지는 최루탄 소리를 듣고 그리로 달려가던 참이었다. 아까 사복들이 그들을 향해 달려오는 것을 보고 헤어져 도망치기로 한 지연의 모습은 보이지 않는다. 사복들이 민수를 전경차에 태우고 다시 짓밟았다.

"이년 독종이니까, 웬만큼 해가지고는 안 될 거야. 아까 이년 때문에 둘이나 놓쳤어."

논두렁에서 잡은 개구리를 바늘로 쿡쿡 찌르면 재미가 난다는 듯, 민수를 끌고 온 사람이 연신 민수를 차며 말했다. 정강이며 허리로 군홧발이 날아들 때마다 민수는 입술을 깨물며 아픔을 참고 있었다. 그들은 한참 더 민수를 그렇게 때리다가 닭장차 뒤쪽으로 끌고 가 팽개쳐버렸다. 여남은 명이 고개를 박고 무릎이 꿇린 채로 거기 앉아 있었다.

"대가리 처박아, 이 개새끼들아."

민수를 밀어 넣으며 그들은 몽둥이로 앉은 학생들의 머리를 후려쳤다. 신음 소리들이 악문 이사이로 삐져나온다. 민수는 머리를 처박고 있다가 고개를 들어 잠시 주위를 둘러보았다. 아는 얼굴은 없었다. 지연이 무사할까 민수는 다시금 욕설과 함께 날아드는 몽둥이를 피해 고개를 숙인다.

여학생은 민수뿐인 것 같았다. 전경 두 명을 남겨두고 사복들이 다른 사냥을 위해 버스에서 내렸을 때, 옆자리에 있던 남학생이 고개를 숙인 채로 민수에게 물었다.

"밖은 어때요? 실패입니까?"

"제가 올 때까지는 산발적으로 터지고 있었어요. 종로 쪽으로 들 간 것 같아요."

"그래요……. 그런데 많이 다치지 않았습니까? 피가……."

남학생이 안쓰러운 눈으로 민수를 바라본다. 민수는 그제야 아까부터 찝찔한 느낌이 들던 제 입술에 손을 대어보았다. 끈적끈적한 액체가 묻어 나왔다.

"……피가 나네요."

무심한 목소리로 민수가 말했다.

손바닥의 반을 적실 정도로 피가 묻어 나왔다. 민수는 그것을 무표정하게 바라본다. 피가 참 붉구나, 이런 생각도 떠오른다.

"닦아요. 얼굴에도 많이 묻었어요. 나쁜 자식들……."

남학생은 점퍼 호주머니를 어렵게 뒤적여 휴지를 건네주었다. 민수는 그가 건네주는 휴지를 들고 얼굴에 묻은 피를 대충 닦았다. 그래도 입가에서 찝찔한 액체가 계속 번진다. 민수는 휴지로 입을 틀어막는다.

"중요한 메모 같은 것 있으면 지금 여기서 없애십시오."

남학생은 입을 연신 움직이며 말했다. 그러고 보니 그는 아까부터 무언가를 계속 씹고 있던 것 같았다.

"메모요?"

"네, 어쨌든 이따 경찰서에서 보여줘서는 안 될 것들……."

민수는 잠시 생각에 잠긴다. 중요한 것들은 가지고 나오지 않았다. 정리해두길 참 잘했다 생각하며 숨을 크게 내쉬려는데 문득 아까 받아 든 유인물이 떠올랐다. 30장 정도 되는 것들이었다.

"수첩 같은 데 전화번호조차 물고 늘어질 테니까……."

그는 계속 입술을 움직거리며 말했다.

"……안 되겠어요. 유감스럽게도 입이 너무 작아서……."

"네?"

"유인물이 30장이나 되는걸요."

둘은 고개를 숙인 채 쿡쿡 웃는다.

"이건 뭐야?"

신음 소리가 나고 누군가가 버스로 끌어 올려져 팽개쳐지는 소리가 들렸다.

"난 구두를 닦았을 뿐이에요. 난…… 아아앙 엄마……."

어린 소년의 목소리가 들려온다.

"뭐야, 애새끼잖아. 야 인마, 넌 뭐야?"

"……구두 닦아요."

"이 새끼 데모대 따라서 구호를 외치고 있잖아."

"아저씨 한 번만 살려주세요. 네? 잘못했어요. 제발……."

"이 새끼가 어디서 엄살을 떨고 있어!"

다시금 둔탁한 소리가 들려온다. 뒷자리에서 고개를 처박고 있던 사람들이 조금씩 고개를 든다. 열 살이나 넘었을까, 소년은 개구리처럼 사지를 버둥이며 짓밟히고 있다. 바라보고 있던 학생들의 눈에서 번쩍 불꽃들이 튄다. 하지만 이곳은 적지였다. 민수는 입술을 깨문다. 눈자위가 터져버릴 것처럼 분노가 솟아나왔다.

그때 민수의 곁에서 힘찬 소리가 들려왔다.

"민중 생존 짓밟는 파쇼 일당 타도하자!"

옆자리의 남학생이었다. 나뒹굴던 소년의 눈이 휘둥그레짐과 동시에 몽둥이들이 민수 쪽으로 몰려들었다. 탱크가 몸을 짓밟고 지나가는 듯한 아픔이 왔다. 정신을 차릴 수가 없었다. 그들은 입에 거품을 물고 닥치는 대로 때리고 있었다. 얼마나 시간이 지났을까, 참았던 신음 소리들이 둑이 터지듯 밀려 나오기 시작하고 나서야 그들은 몽둥이질을 멈추었다. 그러고도 분이 풀리지 않는다는 듯 그들은 또 무리들을 향해 발길질을 계속해 댔다.

"기가 막히는군. 이 새끼들이 아주 죽어버리려고 환장을 했어. 야!"

사복 하나가 민수의 턱에 몽둥이 끝을 대고 민수의 고개를 끌어 올렸다.

"니들 왜 이래? 너 죽어보고 싶니? 이건 또 기집년이네."

민수는 피투성이 얼굴을 치켜들었다. 머리가 빠개지는 것처럼 아파왔다. 민수는 이를 지그시 물고 그를 노려본다. 깡마른 얼굴의 사복은 파랗게 미소를 띠웠다.

"노려봐? 니 년을 낳은 구멍이 참 가련하다."

그는 민수를 몇 번 더 걷어차고는 쌍욕을 하며 사라졌다. 민수는 고개를 숙이고 눈을 감는다. 육체가 전해오는 아픔들보다 모욕감 때문에 민수는 이를 악문다. 꺾어진 고개에서 강한 통증이 느껴진다. 아까 몽둥이로 얻어맞을 때 다친 모양이었다. 민수는 이를 악물고 눈을 떴다. 가랑이 사이에서 어둠이 보였다. 저들도 밥을 먹겠지. 사춘기 때는 연애편지를 썼고 이제 사랑을 하고 아이를 낳을지도 모른다. 이 나라의 젊은이들을 언제까지 더 악하게 만들 것인가. 민수는 어둠 속에서 눈을 깜박였다. 옆자리에서 거의 엎어진 채로 앉아 있던 남학생이 신음 소리를 낸다. 민수는 고개를 숙인 채로 그를 부축했다.

"괜찮아요."

그는 고개를 끄덕였지만 여전히 신음 소리를 내고 있다. 민수는 아까 맞으면서 긁힌 그의 얼굴에다가 제 입술을 대고 있던 휴지를 대었다. 먼지와 함께 피가 묻어 나왔다.

"안 되겠어요. 이러지 않으려고 했는데…… 끝까지 참고 중요한 곳에서 터뜨려야 했는데……. 난 언제나 이런 식이에요…… 일찌감치 이렇게 잡혀온 주제에……."

겨우 입술을 움직여 말하면서도 남학생은 분함을 이기지 못하고 몸을 떤다. 아까 구호를 외친 것을 후회하는 눈치이다. 아니, 구호를 외친 것을 후회하는 것이 아니라 그 때문에 동지들이 당한 고통을 괴로워하는 것 같았다.

"몇 학년이에요?"

"⋯⋯일학년."

"너무 자책하지 말아요. 배우려고 하지 않아도 저들이 저절로 조심하는 법을 가르쳐주게 될 거예요."

남학생이 상처 난 볼을 만지며 씨익 웃는다. 민수는 문득 가슴속으로 한 줄기 빛을 느낀다. 병찬이 말대로 나는 변한 것일까, 철창 속에서 웃을 수 있는 여유는 어디서 오는가, 하는 생각을 하려던 참이었다. 민수는 그 빛을 바라본다. 한 줄기가 아니다. 빛은 폭포처럼 쏟아져 내렸다.

그러나 천천히 빛은 다시 사라져갔다.

"쟤들, 요즘 발악을 하고 있는 것 같아요."

남학생이 아픔을 이기려는 듯, 그러기 위해서는 무엇이든 해야 되겠다는 표정으로 말을 건넨다. 민수는 자신이 놓쳐버린 그 빛줄기에 대한 생각 때문에 잠시 멍청히 앉아 있었다.

"하긴 쟤들은 처음부터 발악으로 시작한 사람들이니⋯⋯. 어쩌면 우리도 마지막 결전처럼 늘 마음의 준비를 하고 있어야 할지도 몰라요."

민수는 그의 얼굴을 물끄러미 바라본다. 동지라는 낱말이 떠오른다. 여기 이곳에서 처음 만났는데도 그의 얼굴은 아주 정답다. 같은 아픔을 가진 사람들이고 같은 고민을 가진 사람들이

다. 낯선 이들을 총칼 앞에서 이렇듯 단단히 묶어주는 것은 분노 때문인지도 모른다고 민수는 생각한다. 아니다. 단지 복수심이라든가 분노 때문만은 아니다. 그것은 그들이 같은 미래를 꿈꾸고 있기 때문일 것이다. 결단코 지금 같은 것이 아닌, 불의와 맞서 싸우는 자들의 세상을, 이웃과 나라를 사랑하고 열심히 일하는 사람들의 미래를 생각했기 때문이다. 가진 것이라곤 총과 칼과 제가 지금 무엇을 하는지도 모르는 몽롱한 상태에서 휘두르는 폭력뿐인 그런 자들의 세상이 아니라. 민수는 새삼 호신과 형근의 얼굴을 떠올린다. 망월동 묘지에 누워 있던 알 수 없는 진규의 얼굴까지도. 민수는 그들과 자신을 그토록 끈끈하게 이어주는 끈이 무엇인지 깨닫는다. 그러자 다시 빛이 보였다. 이번에는 한참 동안이나 사라지지 않는다.

"쟤들 무서워서 그러는 거예요. 정의가 승리하는 그날이 빨리 닥쳐올까 봐."

민수는 조용히 웃었다. 딱지 앉은 입술에서 다시 피가 흘러나왔다.

"……사실은 지금 나도 무서워요."

남학생은 겸연쩍은 듯 씨익 웃는다.

가방에서 나온 유인물 때문에 민수는 벌써 이틀째 지긋지긋한 조사를 받고 있었다. 이상하게도 담당이 두 번이나 바뀌었고 그럴 때마다 새로 자술서를 썼다. 하지만 민수는 이곳에 와서 마음의 평안을 얻는다. 이제 저들이 어디로 자신을 끌고 간다

하더라도 흔들리지 않을 수 있을 것만 같다.

그러나 섣불리 그들의 덫에 걸려들 필요는 없었다. 민수는 이 제는 문장 하나하나를 외워버릴 수도 있을 것 같은 자술서를 담당에게 밀었다. 담당은 민수가 쓴 자술서를 대강 훑어본다.

"너 정말 이럴래?"

"……."

담당은 파란 눈으로 민수를 노려본다.

"아니, 도서관에서 우연히 유인물을 발견했고, 그걸 가방에 넣었다는 게 말이 되니?"

담당은 민수의 머리를 들고 있던 자술서로 때린다.

"이게 보기보다 독종이야……. 누구야? 지령을 내린 게. 섣불리 뺄 생각 말고 어서 써. 너 다 쓸 때까지 나도 여기서 기다린다."

민수는 그가 던지는 자술서를 받아 들었다. 그들은 늘 그런 식이었다. 누가 시켰는가. 배후 조종자가 누구인가. 민수는 그것에 대해서라면 정말 할 말이 없었다. 그들은 스스로의 의지라는 걸 믿지 않았다. 언제나 누가 시켰는가를 물고 늘어졌다. 누가 의식화를 시켰는가. 누가 평소에 데모를 하고 북괴를 찬양하며 은근히 너희들을 부추겼는가. 그들의 논리대로 하자면 이 세상에서 자발적 의지를 가진 사람은 아무도 없었다. 토론을 하고 그 결과가 나왔을 땐 자신의 의지도 그것에 귀속된다는 것을 그들은 믿지 않았다.

—우리도 너희하고 이러고 싶어서 이 짓 하는 줄 아니? 다 위에서 시키니까.

가끔 마음이 좋아 보이는 형사라도 만날라치면 그는 마치 자신이 커다란 희생이라도 치르고 있는 것처럼 말하곤 했다. 그것으로 자신의 모든 행동은 용서될 수 있다고 믿는 것 같았다. 그들에게는 각 개인의 의지 같은 것은 문제 되지 않는다. 그러므로 그들에게 이 나라는 '민주주의를 하려면 아직도 먼' 한심한 백성들의 나라인 것이다.

"이 새끼, 너 오늘 한번 죽어봐라. 뭐 어째, 군부독재가 너의 배후 조종자야?"

민수의 앞자리에 있던 남학생이 형사의 발길질에 쓰러진다. 민수는 쓰러지면서 핏발 선 눈을 부릅뜨고 다시 일어서는 그 남학생을 바라다본다. 이곳에 진실은 없다. 그들에게는 다만 먹고살기 위해 하는 짓거리들만이 남아 있을 뿐이다. 진실을 경찰서에서 찾으려는 생각은 아예 처음부터 꿈에라도 해본 일은 없지만 민수는 새삼 서글퍼진다. 얼마나 더 피를 흘려야 할까.

"빨리 써, 이년아. 너도 저렇게 얻어터지기 전에."

담당이 소리를 꽥 내지른다. 민수는 얼른 고개를 숙였다. 벌써 열두 시가 넘은 시간. 저 사람도 집에서 기다리는 아이들이 있겠지……. 민수는 천천히 연필을 든다. 언제나 이런 자리에 와 있으면 갈등이 밀려온다. 때로는 그들의 발길질을 받으며 생각대로 다 써버리고 싶기도 한다. 1979년 12·12사태로 정권을 잡은 전두환 파쇼 일당은 1980년 5월, 독재에 반대해 일어서는 광주 시민들의 숭고한 봉기를 피로 진압하고, 안에서 인정받지 못한 정통성을 밖에서 얻고자 몸부림치고 있다. 이번 전두환의

서남아 3개국과 호주, 뉴질랜드, 태평양 2개국 및 브루나이를 거치는 6개국의 순방은 바로 그러한 맥락에서 이루어지는 것이며 민중들의 생존권 투쟁을 회피하기 위해 준제국주의로서의 기반을 잡아보려는 것이다. 그의 이러한 기도는 전 민중의 가열찬 반독재 투쟁에 직면하고 있다. 민수는 연필을 든다. 본인은 1983년 10월 4일 우연히 학교 도서관에 들렀다가…….

취조실 문을 열고 급사 아이가 채민수라는 이름이 쓰인 종이를 담당에게 내민다. 담당은 그것을 살펴보다가 민수를 노려본다.

"알고 보니까, 너 전과가 둘이나 있대……. 어쩐지 잘 빠져나간다 싶었지."

"저 전과 없어요."

"뭘 아니야. 훈방이 두 번이잖아. 나는 어림도 없는 사람이다. 최찬식이니 정동철이니 이런 애들 다 나한테 와서야 불기 시작했어. 이게 겁도 없이."

민수의 가슴이 쿵 하고 내려앉는다. 담당은 의미심장한 눈으로 민수를 보며 벙글거리고 있다. 민수는 찬식의 얼굴을 떠올린다. 그래, 결코 너희들이 원하는 대답은 내게서 얻지 못할 것이다. 진실은 후에 민중들이 알려줄 것이다.

"가만, 너 아버지 이름이 어떻게 된다고 썼지?"

담당이 신원조회서 한구석에 손가락을 짚은 채 물었다. 민수는 펜을 멈춘다. 아까 자술서에 보호자 이름을 쓸 때 아버지의 이름을 거짓으로 써넣었기 때문이었다. 담당은 민수가 쓴 자술서를 급히 찾고 있다. 민수의 등에서 식은땀이 흐른다.

"이 개 같은 새끼들, 니들은 그저 각하 타고 가시는 비행기 뒤 꽁무니에 매달아서 태평양에다 처박아야 돼."

옆자리에서 지르는 형사의 목소리도 들려오지 않는다. 구속이 된다는 것은 두렵지 않았다. 그것은 어쩌면 이제까지의 흔들림에 쐐기를 박는 일이 될는지도 모른다. 그러나 민수는 침을 꿀꺽 삼킨다.

"야, 너 왜 보호자 이름 가짜로 써넣었어? 이게……."

손을 들어 민수의 따귀를 갈길 기세를 보이던 담당이 다시 손을 멈추고 급히 일어나 밖으로 나간다. 민수는 이를 악문다. 그러나 다시 예전처럼 이곳에서 집으로 끌려간다면 그것은 동지들 곁을 떠나 다시금 홀로 유폐됨을 의미했다. 민수는 아버지의 얼굴을 떠올린다. 민수는 고개를 든다. 형사들이 치는 타이프 소리가 어지러이 들려온다. 두려운 것은 다시금 제 가슴에 쳐지는 철창이었다. 어쩌면 저들은 지금 민수에게 가해질 가장 두려운 형벌이 무엇인지 알고 있는지도 모른다.

그날 늦은 밤, 민수는 훈방되어 나오는 학생들 틈에 끼여 경찰서를 나섰다. 경찰서 앞에서 밤같이 어두운 얼굴로 아버지가 서 있었다. 민수는 우뚝 걸음을 멈춘다.

종이 울리다

    햇볕은 더없이 따사로웠지만 서늘한 바람이 불고 있다. 그제 간간이 가을비가 뿌리고 나서 기온이 뚝 떨어진 것이었다. 어제 는 대관령에 첫 얼음이 얼었다는 소식도 전해져왔다. 덕현은 창 밖으로 보이는 하늘을 바라보고 있다가 한숨을 길게 내쉰다. 제 가슴속에서 이미 빙하처럼 단단히 얼어 있는 어떤 것들이 깨지고 갈라지는 것 같다.

    눈을 뜨면 후배들은 하나둘씩 학교를 떠나갔다. 덕현은 이 가을 부쩍 외로움을 느끼고 있었다. 강 교수 연구실에서 근무 를 하다가 늦은 저녁 학교 길을 내려가고 있으면 갑자기 찬바람 이 옷깃을 파고들듯 콧등이 시큰해오곤 했었다.

    —그래, 고시에 패스하고 좋은 법관이 돼라. 좋은 안기부, 좋 은 검사…….

술을 먹고 빈정거리던 지섭에게 정색을 하고, 마주 서라고 이야기를 한 적이 있었다. 그때 지섭이 뜨거운 물을 확 끼얹은 듯한 얼굴로 그를 바라보던 것도 기억이 난다. 그렇다면 너는 그것들과 마주 섰던가. 적어도 빈정거리지 않으려고 노력했었다. 어떤 자리에서든 최선의 역할을 해내고 싶었다. 그러나 그것이 어떤 자리가 아니라 아무 자리였을 때, 결과는 이미 정해져 있는지도 몰랐다. 어쩌면 고시에 패스하거나 교수가 된 후, 일찍 다른 길을 떠난 후배들과 적대적인 자리에 서게 될지도 몰랐다. 아니, 두려운 것은 그런 것들이 아니었다. 두려운 것은 요즘 가끔, 그 자리를 향해 탐욕의 손을 뻗으려 하는 자신이었다. 덕현은 호주머니 깊숙이 손을 찌른다. 언제 예까지 흘러와버렸는지 알 수 없었다. 덕현은 제가 지내온 세월들이 마치 사슬처럼 온몸을 친친 동여매오는 듯한 환상에 몸을 떤다.

"자리에 있었구나."

문을 열고 들어서는 것은 지섭이었다. 덕현은 호주머니 깊숙이 찌른 손을 서둘러 뺀다.

지섭은 덕현을 바라보지도 않고 소파에 털썩 주저앉는다.

"어쩐 일이냐? 며칠, 학교에 얼굴도 비치지 않는 것 같더니."

지섭은 대답이 없다. 두 팔을 무릎에 괴고 잠시 무언가 골똘히 생각하는 것도 같다.

"알고 있지? 민수, 경찰서에 갔다가 집으로 끌려간 거……."

심드렁하게 말을 뱉는데 지섭의 얼굴이 굳어진다. 아니, 지섭의 얼굴은 여기 들어올 때부터 굳어져 있었던 것도 같다. 덕현은 지섭과 마주 앉는다.

"모르는 모양이구나. 학교도 못 나오고, 아버지에게 단단히 걸린 모양이야."

"강 교수 도장을 받으러 왔어."

덕현의 말을 못 들었는지, 점퍼 주머니 속에서 흰 종이를 하나 꺼낸다. 덕현이 지섭이 내놓은 종이를 힐끗 훑어보며 고개를 든다.

"휴학계야. 강 교수가 지금 없으면 형이 대신 좀 찍어줘."

무슨 말도 묻지 말라는 듯 피곤한 얼굴로 지섭이 말했다. 덕현은 새삼 지섭의 얼굴이 야윈 것을 느낀다. 움푹 팬 눈이며 까칠한 수염이 그를 더욱 초췌해 보이게 했다.

"무슨 일이 있었구나."

지섭이 내민 휴학계를 집어 들며 덕현이 묻는다. 지섭은 대답이 없이 담배를 피워 문다.

—오빠.

혜섭이 죽고 난 후 며칠 잠을 이루지 못하던 혜주가 어느 날 밤 지섭을 불렀다. 혜주의 눈은 아주 침착해 보였다. 터져버릴 것 같이 흔들리던 혜주의 눈동자가 차분히 가라앉는 것을 보고 지섭은 오히려 겁이 더럭 났었다.

—미안해. 오빠는 펄펄 뛰겠지만 난 더 이상은 견딜 수가 없어. 이제 어린애도 아니구.

혜주는 먼 하늘을 바라보고 있었다. 어둠 속에서 찬비가 소슬거리며 뿌리기 시작하고 있었다.

―……혜주야. 네 마음은 안다. 떠나고 싶은 것을 굳이 말리지는 않을 거야. 하지만, 어디로 어떻게 떠나는지는 그래, 그건 무척 중요한 일이다. 오빠는 널 믿지만 세상이…….

―지금 당장은 아닐지도 몰라. 하지만 조만간 내가 어느 날 불쑥 없어지더라도 걱정하지 말라고.

혜주는 차분한 목소리로 말했다. 떠나기 위해 짐을 꼭꼭 챙기는 것 같았다.

지섭은 머리를 흔들었다.

―오빠가 꼭 대학에 보내줄게. 정말이야. 올해는 좀 불가능할지도 몰라. 그러나 내년엔, 약속하마. 이건 그냥 하는 말은 아니다.

―이제 대학 같은 건 아무 의미도 없어……. 오빠가 이해해준다면 돈을 벌려고 해. 오빠, 난 돈을 아주 많이 벌 거야. 그래서 세상에 복수할 거야. 엄마에게 원망은 없어. 그러나 내가 집을 나가면 엄마는 또 후회하겠지? 언니에게 그랬던 것처럼.

혜주는 조용히 마당을 적시는 비를 바라보며 말했다. 그녀의 결심이 신앙처럼 굳어져버린 것을 지섭은 문득 깨닫는다.

"이제 와서 학업을 그만두는 게 무슨 의미가 있겠니?"

덕현이 담배를 물며 말했다. 지섭이 피곤한 듯 잠시 눈을 감았다.

"……계속하는 것은 무슨 의미가 있을까?"

덕현은 대답을 못한다. 어쩌면 제 자신이 여지껏 해오던 질문을 지섭이 던졌기 때문일 것이다.

"……그래, 어쩔 생각이냐?"

"누구처럼 머리 깎고 산에 들어갈까?"

지섭이 담배에 불을 붙이며 얼핏 웃는다.

"고시를 할 생각이냐?"

"고시? ……중이나 될까 하고."

"미친놈."

덕현은 초조하게 담배를 빤다. 지섭을 보면서 가끔, 저러다 저 놈 산에 가서 중이나 된다고 하지 않을지 몰라, 농담을 한 일은 있었다. 덕현은 지섭이 정말 중이 되기 위해 머리를 깎을지도 모른다고 생각한다.

"……누나가 죽었어."

지섭은 스치듯 말했다. 덕현의 눈이 놀라움으로 크게 벌어진다. 중이나 되겠다던 지섭의 말이 갑자기 현실성 있게 다가오기 시작했다.

"왜 연락하지 않았니?"

담배를 비벼 끄고 새 담배를 허둥거리며 붙여 물고 덕현이 말했다. 가슴 한구석으로 지섭이 느끼는 아픔이 찬찬히 전해져오는 것도 같다.

"번거롭기만 했을 텐데……. 다 끝났어……. 어떤 의미에서는 홀가분해."

덕현은 입을 다문다. 어느 봄날 시립병원 벤치에서 머리를 쥐어뜯던 지섭의 모습이 떠오른다. 혜섭은 결코 자신과도 무관할 수 없는 사람이었다. 그날 예상대로 시위가 이루어졌더라면 덕현은 오늘 이 자리에 서 있지 않았으리라. 그리고 오늘처럼 혼자 처량히 창가에 서서 알 수 없이 밀려드는 외로움을 씹지 않았을지도 모른다. 그러나 지섭의 말대로 다 끝난 일이었다.

"젠장, 이 자식은 맨날 세상 혼자 사는 것처럼⋯⋯. 넌 그게 병인 거 아니?"

덕현은 갑자기 화를 낸다. 아슬아슬 빗나가버린 생의 길들이 어지럽게 다가오는 것만 같았다. 덕현은 피우던 담배를 비벼 끈다. 갑자기 모든 것이 허무해진다. 덕현은 눈물이 터져 나올 것 같은 눈을 거칠게 비빈다.

"돈을 벌러 떠날까 해."

지섭이 낮게 말했다. 덕현이 팔짱을 낀다.

"누가 대학도 졸업 안 한 네놈에게 거저 돈이라도 준대?"

"그러니까 일을 해야겠지."

지섭은 정말 홀가분한 표정으로 웃는다.

"정말 왜들 이러는 건지. 요즘은 제정신이 박힌 놈들이 하나도 없는 것 같아. 나야말로 산에 들어가 중이나 되고 싶은 마음이다."

지섭은 손깍지를 끼고 여전히 그 자세로 앉아 있다. 덕현은 자리에서 벌떡 일어나 방 안을 서성인다. 산에 들어가겠다는 자신을 누가 가둬놓기라도 한 듯, 덕현은 갇힌 짐승처럼 머리를 싸맨다. 문득 덕현의 책상 위에 아까 인경이 놓고 간 청첩장이 눈에 띈다. 꼭 와달라고 방긋 웃는 인경의 얼굴이 무거운 지섭의 얼굴에 겹쳐진다. 세상이 모두 미쳐가고 있다는 말은 어쩌면 아까 인경이 자신에게 두고 간 혼란까지 염두에 둔 것이었는지도 모른다. 덕현은 다시 자리로 돌아와 털썩 주저앉는다. 갑자기 지섭이 미련하고 아둔하게 느껴진다.

떠나겠다는 지섭을 잡을 수 없는 자신이 처량하다. 그러나 아무런 건덕지가 없다. 의미가 없다는 지섭의 말에 반박을 할 수도 없었다. 덕현은 길게 한숨을 내쉰다. 그때 노크 소리가 들렸다. 담배를 서둘러 끄고 덕현이 문을 열자 인경이 서 있었다. 덕현의 얼굴이 팍팍이 굳은 것도 모르고 인경은 방긋 웃으며 말을 꺼낸다.

"형, 글쎄 청첩장에 시간이 잘못 나온 걸 깜빡 잊었어요. 어떤 청첩장에는 손으로 수정을 했는데……. 보세요."

인경은 문 안으로 고개를 갸웃 내밀었다. 그러고는 교수가 없는 것을 보자 한 발짝 문으로 발을 들여놓는다. 인경을 막으려던 덕현이 머뭇거리는 사이 인경이 먼저 지섭을 보고 말았다. 인경의 목소리를 들었건만 지섭은 문에 등을 진 채로 돌아보지 않는다. 덕현은 될 대로 되라는 표정으로 그들을 외면한다.

"지섭이 형 맞죠?"

높고 맑은 목소리로 인경이 물었다. 지섭이 천천히 고개를 돌린다. 둘의 눈이 잠깐 마주쳤다.

"지섭이 형, 저, 이번 일요일 날 결혼해요."

지섭이 다시 고개를 돌린다. 덕현은 인경이 두고 간 청첩장을 구기듯 집어 들었다.

"이왕 왔으니까 앉아라."

"아니에요. 가봐야 돼요. 덕현이 형, 세 시예요. 잘못된 청첩장이면 아마 두 시라고 되어 있을 거예요."

　인경은 방긋 웃는 시선을 지섭의 굳은 어깨에 던지고는 총총히 방을 나가버렸다. 지섭이 천천히 담배를 피우고 있다. 침묵이 길게 이어졌다. 지섭은 덕현이 열어놓은 창가로 흘러드는 찬바람을 느낀다. 겨우 진정된 마음에 돌을 던지듯 파문이 잠시 일어났다. 지섭은 파문이 사라지기를 기다린다. 깊은 곳으로 가라앉아 다시는 떠오르지 않기를⋯⋯. 그때 어디선가 급하게 벨이 울렸다. 덕현이 숙이고 있던 고개를 얼핏 든다. 벨소리는 좀 더 분명하게 울리고 있다. 지섭도 고개를 들었다. 비상벨이었다. 학생들이 쳐들어오고 있으니, 어서 나가 데모대를 막아달라고 벨은 길게 여러 번 울린다. 덕현은 인경이 열어놓고 나간 문을 쾅하고 닫는다. 그래도 벨소리가 길게 길게 이어진다. 끝날 줄 모르는 아우성처럼, 위기를 알리는 붉은 신호처럼.

다시 걷는 길

"미국으로 가거라."

민수가 집으로 돌아온 지 며칠이 지난 저녁, 아버지가 민수를 불러놓고 말했다. 아버지의 입술이 굳어서 잘 움직이지 않았는지, 그것은 마치 '지옥으로나 가버려라'고 말하는 것처럼 들렸다. 아니, 적어도 미국이라는 단어가 민수에게는 그렇게 들렸다. 민수가 돌아온 후 아버지와의 첫 대면이었다.

"제가 미국에 가서 무얼 해요, 아빠."

민수는 소파에 고양이처럼 웅크리고 앉아 얼핏 웃으며 물었다.

"공불 하지, 하긴 무얼 해."

배를 깎던 어머니가 핀잔을 주듯 끼어들었다. 어머니는 터진 입술을 하고 웃고 있는 민수가 야속한 모양이었다. 민수가 며칠 전 저녁 처음 집으로 들어섰을 때, 멍이 든 민수의 몸을 어루만

지면서 울던 어머니가 눈을 흘기는 것을 보면, 이제 마음이 어느 정도 풀린 모양이었다. 아버지는 전두환 대통령이 특별기 편으로 버마에 도착했다는 뉴스에서 눈을 떼지 않고 있었다. 그것으로 할 말은 끝났다는 얼굴이기도 했다.

민수는 아버지가 바라보고 있는 TV를 잠시 바라보다가 어머니가 내미는 배를 들고 우적우적 씹는다. 집으로 돌아온 이후 민수는 신통하게도 빠르게 집에 적응해갔다. 어머니가 차려주는 밥도 다 비웠으며 멍 든 자리에 바르는 약도 마다하지 않았다. 다만 어머니가 십 년 묵은 인삼을 다려 내밀었을 때 잠깐 얼굴을 찡그렸을 뿐 그것도 거부하지 않았다. 어머니에게는 그것이 안심이 되는 모양이었다. 사실 어머니로서는 민수가 울며불며 단식투쟁을 벌일 것도 각오했었기 때문에 마치 딸이 수학여행이라도 다녀온 기분이었을 것이다.

"미국엔 가지 않겠어요, 아빠."

배를 다 먹고 나서 입가를 소매로 쓰윽 문지르며 민수가 말했다. 용돈 좀 주세요, 하듯 태평한 목소리였다. 아버지는 움직이지 않는다.

"얘가, 너 여기 있으면 그놈들 손아귀에서 벗어날 수 있을 것 같니? 아버지가 이번에도 얼마나 애를 써서…… 자식이란 게 아버지 얼굴에 먹칠하고 다니는 것도 모르고……."

어머니는 혀를 찬다. 어머니가 그놈들이라고 말하는 것은 오늘 낮 민수를 찾아왔던 후배들을 가리키는 모양이었다. 민수는 어머니가 모양 좋게 깎아놓은 배를 하나 더 집어 든다. 물이 많은 배는 시원하고 달았다. 하지만 민수는 그런 배의 맛을 거의 느끼지 못한다. 경찰서를 나오는 순간부터 민수는 거의 다른 것을 의식하지 못할 정도로 한 가지 생각에 골몰하고 있었다. 그것은 다시 떠나는 것에 대한 문제였다. 다시 떠난다는 것은 한달 반 전쯤 민수가 집을 나서는 방식이 아니고, 그저 이 집은 아니다라는 단순한 마음으로 보따리를 싸들고 나서는 것도 아니어야 했다. 민수는 오늘 아버지와의 대면에서 그 결단의 순간이 조금 더 빨리 다가오고 있음을 느긴다.

"사람을 보내서 학교에 휴학계를 접수시켰다. 내일부터 사람이 올 테니까 회화 공부를 하도록 해."

아버지가 무겁게 말했다. 민수는 입속에 든 배를 꿀걱 삼킨다.

아버지는 서양 사람을 민수에게 보낼지도 모른다. 이런 때에 외국인과 마주 앉아 꼬부랑말을 애써 하고 있는 자신의 모습을 생각하자 갑자기 웃음이 나온다. 민수는 제 자신이 이런 상황에서 웃는 여유가 있는 것에 새삼 놀란다. 예전 같으면 발끈 고개를 들고, 그렇게 되면 내가 정말 행복하다고 생각하시나요? 라든가, 제 길은 제가 갑니다, 따위의 말을 하고 어머니의 울음소리를 들으며 아버지와 또 언성을 높였을지도 모른다. 민수가 아무 대답이 없는 것을 보자 어머니는 불안해지기 시작했다. 대문 안으로 발을 들여놓지 못하게 했지만 아까 낮에 찾아온 아이들이 또 무슨 꿍꿍이를 민수에게 전달해주고 갔는지 알 수 없었다.

"아버지 말씀대로 해. 너 한 번만 더 집을 나가면…… 그땐 이 어미하고도 끝이다."

어머니의 목소리는 울먹이고 있었다. 민수는 고개를 들지 않고 제가 잡고 있던 배를 천천히 접시 위에 다시 올려놓는다.

"피곤해서 그만 올라가야겠어요."

민수는 자리에서 일어섰다. 어쩌면 이것이 아버지 어머니와 마지막 시간이 될지도 모른다는 생각이 그녀의 발목을 당겨왔지만, 민수는 그대로 이층으로 오르는 계단으로 올라섰다.

"민수야, 인삼 다려놓은 것 먹고 가……. 원 사람들도, 여자애를 저렇게 무지막지하게 때리는 법이 어디 있어."

뒷말은 아버지를 향한 불만이었을 것이다. 민수는 다시 부엌으로 가서 어머니가 내미는 인삼물을 마신다. 예전 같았으면 밀어닥칠 갈등이나 죄책감 같은 것들이 신기하게도 일지 않았다.

"미시즈 해밀턴은 매일 열두 시에 올 거다."

인삼물을 마시는 민수의 뒤통수에 대고 아버지가 말했다.

"안녕히들 주무세요."

그녀는 계단을 올라 이층으로 왔다. 민철이도 민진도, 민수까지도 떠나버렸던 이층은 괴괴한 어둠 속에 묻혀 있었다. 민수는 제 방으로 들어가 침대 머리에 있는 스탠드의 스위치를 켰다. 뿌연 빛 속에서 사물들이 희미한 윤곽을 드러내고 있다. 민수는 낯선 여인숙에라도 들어온 것처럼 주위를 돌아보며 서 있었다.

떠나던 날이 생각난다. 짐을 챙기면서 돌아보던 방. 방은 예전 그대로였다. 그러나 민수는 그것들이 낯설다. 돌아가면 언제나 밑둥만 허옇게 꺼져 있던 자취방의 연탄불, 민수를 빨리 지쳐가게 했던 번개탄의 솟구쳐 오르던 냄새가 그립다. 쓰러져 신음하고 있을 때, 찬식이 끓여주던 미음의 냄새, 후배들과 먹던 퉁퉁 불은 라면의 냄새가 못 견디게 그리워진다. 민수는 어둠 속에서 코를 길게 들이켠다. 그것은 삶의 냄새였다. 민수는 외등이 켜진 정원을 내려다보며 창문을 열었다. 뇌 속의 세포 하나하나를 깨우면서 차가운 가을바람이 밀려들어왔다. 민수는 가슴을 펴고 크게 심호흡을 했다.

— 누나, 힘내!

민수를 만나지 못한 채 돌아가면서 후배들은 아까 낮에 창가에 서 있던 민수에게 손나팔을 하고 외쳤다. 어둠 속에서 그 소리가 살아오는 것만 같다. 후배들에게 최선을 다하지 못했다는 죄책감 때문에 오후 내내 우울해 있던 것도 떠올랐다. 민수는 소름이 돋은 팔을 쓸어보았다. 곧 겨울이 닥치려는지 바람이 차갑게 불어온다. 민수는 창을 열어둔 채 침대에 누웠다. 그러자 갑자기 제 몸이 공중으로 붕 뜨는 듯한 느낌이 들었다. 옷자락이 바람에 휘날리며 아주 높은 곳으로 올라가고 있다. 두려움을 느끼며 민수는 벌떡 몸을 일으켰다. 어둠 속을 뚫고 빛이 쏟아져 내린다. 미혜를 만났을 때, 이름을 모르는 그 남학생과 호송차에 갇혀 쿡쿡 웃고 있을 때, 몸을 꿰뚫듯 다가오던 그 빛이, 폭포수처럼 쏟아져 내린다. 민수는 부신 줄도 모르고 그 빛을 바라다본다. 꿈속에 호신이 준 붉은 씨앗이 떠올랐다. 호신의 손바닥에서 씨앗은 작은 꼬리처럼 싹을 내밀고 있었다. 이 세상에서 가장 연한 손으로 제 껍질을 깨고 씨앗은 굳은 땅을 헤치고 있었다. 민수는 비로소 깨닫는다. 껍질을 깨고 얼어 갈라터지는 땅을 헤치고 씨앗은 드디어 이 지상의 어느 모퉁이에 싹을 내민 것이다. 빛은, 폭포처럼 쏟아져 내리는 빛은 그 씨앗이 지상에 얼굴을 내밀어 최초로 만난 것이었다. 이제 다시 어둠은 없으리라. 적어도 땅속으로 다시 돌아가 어둠 속에 홀로, 제 껍질 속에 홀로 유폐되지는 않으리라. 그렇다면 남은 것은 이제 딱딱한 동토에 뿌리를 내리며, 또 두 팔을 지상으로 뻗어 자라면서 거센 비바람과 싸우는 일이다.

민수는 제 뺨으로 흘러내리는 뜨거운 눈물을 느낀다. 이제 다시 어둠 속에서의 몸서리쳐지는 유폐는 없다. 민수는 제 몸이 갈라지는 듯한 통증을 참으며 묵묵히 서 있었다. 다시 태어나는 일에 이만한 고통쯤이 없을까. 슬픔 속으로 미소가 떠오른다.

더 이상 아름다운 방황은 없다

민수는 창가에 있는 자리에 앉아 있었다. 팔을 괴고 탁자에 놓인 책을 이리저리 넘기면서 무언가 골똘히 생각에 잠겨 있는 것도 같았다. 커피색 브이넥을 입은 민수의 옆얼굴이 또렷해 보인다. 지섭은 천천히 민수가 앉아 있는 자리로 다가갔다.

고개를 들고 지섭을 발견한 민수가 밝게 웃는다. 지섭은 천천히 민수와 마주 앉는다. 연락을 받은 것은 어제 오후였다. 덕현이 집까지 지섭을 찾아온 것이다. 그에게 휴학계를 맡긴 지 일주일이 되던 날이었다.

—받아라.

덕현은 지섭을 끌고 지섭의 동네에 있는 허름한 술집으로 들어가서 불쑥 휴학계를 내밀었다.

—단지 돈 때문이라면 내가 아르바이트 자리를 하나 더 주선

해줄 수도 있어.

지섭은 묵묵히 그와 소주를 마셨다. 돈 때문인지도 몰랐다. 어머니와 더 이상 언성을 높이지 않으려고 했지만 또 부딪칠 수밖에 없었다.

이번에는 어머니가 식칼을 들고 지섭에게 달려들었다. 술 때문이었는지도 몰랐다. 어머니는 지섭에게 칼을 빼앗기고 뒤로 나동그라지면서 목을 놓아 울었다.

—그래, 죽자. 이 고생이 이대로 계속된다는 생각은 꿈속에서라도 하기 싫다. 네가 정 고시를 하지 않겠다면 방법은 한 가지뿐이다. 너하고 나하고 죽는 거야.

—고시요? 돈이 아니구요?

지섭은 미친 듯이 소리를 질렀다.

지섭은 어머니의 손에서 빼앗은 칼을 들고 벌벌 떨고 있었다. 그것은 두려움 때문이었다. 어쩌면 이 칼로 어머니를 찌를지도 모른다는 두려움, 아니 어쩌면 이 칼로 자신의 목에 들이대고 혜섭처럼 죽어가고 싶다는 욕망 때문이었다.

—오빠가 참아. 오빠 제발, 내가 잘못했어…….

혜주는 엎어져 울었다. 재민이 겁먹은 눈동자로 지섭을 올려다보고 있었다. 재민의 시선을 느끼며 지섭은 칼을 떨어뜨렸다. 그를 홀로 이들에게 맡겨두고 떠날 수가 없었다. 누나는 죽어서까지도 그의 발에 족쇄를 채운 것 같았다.

—학교에 나와. 어차피 이대로라면 넌 어딜 가든 아무것도 해내지 못한다.

—알아. 그렇지만 학교에 가지는 않겠어.

덕현은 더 말이 없이 술만 마셨다. 그리고 늦은 밤 개천 길을 따라 걸으면서 덕현이 어둠 속을 흐르는 구정물에 대고 소리를 질렀다.

—언제까지 이래야 하는 거냐? 응? 언제까지…….

덕현은 지섭의 옷자락을 붙들고 울음을 터뜨렸다. 그의 비명 같은 말소리가 민수와 마주 앉은 지금 생생히 떠오른다. 울음을 그친 후 덕현은 민수에게 온 연락을 전해주고 사라졌다.

—떠나려면 민수처럼 가라. 그렇다면 나도 널 붙잡지는 않을 테니까.

"형이 어쩌면 나오지 않으실지도 모른다고 생각했어요."

민수는 탁자 앞에 놓은 흰 종이와 펜을 재빨리 치운다. 그녀의 눈이 찻집에 늘어진 전구에 반짝하고 빛난다. 지섭은 문득 민수가 변했다는 생각을 한다. 민수는 제가 마시던 식은 커피 잔을 옆으로 치우고 다시 웃는다.

"저 학교를 그만두었어요. 그야말로 자의 반 타의 반이죠. 서류를 정리해준 사람이 따로 있으니까."

웃는 민수의 입에서 맑고 고른 이가 보였다. 지섭은 담배를 꺼낸다. 찻집의 여자가 민수의 잔을 치우며 메뉴판을 내밀었다. 지섭이 담배를 붙이며 주문을 하려고 하는데 민수가 물었다.

"나가서 좀 걷지 않을래요? 아까 오다 보니까 쌀쌀한 바람이 참 상쾌하던데……."

학교 앞의 길거리는 여전했다. 지섭은 점퍼 호주머니에 손을 찌르고 걷는다. 지나가는 사람들의 어깨가 지섭에게 부딪혀온다. 민수는 이 거리의 언제나 같은 표정들을 살피며 걷는다. 이런 풍경을 처음 구경하는 것처럼 열중하고 있는 것도 같았다.

"사실은 오늘 오랜만에 학교 앞에 오면서, 내가 아직 보고 싶어하는 얼굴을 이 학교 앞에서 만날 수 있다는 사실 때문에 꽤 설레었어요. 이젠 별로 올 필요도 없는 곳인데……."

민수는 재잘거린다. 지섭은 그런 민수를 바라보다 시선을 돌린다. 지섭은 민수에게 변한 것이 무엇인지 얼핏 집어내지 못한다. 둘은 거리를 지나 어두운 학교로 들어섰다. 나트륨등이 쌀쌀한 밤바람 속에서 따뜻한 빛을 던지고 있다. 둘은 도서관 건너편의 벤치에 앉았다.

민수는 눈을 들어 건너편 도서관의 휘황한 불빛들을 바라본다. 벌써 여기까지 오다니. 오랫동안 여행을 하고 돌아온 것처럼 그립고도 낯선 불빛이었다.

"형에게 미안하다는 말을 하고 싶었어요. 그날……."

부끄러운 것을 들킨 것처럼 귓가가 확 붉어진다.

민수는 어둠 속에서 붉어지는 얼굴을 느끼며 머리를 귀 뒤로 넘긴다.

"왜 그리 조바심을 치고, 미칠 것 같았는지…… 형에게 그리 무례하게 굴고…… 형을 사랑하는 일이 뭐 어떻게 날 가로막는다고……. 미안해요. 내가 큰마음을 가지고 있었다면 사랑하는 일이 더 크게 걸을 수 있게 해주었을 텐데……."

민수는 이번에는 부끄러워하지 않고 담담히 말했다.

지섭은 담배에 불을 붙인다. 민수는 떠나기 위해 온 것이었다. 지섭은 새삼스레 그것을 깨닫는다. 아니, 아까부터 낯설었던 민수의 모습은 민수가 벌써 멀리 떠나버렸다는 느낌 때문이었을 것이다. 벤치 위에서 아카시아 이파리들이 우우 떨어져 내린다. 민수의 커피색 스웨터 위에 낙엽이 두어 개 얹혀 있다. 지섭은 가만히 그것을 털어준다. 손끝에서 민수가 굳어오는 것이 느껴진다. 민수는 잠깐 그 자세를 하고 앉아 있더니 생각을 떨쳐버리듯 가방을 부스럭거리며 꾸러미를 하나 꺼낸다.

"……집을 옮겼어요. 먼 곳으로. 그리고 석 달 정도 있다가 더 먼 곳으로 떠나게 될지도 몰라요."

민수는 꾸러미를 내민다.

"돈이 조금 남길래…… 아기 옷이에요. 그때 그 치수를 생각하고 샀어요. 실은 형에게 무얼 주고 싶었는데……. 좋은 건 아니지만 따뜻할 거예요."

지섭은 민수가 내미는 꾸러미를 받아 든다. 받아 들면서 지섭은 문득, 민수와 제가 어쩌면 재민을 사이에 두고 이어져 있다는 생각을 한다.

민수는 어둠 속을 응시한다. 어둠 속에서 지섭이 피우는 담뱃불이 깜박인다. 내일이면 새로운 생활이 시작된다. 민수는 손마디를 툭툭 꺾는다. 그 새로운 생활로 첫발을 떼놓기 전, 굳이 지섭을 만나려 했던 이유는 무엇일까.

―흔히들 학교에서 현장으로 진입하면 그것으로 끝이라고 생각하기 쉽지. 하지만 이제 겨우 시작일 뿐이야.

민수가 새로 시작하게 된 생활의 지도를 맡게 된 선배는 담담하게 말했다. 지섭의 옆모습이 보인다. 그는 천천히 담배를 피우고 있다. 사랑은 단지 감정이 아니다. 그날처럼 길거리에서 엉엉 울며 울부짖던 격정도 아니었다. 그저 살아가는 일이었다. 민수의 눈길이 담담해진다. 그저 살아가는 일이다. 이렇게 헤어지고 돌아서고 노동자가 되고, 끝없이 낮은 곳에서 더 높은 곳을 향하여 움직이면서.

"……다시 만나기가 힘들겠구나."

지섭이 무겁게 입을 열었다. 민수가 고개를 들고 둘의 눈이 끌리듯 마주친다. 지섭은 어둠에 잠겨 있는 민수를 바라본다. 바람이 민수의 머리칼을 날린다.

"……저기 뒷산에 형근이 묻혀 있어요. 호신이 형은 저쪽 병원에서 죽었고…… 사랑하는 사람들이 이 캠퍼스를 떠나갔지요……."

민수는 커다랗게 눈을 깜박인다. 지섭은 담뱃불을 껐다.

"다시 만날 수 있을 거예요. 가까운 날은 아니겠지만……. 그땐 형이 제게로 오세요."

민수는 웃었다. 그러고는 시계를 들여다보며 자리에서 일어선다. 지섭은 고개를 들고 하늘을 바라본다. 별들이 가물거린다. 저 먼 하늘까지 가지 않더라도 우리는 어쩌면 이 지상에서 별들과 만나게 될지도 모른다. 고뇌 속에서, 이별 속에서, 그리고 살아가면서 문득 떠오르게 될 이 아이의 눈동자 속에서.

"언제나 건강하세요."

민수를 태운 버스는 어둠 속으로 사라져 가버렸다. 지섭은 사람들이 띄엄띄엄 서 있는 버스 정류장 한구석에서 우두커니 서 있었다. 바람이 불고 나뭇잎들이 떨어져 내린다. 기온이 더 내려갈 모양이었다. 사람들은 호주머니에 깊숙이 손을 찌르고 집을 찾아 분주히 멀어져간다. 지섭은 한참을 그렇게 서 있다가 천천히 길을 걷기 시작했다.

─형을 못 만나게 되면 부치려 했어요.

버스를 타기 전 쑥스러운 얼굴로 민수가 내밀었던 쪽지가 호주머니 속에서 잡혔다. 지섭은 흔들리는 플라타너스 이파리들 때문에 가물거리는 불빛 속에서 그 편지를 꺼내 든다.

형, 언젠가 이상한 꿈을 꾼 일이 있어요. 호신이 형이 죽은 지 며칠 뒤였지요. 저는 제 자취방의 한구석에서 죽음처럼 앓고 있었습니다. 그때 호신이 형이 찾아온 거예요. 그러고는 내게 붉은 씨앗을 내밀었지요.

나는 그때는 그것이 무슨 의미인지 알지 못했습니다. 야학을 정리하고 경찰서에서 나온 뒤, 아버지에게 끌려갔을 때도 나는 그것을 잊고 있었어요. 그러나 환상 같은 꿈속에서 나는 다시 호신이 형을 만났습니다. 호신이 형은 다시 씨앗을 내게 내밀었습니다. 그 씨앗은 이미 작고 푸른 싹을 내밀고 있었지요.

나는 알았습니다. 그 씨앗은 우리 모두였고, 나 자신의 모습이었습니다. 나는 떠나기로 결심했어요. 제 껍질을 깨고 겨우 빠져나온 싹이 이 황량한 땅에서 더 얽히고 싶어 하기 전에 나는 이 역사의 가장 첨예한 곳으로 가기로 했습니다. 고통은 있겠지만 나는 그곳에서 내 뿌리를 내리려 합니다. 가장 고통받는 가장 건강한 씨앗들과 얽히려 합니다. 그러고는 이 황량한 땅에서 꽃을 피우고 숲을 만들어가게 되겠지요.

형, 나는 가끔 광주 항쟁을 생각하곤 해요. 첫날, 동료들의 시체를 넘고 넘어 당구장으로 도망쳤던 20명의 학생들이 있었다나 봐요. 아직 참혹한 이 현실은 알려지지 않았고, 밖에는 공수부대원들이 총칼을 들고 살기 띤 눈을 희번덕이던 그 죽음 같은 시간에, 그들은 나아가서 이 사실을 시민에게 알리고 동지들을 규합해 다시 만날 것을 맹세했대요. 겨우 20명의 젊은이들이었어요. 나는 그들의 무한한 분노와 뜨거웠던 용기와 동지들에의 끝없는 사랑을 생각하곤 해요. 짓밟히는 역사의 한순간, 그들이 떨쳐 일어나 승리를 시작할 수 있었던 것을…….

형, 나는 진리를 손에 얻은 무한한 기쁨과 민중의 삶을 짓밟는 자들에 대한 뼈저리는 분노와, 그리고 함께 싸우는 이들에 대한 신뢰를 가지고 있는, 이 땅의 모든 젊은이들에게 나의 사랑을 바치기로 결심했어요. 내가 역사와 함께 나아간다는 것, 내가 결단코 정의의 편에 서고자 애쓴다는 것, 이것이 나에게 기쁨을 줍니다. 우리가 추운 밤과 어두운 낮, 날마다 허기진 배를 라면으로 채울지라도 정말로 고통스럽지 않았던 이유는 여기 있어요. 이 커다란 환희에 비하면 그것들이 주는 고통은 얼마나 사소한 것일까요?

내가 형을 사랑한 이유는 거기에 있습니다. 형에 대해 아무것도 아는 것이 없지만 결국은 비슷하겠지요. 여기 이 땅의 젊은이들이 가진 고뇌들은 결코 다르지 않으리라 생각합니다. 중요한 것은 떨치고 일어서는 것이겠지요. 더 큰 고뇌와 더 큰 행복을 위하여.

나는 서투르게나마 그 큰 고뇌 속으로 한 발을 내디뎠습니다.

한때, 저는 몹시 방황했습니다. 아버지와 가족, 그리고 짧았던 생애, 그리고 내가 새로이 받아들여야 했던 엄청난 현실 앞에서, 진실은 결코 승리할 수 없으리라고. 그래서 우리는 모두 앓아지면서 그저 이대로 이 사회의 어느 한구석에 처박혀 다시금 우리의 후배들에게 고통을 줄 수밖에 없을지도 모른다고 체념한 일도 있었습니다.

그러나 나는 문득 깨달았습니다. 나의 방황이 이해받을 수 있을지는 모르지만 결코 아름답지는 않다고. 이 어두운 죽음의 시대에 결코 아름다운 방황은 없다고.

추신. 재민이에게 이 옷을 전해주세요. 그 아이의 아버지가 그랬던 것처럼 그 아이는 진실을 사랑하는 우리 모두의 아들로 남을 것입니다.

지섭은 다 읽은 민수의 편지를 움켜잡는다.

에필로그

나는 이 신음하는 거리를 떠도는 낭인이었는지도 모른다. 떠도는 자는 아무것도 고뇌하지 않는다. 아무것도 책임지지 않는다. 그저 바라볼 뿐. 그리하여 어느 날엔가 제 해어진 구둣발도 낯설고, 스쳐가는 시간도 낯설고, 떠도는 제 모습마저 낯설어진 채, 다시금 끝도 없는 길을 걸어갈지도 모른다.

누나가 아니었다면 떠돌았던 시간은 적었으리라. 나는 어쩌면 좀 더 고분고분하게, 아니면 좀 더 강렬하게 내게 주어진 시간들을 받아들였을지도 모른다.

제대를 하고 강의실 뒷구석이나 술집 언저리에 앉아 아무도 나를 이해할 수 없다고 이를 악물면서 나는 얼마나 많은 진실들을 거부하고 얼마나 많은 아픔들을 눈감아버렸던가.

마음은 메마른 논바닥처럼 깨어지고 갈라진다. 한 포기 풀도

키울 수 없고, 떠도는 강아지 한 마리 쉬게 할 수 없다.

그 척박한 땅에 비는 누가 내리는가.

가자. 저 절망의 밑바닥까지. 더 아프고 깨어지고 갈라져 다시금 신선한 피가 뜨겁게 용솟음칠 때까지. 그 컴컴한 심연의 아가리 속에 머리를 처박고 내 심장을 물어뜯는 것과 혈투를 벌이자.

거기서 죽는다면 다시는 푸른 수평선 위에서 막 얼굴을 씻은 태양의 반짝이는 빛을 볼 수 없으리라. 그 고운 모래와 그곳을 기어 다니는 파도의 나지막한 노랫소리도 들리지 않으리라. 그리고 그곳에서 웃고 있는 사랑하는 사람들의 얼굴도 보지 못하리라.

지섭은 어두운 거리를 유령처럼 헤매어 다니다가 문득 걸음을 멈춘다.

―그러나 나는 문득 깨달았습니다. 나의 방황은 이해받을 수 있을지는 모르지만 결코 아름답지 않다고. 이 어두운 죽음의 시대에 결코 아름다운 방황은 없다고.

지섭은 이제 막 걸음마를 시작한 아이처럼 한 걸음 더 걷다가 뒤를 돌아본다. 이름을 불러주는 사람은 없다. 어둠만이 가득 찬 거리, 지섭은 심연처럼 깊은 어둠에 머리를 박듯 고개를 숙인다.

작가 후기

이 소설을 쓸 무렵 나는 생각했었다. 우리 후배들은 십 년 후
쯤, 우리를 이해하지 못하게 되었으면 좋겠다, 내가 써놓은 이
글들을 보고 대체 무슨 소리를 하는 거냐고 심드렁하게 물었으
면 좋겠다, 하고. 그건 그때 그 억압과 그 숨 막힘이 영원히 계
속될 것만 같은 두려움 때문이었으리라. 원래 고통이나 공포의
본질 속에는 그것이 영원히 계속되리라는 공포가 숨어 있는 법
이니까. 그리고 그런 공포는 그 당시로서는 꽤 타당한 것이기도
했다.

그리고 이 글을 쓴 지 정말로 십 년이 지나 새로운 옷을 입은
이 책을 다시 선보이게 되었다. 그리고 그때 나의 바람대로 우리
의 후배들은 정말로 이 글을 보고 이게 무슨 소리냐고 묻는다.
그러니 나는 기뻐해야 하는 것일까.

냉정히 이야기해서 나는 고루한 사람은 아니다. 나는 왕년에 이 선배는, 따위의 말을 듣고 싶지 않아하는 사람이었고 얼마간 선배가 된 지금 내 스스로 그런 소리를 내고 싶어 하는 사람도 아니다. 다만, 나는 이 글을 다시 읽으면서 내가 왜 그토록 혹은 우리 또래들이 왜 서로에 대해 그토록, 아직까지도 터무니없는 애정과 연민을 가지고 있었는지를 이해하게 되었다. 나는 이제 십 년 전 일을 돌아보면서 알게 되었던 것이다. 내가 포함되어 있던 그들이 얼마나 아름다운 젊은이들이었던가를, 그들이 얼마나 이 세상을 사랑했고 사람들 때문에 슬퍼했으며 우리가 잠시 동안이었지만 스스로 신성한 종교의 사도들처럼 스스로를 느꼈던 순간이 있었는가를. 우리는 사실 그때 전쟁터에 있었다. 그것은 국가의 영토를 더 늘리기 위한 것도, 제국의 자존심을 지키기 위한 것도 아니었다. 그것은 오직 인간만이, 생각하고 비판하며 사랑하고 슬퍼할 줄 아는 인간들만이 가질 수 있는 정의라는, 그토록 추상적 개념을 위한 전쟁터였다. 그들은 구체적인 젊은 날을 거기에 바쳤다.

사람들이 가끔 묻는다. 80년대에 대해 계속 쓰실 계획이 있으신가요, 하고. 얼마간 그것은 비난을 가미한 말이다. 한동안은 그것에 대해 몹시 주눅이 들어서, 내가 정말 나를 비난하는 사람들의 말대로 80년대를 왜곡하고 있고, 심지어 그것을 팔아먹고 있는 것은 아닌가 하는 자책감에 휩싸여 잠 못 들기도 했었다. 하지만 나는 이제 안다. 나의 문학적 무능이 어리석게도

80년대를 더 이상 해치지 말기를 간절히 바라며, 그러나 그것을 단지 한가로운 '후일담'으로 바라보고자 하는 사람들의 바람이 무엇인지를 읽을 만큼 나도 영악해진 것이다.

분명히 말하지만 내가 80년대에 나의 20대 청춘을 보낸 것은 우연이었다. 하지만 내가 그것에 대해 소설을 쓴 것은 우연이 아니었다. 소설가로서의 내가 4·19나 동학혁명 혹은 3·1만세 운동에 관심을 가졌듯이 나는 80년대에 관심을 가졌다. 그리고 그 80년대란 단군 이래 가장 오랜 기간에 걸쳐, 가장 많은 수의 국민이, 가장 조직적인 방식으로 불의에 저항했던 시기였다. 그것을 아름답다고 말하지 않거나, 그것을 쓴다는 것을 구시대적인 발상이라고 말하는 것은 나의 의미로서는 이미 소설가이기를 포기한 것이었다.

경중이야 존재하겠지만 어떤 젊은 세대들에게나 어려움이 있었고, 나는 우리 세대들이 겪었던 어려움 역시 그것들 중의 하나라고 생각한다. 다만 내가 자랑스러운 것은, 우리가 우리의 고민이 무엇인지를 정확히 알아내었고, 그것을 우리만의 방식으로 해결하고자 노력했다는 것이다. 그런 의미에서 우리는 성공한 세대였다.

나는 나의 문학적 무능이 80년대를 해치지 않기를 간절히 바라며, 80년대를 아름답게 살려내고 싶은 바람을 아직도 가지고 있다. 그리고 그런 바람을 품을 때마다 내가 80년대에 20대

를 보냈다는 것이 그때 어리숙했던 내게는 형벌이었지만 바로
이런 의미에서는 얼마나 뜨거운 축복이었는지를 새삼 깨닫는
것이다.

탈고를 하고 나서 한 며칠 호된 몸살을 앓았다. 출판사에 가서 원고 뭉치를 두고 문을 나설 때까지만 해도 짐을 덜어버렸다는 즐거움 때문에 날아갈 듯 가벼운 마음이었으나, 이상 신호는 끈질기게 날 따라다니는 편도선으로부터 왔던 것이다. 그리고 며칠. 나는 내가 끝내버린 이 소설의 언저리를 떠나지 못했다. 병원에 가서 주사를 맞고 약을 먹으면서도, 마치 떠나가버린 애인의 마지막 모습을 잊지 못하듯 나는 소설의 구절구절들이 다시 내게 전하는 그 낱말들에 갇혀 허우적거렸다. 5년 동안의 싸움이었으니, 길다면 긴 세월이었기 때문이었으리라.

이제 두려운 마음으로 나는 이 책을 내민다. 발가벗겨진 채 무대에 서는 듯한 부끄러움 또한 부정할 수는 없다. 지난날 내 모습을 기록해놓은 듯한 이 글에 대해 저자 이상의 책임감도 느낀다. 그것 또한 회피하고 싶은 생각은 없다.

이 글을 쓰면서 여러 사람의 도움을 받았다. 무엇보다 언제나 뒷자리에서 서서 번민하던 나를 앞질러 싸움터로 달려가던 친구들과 선배들에게 감사의 말을 전하고 싶다. 그들이 우리에게 전하는 거대하고 따뜻한 희망에 대해서. 풀빛의 여러분들에게도 고마움을 전한다. 언제나 막내딸 때문에 긴 한숨을 내쉬시던 부모님, 오랫동안 나의 친구이자 동료이자 호된 비판자였던 남편에게도 감사를 드린다. 이제 막 걸음마를 시작한 딸아이가 자라, 이 글을 읽으면 내게 무슨 말을 할까. 그 애는 물을지도 모른다.

—그리 당연한 일로 그렇게 오래 고민했다는 게 사실이야, 엄마?

아무래도 나는 앞으로도 오랫동안 글을 쓴다는 것의 막중한 고통에서 더 허우적거리게 될지도 모르겠다.

더 이상 아름다운 방황은 없다

초판 1쇄 1989년 12월 1일
제2판 1쇄 1998년 9월 14일
제3판 1쇄 2011년 9월 30일
제4판 1쇄 2018년 1월 5일

지은이 | 공지영
펴낸이 | 송영석

주간 | 이진숙 · 이혜진
기획편집 | 박신애 · 정다움 · 김단비 · 정기현 · 심슬기
디자인 | 박윤정 · 김현철
마케팅 | 이종우 · 김유종 · 한승민
관리 | 송우석 · 황규성 · 전지연 · 채경민

펴낸곳 | (株)해냄출판사
등록번호 | 제10-229호
등록일자 | 1988년 5월 11일(설립일자 | 1983년 6월 24일)

04042 서울시 마포구 잔다리로 30 해냄빌딩 5 · 6층
대표전화 | 326-1600 **팩스** | 326-1624
홈페이지 | www.hainaim.com

ISBN 978-89-6574-579-2

파본은 본사나 구입하신 서점에서 교환하여 드립니다.

이 도서의 국립중앙도서관 출판예정도서목록(CIP)은 서지정보유통지원시스템 홈페이지
(http://seoji.nl.go.kr)와 국가자료공동목록시스템(http://www.nl.go.kr/kolisnet)에서 이용
하실 수 있습니다.(CIP제어번호: CIP2017035112)